国家社科基金项目“数字化语境中文学制度的转型与策略研究”
（项目编号：15XZW003）结题成果。

重组的文学场

新媒介与文学制度的转型

黎杨全◎著

中国社会科学出版社

图书在版编目(CIP)数据

重组的文学场:新媒介与文学制度的转型/黎杨全著. —北京:中国社会科学出版社,2023.5

(中国语言文学一流学科建设文库)

ISBN 978-7-5227-1542-1

Ⅰ.①重… Ⅱ.①黎… Ⅲ.①传播媒介—影响—中国文学—文学研究 Ⅳ.①I206

中国国家版本馆 CIP 数据核字(2023)第 040839 号

出 版 人 赵剑英
责任编辑 郭晓鸿
特约编辑 杜若佳
责任校对 师敏革
责任印制 戴 宽

出 版 中国社会科学出版社
社 址 北京鼓楼西大街甲 158 号
邮 编 100720
网 址 http://www.csspw.cn
发 行 部 010-84083685
门 市 部 010-84029450
经 销 新华书店及其他书店

印 刷 北京明恒达印务有限公司
装 订 廊坊市广阳区广增装订厂
版 次 2023 年 5 月第 1 版
印 次 2023 年 5 月第 1 次印刷

开 本 710×1000 1/16
印 张 19.25
插 页 2
字 数 273 千字
定 价 99.00 元

目 录

绪　论

文学与制度紧密相关，“从各种意义上说，制度产生了我们所称的文学”。[①] 文学创作与接受并非个人心灵独语，总是“制度”中介后的创作与接受，这就产生了“文学制度”的说法及相应研究范式。在说清什么是“文学制度”之前，需要先追溯一下“制度”的含义。按照雷蒙·威廉斯的看法，在早期用法中，“制度”（institution）带有“被制定、订立”的意涵，到了16世纪中叶，开始指代用某种方法确立的惯例（practices），而从18世纪中叶起，“institution”开始被用来表示机构组织，在20世纪，“institution”已经成为一个普通的词，用来表示一个社会中任何有组织的机制[②]。从雷蒙·威廉斯的梳理来看，制度是建构起来的，同时含有“惯例”与“组织”的内涵。制度与现代社会的兴起紧密相关，制度是人们的现代组织方式，可以说，现代人就是“制度人”，现代文化就是“制度文化”。

文学制度是从文学社会学的角度来思考与阐释文学的研究范式。马克思、阿尔都塞、福柯、哈贝马斯、布迪厄等给文学制度的研究提供了理论谱系。马克思的艺术生产理论表明艺术并非纯粹的个人主义，

① ［美］杰弗里·J. 威廉斯编著：《文学制度》，李佳畅、穆雷译，南京大学出版社2014年版，第1页。

② ［英］雷蒙·威廉斯：《关键词：文化与社会的词汇》，刘建基译，生活·读书·新知三联书店2005年版，第243页。

而是生产与消费的社会化过程。阿尔都塞的“意识形态国家机器”、福柯的“认识型”与知识考古学，说明要想深入理解文学，需要挖掘意义的生成机制与话语秩序。哈贝马斯提到的“公共领域”的组成要素，如阅读公众、传播媒体、社团、检查制度、艺术评论员等，实际构成了文学制度的基本要素。布迪厄提出“文学场”概念，强调“场域”中各种组织与力量对“文学”信仰的生产，这对文学制度的研究有重要启发。文学制度反对纯文学的研究，强调社会条件与制度因素的重要性。威廉斯认为“反对研究制度的趋向或许与纯文学研究的一般理论有关”，他借用布迪厄的理论来说明这一问题。布迪厄认为，哲学家喜欢追问什么是思维，可他们从来不问从事思维活动的具体方式需要哪些必要社会条件，哲学家犹如艺术家，将自己定位为自存的创造者，既不受制于人，也不亏欠制度任何东西。而这种问题的出现本身与制度有关：“假如一个问题本身有诸多疑点而被哲学排除在外不予考虑，那么这一问题本身就具有其必要的社会条件。”换言之，哲学家与制度之间的隔阂是制度本身所给予的，这也是哲学家难以在制度框架中进行自我思考的原因之一①。纯文学的研究将自身与研究对象对立起来，研究外在于对象，文学制度的研究并不屈从于与对象建立直接关系，相反，试图摧毁的正是对象直接给予的表象，对对象的注视，并不一定能真正把握对象本身，因为这一注视本身已经依赖于某些假定，如有关什么是艺术、什么是非艺术的预设。文学制度的研究将研究与阐释者之间的关系作为自己的中心任务：“人们需要一种范畴框架来规定阐释者与文学作品间的关系。只有一种能够甚至将自己行动的社会功能也当成科学活动的对象的理论才能完成这一要求。”②

文学制度认为在文学的生产、传播与接受之间形成了一整套制度，决定了文学的合法性，支配、控制与引导着文学的观念与形式。“艺

① ［美］杰弗里·J. 威廉斯编著：《文学制度》，李佳畅、穆雷译，南京大学出版社 2014 年版，第 15—16 页。

② ［德］彼得·比格尔：《先锋派理论》，高建平译，商务印书馆 2002 年版，第 64—65 页。

术品价值的生产者不是艺术家，而是作为信仰的空间的生产场，信仰的空间通过生产对艺术家创造能力的信仰，来生产作为偶像的艺术品的价值。”① 文学并非纯粹的个人创造，而是“场域”作用的结果。文学制度内蕴含着合法性的争夺：“文学体制在一个完整的社会系统中具有一些特殊的目标；它发展形成了一种审美的符号，起到反对其他文学实践的边界功能；它宣称某种无限的有效性。”② 文学制度决定了在特定时期什么被视为文学，构成了一种规范性力量，决定了生产者与接受者的行为模式。

从文学制度的组成要素来看，斯蒂文·托托西强调组织机构与行动主体的重要性，这些机构与组织主要包括教育机构、批评家、大学师资、学术圈、刊物编辑、作家协会、重要文学奖项等，这些拥有话语权的机构，在决定文学生活与文学经典中起了一定作用③。布迪厄有相似看法，在他看来，作品的生产不仅要考虑直接的生产者（艺术家），“还要考虑一整套因素和制度”，后者主要是生产“艺术品彼此之间差别价值的信仰”，这个整体包括批评家、艺术史家、出版商、画廊经理、商人、博物馆馆长、赞助人、收藏家、至尊地位的认可机构、学院、沙龙、评判委员会等，以及主管艺术的政治、行政机构与从事艺术教育、培养艺术趣味的机构成员④。杰弗里与比格尔则在组织机构、行动主体之外又强调了艺术趣味、艺术惯例的重要性。杰弗里认为文学制度有两层含义：一是具体意义，指的是现代组织机构及其管理等内容；二是抽象含义，指一种惯例或传统⑤。比格尔认为，

---

① ［法］皮埃尔·布迪厄：《艺术的法则：文学场的生成和结构》，刘晖译，中央编译出版社 2001 年版，第 276 页。

② ［德］彼得·比格尔：《文学体制与现代化》，周宪译，《国外社会科学》1998 年第 4 期。

③ ［加］斯蒂文·托托西：《文学研究的合法化》，马瑞琦译，北京大学出版社 1997 年版，第 33—34 页。

④ ［法］皮埃尔·布迪厄：《艺术的法则：文学场的生成和结构》，刘晖译，中央编译出版社 2001 年版，第 276—277 页。

⑤ ［美］杰弗里·J. 威廉斯编著：《文学制度》，李佳畅、穆雷译，南京大学出版社 2014 年版，第 2 页。

艺术制度的概念既指生产性与分配性的机制，也指流行于某个特定时期、决定着作品接受的关于艺术的思想[①]。综合以上看法，可以将文学制度的组成要素细化为三个层面，即文学组织机构，如作家协会、出版社、文学期刊、博物馆等；文学行动主体，如文学批评家、编辑、作家等，以及内化于其中的艺术规范或艺术趣味、文学评论话语与审美判断等。

新媒介的兴起为文学制度的反思、阐释与建构提供了新机遇。20世纪英美分析哲学带来了“语言学转向”，语言、符号具有了本体性，成为人与世界、现实之间的中介，“主体—语言—现实”的三元关系取代了“主体—现实”的二元关系。20世纪末，一些学者［如莱因哈德·马格莱特（Reinhard Margreiter）、马丁·西尔（Martin Seel）等］强调将语言、符号的本体性功能扩展到媒介，主张用媒介哲学取代语言哲学，与此同时，麦克卢汉等北美环境学派同样强调媒介的本体性，媒介不只是一种工具，而是人的延伸，构成了媒介环境，对人与社会生活具有根本意义上的形塑作用。从媒介的本体地位出发，不同历史时期的文学活动属于不同媒介文化范式。对新媒介时代的文学制度来说，它属于新的媒介文化范式，具有新的媒介文化属性。从实际情况来看，新媒介给文学制度的各个环节都带来了前所未有的冲击，一方面，传统文学制度的组织机构、行动主体、审美趣味对各种新媒介文艺形态失去了阐释力与规范力量；另一方面，文学网站建立的各种网络文学制度又对文学形成了强力限制。当然在新媒介时代，并不只是存在着数字文化范式，传统的口头文化、书面文化、印刷文化等文化范式仍然在起作用，历时性的文化范式也是共时性的生产，不同的文化范式及相应文学活动常常综合性地起作用，不过新媒介不同于一般的媒介，对其他媒介有强大改造作用，能够吸纳并融会所有媒体要素，在此意义上，传统的口头文化、书面文化、印刷文化也不是静止存在

① ［德］彼得·比格尔：《先锋派理论》，高建平译，商务印书馆2002年版，第88页。

的，在新媒介时代已经融入了数字文化范式，产生了结构性变化。

正是由于新媒介带来的巨大变革，基于新媒介文化，我们可以对文学制度展开系统反思与审视。马克思认为："基督教只有在它的自我批判在一定程度上，才有助于对早期神话作客观的理解。同样，资产阶级经济只在资产阶级社会的自我批判已经开始时，才能理解封建社会、古代社会和东方社会。"① 比格尔对此解释说：

> "自我批判"范畴的方法论意义在于，对于社会子系统来说，它表示对过去发展阶段"客观理解"可能性的条件。运用到艺术上，这意味着只有当艺术进入自我批判的阶段，对过去艺术发展时期的"客观理解"才是可能的。在这里，"客观理解"并不意味着独立于认识的个体而存在；它仅仅意味着对认识的个体而言，整体作为过程告一段落时的见解，尽管所谓告一段落也许是临时性的。②

"自我批判"是与"体系内的批判"相对而言的，体系内的批判是在制度内起作用，比如一种艺术思想批判另一种艺术思想，一种风格批判另一种风格，自我批判则与此保持距离，这是更为彻底的批判，即是对作为"制度"的艺术进行批判。换言之，艺术发展过程的总体性只有在自我批判的阶段才能清楚地表现出来，这种自我批判要成为可能，就需要有新的文化范式。"为了实现资产阶级社会的自我批判，就必须首先存在着无产阶级。由于无产阶级的出现才使人们认识到，自由主义是一种意识形态。对作为社会子系统的'宗教'的自我批判是以宗教的世界图景丧失其合法功能为条件的。"③ 与此类似，只有从新媒介文艺的角度出发，才能看清印刷文学及其制度的局限，这并不

① 《马克思恩格斯选集》第1卷，人民出版社2012年版，第108—109页。
② ［德］彼得·比格尔：《先锋派理论》，高建平译，商务印书馆2002年版，第87—88页。
③ ［德］彼得·比格尔：《先锋派理论》，高建平译，商务印书馆2002年版，第89页。

是两种文艺思潮的斗争，而是自我批判的艺术，是对文学制度本身的反思。一种文学派别可以引起文学风格与文学潮流的变化，但其深层结构并未改变，而对新媒介文艺及其实践来说，带来的是制度的结构性变化。当然，媒介并非单独起作用，扮演重要角色的还有资本、政治等因素，不过正是由于新媒介提供的基础性条件，各种场域因素才能在这一框架上搭建起来。

这里涉及如何理解与研究新媒介文艺的问题。以网络文学为例，目前相关研究与评价主要是基于内容或艺术形式层面，比如用超文本、多媒体、数据库等理论来研究网络文学，在评价上要么试图证明网络文学也有好的作品，以此抬高它；要么认定网络文学是垃圾，以此贬低它。这种研究当然有价值，但由于目前网络文学主体是商业性、大众性文学，如果只是将其当成“作品”来研究，研究意义与可供挖掘的空间可能不大，这并不是说网络文学没有先锋性，相反，它有突出的先锋性，不过这种先锋性应主要联系文学制度来理解，对其内容形式的分析同样需要联系制度的历史条件来进行。换言之，可以分析网络文学的内容或技巧，但只有当这些内容形式的创新与文学制度相联系时，才能理解其真正价值与意义。“艺术作品不再被看作单个的实体，而要在常常决定了作品功能的体制性框架和状态之中来考察。”①只有艺术体制本身，而非关于艺术作品的先验概念，才能说明艺术的本质：“我们这里关注的并不是特定的文学作品，而是文学的地位，即是说，我们关注的是文学的体制（the literary institution）。”②

从文学制度的反思意义来看，当前网络文学就具有较为重要的意义。网络文学常相对传统文学而言，与网络文学日渐增强的影响力相比，传统文学日渐没落，已经远离了大众与文学生活，这就产生了“自我批判”的可能。尽管传统文学已经得到充分发展，但并不意味着文学的“自我批判”同时出现，此时文学在生活实践中尚发挥着重要作

---

① ［德］彼得·比格尔：《先锋派理论》，高建平译，商务印书馆2002年版，第76页。
② ［德］彼得·比格尔：《文学体制与现代化》，周宪译，《国外社会科学》1998年第4期。

用，只有当文学走向形式主义时，体系外的批判才有了可能："对作为社会子系统的艺术进行自我批判只有在内容也失去它们的政治性质，以及艺术除了成为艺术之外其他什么也不是时，才是可能的。"① 当然，需要将文学在制度中的地位与单个作品呈现的内容区分开。文学逐渐走向纯粹自律，并不意味着单个作品没有积极内容，也不意味着文学不再是人们与生活关系的媒介，而是指只有在内容越来越不重要时，对文学的"自我批判"才是现实的。总体来看，传统文学及其制度远离大众生活、文学创造力与社会影响力减弱，亟须在新媒介时代调整与转型。新媒介及网络文学的意义在于，摆脱了文学理解的纯粹审美方式，改变了传统文学制度对文学、作家、读者、期刊、著作权、经典化、文学生活的多种定义，为其自我批判提供了视野，为开拓新的制度提供了可能性。

本书共分六章，第一章对新媒介文学场域各种组织机构、行动者及其关系进行总体分析。第二章至第五章分别探讨一些重要的行动主体引起的文学制度的变革，其中第二章分析文学网站与作家制度、读者制度的建构；第三章讨论先锋派与文学制度的重构，它们代表着相反的两极，前者试图以资本统合整个文学场，后者则在传统与网络制度的夹缝中孤独抵抗；第四章分析了各种批评主体的兴起与文学批评制度的裂变；第五章讨论了网络作家、大众创作与著作权制度的变革。第六章再从总体上分析了新媒介语境中的经典化制度问题，经典总是场域行动者合力的结果。

---

① ［德］彼得·比格尔：《先锋派理论》，高建平译，商务印书馆2002年版，第93页。

第一章　新媒介场域中文学制度要素的重组与互动

新媒介形成了新的文学场域，文学制度要素产生结构性变化，不同组织机构与行动主体之间形成了新的互动关系。

第一节　文学制度要素的重组与角色变迁

新媒介带来了文学制度构成要素的重组与权力变化，在分析这一现象时，布迪厄的场域理论可作为基本框架。根据华康德的解释，布迪厄的“场域”是“诸种客观力量被调整定型的一个体系（其方式很像磁场），是某种被赋予了特定引力的关系构型，这种引力被强加在所有进入该场域的客体和行动者身上”。① 在新媒介语境中，媒介、资本、政治等客观力量促成了场域“客体”“行动者”之间话语权的此消彼长，传统文学制度的机构与主体开始了新的命运，同时涌现出新的组织与行动者，相互之间形成对抗、分离、共谋与合作等复杂关系。

一　传统组织机构与行动者的角色变迁

作家协会。作家协会属于文学制度重要部分。豪泽尔曾谈到艺术

① ［法］布迪厄、华康德：《实践与反思》，李猛、李康译，中央编译出版社 1998 年版，第 17 页。

创作和消费之间的中介体制问题，认为中介体制是艺术传播的必经之路，是艺术社会学的流动网，而作家协会就是中介体制之一："这些中介体制包括宫廷、沙龙、同人俱乐部、艺术家茶话会、艺术家协会、艺术家聚居地、艺术工作房、学校、艺术学院、剧院、音乐会、出版社、博物馆、展览会和各种非官方的艺术团体，它们为艺术发展提供了道路并决定着艺术趣味变化的方向。"① 在中国当代文学中，作家协会曾扮演非常重要的功能，但在新媒介语境下，作家成名出书有了新的渠道，作协的中介作用与话语权似乎受到了冲击。作家陈村曾谈到这一问题，他说："作协的中心位置不如以前。以前一个作家，要过好日子，出版、发表、得奖、出国、当官、调进省会城市，都有作协在起作用。今天的权力被分散了，一部分被商业化了。比如安妮宝贝，也没获过什么奖，但是目前小说家群体里最受读者追捧的，销量一直很好，稳定。不一定要通过作协。"② 这种说法有一定道理，却也不尽然，作为具有中国特色的文学制度，作家协会的作用在新媒介时代并没有实质性削弱，甚至在一定程度上强化了，这与新媒介文艺突出的社会属性有关。对中国作协来说，关注文学作品的社会内涵，考察文学这一社会事实的总体条件及其社会作用，成为工作重点之一。

从新媒介时代的文学状况来看，比较突出的就是其社会属性与社会效应。新媒介提供了虚拟空间让海量人群得以聚集，成千上万的文学主体参与文学创作、阅读与传播，并在线上线下展开广泛人际交往，生成群体互动、情感凝聚与身份建构，显然新媒介承载了当代社会的文学生活，并深刻改变了其生成与发展模式，传统语境中文学生活隐而不显，新媒介却让它摊在线上。鉴于这种文学生活前所未有的社会效应，自然而然，引导与规训就成为文学制度的重要职责。这也是一种历史传统，文学及其制度在现代性的展开过程中占据了重要作用，

① ［匈］豪泽尔：《艺术社会学》，居延安编译，学林出版社1987年版，第168页。

② 陈村：《都是娱乐中人》，《经济观察报》2008年10月27日。

当人们互动关系的规范不再被信仰体系的传统权威判定为合法时，这种工作就交给了广义的文学："文学的感情特质，其深刻影响和感动接受者的能力，就被融入一个组织起人类社会伟业的理性规划之中。"就此而言，文学成为社会生活的核心体制①。

在网络文学兴起后，以中国作家协会为代表的作协机构采取了一系列活动，如接纳网络作家为作协会员，举办培训、作品研讨会、评奖、成立"网络文学周"、提倡现实题材创作等。一方面尝试延续或扩大自我影响力与话语权；另一方面试图在后印刷时代体现国家意志，对网络文学呈现的情感表现与写作方式进行规范。"只有那种导致了艺术和道德关系矛盾界说的美学，才能够规范地控制着艺术/文学体制。"② 网络文学特别强调"爽"，"爽文"写作模式大行其道，缺乏节制的欲望要求显然与现代性控制理念相悖，应将其置于理性原则之下，促使文学内容与道德规范统一。文学被看成属于国家话语的一部分，个人欲望与美学规范应服从国家利益。不仅如此，网络文学还应该减少幻想性描写，转而关注现实，中国作协对网络文学"现实题材"的大力提倡，就是试图让文学主动实现社会功能。在某种意义上，面对如此海量的读写人群，将文学纳入秩序轨道，将个体整合进社会规范，这是文学制度组织机构面临的前所未有的任务与难题。本雅明其实已经预见了这种历史趋势，在他看来，由于复制技术的变化引起知觉形式的变化，并导致整个艺术的性质的变化，艺术不再以仪式为基础，而建筑于政治学之上，也就是说，随着艺术的大众化，艺术不仅仅是艺术，而具有重要的政治宣传与教化功能。在新媒介时代，这种趋势显然更加突出了。这也意味着，在新的文学制度中，作家协会必然扮演重要角色，而这也是一种实验意义上的文学规划。

批评家（作家）。在传统文学制度中，批评家（也包括一些已经

---

① ［德］彼得·比格尔：《文学体制与现代化》，周宪译，《国外社会科学》1998 年第 4 期。

② ［德］彼得·比格尔：《文学体制与现代化》，周宪译，《国外社会科学》1998 年第 4 期。

成名并经常充当立法者角色的作家）发挥着举足轻重的作用，在新媒介语境中，与作家协会一样，他们的角色与功能也出现了显著变化。

批评家作为解释者与“中介者”的身份在很大程度上弱化了。“无论艺术家如何自发地表现自己，无论他怎样感受了无法抗拒的创作冲动，他总是需要解释者和中介者，这样他的作品才能被正确地理解和欣赏。受者直接从艺术家那里接受作品的情况是非常少见的。”①在传统文学制度中，批评家就是这样的解释者与中介者，从文学史来看，这种中介作用呈现出日渐强化与扩大过程，他们既在艺术家和公众之间架起了桥梁，又加深了生产和消费之间的隔阂，新媒介让这种中介作用基本消失：“数字媒体是直接而即时性的：它有权力消除所有的距离，有权力取消所有的中介。数字媒体将读者和作者重叠在一起，同时又导致出版商、发行商、书商、评论家和教授的技术性失业。而曾几何时，在这个小世界、小圈子（领域）里，这些人物曾客客气气地分享着权威和相关的授权任务。”②

在传统文学制度中，批评家也起到了对作家神化、经典化的功能：“艺术作品的创作者是艺术价值的创造者，而作品的鉴赏家、批评家和解释者则是作者艺术声望的创造者。艺术家创造了作品的形式，中介者创造了关于他们的神话。”③ 新媒介时代的到来，对作家的“神化”与“经典化”转移到了读者身上，凭借各种点击、投票、打赏、传播与分享，读者承担了群选经典与造星运动的工作。

按照布迪厄的说法，在现代文化工业兴起后，纯文学分裂成两部分：一部分炫耀其商业市场的成功；另一部分则得到了同行认可。商业性资本获益者和象征性资本获益者之间势均力敌，文学场就建立在二元论的辩证关系上，这种关系是文学存在的可能性条件。在考夫曼

① ［匈］豪泽尔：《艺术社会学》，居延安编译，学林出版社 1987 年版，第 152 页。

② ［瑞士］樊尚·考夫曼：《“景观”文学：媒体对文学的影响》，李适嬿译，南京大学出版社 2019 年版，第 36 页。

③ ［匈］豪泽尔：《艺术社会学》，居延安编译，学林出版社 1987 年版，第 157 页。

看来，在新媒介语境中，这种辩证关系遇到了挑战，“因为二元之一的象征性资本，已经明显受到沉重打击”①。不过这一说法有所夸大，批评家（包括作家）尽管在新的文学活动中已经边缘化，但身上仍附有象征资本，在网络文学活动中，他们往往扮演的是启蒙者、导师、立法者、批判者角色，或者是在各种评奖、研讨会中对其加以适度肯定：“至尊至圣的作者通过团体展出或序言的方式，为更年轻的人祝圣，而后者反过来也尊前者为大师或流派的领袖”②；或者以立法者身份加以否定，比如作家麦家有名的“垃圾说”③，以及“韩白之争”“玄幻之争”中白烨、陶东风等人对“80 后”文学、网络文学的否定性评价。将网络文学理解成垃圾，这跟阿多诺的批评差不多，在阿多诺那里，地摊文学不属于艺术，它们一律都是坏的——但在这里忽视的是为什么地摊文学会被视为垃圾。一旦文学制度成为研究主题，研究什么样的机制将让某些作品被斥为地摊文学就成为可能。对传统作家与学院批评家来说，他们常以艺术自律体制作为攻击武器，而新媒介则反转了这一过程。

先锋派。除了在文学生活中起到整合与指导作用的主流体制外，传统文学制度内部也存在革新力量，他们往往是边缘的、具有先锋意识的批评家或作家，形成一种“对抗体制”（counter-institution）。他们往往强调新媒介的制度革新作用，谴责“官方”文化及其美学禁忌。在文学史的序列中，先锋派远不只是对某种具体的或是一般的新颖性感兴趣，而是试图发现或发明艺术危机的新形式，并以此颠覆现行的文学秩序：“在美学上，先锋态度意味着最直接地拒绝秩序、可理解性甚至成功这类传统观念：艺术被认为是一种失败和危机

---

① ［瑞士］樊尚·考夫曼：《“景观”文学：媒体对文学的影响》，李适嬿译，南京大学出版社 2019 年版，第 34 页。

② ［法］皮埃尔·布迪厄：《艺术的法则：文学场的生成和结构》，刘晖译，中央编译出版社 2001 年版，278 页。

③ 麦家：《如果有权利就消灭网络　网络文学 99.9% 是垃圾》，《上海青年报》2010 年 4 月 8 日。

的经验，这种经验是有意地践履的。如果危机并不存在，它就必须被创造出来。”[①] 因此先锋派总是有意识地投身于推进传统形式的“自然”衰朽，竭力强化和加剧现有的一切颓败与衰竭症状，鼓吹新文学实践的合法性，这实际上也是处于边缘的先锋派获取象征资本的策略：“他们通过获得艺术家的尊崇或对二流艺术家重新发现或评价令自己至尊至圣，他们在重新发现或评价中介入或证明了自己确认的权利，如此继续下去。”[②] 换言之，先锋派在肯定与挖掘新兴的，然而尚处于边缘文学势力的过程中，确证的是自我的合法性。

传统文学制度中的先锋力量还包括一些新文类实践，比如诗歌。从文学史来看，不同的文学类型有不同制度意义，以法国18世纪文学为例，史诗、悲剧、喜剧和抒情诗成为“体制化了的文学样式”，它们仍处于古典学说的控制之中，而一些称为启蒙文学的新文类实践，如格言、肖像描绘、对话体、散文、小说，则尚未处于这一学说的控制之中，因此变得越来越重要[③]。在当代文学中，诗歌起到了这种先锋作用，在新媒介兴起后，它开始转战网络，试图冲击传统文学制度。

边缘性先锋力量之所以能够在新媒介时代兴盛，与网络提供文学阵地与文学实验可能性有关，借用新的虚拟地形学，先锋派形成了与主流对峙的二元文学秩序。

二　新组织与行动主体的制度化功能

新媒介也带来了新的组织机构与行动主体，它们进入场域中并客观上形成了新的“对抗体制”的要素，但同时也试图参与并归附传统文学制度，形成合作与共谋。

文学网站。在传统文学制度中，文学期刊扮演着重要角色，推动

---

① ［美］马泰·卡林内斯库：《现代性的五副面孔》，顾爱彬、李瑞华译，商务印书馆2002年版，第134页。

② ［法］皮埃尔·布迪厄：《艺术的法则：文学场的生成和结构》，刘晖译，中央编译出版社2001年版，第278页。

③ ［德］彼得·比格尔：《文学体制与现代化》，周宪译，《国外社会科学》1998年第4期。

了作家的职业化与社会化,“文学写作并不完全来自个人精神和灵魂的呼叫,它常是被杂志和报刊组织起来的文化生产,带有鲜明的社会性质,是因为阅读和消费而写作的观念已经深深地进入文学意识”。① 在新媒介语境中,文学网站取代了文学期刊,起着类似的制度化功能,同时在两个方面有极大推进:一是相对纸质期刊有限版面而言,作家作品的容纳量大了很多;二是发表的简易与便捷。莱文森认为,传统出版受到诸多限制,“在一定的意义上,作者的作品必须要得到起关键作用的第二方的批准。否则就只有冒险在格雷《墓园挽歌》中所写的神殿里,了此一生,成为‘一位不能放声歌唱、默默无闻的弥尔顿’”。而对新媒介来说,“凡是有网页的人都成了出版人。在互联网创造的环境中,纸张、装订、发行和广播的成本,全都消失了”。② 没有纸媒严格审核与物质成本的限制,这给传统语境下无法发表的个体提供了机会,客观上冲击了传统文学制度的等级与秩序。作家王朔认可这一点:“网络为他们写作提供了前所未有的自由表达自我的机会,每一个都可以任意发表自己的作品,拥有自己的读者……他们不会像以前的有些作家,会被现在的文学次序所埋没。”③ 虚拟的文学空间成为向传统文学制度发起冲击的技术基础,权力分布的陈旧模式已经被虚拟地理学改造。

文学网站的虚拟地理学不仅仅意味着发表机会,也意味着阅读方式与渠道的革命,随着网络社会影响的深入与电子阅读界面的改善,用户群体更愿意通过文学网站或 App 而不是纸质期刊去阅读,后者遭到严重边缘化,这甚至成为一些网络作家合法性的自我确证,比如《收获》执行主编程永新透露,他曾给上海网络作家班上过课,课后被一位网络作家叫住,对方彬彬有礼地说:“程先生,我们现在所有的努力就是要一点点地把你们蚕食掉。”④

---

① 陈平原:《中国小说叙事模式的转变》,上海人民出版社 1988 年版,第 56 页。

② [美] 莱文森:《数字麦克卢汉——信息化新纪元指南》,何道宽译,社会科学文献出版社 2001 年版,第 173—181 页。

③ 伍恒山、雷默等:《网谈网络文学》,《中国电子出版》2000 年第 3 期。

④ 麦家:《如果有权利就消灭网络 网络文学 99.9% 是垃圾》,《上海青年报》2010 年 4 月 8 日。

当然，这并不意味着文学网站是制度真空，它冲击了传统文学制度，但自身形成了更为严格的新制度。“在我们的时代，成为流行就是为市场而创作，就是回应市场的需求——包括急切且相当容易辨识的对‘颠覆’的需求。流行即使不等于接受‘体制’，也等于是接受它的直接表现形式，即市场。”① 文学网站的权利远远超过传统期刊，起着组织与运营新媒介时代文学生产、传播与消费的总体功能。如何履行这种功能具有很强的实验性，面对海量作家与读者，如何编辑、审核，组织生产与阅读，探索行之有效的文学制度，这是文学史全新的课题，但同时这种文学制度也形成了强力制约，文学发展步入了单向道。

网络作家。作为一种职业，网络作家也冲击着传统文学制度。在传统语境下，自律艺术体制将艺术视为有机体，这意味着将这种生产活动特殊化，它是一种准自然状态，具有绝对独创与准超验品质，常常需要一种与宗教沉思相对应的接受形态。由于这种独创性，艺术不是理性规划能够生产出来的对象，而唯有天才能够制造：“天才美学范畴以某种程度上包含了对理性原则和计算精密的工作的批判。”② 在很大程度上，文学既促成了现代性，也与现代性存在尖锐对立。

与之相比，网络文学主体是商业化通俗文学，是套路化生产，接近于机械主义的操作：“通俗艺术最显著的特点是，它反复运用传统的容易处理的格式。”③ 但就文学制度意义而言，网络文学并不能简单等同于通俗文学，通俗文学仍内在于体制等级秩序中，维持着通俗与精英的二元对立，网络文学套路化生产固然是资本操控的产物，但表现的也是新媒介带来的人人可写的结果。举例来说，不少读者正是在

① ［美］马泰·卡林内斯库：《现代性的五副面孔》，顾爱彬、李瑞华译，商务印书馆2002年版，第155页。

② ［德］彼得·比格尔：《文学体制与现代化》，周宪译，《国外社会科学》1998年第4期。

③ ［匈］豪泽尔：《艺术社会学》，居延安编译，学林出版社1987年版，第234页。

读了不少“成功”网文后，得出了“我也可以写出这样的作品”的结论，开始写作并成为著名网络作家（如白金作家“骷髅精灵”），这就让传统文学制度对作家、文学的认定在很大程度上失效了。可以说，网络作家的出现联系着文学世界中主体的危机，具有反艺术与反人本主义的潜力，客观上拒绝了浪漫主义哲学与文学理论遗产的有机或生物学假定，反对维持一种关于文学与美学价值的等级观念，拒绝传统自律艺术体制中的天才美学（the aesthetics of genius），而这些是精英主义的兴趣所在。从另一方面来看，天才美学自身也存在悖论：“只有在赋予这样的自然体验的主体以特殊地位时，这种美学才是可能。天才美学为它对现代化的激进批判付出了高昂的代价。把对异化的批判和个体联结在一起，这就抛弃了启蒙运动本质之一，亦即普遍性原则。野性的诱惑，使天才美学面临着屈从于非人行为的合法性。”① 新媒介让大众进入文学场，写作的普遍性冲击了天才美学，在这里可以看出中国网络文学的独特价值，由于西方数码艺术多以超文本、多媒体的媒介技术为主，在创作上具有较高难度，尽管它标榜反对印刷艺术传统，延续的却是传统天才认知，与之相比，中国网络文学却体现了写作民主化原则，具有不同的美学意义。

显然，网络作家这种职业的出现具有冲击文学制度的意义，当然，这是就客观功能而言，从自身意志来说，他们是急于进入制度内的，比如“安妮宝贝”在网上出名后，迅速转入线下，并拒绝承认自己网络写手身份，与此类似，不少网络作家有了一些名气后就迫不及待加入作协，表现了对制度与秩序的强烈认同。

阅读公众。阅读公众对艺术发展至关重要：“人文主义产生的一个先决条件是中世纪后半期兴起的艺术消费公众。”② 这些公众已经在任何可能的情况下私下阅读书籍，由此在 12 世纪末出现了类似于现代作家的创作者，他们不再创作用于表演的歌曲与故事，而开始撰写用

① ［德］彼得·比格尔：《文学体制与现代化》，周宪译，《国外社会科学》1998 年第 4 期。
② ［匈］豪泽尔：《艺术社会学》，居延安编译，学林出版社 1987 年版，第 148 页。

于阅读的作品。在哈贝马斯那里，公众（Le public）在17世纪的法国指的是文学艺术的消费者与批评者[①]，这些人构成了文学公共领域的重要元素。如果说这些公众以精英群体为主，新媒介公众却是真正的草根大众，同时新媒介也释放了他们在文学制度中的作用，这表现在多方面。对作家而言他们形成了珍贵的“人气资本”，用考夫曼的话来说，这是一种新的权威，即“网民权威”[②]。同时借助新媒介的文学空间与技术条件，这些公众很容易地从阅读者转换为生产者，进行原创或二次创作，对传统的著作权制度形成了冲击（详见第五章分析）。作为草根大众，他们常会站在新媒介场域中更接近他们的新的行动者一边，本能地抵抗传统制度权威与话语权；但另一方面，也存在普遍的象征暴力（symbolic violence），潜意识地表现了对传统的认同（详见本章第二节的分析）。

在新媒介场域中，传统的、新生的组织机构与行动者，以及相应文学实践与文学趣味，处于动荡、无序与重组之中，新的文学制度正在形成，而文学的命运取决于新制度走向。当然，并不意味着行动者完全被制度决定，文学是建筑在文学制度和个别作品之间的张力之上。

第二节　文学论争与文学合法性的争夺

新媒介兴起后，突出变化就是网络上文学论争的大量出现，它们表现了文学制度转型的症候。

一　文学制度转型的症候：从油画《文学刺客叶匡政》说起

2007年，一幅名为《文学刺客叶匡政》的恶搞油画在市场上引起

---

① ［德］哈贝马斯：《公共领域的结构转型》，曹卫东等译，学林出版社1999年版，第35—36页。

② ［瑞士］樊尚·考夫曼：《“景观”文学：媒体对文学的影响》，李适嬿译，南京大学出版社2019年版，第35页。

关注，这幅油画是画家安迪所作，画面中心人物是诗人、评论家叶匡政（又名叶匡正），画面上涉及一些著名作家如莫言、余华、韩寒、洪峰、赵丽华等，而叶匡政则手持一把斧头，要砍向这些中国当代文学的代表人物。这幅油画尺寸为60cm×90cm，售卖时制定的规则也体现了网络法则，这是国内首幅通过网络点击数定价的油画，根据一次点击一元钱的规则，这幅油画最终卖出了6846元。购买这幅油画的是诗人潘洗尘，说到购买的原因，潘洗尘表示："这是迄今为止第一幅以当代重要文学事件为题材的油画，是2006年多事之秋的一个缩影。"①

油画《文学刺客叶匡政》

① 《搞笑油画按点击数卖钱　画家想创收藏新形式》，http：//news. cri. cn/gb/9223/2007/01/10/109@1392133. htm，2007年1月1日。

从文学制度层面来看，这幅油画颇有价值。油画中的人物涉及2006年出现的诸多文学事件，如“韩白之争”“玄幻之争”“洪峰乞讨”“文学死了”“梨花体”等，而在2008年又出现了“主席打擂”等事件。在笔者看来，这些文学论争或文学事件并不能简单地理解成口水仗或文学娱乐，而是呈现了新媒介语境中文学制度的诸多症候。大量论争基本都是在2006年前后爆发，这个独特时间节点别有意味，它是这样几种趋势与力量的汇合：随着文学的市场化，以韩寒、郭敬明为代表的“80后”文学开始走红并引起关注，同时自2003年实行VIP付费制后，网络文学作为一种改变文学制度的力量已渐成气候，而最重要的媒介条件就是这一时期博客的兴起，不少文化名人开通了博客，并就各种热点问题发言，可以说，这是学院派第一次大规模的触网，也基本上是最后一次集体触网，此时他们尚未意识到其中的风险，相关期待视野与话语习性仍基于传统视域，实际上在这个新的媒介场域中，诸多要素发生了位移，已然成为文学制度各方力量相互交锋、暗藏杀机之地。

这些文学事件多是以论争、口水战及全民参与的方式展开，表现的是文学制度新旧势力之间的博弈：“文学体制所提出的有效性要求反过来不是被认可，就是被拒绝。因此，文学论争是相当重要的，它们被视为确立文学体制的规范的斗争。这些论争也揭示了力图确立一种对抗体制的努力。”① 文学论争之所以在此时大量出现，就在于新媒介提供了多方力量介入并展开角逐的平台。不同于传统滞重笨拙的批评与反批评，网络交锋可以迅速直接地进行，这就把艺术家投入为认可权而进行的没完没了的斗争中，认可权只能在斗争的过程中并通过斗争得到和确认。以公开的网络论争的方式，新媒介展示了文学制度新旧主体之间的斗争与合作。

新媒介不仅提供了各方争论的空间，让争论与互动频繁化，同时

---

① ［德］彼得·比格尔：《文学体制与现代化》，周宪译，《国外社会科学》1998年第4期。

也把事件网络化了，即便是传统文学制度内部事件，也会因网络介入而变成全民参与的文化新闻，在新媒介时代，内外区分没有绝对意义，甚至有可能逆反了这一过程，在网上持续发酵后，才被传统媒体关注。让内部事件变成外围事件，这是新媒介的新闻效应对文学制度带来的新的冲击。以“洪峰乞讨”事件为例，洪峰本是与马原、残雪等齐名的先锋作家，因为所在单位沈阳市文化局停发工资，遂以当街乞讨的极端方式表示抗议。洪峰事件表现的是传统体制内的作家在文学市场化后面临的危机，这一事件并非首先由纸媒报道，而是被人贴在网上后引起轩然大波的。当时一篇名为《著名作家洪峰，当街乞讨，是行为艺术?》的博客文章在网上出现，博客的主人“静静的顿河”声称自己看见洪峰当街行乞，故发此帖，随即引发广泛关注。洪峰自己也没料到此事一经网络传播会引起如此大的反响，他说：“我起初并没有想向媒体说这件事。我上街乞讨这事情被发现也是挺稀奇古怪的，连我都搞不清楚是怎么被人放到网上的。当时我也只是出去了三四个小时，我也没到正街，按咱东北土话说就是让人赶上了。”[①] 由于网络的发酵及此后纸媒大量跟进报道，洪峰事件进一步引发了关于作协制度必要性、洪峰的体制内作家身份等文学制度论争。

由于网络介入导致事件扩大化的现象同样出现在2006年的“韩白之争”“玄幻之争”中。“韩白之争”之所以发生，导火线就在于白烨将一篇原刊于纸质媒体《长城》的文章《80后的现状与未来》转贴至新浪博客，让韩寒看到并爆发了持久争论。陶东风的文章《中国文学已经进入装神弄鬼时代?》本是发表在《中华读书报》上，也是转贴至新浪博客后引起了玄幻作家的注意。这里显然凸显了新媒介的重要作用，这些批评家没有意识到，一篇本属于纸媒语境的文章进入网络场域会接入怎样的人群、面临怎样的风险，纸质媒体保证了传统文学圈子内部的安全，而一旦置身网络，则会遭遇新的行动者的激烈抵

① 《作家洪峰为什么要去乞讨?》，《华商晨报》2006年11月1日。

抗，2006 年网络论争的大量出现，表现的正是新媒介语境中文学制度转型的症候。

二　批评家与网络作家、大众对文学合法性的争夺

这些论争首先表现了传统批评家与新媒介场域中新的作家群体、文学实践之间关于文学合法性的冲突，这集中表现在“韩白之争”“玄幻之争”中。

文学制度核心焦点就是对“文学合法性”的争夺与裁决。什么被看成文学，什么不被看成文学，什么样的人可以被称为作家[①]，都处于持续争论之中。没有一个超时空的永恒定义，只有关于文学合法性的永恒斗争。在这一认定过程中，批评家扮演着“中心银行”的角色：“它是艺术和艺术家的合法定义、法则、观念和分歧的合法原则垄断者，在艺术、非艺术与公开而正式出现的身份相符的‘真正’艺术家和其他被判定微不足道而遭拒斥的人之间划出了一道鸿沟。”[②] 在新媒介兴起后，依照一贯的立法者角色，学院批评家开始对依托市场与网络的“80 后”文学、网络文学频频发言，然而时移世易，新的行动主体可借助网络空间进行反批评，由此批评家与“80 后”作者、网络作家、草根大众之间的争论成为突出文学现象。

在“韩白之争”中，批评家白烨以立法者姿态否定了“80 后”文学者的文学资格，他认为，“从文学的角度来看，80 后‘写作从整体上说还不是文学写作，充其量只能算是文学的‘票友’写作”，“80 后”的创作还只是“进入了市场”，“尚未进入文坛”，这是因为他们的代表性作者“很少在文学杂志亮相”，带来的后果是“文坛对他们只知其名，而不知其人与其文”，“而这些 80 后作家也似乎满足于已

① ［法］皮埃尔·布迪厄：《艺术的法则：文学场的生成和结构》，刘晖译，中央编译出版社 2001 年版，第 271 页。

② ［法］皮埃尔·布迪厄：《艺术的法则：文学场的生成和结构》，刘晖译，中央编译出版社 2001 年版，第 277—278 页。

有成功，并未有走出市场、走向文坛的意向”①。

白烨的发言内涵颇为丰富，他认为“80后”写作不能算是“文学写作”，最多只能算“票友写作”，这显然否定了“80后”写作的合法性，这正如布迪厄所说：“诸如‘这根本不是诗歌’或‘这根本不是文学’这样的论断，实际上意味着拒绝这些诗歌或文学的合法存在，把他们从游戏中排除出去，开除它们的教籍。”② 与此同时，又认为他们只是进入了市场，还没有进入“文坛”，“文坛”的说法非常形象地表现了批评家对制度内外写作的区分，这是维护文学秩序与边界的努力。而之所以认为他们没有进入文坛，是因为他们很少在“文学杂志”亮相——这就凸显了期刊的合法性认定对新人进入文学制度的重要性。而让白烨感到奇怪的是，这些“80后”作家似乎只满足于市场成功，而没有走向文坛的意愿，这种“奇怪”表明学院批评家仍在用传统制度思维思考问题，并未意识到当代文学制度已发生了深层裂变，部分新生作家群体开始绕开传统文学制度，借助市场或网络而走红，跟以前相比，作家出道的方式产生了断裂。

如果说白烨是针对“80后文学”而言，“玄幻之争”中的陶东风教授则是针对网络文学发言。“80后文学”与网络文学虽然有些差异，但两者在市场占有、写作与阅读群体的年龄结构、擅长使用网络媒体等方面具有重合性，因此这两大论争在性质上基本可以等同。与白烨指责“80后文学”市场化而未有意识地进入“文坛”不同，陶东风主要从价值观层面否认了网络文学的合法性。他认为当下的玄幻文学价值观错乱，并称之为“装神弄鬼”：“以《诛仙》为代表的拟武侠类玄幻文学（有人称为‘新武侠小说’）不同于传统武侠小说的最大特点是它专擅装神弄鬼，其所谓‘幻想世界’是建立在各种胡乱杜撰的魔法、妖术和歪门邪道之上的，比如魔杖、魔戒、魔法、魔力、魔咒，

① 白烨：《80后的现状与未来》，原刊《长城》2005年第6期，后转贴至其新浪博客。

② ［法］布迪厄：《文化资本与社会炼金术》，包亚明译，上海人民出版社1997年版，第84页。

还有各种各样千奇百怪、匪夷所思的怪兽、幻兽。”由此他不无夸张地宣称中国文学进入了装神弄鬼的时代①。陶东风的分析策略是将网络文学与已经体制化、经典化的大众文学相比较，认为前者不如后者。他认为，不管是中国的古代神话、《西游记》等神怪故事，还是西方以《魔戒》《指环王》为代表的神鬼文学，价值观都是符合人性的、正常的，神怪描写仍受道德的制约，邪不压正，不轻言怪、力、乱、神，而玄幻文学则与此不同，价值观混乱，常常“为装神弄鬼而装神弄鬼”②。

白烨与陶东风的言论遭到了新的写作群体及其拥护者的反击。“80后”代表作家韩寒发表《文坛是个屁，谁都别装X》一文，反对了白烨的合法性认定及其立法者身份，认为问题的关键在于白烨坚持认为他认识的那批人“写的东西才算文学”，“并假装以引导教育的口吻，指引年轻作者”，与此同时，他认为白烨文章里“文坛”的说法暴露出“狭隘的圈子意识”，也就是制度意识，并断然否定了传统文学制度对作家与文学的资格设定：“文学和电影，都是谁都能做的，没有任何门槛。”在他看来，“每个写博客的人，都算进入了文坛。”他后来在《对世界说，什么是光明和磊落》一文中又进一步认为：“文学是大众的，是所有草根的。”③

除开文中污言秽语外，韩寒的发言是颇有力量的，他对传统批评家立法者身份的质疑，对传统文学制度的反思，对什么可以被认定为文学的主张，实际上涉及新媒介兴起后一些基本文学问题的重新审视，从中也可以看出他的观点受到了新媒介的影响，比如他宣称“每个写博客的人，都算进入了文坛”，正与他自己从事博客写作的经历有关，这些网络经历给他提供了反思传统文学制度的立足点。

白烨在某次学术会议发言中提到“韩白之争”时，认为论争“绝

---

① 陶东风：《中国文学已经进入装神弄鬼时代?》，《中华读书报》2006年6月21日。

② 陶东风：《中国文学已经进入装神弄鬼时代?》，《中华读书报》2006年6月21日。

③ 韩寒：《对世界说，什么是光明和磊落》，《南方周末》2006年12月2日。

非个人恩怨”，“只是不同代际的人在文学观与价值观上的一次碰撞”。会议主持人也声称白烨是“传统文坛的代表”，“在网络上‘浴血奋战’”，而此时“大会响起了热烈的掌声”[①]。但严格来说，“韩白之争”表现的并非不同代际之间价值观的碰撞，而是新旧文学制度行动者之间的冲突。认为白烨是“传统文坛的代表”这一观点是正确的，他在网络上的“浴血奋战”让大会响起了“热烈的掌声”，表明他代表的正是传统文学制度多数人的观点，而他被韩寒及粉丝攻击的遭遇也引起了传统文学秩序不少人的同情，批评家、编辑解玺璋发表《白烨：文学的保姆》一文，认为白烨一直是“80 后文学”的“拥护者和支持者”，是“文学的保姆”，而他现在的遭遇就类似于当年的鲁迅：“鲁迅先生就曾有过同样的遭遇，他曾经天真地相信，青年是一定胜过老年的，但是，却也遭了青年人的暗算。”[②] 同情白烨的还有作家、编剧陆天明，他表示：“等韩寒长大一点，他自己一定也会明白的。他会懂得，一个真正的文学家，一本真正有生命力的文学作品应该是什么样的。但现在，愣就是没有人愿意真诚地向他指出这一点。”[③]“文学保姆”与“长大”的说法，表现的正是批评家的启蒙者与导师意识。韩寒在博客文章中指出这一点并明确拒绝“指引”：“这点您和白烨很像。觉得谁都要经过您指点一下，才算文学。我一直觉得文学是不需要任何人的指引的。任何甘愿被人指引的人，都不能成为一个优秀的作家。文学不是任何人说了算的。”[④]

但是，韩寒身上也表现出了象征暴力的深刻影响，在激烈反抗传统文学制度的同时也潜在地认同了它。比如他断然否认了“纯文学”的说法：“文学是一个很低的门槛。什么是纯文学，什么是不纯文学，

---

① 《白烨：与韩寒的论争绝非个人恩怨》，《羊城晚报》2006 年 11 月 11 日。

② 解玺璋：《白烨：文学的保姆》，http：//blog. sina. com. cn/s/blog_475b6ef8010002vh. html，2006 年 3 月 9 日。

③ 转引自蔡达新浪博客，http：//blog. sina. com. cn/s/blog_48ebfd70010002lg. html，2006 年 3 月 26 日。

④ 韩寒：《对世界说，什么是光明和磊落》，《南方周末》2006 年 12 月 2 日。

文学又不是姑娘，但是，很多老一辈就觉得文学是姑娘，调戏来调戏去。其实，他们调戏的不是文学，文学永远存在于平民中，他们调戏的是他们自己弄出来的文坛。文坛和文学完全不搭界，文学是雅典娜，高尚亲民，文坛是站街女。”① 这些说法可谓切中时弊，指出了传统文学秩序中的一些痼疾，也类似于布迪厄对文学“幻象”与“信仰”的揭示；但另一方面，他又宣称自己的写作“可以说是中国难得的纯文学”。与此类似，他一方面宣称文坛是个“屁”，并称“什么坛到最后也都是祭坛，什么圈到最后也都是花圈”；另一方面又认为“每个写博客的人，都算进入了文坛”。对于这一点，陈村辛辣地指出：“我无耻地要跟韩寒等人说的是，你小子不要昏头了，不要落入陷阱。你争什么‘纯文学’呢？你要是说，我就不是纯文学，我当文坛是个屁我不追屁，我随便弄弄就这样子了，你们去手淫吧，我哪里要跟你们玩，你们生气吗？那才对头。”“一面声称是屁，一面对不能被当个屁而愤懑，这态度不好。超脱了，就是不看，不要，你说我在文坛是主流，我赶快辟谣。”②

网络作家也对陶东风进行了反击。《诛仙》作者萧鼎在博客发表名为《究竟是谁在装神弄鬼？——回陶东风教授》的文章，对陶东风进行了反批评，他表示，陶东风的观点所依靠的论据不过是三部玄幻作品和几部影视作品，这个逻辑太成问题③。从实际情况来看，这确实是陶东风授人以柄的地方，他对玄幻文学进行批评，只是在读了《诛仙》《小兵传奇》《坏蛋是怎样炼成的》后得出的结论。而这一点也成为网友集体攻击陶东风的突破口，大量的帖子质疑陶东风仅看了三部小说就敢得出“中国文学进入了装神弄鬼的时代”的断言，比如网友“隐流幻像”说道：“什么鬼话啊……还教授呢，也不调查一下

---

① 《韩寒：我定性为赛前消遣》，《南方周末》2007 年 4 月 2 日。

② 《陈村、吴亮等评“韩寒白烨纠纷”》，http：//bbs. tianya. cn/post-funinfo-164284-1. shtml，2006 年 3 月 24 日。

③ 《首师大教授写博客批评玄幻文学引发争议》，《信息时报》2006 年 6 月 27 日。

就乱放炮。《坏蛋是怎样炼成的》这种渣书，也能算玄幻小说前三强?敢问陶教授，你看过多少本真正优秀的玄幻小说?《搜神记》《数字生命》《21世纪星际走私》《楚氏春秋》《高衙内新传》《商业三国》《曲线救国》《天鹏纵横》……还有许许多多的作品，你看过其中几本?没有实际调查就没有发言权，前辈领袖的教导好好回味一下吧。”网友“无名”说:“你看过几本玄幻小说啊，西方玄幻看过几本?你了解龙枪系列?了解遗忘国度系列?纯粹的一副外行人叫嚷得让人恶心的嘴脸。不懂装懂。照你的说法，《西游记》《封神榜》《镜花缘》、金庸古龙的小说全是神棍垃圾了!”① 在笔者看来，这里表现的是批评家在新媒介场域试图扮演立法者角色时面临的根本困境。从这些网友的回复来看，他们远比陶东风熟悉网络文学，这跟传统文学语境不一样，在传统文学制度中，批评家在理论学识与阅读作品层面都远超一般读者，但在新媒介场域中，他们保留了理论优势，却丧失了对象优势，不仅如此，还因为理论优势与对象优势的不一致，而导致理论大大溢出了对象，出现不少粗暴的、大而无当的批评，这一现象在网络文学兴起后相当常见。

网络作家不仅从批评对象入手质疑了批评家的立法者资格，也同样质疑了其“道德者”的身份设定，或者说，进行了“道德”的反批评。在这方面，网络作家蔡骏的回复颇有代表性，他以“回溯源头”(return to the resource)的方式为网络文学的幻想、装神弄鬼寻求合法性，他追溯了中西文学的源头，认为中国的《搜神记》《三国演义》《水浒传》《西游记》《聊斋志异》，以及西方从荷马史诗一直到现代主义的卡夫卡，都与装神弄鬼有关。布迪厄认为，在文学场中，“异端”的颠覆策略常常宣称要“回归源头”“回归精神”“回归游戏的真正本质”。② 作为文学场的新生群体，网络作家显然扮演的是“异

① 均见陶东风新浪博客文章《中国文学已经进入装神弄鬼时代?》的网友跟帖，http://blog.sina.com.cn/s/blog_48a348be010003p5.html，2006年6月18日。

② P. Bourdiu, *Sociology in Question*, London: SAGE Publications, 1993, p. 74.

端”角色，而蔡骏正是以“回溯源头”的方式，确证自己才是场域历史的真正继承人，从而挑战现存的美学信条与价值规范。蔡骏还讽刺了批评家的“道德者”面目：“……聊斋里也是群魔乱舞的所在，那些女鬼狐仙们哪一个不比凡人更可爱，倒是人间的道学先生们更加面目可憎。”① 另一位网友“刘化童”的批评则更为激烈，认为大众文学本身就是“装鬼”，批评家面对这种对象却颇有些“装人”的意味：“陶教授已经认可了盗墓文学是大众文化，却拿精英文学的尺度来衡量它，最终将精英文学自身尚且存在的缺乏人文关怀等弊病，一并骂到了大众文化上。玄幻文学也好，盗墓文学也罢，它们本就打算心安理得地装鬼，从未奢望有朝一日能装人。……陶教授不对人谈论人的问题，反而对鬼提出人的要求，莫不是他只敢在鬼面前，才有装人的勇气?”他进一步将“装人”视为学院知识分子的生存策略：

> 在鬼面前才觉得自己是个人，这既是当今某些学院知识分子的真实面目，也是他们赖以生存的话语策略。这一话语策略的关键就在于将对手定义为“鬼”（即不符合人文精神的异教徒），将自己装扮成“人”（即人文精神在凡世的圣徒）。……陶教授装人的勇气，来源于他深知“据说盗墓文学的主要作者和读者是‘八零后’一代”，由于话语权的不对等，作为教授的他自然就比那些晚辈们拥有先发制人的话语命名权——自己占据“人”的话语高地，瞄准低人一等的“鬼”扫射②。

虽然这位网友对陶东风的批评有失公允，但无疑切中了传统批评体制及部分学院知识分子的弊病，这种弊病在新媒介及其文学实践兴

---

① 蔡骏：《文学就是要“装神弄鬼”——致陶教授并声援江南、萧鼎等诸位文友》，蔡骏新浪博客，http：//blog. sina. com. cn/s/blog_470c2b3901000414. html，2006 年 7 月 4 日。

② 刘化童：《装鬼、装人与装神》，http：//book. douban. com/review/1328809/，2008 年 3 月 17 日。

起后暴露得更加明显。

三　传统作家“试水”与文学网站的组织生产

2008年，“起点中文网”举行了“30省作协主席小说竞赛”，邀请各省市作协的主席、副主席在网上写小说，举行竞赛，接受草根大众的阅读与点评。这成为2008年的一大文化事件，据称有上千家媒体对此进行了报道。从文学制度的层面来看，这一事件中呈现的传统作家、批评家、文学网站、草根大众等行动者之间的争论与互动是颇有意味的。

在此次事件中，首先值得注意的是传统作家将“打擂”视为打破传统文学制度、直面读者的一次机遇与挑战。客观而言，虽然带有文学网站炒作的成分，但从传统作家能否走出体制、适应互动性强的网络场域这个角度看，这一事件具有重要意义。一些作家也对此抱有理想化的预期，如北京市作协副主席刘庆邦表示想看看自己的小说“在网上有没有读者缘”①，陕西省作协副主席冯积岐认为跳出传统文坛，也许能面对最纯粹的读者：“在网络上，没有文坛不好的风气，没有所谓的独揽专家评论，我们能找到最最纯粹的读者。”② 在此意义上，这也许是传统作家一次重生的机遇，辽宁省作协副主席刘元举认为，这是“传统写作与现代网络的真正撞击”，“是寻找传统写作与网络写作的契合点，更是对于我们这些已经陷入了条条框框的专业作家们的挑战。或许这是一次涅槃，但愿能够得以再生”！③

一些学院批评家也对此非常看好，北京大学教授张颐武认为传统作家可借此机会实现第二春。在他看来，传统文学现在越来越小众，而通过网络发表作品，“在将来是非畅销传统作家的唯一出路”，在此意义上，网络不仅是网络写手的“起点”，也是传统作家新的“起

---

① 《作协主席打擂》，《新民晚报》2008年9月8日。

② 《作协主席们　今儿真高兴》，《中国青年报》2008年9月16日。

③ 《当代作家亲近“当红”网络》，《人民日报》2008年9月22日。

点”。上海作家陈村刚开始也支持此事，充分肯定它对传统文学制度的意义：“这本是个伟大的事情，可能打破原有的纸质三审。”“我希望网络上这些变革能够成功，打破以前的规则，更快速更廉价的把作家作品传递到读者面前。多好的事情啊。”①

不过，从作协主席们网上写作的反馈情况来看，事情进行得并不顺利。从点击率看，这些小说不及当红小说的1/15。在开赛后一周内，点击率最高的是河南省作协副主席郑彦英所写的《从呼吸到呻吟》，点击率38836，总评论有216条，但与同一网站里最红的小说60多万点击率相比，相差太远。同时，在书评区可以看到网友对这些作品的激烈点评，如“味同嚼蜡”“太爽了！终于能开骂了！”“太枯燥了不爱看”等②。作协主席们的创作受到冷遇是正常的，毕竟这是不同的文学生产次场，即布迪厄所说的场域中位置的错位，生产者或产品“不在他们的正确的位置上”，侧重先锋倾向与畅销书的不同出版商，如果计划出版“相反一极的作品”，那么他们肯定会“走向失败”③。

这次“主席打擂”也引起了广泛争论，不过争论的并非这次事件中最有意义的部分，即传统文学能否试水网络，以及如何展开这种实验性探索，这些问题都被有意无意地忽视了，进入大众视线的是有关文学制度的另一些层面。由于文学网站有意识地炒作“作协主席”的名号，这导致了人们对新媒介时代作协制度的意义展开了讨论。叶匡政首先进行了评论：“我不知道30个作协主席上网打擂，能否算作文学往前迈进的一小步。但可以肯定的是，对这些作协主席来说，这个举动倒算得上一种进化。既然进化了，就要坚决点，最好是净身出户。别一边在网上和网友们金风玉露，一边还惦着主席的那点游戏规则。”④ 言语之间充满了对作协的揶揄，但涉及传统文学制度的作家究

① 陈村：《都是娱乐中人》，《经济观察报》2008年10月27日。

② 《作协主席打擂》，http://news.ifeng.com/c/7fYaPkuCwDO，2008年9月15日。

③ ［法］皮埃尔·布迪厄：《艺术的法则：文学场的生成和结构》，刘晖译，中央编译出版社2001年版，第202页。

④ 叶匡政：《网上打擂乃30个作协主席的进化之举》，《信息时报》2008年9月12日。

竟该选择体制还是网络的两难困境，也揭示了部分作家在这种困境面前犹疑不定的复杂心态。韩寒也将矛盾指向了作协，他先是在博客中讽刺郑彦英的《从呼吸到呻吟》是“标题党”[①]，引起了双方口水大战，然后发表博文《驯化和孵化》，声称作协是一个驯化基地[②]，并进一步提升“韩郑之争”的意义，认为相比之前的“韩白之争”，后者意义更重要，因为之前还停留在“文学观点方面的辩论”，而现在针对的是“作协体制”“作协主席”，“它对文学发展的重要性更大”[③]！

不过这其中显然有误读的成分，正如央视评论员白岩松所说，大家会比较关注的是这些作协副主席的主席身份，而网站又有意无意地忽略了这个“副”字，其实在参加竞赛的30人中，只有一位是正主席，其余的都是副主席，而在作协系统中，副主席却有很多[④]。陈村也担任过作协副主席，对情况比较熟悉，他解释道：“和人们想象的不同，当这个副主席，没有多一块钱工资，没有办公室，没有专车，并不是行政级别，只是个说法而已。作协副主席何等多也。”[⑤] 在他看来，正是“作协存废”的“韩谈之争”，放大了这场30个作协主席小说擂台赛本应获得的关注度[⑥]。陈村的说法基本上揭示了争论的实质。

在这次事件中，值得关注的是文学竞赛的组织者文学网站。这显然是一次成功的商业策划。联系到中国作协对网络作家的“招安”“收编”，《中国青年报》把这次活动称为读书网站对传统作家的“反招安”[⑦]。不过，这种“反招安”其实只是表面现象，作为新生网络文学制度的主要制定者，文学网站面对着传统文学制度未曾遭遇的困局，

---

① 韩寒：《领悟》，韩寒新浪博客，http：//blog. sina. com. cn/s/blog_4701280b0100apmk. html，2008年9月19日。

② 韩寒：《驯化和孵化》，韩寒新浪博客，http：//blog. sina. com. cn/s/blog_4701280b0100aqu5. html，2008年9月23日。

③ 《网友称韩寒新口水仗低劣》，《广州日报》2008年9月24日。

④ 《作协领导网上打擂“秀文学”还是“文学秀”?》，http：//www. chinanews. com/cul/news/2008/09-12/1379727. shtml，2008年9月12日。

⑤ 陈村：《都是娱乐中人》，《经济观察报》2008年10月27日。

⑥ 陈村：《都是娱乐中人》，《经济观察报》2008年10月27日。

⑦ 《作协主席们　今儿真高兴》，《中国青年报》2008年9月16日。

即它缺少精英文学所固有的符号资本，借助“作协”与“主席”的名头，它既好好地炒作了一把，同时也提升了自己的符号价值，在此意义上，有人精辟地把作协主席试水网络比喻成一次联姻：“英国工业化初期时，那些崛起的资产阶级暴发户们，热衷于与破落的贵族联姻。虽然这样的联姻中总是充斥了相互之间的看不起，但从总体上来说还是双赢的。除开现实的利益外，其第二代往往也更容易出现有教养的有钱人。起点这次迎娶作协主席，似乎有点类似于英国的彼时彼事，对作为官方的作协和作为草根的网络都有好处。”① 从文学制度层面来看，最重要的是需要注意到文学网站在新的场域中开始扮演着越来越关键的角色。

四　先锋派与文学秩序、大众的冲突

2006 年还有一大文学事件就是叶匡政耸人听闻的口号“文学死了”，他在博客上发表了一篇博文《文学死了！一个互动的文本时代来了!》，引起不少争论。客观而言，除去题目的炒作意味之外，这篇文章有一定价值。

总体来说，这篇文章实际上强调了新媒介对文学制度的意义。叶匡政所宣称的“文学死了”，首先是指现代性语境中孤独个体的、等级化的印刷文学的死亡。在新媒介时代，人人都可以写作，任何文字都可以看成是文学，在此意义上，文学确实“死亡”了，这显然有反抗传统文学制度的重要意义，同时也意味着新的文学秩序：“文学死了！对我们意味着什么？我们每个人都重新获得了创造自己文本的权利！我们不再允许任何人把我们的文本，放在那个虚伪的、僵死的文学秩序中去角逐。在我们的观念中，一份生动的语文老师的教案、一段鲜活的网络聊天记录、一篇有关婚姻问题的博客短文与回贴、一个情真意切的手机短信等，任何形式的文字文本都与所谓的文学有着同

---

① 乐毅：《希望“联姻作协主席”是一场好姻缘》，http：//www. qidian. com/News/ShowNews30. aspx? newsid = 1003429，2008 年 9 月 11 日。

样的地位。它们一样可以成为经典，它们将构成文字在未来的新秩序。”孤独的个体性文学已经不复存在，天才式作家已经没落，在此意义上，没有了文学等级，没有了文学体裁，没有了诗人与作家的身份意识，也没有了文学史。在叶匡政看来，传统的“文学利益集团”不会承认这一点，这种利益集团也许是诗人、作家，也许是文学教授、批评家、文学编辑，或者是那些依然怀有梦想的文学爱好者。

叶匡政也强调了新媒介的互动对文学制度的意义：“媒介的形式，决定着一个时代真理的内容。博客、视频等网络互动技术，正在将生活在同一母语下的人群联合成一个巨大的母语部落，人们正在重新感受到过去部落生活所拥有的集体感与统一感。生活在不同城市的人像生活在一个部落一样，在谈论同一个话题。这一切都成为文字革命的动因，也在重写着文化的定义。未来文化的一个主导特征就是‘互动’，内容的消费者同时是内容的提供者。”而这种平等性的互动，同样也改变了作家那种先知者、人类导师的形象，这是一种“革命性的变化”，“将为我们彻底抹去‘文化控制者’这样一小撮精神特权阶层”。他激动地宣称：“文学死了！至此，我们宣布，一个人人平等的互动文本时代已经到来!”①

显然，叶匡政扮演的是传统文学制度中边缘化的先锋派角色，他为新媒介的到来大唱赞歌，充分肯定它解构传统文学制度的意义。值得注意的是，他这些不无浮夸的语言，在某种程度上也是行为艺术式的宣示，而这种语言与文风，也只有在网络空间才能存在，先锋派显然充分利用了这种边缘性空间。

不过，叶匡政又呈现了先锋派固有的矛盾。一方面，他欣赏的是刘索拉、残雪、莫言、王安忆等作家，认为他们都是非常优秀的作家，但也存在不足：“他们唯一的问题是把文学看得太重了，把文学看成了生命中唯一的东西，对公众生活比较漠视，很少对公众生活

① 叶匡政：《文学已死》，原链接已无法查到，这是凤凰网若干年后的转载，http：//news.ifeng.com/opinion/indepth/duchangtuan/a04/detail_2010_07/05/1721237_0.shtml，2010年7月5日。

发言。"[1] 这显然贯彻了历史先锋派对文学与生活关系的重要看法，而正是在基于互动、基于公众文学生活意义上，他肯定了木子美、芙蓉姐姐等网络现象："我们的公众人物是木子美、芙蓉姐姐。其文字、事迹和网友的互动，本身就构成了一个巨大的文本。所以我说，木子美或芙蓉姐姐更像这个时代的文学家、艺术家。"[2] 另一方面，在谈到对当下文坛看法的时候，他表示非常失望，原因在于文学的商业化，认为他们制造的是"毒素"。他首先攻击了"80后文学"与唱赞歌的批评家，借用布迪厄"输者为赢"的文化逻辑，他坚持的是自律艺术体制："所有的文化艺术上的成功者都必须经历淡泊名利的文化苦刑过程，这就是文学最基本的'输者为赢'原则。文学最基本的原则不存在时，就面临着死亡。而现在就连最著名的文学评论家都丧失了'输者为赢'特征。现在这些人谈小说，肯定是谈韩寒和郭敬明，有市场效益的。"[3] 同时，他也彻底否定了盗墓、恐怖、穿越等网络文学："那肯定是垃圾的一部分。让盗墓成为一个时代的思想，不是一件很荒唐的事吗？这些都是商业小说，严格来说这些不是文学作品的一部分。但是这些写手不断地说话，而真正的作家不出来的时候，公众就会认为，这就是文学。"[4] 显然，在逻辑思路上，他继承的是他反对的传统文学制度的声音，这种自我悖论，折射的是先锋派的致命矛盾："成为先锋派的一员就是成为精英阶层的一部分——尽管与以往的统治阶级或统治集团不同，这个精英阶层投身于一个完全反精英主义的纲领。"也就是说，先锋派存在一种基本的"精英主义—反精英主义"的矛盾态度[5]。

某位网络作家站在大众立场上反对了叶匡政对网络文学的看法：

① 《叶匡政说文学：垃圾、毒素、商业恶果》，《法制晚报》2007年7月25日。
② 《叶匡政说文学：垃圾、毒素、商业恶果》，《法制晚报》2007年7月25日。
③ 《叶匡政说文学：垃圾、毒素、商业恶果》，《法制晚报》2007年7月25日。
④ 《叶匡政说文学：垃圾、毒素、商业恶果》，《法制晚报》2007年7月25日。
⑤ ［美］马泰·卡林内斯库：《现代性的五副面孔》，顾爱彬、李瑞华译，商务印书馆2002年版，第112页。

“大众喜欢《鬼吹灯》这类作品，你却说它是垃圾。”在他看来，“把普通的人生故事用有节奏音乐样的语言组织起来，让大家读来是一种享受，这是文学。那些具有跌宕起伏的情节，让读者仿若身临其境为之扼腕的朴实文字，那也是文学”。他认为叶匡政表现了知识分子“完全沉浸在自己的小圈子里”的通病①。显然，这里涉及的话题仍然是我们前面所说的什么是“文学”、什么是“好文学”等基本话题，在这一问题上，这位网络作家精辟地指出了叶匡政及其代表的先锋派的自我困境。

2006 年值得注意的还有“梨花体”事件。9 月 13 日，诗人赵丽华的一些大白话诗被一位叫“梨花教”的网友放到网上，并根据她的姓名谐音，号召成立“梨花教”，并不断发帖推动，让这一事件在网上持续发酵，最终引起全网群嘲与戏仿赵丽华大白话诗的运动，“梨花体”的说法不胫而走，甚至被有些媒体称为“五四”新诗运动以来最大的一次诗歌事件。从文学制度的角度来看，“梨花体”事件表现实际上是作为先锋派的诗歌在网络场域中的命运（详见第三章）。

赵丽华的大白话诗其实是她有意为之，试图实践的是“废话诗派”等先锋诗歌“口语写作”主张，意在拆除附加在语言上过重的意识形态与形而上因素，让诗歌回归本原与日常生活，从而反抗传统的诗歌趣味与诗歌制度（详见第三章论述），以民间、江湖姿态对抗诗歌的主流与中心，表现的是先锋派与正统派的角逐，实际上也具有与叶匡政类似的意义，即试图借助新媒介实现对传统文学制度的改造。

但是，在“梨花体”事件中，赵丽华之所以被恶搞群嘲，主要却是在于她的体制内身份。在这次事件中，发帖者“梨花教”有意识地渲染她的体制内“大诗人”身份，如曾在《人民文学》《诗刊》《诗选刊》等各大报刊发表大量作品，先后担任“鲁迅文学奖”诗歌奖评

---

① “天书奇谈”:《驳叶匡正所谓的文学》，http://www.writer.com.cn/2007/2007-7-24/180415.html，2007 年 7 月 24 日。

委、“柔刚诗歌奖”评委等①。如此多的头衔与如此“浅易”“白话”的诗歌形成强烈反差，瞬间让网友群情沸腾。正如叶匡政所说：“人们对梨花体的攻击，攻击的不是她的诗歌，而是她一级作家的身份。”②张颐武也指出了这一点：“现在是赵丽华变成了诗歌界的某种象征性的人物，被拉下了诗坛，变成了违背‘常识’的象征，变成了高高在上的‘诗人’糟糕的标志。本来公众对于诗歌今天的发展已经非常陌生，但赵丽华意外地给了网络‘草根’一次对于诗歌发言的机会。”③一向对传统文学制度颇为不满的韩寒，发表博客文章《现代诗和诗人怎么还存在》，颇为尖刻地说道：

> ……我的观点一直是现代诗歌和诗人都没有存在的必要的，现代诗这种体裁也是没有意义的。这年头纸挺贵，好好的散文，写在一行里不好吗？古诗的好在于它有格式，格式不是限制，就像车一定要开在指定路线的赛道里一样，才会有观众看，你撒开欢了到处乱开，这不就是交通现状吗，观众自己瞎开也能开成那样，还要特地去看你瞎开？这就是为什么发展到现在诗歌越来越沦落。因为它已经不是诗，但诗人还以为自己在写诗。
>
> ……好好的标点符号摆在那，你非不用，先把自己大脑搞抽筋了，然后把句子给腰斩了，再揉碎，跟彩票开奖一样随机一排，还真以为自己是艺术家了。④

作为草根领袖，韩寒的观点很大程度上代表了大众的意见。从这里也可以看出，韩寒与大众身上再一次表现出了象征暴力。他衡量诗

---

① “梨花教”：《在教主赵丽华的英明领导下，梨花教隆重成立!》，天涯社区，http：//www.tianya.cn/New/PublicForum/Content.asp？idArticle＝242113&strItem＝funinfo，2006年9月13日。

② 《叶匡政说文学：垃圾、毒素、商业恶果》，《法制晚报》2007年7月25日。

③ 张颐武：《嘲讽和着迷透露的信息》，《北京青年报》2006年9月24日。

④ 韩寒：《现代诗和诗人怎么还存在》，原载其新浪博客，已删，可参阅“豆瓣读书”，http：//www.douban.com/group/topic/1242810/，2006年10月14日。

歌的标准是“古诗”，认为好的诗歌就在于“有格式”，显然他是以受到的文学教育反对了另类文学写作的合法性。这也违背了他自己在“韩白之争”中对文学的看法，也就是说，他本该跟赵丽华同一阵线，表现相同的文学理念，即文学不应该有等级差异，不应该有中心与边缘之分，但在这里他又以文学等级与边界来打压另类写作，实际上成为传统文学秩序反对先锋派的共谋。这正如历史先锋派的命运一样，它试图用“震惊”美学来让接受者做出反应，但公众对于它们的挑衅只是表现出“盲目的愤怒”，或者说，这种震惊被消费了，剩下的只是高深莫测形式的性质，它们抵制从中挤出意义的努力①。

韩寒与大众对先锋派的误解，让先锋诗人杨黎非常惊讶：“我压根就没有想到，像我们这些悄悄写诗的‘地下工作者’，也会被大家恶搞？因为就我对恶搞的理解，被搞的对象怎么说也应该是那些时代的风云人物。”② 不过他很快意识到这是象征暴力的结果：“你们对废话诗所表达的愤怒我非常理解，这不怪你们，只怪你们接受的教育：它对你们说上天下地和男左女右，说得像真理一样，你们当然就只有相信了。”③ 他认为赵丽华的诗歌反对的是传统文学秩序对写作的特殊化，将之视为一种特权，而网友则是“这一文化养育的狼孩”，因此当他们看见真正的群类时，就会把他“视为异类和怪物”④。这里隐隐呈现了先锋派作为历史启蒙者的悲壮意识，一种以肉身牺牲来唤醒愚昧“群氓”的仪式：“恶搞对于经典而言它是一种讽刺，但是恶搞对于赵丽华你而言，却是难得的支持：因为你是反对经典的。”⑤ 而这也

---

① ［德］彼得·比格尔：《先锋派理论》，高建平译，商务印书馆2002年版，第159页。

② 杨黎：《给赵丽华的一封公开信》，杨黎新浪博客，http：//blog. sina. com. cn/s/blog_477e9b940100056a. html，2006年9月17日。

③ 杨黎：《关于废话诗歌再对网友说四句》，杨黎新浪博客，http：//blog. sina. com. cn/s/blog_477e9b9401000587. html，2006年9月21日。

④ 杨黎：《给赵丽华的一封公开信》，杨黎新浪博客，http：//blog. sina. com. cn/s/blog_477e9b940100056a. html，2006年9月17日。

⑤ 杨黎：《给赵丽华的一封公开信》，杨黎新浪博客，http：//blog. sina. com. cn/s/blog_477e9b940100056a. html，2006年9月17日。

成为赵丽华的自我安慰与先知者的身份想象："如果把这个事件中对我个人尊严和声誉的损害忽略不计的话，对中国现代诗歌从小圈子写作走向大众视野可能算是一个契机。"① 即试图以这种悖反的、个人献祭的仪式实现先锋派的诗歌理想。

从先锋派在新媒介场域中的命运来看，他们既想启蒙大众，又想维持符号资本，但如果所有人都拥有符号资本，所有人都可以写作，那么阅读它们的人会变得越来越少，符号资本的收益也将会接近于零。在根本意义上，没有什么能比符号性资本更不民主的了，"先锋人士在酝酿革命情操和培养雄心勃勃的民众的同时，也同样培养了一种有贵族式的惯习（habitus），那也并非巧合。从浪漫派主义、波特莱尔、马拉美、一直到情境主义，这种惯习就一直是抵抗文化资产阶级商品化最令人满意，也是最有效的方式"。② 正如赵丽华后来在反省这一事件时说，也许诗歌最终只能是小众的。

---

① 赵丽华：《我要说的话》，http：//blog. sina. com. cn/s/blog_4aca2fbd010005r5. html，2016年9月18日。

② ［瑞士］樊尚·考夫曼：《"景观"文学：媒体对文学的影响》，李适嬿译，南京大学出版社2019年版，第61页。

第二章　文学网站与作家制度、读者制度的建构

文学网站是文学制度的重要方面，有论者已经指出了这一点："互联网取代出版业改写了文学发展的制度因素，正在催生一种新的文学制度。文学网站的产业化就是通过重新确立互联网的价值特性与运营模式成为文学发展的制度性因素，从而影响到当代文学的发展。"① 不同于传统文学制度的是，资本主导了网络文学制度的建构，同时这也是一种没有先例可循的实验，其中的成败经验值得总结。

第一节　文学网站与作家制度的建构

早期网络文学处于一段"自由"与免费时期，随着 2003 年 VIP 付费制度的确立，资本通过不断探索，逐渐利用媒介技术的特点，建构起独具特色的网络作家制度。

一　BBS 时期网络文学制度的探索

早期网络文学可称为 BBS 的"网文江湖"时代，还处于免费阅读时期，严格的网络文学制度还未建立，一切都处于探索之中。此时较

① 傅其林：《文学网站的产业化与中国网络文学的发展》，《贵州社会科学》2008 年第 10 期。

著名的网站有1997年创建的“榕树下”，1999年成立的“红袖添香”，2000年成立的“幻剑书盟”，2001年成立的“龙的天空”，2002年由保剑锋、“藏剑江南”“意者”“黑暗之心”“黑暗左手”与“5号蚂蚁”联合成立的“起点中文网”，2003年成立的“晋江文学城”，等等。在这一段历史中，较有代表性的网站就是“榕树下”，创始人朱威廉希望将其打造为“全球最大的中文网络文学原创平台”，但总体来看，其操作模式遵循的仍主要是传统文学的制度规则。具体而言，“榕树下”网站采取了这样一些措施，比如邀请传统作家陈村主持论坛；采取比较严格的编辑审核机制；线上举办文学大赛，从1999年起，“榕树下”先后主办四届“网络原创文学大赛”；线下出版，出版了《性感时代的小饭馆》《蚊子的遗书》等获奖作品。这些制度探索具有比较浓重的过渡痕迹。

在早期网络文学的发展中，也表现出一些传统文学制度没有的新元素，比如开始注意到来自网络的文学主体，在“榕树下”举办的网络原创文学大赛中，在评委方面，除了传统作家外，也邀请了一些当红网络作家、网络评论家，如“宁财神”、邢育森、“安妮宝贝”、吴过、“柳五”“SIEG”，以及“全景”“残剑”“温柔”等网友代表，这种探索有一定意义。此外，特别需要注意的是文学社区制度的建设，由于当时发表作品的主要园地是BBS，读写双方的活动带有强烈的社区性，而网站也比较注重维护这种社区性，这种交互模式在后来的网络文学制度探索中得到保留，这是非常重要的一大举措，甚至可以说是中国网络文学制度最值得研究的特点。随着社交媒体的广泛兴起，这种交互模式与社区建设也得到了新的发展，这一点我们将在后续章节中深入讨论。

早期文学网站也探索了网络文学的盈利模式。如何解决作家稿酬与让网站盈利，这是关系到网络文学持续发展的关键。在免费阅读模式中，网站主要依靠广告及线下出版来解决这一问题，但效果不佳，加上盗版猖獗，结果就是网络作家线上成名后迅速转向纸媒发展，网站沦为传统文学新人出道的平台。陈村认为，免费阅读显然只是“过渡”与权宜之计，是“不正常的”，“其中写得好的那部分，一定要有财政的支持，才能有效地一直写下去”，他希望这些问题能较快在网上解决①。一些网站开始尝试线上收费，2002 年，“读写网”开始尝试收费阅读。2003 年，“起点”筹备收费制度，启动 VIP 会员计划，会员可用每千字 2 分钱的价格阅读 VIP 作品，2004 年盛大收购了起点中文网，全面推行这一制度。这种模式也取得了成功，不久订阅率最高的作品，作者的收入已达每千字 20 元。

收费制度的建立并非一帆风顺，网文界对此进行了激烈争论，其中，“龙的天空”彻底抵制了商业化，坚持自己文学社区的本质，这导致一些知名网络作家出走，转投其他网站或者转向线下。“幻剑书盟”则在商业化和文学化之间摇摆不定，经过内部大讨论，传统派占了上风，驱逐了一批以暴力、色情为卖点的作者，其中包括正在连载“流氓三部曲”的“血红”，“血红”一怒之下来到“起点”，结果人气暴涨。虽然后来“幻剑书盟”也推出 VIP 付费制度，但已难阻“起点中文网”的崛起，在被盛大收购后，它又拉拢了大批出色的作家，其中包括《邪神传说》的作者“云天空”、《光之子》的作者“唐家三少”、《明》的作者“酒徒”、《流氓高手》的作者“无罪”、《活色生香》的作者“司马”等，短短一年时间内，“起点中文网”将“幻剑书盟”抛到了后面。这是一个重要的转折点，如果说网文界对收费与否的争论还表明了传统文学制度与写作观念的制约，从此时开始不再有犹疑，一种不同于传统文学的作家制度与写作模式出现了，此后虽然“起点”陆续遭到一些文学网站如“纵横中文网”、17k、“逐浪”的挑战，但相互之间已没有根本性区别，余下的只是局部调整与相互模仿。

二　作家制度的建构

VIP 付费制度在根本上解决了网络作家稿酬问题，但各种网站并

① 伍恒山、雷默、陈村等：《网谈网络文学》，《中国电子出版》2000 年第 3 期。

未停留于此，经过探索，逐步建立了完备的作家制度。在印刷文学语境中，文学刊物对文学的观念与形式影响很大，文学网站建立的作家制度同样推动了网络作家的社会化与职业化。由于当下阅文集团一统天下，同时各种网站作家制度大同小异，笔者主要以阅文集团为例进行说明。这种作家制度主要包括作品签约制度、推荐制度、作家创作扶持制度、创作激励制度、作家推广制度及等级制度。

作品签约制度。作品签约可分三种情况，一是分成协议，即作家与网站之间根据比例分成。依据相关条款，作家享有网站订阅、渠道直接销售所得，以及各类版权拓展收益。凭借收益持续共享优势，分成协议成为最能保证作家长期收益的选项之一。二是买断计划。如果作家希望寻求稳定创作环境，可寻求网站买断，并将作品按照双方约定版权范围和协议价格转让，据称这是阅文集团试图为特色创作提供支持的一大举措，所谓特色创作主要指一些富有创新与个性的作品，如现实题材、独立小类题材等。三是针对品牌作家的专有签约制度。这主要是为那些大神级作家准备的签约规则，目标是提供更加灵活、丰富的内容分成及授权模式，构建优质创作环境与创作体验，同时以阅文集团的内容生态及平台资源为依托，帮助这些作家提升作品质量与市场知名度，并打造专属品牌标签。

作品推荐制度。由于文学网站的网页版面有限，作品又非常多，因此“推荐位”至关重要，而遵循什么原则推荐，也是文学网站精心设计的。这种推荐制度颇为繁复，下面以 PC 端为例予以简单介绍。一般而言，得到推荐位的基本条件是字数 5 万以上的已签约作品，大多数签约的书都会有一个“试水推”，也就是第一个推荐位，一般都是在网站页面角落给一个推荐位，如果能晋级到下一关，意味着作品能得到一个流量关注度更大的推荐位，以此类推。这些推荐位的基本顺序一般先是新书推荐，然后走出分类频道，进入首页推荐。

新书推荐一般包括四种推荐，分别是“热门分类”“人气连载”“新书推荐”“分类强推”。第一个推荐位“热门分类”又俗称“凉门分类”，属于新书四种推荐中最差的推荐位，往往是编辑不怎么看好的作品，但该作品也有可能在出人意料的情况下走红。如果作品能进入排行榜前两名就有机会晋级最终的“分类强推”。第二个推荐位“人气连载”常被网络作家戏称为“气人连载”，相对来说，它只比“热门分类”强点，但作品如果进入排行榜前两名也会晋级“分类强推”。第三个推荐位“新书推荐”往往是编辑重视的书籍，作者多是一些有过写作经历的作家或者潜力新人。新书推荐的最后一个推荐位“分类强推”是起点 13 大频道内部最好的推荐位，作者往往是级别较高的老作者或大神作家，上一部作品一般能达到 1000 以上的月均订阅，但也有可能是那种有实力的新人作家，借此推荐位一飞冲天。如果作品在“分类强推”晋级失败，可能就一直困于频道内部而难以冲出重围。若“分类强推”晋级成功，字数较少时会继续留在频道内部其他推荐位，比如“分类封面”“编辑推荐”等，字数积累到一定程度就会进入下一阶段，开始走出分类频道，进入首页推荐。

走出分类频道后，到上架之前，推荐位主要有首页“六频推荐”“三江推荐”“本周强推”“大封面推荐”。

“六频推荐”。所谓六频，也就是六种大的频道，即“玄幻·奇幻”“武侠·仙侠”“都市·现实”“历史·军事”“游戏·体育”“科幻·悬疑”。这是“分类强推”晋级后的一个推荐位，晋级标准一般最少要求每周要有涨幅 600 以上的收藏。每个频道分类各有 2—4 本作品可以得到推荐，并附有编辑的推荐语。

“三江推荐”。这是除了上架的强推外，一本新书最好的推荐位，也是荣誉的象征。在“六频推荐”晋级成功后，则会排队等待进入“三江推荐”。之所以叫“三江推荐”，是因为编辑部名为“三江阁”，是一个独立编辑组，负责在新书中挖掘文笔好、有创意、有前途的小说推荐，每期每个频道选择 1—3 个名额。

“本周强推”。“本周强推”推荐的主要是有较高人气与潜力、但没有通过“三江推荐”的作品，在编辑决定让某部小说上架并成为 VIP 作品的前一周，会把这部作品放到强推榜上。“本周强推”的推荐效果与“三江推荐”差不多，也经常出现作品收藏涨幅大为增加的情况。

“大封面推荐”。这是居于首页核心位置的推荐位，俗称“大封推”，这可以说是“起点中文网”最有威望的一个推荐位，一般针对的是已签约上架的VIP作品，在小说连载过程中人气不错，但还有可提升的空间，此时编辑可能会安排此类作品登上“大封推”。

以上推荐位流程只是就一般作家的作品而言，大神作家的待遇与此不同，他们的作品一般首先是在“大封面推荐”预热，接下来在各种排行榜单来一次轰炸，然后轮流安排各种推荐套餐，最后又是“大封面推荐”。相比一般作家，其作品成功的概率要大得多。

创作扶持制度。具体包括两方面，一是创作保障制度。针对的对象包括以所有电子信息传播权为分成的签约VIP作品。保障办法为：凡与网站签署分成协议的作品，自上架销售次月起，如作品自然月内每日VIP有效更新字数不低于4000字，当月有效更新总字数不少于18万字，且作家当月总报酬不满1500元，均可申请创作保障。申请审核通过后，网站在作家当月实际报酬基础上，补齐至1500元发放。二是所谓“文以载道”计划。这是试图维持网站多元的写作生态，给严肃文学、小众题材提供发展空间，重点扶持现实、历史、军事、体育、武侠、职场、都市（文化传承、社会、乡土）等题材，申请作品的基础条件包括三方面要求：①作品主题积极正面，传递正能量；②有较好的文学、文化素养，有一定创作水准；③长篇作品已发表字数在10万字以上，中短篇作品已完结。

创作激励制度。具体包括这样一些激励措施，一是全勤奖。所谓全勤奖，即不管作品销量如何，依据“轻松获得，贵在坚持”的原则，只要作者一直更新，就可获得基本奖励。全勤奖的标准大致为每月600元。二是勤奋写作奖。这是网站在全勤基础上，为刺激作家更加勤奋写作而设定的制度。在统计周期内，作家每月更新的VIP收费章节字数在10万字以上，即可获得勤奋写作奖。勤奋写作奖的发放标准为作品在该周期内在网站自有平台所产生的新增单章订阅报酬的20%。三是月票奖。在网络文学写作中，月票是作家的荣耀，表现的是人气象征与粉丝支持。为鼓励作家主动争取获得更多月票，网站推出了月票奖，分别按全站、新书、分类等榜单统计。新书月票榜、总榜的第一名获10000元奖励，第二、三名获8000元奖励。分类月票榜（玄幻、奇幻、都市、武侠、仙侠、科幻、悬疑、游戏、体育、历史、军事、轻小说）第一、二名获2500元奖励，第三至第五名获1500元奖励。四是道具分成。所谓道具，是指用户对作品表示认可和赞赏，直接给予作品打赏奖励的互动道具，道具的最小单位为100书币（书币与人民币折算比率为100∶1）。网站在收取50%的成本费用后，将书币折算为人民币发放给作者。五是“人文关怀”。这主要针对的是白金作家、专属名家以及所谓在自身领域内有突出贡献的作家，一般是在传统佳节送出若干红包礼物。

作家的运作与推广制度。阅文集团注重对作家的孵化与推广，具体来看，包括作家运作平台与作家专属资源两大部分。作家运作平台包括以下内容：一是构建互动系统，打通“读者维护”“粉丝运作”“本章说”“角色”“彩蛋章”等环节，给读者之间、读者与作家之间的互动提供条件；二是推动聚合功能，将书友圈、运营官、富媒体、卡牌等一站聚合，让作品更好地凝聚粉丝；三是用户分析，借助大数据，对用户构成、活跃情况、使用深度、互动参与等做到全景展现。作家专属资源包括八个方面：一是指线上推广资源，具体包括网站、移动端、集团渠道等各种推广推荐，这是针对所有起点签约作家；二是外部广告，通过线上或地面广告为作家宣传造势，这主要针对五星以上的签约作家；三是媒体资源，这是针对签约作家、优秀新人等，其中五星以上作家优先；四是所谓“新文创生态”，指自主研发腾讯动漫、影视、游戏以及合作开发商的内部IP推送渠道，针对全体签约作家，其中月票优胜者、五星以上作家优先；五是所谓“全产业外部合作”，包括三百家出版机构、动漫厂商、影视机构与游戏厂商，其对象是全体签约作家，其中月票优胜者、五星以上作家优先；六是 IP 直投及运作计划，推动 IP 直投及运作计划，直接主导或参与投资、直接运作，目的是让作品享有更好的改编资源，其对象是全体签约作家，月票优胜者、五星以上作家优先；七是人力资源支持，打造作家个人的服务团队，其对象是大神俱乐部成员；八是运营资源支持，包括作家自主活动代推广、作品活动奖品支持等，其对象主要是五星以上作家、优秀新人等。

作家等级制度。这是按照价值创造能力的区分而形成的作家层级，主要由五星作家、品牌作家两部分组成。作家等级的生成按照作家前一年所产生的作家积分换算，每年更新一次。首先是五星作家制，即作家等级分为 5 级，从低到高，分别对应 1—5 星。升级标准分别为作品签约、10000 积分、20000 积分、50000 积分、150000 积分，由最近 12 个月所获积分自动生成等级，每月更新一次。等级待遇则根据作家级别分别给予相应外部推广资源、外部广告、媒体资源、IP 重点推介、运营资源等。其次是品牌作家制。品牌作家是指那些实力与人气出众的代表作家，具体又分专属名家与白金作家。专属名家是指 5 星作家中订阅成绩出色、版权拓展成就出众，且业内公认的优秀作家。白金作家则多为领军人物与顶尖作家，其订阅成绩、版权拓展成就皆非常出色，且获得业内公认。这些作家的待遇优厚，尤其是白金作家，待遇包括全方位推广、IP 运作，在外部投放、营销等活动中全面优先，并提供所谓专人负责的个人服务。

三　“证道成神”：作家制度的特征

可以发现，文学网站建立的作家制度有以下一些特点。

一是以商业利益最大化为目标。作家制度几乎所有的方面都体现了商业考虑。作品签约制度、推荐制度主要以读者对作品的喜好为标准，虽然有所谓“三江推荐”，但也只是在读者欢迎的作品中选出文笔与情节相对优秀的作品。创作激励制度中的全勤奖、勤奋写作奖、月票奖、道具分成等，目标都是直接的金钱利益，激励作家每天码字、多码字，获得更多月票与打赏。作家等级制度则是建立在以资本利益为衡量标准的积分制基础上。作家的运作推广制度也体现了赤裸裸的商业化运作原理，以商业手段对作家进行包装与营销。虽然有所谓创作扶持制度，但在以资本等级为竞争动力的大环境中，“文以载道”计划实际沦为噱头与摆设。

二是充分利用新媒介的技术特点强化制度效果。以作品推荐制度为例，这项制度的设计与网络本身的页面特点有关。在传统文学期刊中，由于承载的作品数量少，作品寻找是比较容易的，而对新媒介来说，可以容纳的作品数量非常多，但呈现的页面空间却有限，这就决定了推荐位的极端重要性。作品推荐制度利用分类频道、首页推荐，形成一级、二级、三级这样的分类，既增加了推荐位，也有利于读者寻找自己想读的作品。与此同时，作家制度的各项数据指标与榜单，也充分利用了新媒介可将指标数字化、可视化的特点。资本与媒介技术的充分结合，让文学网站对作家的控制远超以前任何时代。

三是作家的等级化、数字化。在网络作家制度中，作家的等级化、数字化非常明显，这就促使网络作家这一职业总是处于不断的 PK、闯关、晋升抑或失败的体验中，这是跟传统作家截然不同的。

这种等级化、数字化最直接的表现就是作家等级制度的设立，将作家分成不同等级，给予不同待遇，这刺激着一个个作家不断努力以获得积分，最终希望“证道成神”（网络作家互相激励的常用语），攀上金字塔塔尖。

推荐制度可以说直观而形象地体现了作家的等级化、数字化以及“证道成神”之路。推荐位晋级标准主要看收藏数、推荐票数、点击数、追读数等。推荐位的获得遵循严格的 PK 制，在获取推荐位的过程中，作家就是在不断 PK 突围，由分类频道进入首页，从整个页面来看，也是由下往上，由边缘进入中心，最终杀出重围“证道成神”，与此相应的则是在各个关口不断被抛弃的大量“扑街”者，正如一位名为“野狐阐”的网络作家总结：“起点推荐一条龙，一书成神万书扑。问君扑者达多少，累累尸骨榜上书。”在网络作家看来，在“证道成神”过程中，最重要的是坚持，在几十万、上百万字的无用功后，也许会迎来生存的重大转机。网络作家这种不断冲关、破茧而出抑或粉身碎骨的经历，与网络文学宣扬的由一无是处的“废柴”而逆袭冲天的主角精神非常契合。成神！是作家的梦想，是其创作的不懈动力，也是网文主角的目标，在主角不屈的抗争、挫败、逆袭与最后登上人生之巅的故事书写中，或多或少折射的是网络作家自身的奋进与抗争史。

四是编辑的权力得到了强化。在网络文学创作中，编辑审核权力并非像人们想象的那样宽松。由于推荐位特别重要，编辑的推荐在很大程度上决定了作品的生死，比如“云起书院”某位网络作家就揭示了这一点：“云起的公众期恐怕是文学网站中最长的了吧，成绩好的公众期在30万—40万才上架，当然，这需要上架前源源不断的推荐支撑着，不然你根本起不来！看到这里，肯定有人会问为什么要这么长的公众期呢？因为云起作者太多了，推荐根本排不过来啊！上架前没有那些源源不断的推荐，无论你再怎么琢磨开头，甚至写污污的内容，都没用！没有推荐，就是一个死！所以，在云起还得看编辑看不看好你，俗称‘看脸’。所以去云起开文要慎重，因为你苦思冥想的文可能因为编辑的不看好而打了水漂！”①

四　“爽文”制造：作家制度对创作的影响

文学网站制定的作家制度产生了比文学期刊更重要、更复杂的制约作用，从积极方面来说，它解决了作家稿酬与网站盈利问题，也有效地将海量网络作家组织起来从事文学生产，推动了网络文学的繁荣。由于中国网络文学在世界上独树一帜，这种制度探索也具有世界意义。

① “辣条压惊”关于“知乎”网站“起点签约有多难”的回答，https：//www. zhihu. com/question/358428881/answer/985862198，2018年3月21日。

但与此同时，它也深刻地影响了文学的写作观念、创作状况与叙事模式，产生了不容忽视的负面效果。

作家制度最重要的后果就是建立了一种“爽文”的生产与叙事模式。由于这种“爽文”模式影响很大，笔者在这里多用一些篇幅分析。

如前所述，文学网站建构的作家制度以商业利益为最高目的，尽最大可能迎合读者需要，那么读者想看的是什么呢？就是人们常说的“爽文”。网络文学被要求最大限度地营造各种“爽点”，而尽可能地绕开那些“不爽”的所谓“雷点”“毒点”“郁闷点”。对网络作家来说，快感（“爽”）的生产与营造是文学写作最重要的任务，是其由“扑街”转变为“大神”的封圣魔法。比如一位网络作家这样写道：

> 在动手码字之前，首先要明白，我们写的是网络快餐。
>
> 作为非常纯粹的消遣用品，网络快餐最忌讳的就是玩人性，玩哲学，玩悲剧。你要这么写了，扑街后就别怪读者不懂得欣赏——谁有病上网找不自在？要陶冶情操，还不如去看古典名著实在点。
>
> 一个字，爽！
>
> 要爽，很爽，非常爽！这是快餐的生命线，也是点击收藏推荐的保证。

那么，在文学网站作家制度的作用下，“爽”——这一极具网络特色的阅读体验，在网络文学中呈现为哪些类型？又是通过哪些手法被营造出来的？

总体来看，网络文学主要呈现为这样几种“爽感”。

占有感。主角获得宝贝、神器、功法、装备、经验、魔兽、宠物、钱财、人才、助手、美女/俊男等。“占有”既包括各种“物”，也包括各种“物化”的，只具有“功能性”的配角们[①]。占有的方式要么

---

① 在网络文学中，配角们往往不具有人性意义，只是网游中的“NPC”（Non-Player Character），只具有推进故事情节的“功能性”。

是捡漏撞大运，纯属意外；要么是自身努力、“做任务”[①]所得；要么是打败竞争者、抢夺他人。在第一种方式中，读者会“窃喜”，产生不劳而获的侥幸感；在后两种方式中，为了增强占有爽感，写手们需要在写作中不断强化“物”的存在感，一面强调其巨大好处，一面渲染获得的艰难，从而让“追文”的读者产生对“物”的“真实”渴望并不断内化。网络文学中盛行的打怪得宝、“送菜流”[②]以及主角征服所谓“冰山美女”“小龙女”等都是充分利用了这一原理。这种本质上为自私与贪婪之心的占有欲在各种 NP 文（后宫文、种马文）[③]中得到极致表现。

畅快感。主要表现为主角的发泄、报复或战斗。过程是强力压制后的瞬间爆发，关键词是畅快与随心所欲，羞辱或轰杀对象往往是各种自以为是的反面角色。从道义上，它是一种“惩恶”、满足朴素的正义感；从情绪上，它是一种发泄，释放潜在的暴力倾向；而在实质上，它是一种“疗伤”，意图摆脱现实中的各种憋屈、羁绊，渴望突破与任意而为。这里又有两种写法：笨拙的写手往往无限拉低反派人物的智商，从而让这种爽感来得单薄与廉价；高明的写手则写出对手的强与狠，从而更能突出主角的伟岸与正义，由此带来更大爽感。

优越感。表现为众人瞩目之下主角的优势与卓异。常常需要引入比较视角：“通过与配角在财富、身份地位、武力、生产辅助技能、文艺才华等方面的对比，来衬托猪脚的富有、高贵、强大、博学。读者代入这样一个万能的猪脚，才容易获得那种人上人的优越感。”[④]为了获得这种区分，主角要么从高武世界“穿越”到低武界面；要么“重生”回到以前；要么扮猪吃虎，起始隐藏实力，而后惊艳亮相；要么成

---

① 网络写手常根据网络游戏的一些原理来理解小说的写作，把主角需要完成的一些阶段性目标理解成游戏中的“做任务”，获得收益，实现升级。

② “送菜流”，网络文学的一种写法，先把某个反派渲染得很厉害，然后主角战胜之，由此升级并获得诸多好处，在此意义上，这个反派就类似于专门送给主角吃的“菜”。

③ NP 文，或称 NP 小说，主要写主角和 n 个异性之间的故事，种马文、后宫文也大意如此。

④ “冒牌书生李岩”转贴《小白文的爽点及经典桥段》，http：//forum. qidian. com/ThreadDetail. aspx？ThreadId＝120484088，2009 年 9 月 24 日。

为世界毁灭时刻的最后希望，扮演拯救宇宙的“个人”英雄……总之，他/她需要获得与众不同的区分意识，需要在“他者”的惊叹、艳羡、嫉妒、仇恨、膜拜等一连串“复杂”情绪中确证自我。

成就感。主要表现为主角在逆境中不断奋斗与成功、让自我或集体不断强大的故事程式。这既包括“升级”，侧重主角个人武力、功法、财富、技能、权力的提升，也包括“种田”[①]，侧重展现主角不断地攀“科技树”[②]，渐次实现群体（如民族、国家）势力的强大。当主角成圣成神，抑或实现拯救家族、苍生、国家乃至星球的不世功业之时，也就是他环顾四野、睥睨天下、志得意满之时：“这是爽得不能再爽的爽点了！”[③]

占有感、畅快感、优越感与成就感构成了网络文学快感生产的主要内容。为了营造这些爽感，网络作家们或参悟传统，或“自学成材”，或互相取经，形成了一些独特手法。从这些写作策略中，可以窥见网络文学在作家制度作用下生成的主要叙事特征。

先抑后扬。何谓先抑后扬？网络文学的主角常设置为普通人，作为小人物的主角，初始由于实力、身份、地位、财富或技能的不济而受挫/受辱，但并不甘于沉沦，遂立志、奋起、爆发，成功“逆袭”。先抑后扬实际上成为网络文学普遍的叙事节奏，网络文学很大程度上就是不断重复这一“抑—扬—抑—扬……”的过程：“爽文中的套路，其实也就是被压，反抗，再压，再反抗，总之就是打倒一切挡在自己面前的敌人就对了！”[④] 先抑后扬的叙事张力深谙小说快感的辩证法，

---

① “种田”指主角逐渐建立自己的根据地和人脉，在此基础上一步步发展农业、经济、军事、政治制度的过程，最后争霸天下，种田实际上也是“升级”，只不过相对来说，更偏重势力（包括群体势力）的提升。

② 科技树，本是指策略游戏、角色扮演类游戏中的技能树，攀“科技树”指一些小说（如历史穿越文）中主人公借助各种现代科技促使国家、民族逐渐强大的过程。

③ “九流之末”：《网文中爽点总结！持不同意见者，请入!》，http：//www. lkong. net/thread-552737-1-1. html，2012 年 2 月 23 日。

④ “拽牛”：《如何写好一本玄幻小说》，http：//www. motie. com/article/83450，2012 年 7 月 31 日。

反复锻打、压制之后的强势爆发显然比直接的短平快更有爽感。在不断起伏颠簸的节奏中，读者的情感与主角互相扭结、互相绑架，反复的情感冲撞被一步步内化：“起—伏—起—伏—起—伏。一本书主角的遭遇如果按照这样的模式来写的话，绝对不会扑……主角悲惨的时候，读者会觉得憋屈。主角出气的时候，他会觉得开心。”① 与之相反，那些“扑街”作品往往未能掌握此中窍门，升级过快，直奔主题而去。对网络文学来说，最重要的就是“度”，既不能太过顺利也不能太过憋屈，理想的模式是先让读者有一个美好的憧憬，相信主角虽然暂时落魄，但必会成功，其中可能碰到若干障碍与挫折，但最终会攀上金字塔塔尖，网友“Rampart”转贴的长文《网络小说走过十年》深得其中三昧：“首先得让读者对主角有信心，产生一种期待。得让读者知道，主角一定会成为了不起的强者，这样才有耍帅的资本。”但同时，“耍帅不能一次耍完，得慢慢来”。②

金手指。在网络文学中，“金手指”是指给主角带来利好的各种幸运事件，如天赋异能、穿越重生、神灵附体、强悍导师、随身空间、系统模板……可以说，没有哪本网络文学不使用金手指。在快感生产中，金手指营造了突发横财与不劳而获的幸运感，与此同时，它给主角带来了优越感与区分度，为其实现由小人物到强者的逆袭埋下伏笔：“有了金手指，主角才能越级打怪，才能与众不同，做到别人做不到的事，他的故事才会精彩。”③ 这给读者带来无尽期待，他渴望着主角的奋斗、进取与最终的翻身，小说由此获得良好的快感黏着度。

升级。网络文学主要有两种情节衍生模式，一种是无敌文，一种是升级文。前者的主角一开始即无敌于天下，后者的主角则有不断升

---

① “天亦有晴”：《如何增加代入感》，http://book.zongheng.com/chapter/93172/2502520.html，2011 年 12 月 7 日。

② 网友“Rampart”转贴《网络小说走过十年》，http://www.lkong.net/forum.php?mod=viewthread&tid=353380&extra=%26page%3D1&page=3，2012 年 12 月 8 日。

③ “叶小宝”：《爽文的几点写法（一个扑街的感悟）》，http://www.lkong.net/thread-761881-1-1.html，2013 年 5 月 5 日。

级的过程，由初始的普通人/废物逐渐攀升至金字塔顶端。与很难敷衍情节的无敌文相比①，既能无限延长（灌水），契合网络连载机制（详见本章第二节的分析），写法也足够简单（可不断重复与循环），同时又兼具励志精神的升级文一统天下，比较典型的如著名作家“唐家三少”的主角打怪成神模式、“天蚕土豆”的主角废柴逆天模式、“我吃西红柿”的主角努力修炼成功模式等。实际上，“升级”模式已经普泛化了，它并不局限于某种类型的作品，而是直指当下网络文学的本质与灵魂，一切类型的网络文学基本都是以打怪（只不过“怪”的面貌在具体的网文类型中是多样化的）升级作为故事展开的主线，主人公由废柴不断变强的写作程式几乎成为通用法则。在玄幻、仙侠、修真文中，升级就是等级、功法、技能、法宝的不断提升，在历史军事文中，就是国家实力的不断强大，在官场文中，就是主角地位的不断抬升，在竞技文中，就是主角球技的不断进化，在商战文中，就是主角金钱的不断累加……在一定程度上，数量庞大的网络小说总在讲述同一个关于成长的故事：一个初始是“废柴”的小人物，通过不断的奋斗，打败一个又一个前行路上的对手，在此过程中他的实力不断提升，终成命运眷顾的王者。升级结构产生了源源不断的的爽感：“读者陪着主角成长感受到主角的付出和努力并一起收获成功，这才是真正的‘爽’。”②

扮猪吃虎。扮猪吃虎成为网络文学中屡试不爽、“喜闻乐见”的桥段。所谓扮猪吃虎，即指主角伪装实力，初看并无特异之处，从而遭到脑残反派或配角们的“群嘲”、各种“看不起”，其后主角显示实力、地位与身份，震惊四座。显而易见，扮猪吃虎同样运用了先抑后

① 无敌文很难衍生情节，主要是因为主角既然天下无敌，它就失去了升级文利用主角升级这一主线不断铺排情节的天然优势，写手就需要不断构思矛盾冲突，安排这个无敌主角每天如何如何，显然，这是一件费力不讨好的事。

② “地下有火”：《谈谈扑街写手和小白作者总是拎不清的“爽文”怎么写》，http：//www.lkong.net/forum.php？mod = viewthread&tid = 721449&extra = %26page%3D1&page = 1，2013 年 3 月 2 日。

扬的快感生产原理，但与作为叙事节奏的先抑后扬不同，扮猪吃虎的主角并非实力不济，而是伪装了实力，它更具一种前后对比的出人意料之感，用网友形象的话来说，就是“说你很挫的男人，身边的女人都跟你跑了；说你很挫的女人，身边的男人都被你扁了；你再装作很挫的样子，重复以上和男人女人的故事……”[①]。扮猪吃虎达成的效果可称为“王霸侧漏”。何谓“王霸”？即“王霸之气”[②]，并吞天下的豪情。“侧漏”，即并不张扬、高调，而是流露出“淡淡的忧伤”，这种颇为做作与矫情的手法暗示了“被动性”，是一种“情非得已、被逼无奈地出手”，在道义上获得读者的同情，更增添一份后发制人的老谋深算，同时传递了中国人根深蒂固的“找回场子”的面子观。

先抑后扬、金手指、升级与扮猪吃虎，在深层次上是联系在一起的。为迎合读者，网络文学的主人公常设置为普通人，因此，“先抑后扬”就面临一个现实问题，作为普通人/“废物”的主角如何能够实现由“抑”到“扬”的“逆袭”？仅凭自身努力会让逆袭既艰难乏味，同时也希望渺茫，这就需要点石成金、化腐朽为神奇的“金手指”，它是“废柴”逆袭的关键一跃。升级则是主角借助金手指不断先“抑”后“扬”的必然结果。压制、立志反抗、获得提升、报复发泄，遇到更强对手，再遭压制、再反抗、再获得提升……在不断循环中，主角的实力/地位/财富/技能等就会不断增长。理论上，这是一个永不停歇的升级过程，由此我们也就可以理解为什么网络文学的主人公到最后总是成王成圣、成宇宙之主，这是一种可以预料的必然叙事结果。当主角借助金手指实现快速升级时，他的真正实力就往往出人意表，在孱弱不堪的外表下，其实蕴藏着惊人能量，而当愚蠢反派们前来挑衅时，就必然产生扮猪吃虎的情节程式。在扮猪吃虎中，那些惨遭羞辱的配角背后往往又隐藏着更强大的BOSS……由此，又开始了

① 这是网友“Kourara”对“胡亥文”帖子《求爽点汇总》的回复，http：//www. lkong. net/thread-903550-1-1. html，2014年1月9日。

② 网友有时又戏谑地称为“王八之气”。

新一轮的抑扬循环与升级过程[①]。

如果说先抑后扬、扮猪吃虎带来的主要是因爆发而产生的畅快感，金手指营造的是幸运事物的占有感与自我独异的优越感，升级过程带来的则是占有感（各种“物”的获得）与成就感（不断强大）。显然，主人公升级前后的强弱转换是网络文学生产快感的主要机制，其中秘诀包含两个阶段：先是“拉仇恨”，然后是“打脸”与“踩人”。在仇恨拉足之后，瞬间爆发，以从容姿态羞辱对手。著名网络作家“骷髅精灵”在微博上称此为“幽压暴走流”[②]，即前期锻打，是为“压”，后期奋起，是为“暴走”。这造成了对比、差异，拉足了仇恨，蕴积了期待，带来了升级与养成，营造了名正言顺的宣泄，带来了配角们的意外、惊奇与膜拜……这种如同罗兰·巴特所说脱衣舞般不断建构与延宕的快感生产模式，折射的是“背景”“暗中的强大”的重要性，“人若犯我，我必犯人”的人生哲学以及沉默、隐忍、低调、“笑在最后的才是最好的”等流行的民间“智慧”。可以发现，这些精心营造的爽感有一个关键之处，即“预知”。在先抑后扬与升级中，读者之所以产生阅读快感，是因为他/她“预知”主角一定会“逆袭”，在扮猪吃虎中，主角对实力的伪装成为他/她与读者共知的秘密，如同一个早已布下的陷阱，等着不知死活的配角们前来挑衅。而之所以能够“预知”，正是由于金手指，金手指带来了命运的改变，给读者营造了主角“奋起”“逆天”的期待，但这种期待，并非是一种“希望”，而是一种“必然”！换句话说，由于金手指的存在，主角人生的反转是必然会发生的，是未来生活中已然注定的现实。主角就类似于一位无敌平台上的玩家，他的强大之路尽管艰险曲折，但前途一定光明。显

---

① 试以“天蚕土豆”据说创下几千万元收入的《斗破苍穹》为例来说明这些手法及之间的联系：小说主角萧炎因某种原因沦为“废物”，遭到群嘲与“退婚”（抑），然后立志（“莫欺少年穷”），得到金手指（“药老”），实力提升，然后通过成人礼、学院考试与打上云岚宗（扬、逆袭）……在这过程中，不断穿插扮猪吃虎情节。

② “骷髅精灵”的微博《人行要则 9》，http：//t. qq. com/p/t/165780064002305，2012 年 12 月 7 日。

然，在深层次上，这种总是保证自我“优势”地位的快感折射的正是现实安全感的缺乏，是对人生挫败的想象性解决：“生活中，各种憋屈，但是不能任意而为，因为，人活着，要考虑的太多了，简单来说，吃喝拉撒，往大了说，事业爱情，种种法律条框，谁能不遵守。……主角做出格的事情，无论杀伐敌人，随意大脸，不受鸟气，或者三宫六院，或者一呼百应，以及藐视权贵。这正是传统小说不会出现的情节，现实世界极少出现的场景。”① 在本质上，它企望的改变命运的金手指与危难时刻突然而至的救世主或青天大老爷的安慰机制是相同的，是传统社会精神慰藉基因在数字时代的轮回。

在网络作家制度的作用下，这种全面追求 YY 爽感的文学写作模式，也导致了大众文学类型的衍生与变化。

人们总说网络文学的幻想性突出，这是事实，但也有可能夸大了。表面看来，网络文学呈现出强烈的幻想性，其世界背景的设定不再局限于传统文学的时空范围，而是各种异彩纷呈的异世大陆，但它也是文学追求 YY 爽感的必然结果。如前所述，网络文学要营造爽感，主角就必须表现出符合读者期待的行为选择，然而现实终究是充满了各种强力限制，为了“爽”，就只能是抛开这些限制无底线地幻想，所谓“现实有限，YY 无限”就是这个意思。正是由于 YY 性的要求，这种表面的幻想性就突出了。举例来说，传统武侠小说中的功夫不过是拳碎巨石、上房上树，但在网络文学中，由于不断地 YY 升级，主角的功法技能就不断由低武向中武、高武发展，动辄是拳碎山峰、拳碎星球，甚至拳碎虚空。在此意义上，网络文学的幻想性是要打折扣的，它并非环境、情节与人物的精彩纷呈，而只是量的增加与强度的夸张。而正是这种只求快感，不讲“合理性”的 YY 幻想，导致了大众小说类型的演变与起落。“代入感”差且武功描写不够“爽”的武侠日趋衰落，西式奇幻也由于不易“代入”而难有大的发展，强调严谨与合

① “九流之末”：《网文中爽点总结！持不同意见者，请入!》，http：//www.lkong.net/thread-552737-1-1.html，2012 年 2 月 23 日。

理性的侦探、推理等小说类型则走向沉寂。传统的古典仙侠因有一些飞来飞去的东西（如飞剑）以及能够供主角不断修炼的等级设定而有所勃兴。玄幻、现代修真、都市异能、历史穿越、网游、竞技等则因为更容易 YY 而成为数字时代新生的小说类型。其中，作为一种包容性极广的小说类型，玄幻小说①颇值得分析，它的含义似乎从未被人们真正领悟，一些研究网络文学的学者常对它望文生义，而网文圈的作家与读者们则多根据自己的心得赋予不同理解。“玄幻”一词据说是香港作家黄易提出，初始之意为“加入玄学因子的幻想小说”。在笔者看来，当下网络文学是否具有“玄学因子”姑且不论，但这个“玄”字隐含的“玄虚”“缥缈”“不靠谱”的确讽刺性地概括了这种小说的特点，一方面，它是融合了西方奇幻、传统武侠、日式动漫、网络游戏、未来科幻等的一种大杂烩；另一方面，在写法上又极为自由，写魔法，却不考证西方巫术设定，写武术，却比传统武侠更神奇强大，借鉴网络游戏，却又破坏了游戏规则的平衡，写未来科技，却不讲求基本的科学合理性，因此在笔者看来，“玄”在根本上就是网络文学 YY 的必然结果，为了 YY，可以抛开合理性，就可以“玄”了，也必须“玄”。实际上，为了 YY，所有的小说类型都必须掺杂一些“玄幻”的因素。与此同时，都市、历史、军事、科幻……这些网络文学貌似复杂的分类，其实都是伪都市、伪历史、伪军事、伪科幻，都渗透了新媒介时代的 YY 精神。

显然，爽文模式之所以盛行于网络，根源就在于文学网站制定的作家制度以迎合读者需要为第一目标，同时，要求“爽”的读者群总会处于一种恒定状况，原有读者的阅读口味会因为看腻了这些小说而变得越来越刁钻，由小白读者“进化”为老白读者，但新的小白读者又在不断涌入，这就给“爽文”写作提供了源源不断的动力。

---

① 玄幻小说曾经孕育出仙侠、修真、异能、网游等诸多类别，至今仍是网络文学最大的母类，其具体含义很难说清，其主要特点就在于“玄”，在时空架构、力量体系与人物经历的设定上不求“合理性”，但求天马行空、随心所欲。在网络文学刚兴起的时候，“玄幻”一词实际上常被用来形容网络文学中光怪陆离的世界想象。

文学网站设立的作家制度不仅建构了网络写作的爽文模式，也强化了持续更新的重要性。作者不仅要擅长于生产“爽文”，还需要不断更新。在某种意义上，更新甚至比“爽文”内容更重要，网络写作拼的不仅是脑力，更是体力。对网络作家来说，与网站签约并不难，可以说网络文学是最低门槛的行业，但又可能是门槛最高的行业，签约过后还有上架，上架过后还有完本，在这一过程中，作家还得在推荐位厮杀，在PK中过关，在月票榜争夺。在所有这些环节中，作家都必须坚持每天更新，特别是在熬完一个月的新书期、攒了几万的收藏上架后，真正的挑战才开始，一本小说给读者带来新鲜感的时候就是刚上架的两三个月，往后读者会审美疲劳，常常不着急“追文”，等小说章节更新多了再看，俗称“养肥”，带来的后果就是作品热度的下降，作家需要尽量延迟读者“养肥”的时间点，提高读者的黏性，此时就需要作家的“爆更”。所谓“爆更”，就是爆发式的更新，比如新书上架第一天，来个二十更、三十更，而在接下来的两个月，一般要保持每天差不多万字左右的更新。读者的黏性提高，他们就会继续追读下去，不会轻易弃书或“养肥”。当然这会让作者处于相当劳累的状态，由于网络作家多数是兼职的，白天工作，晚上写作，劳动强度非常大，网络作家“十年雪落”的猝死就说明了这一点。

作家制度也导致了文学的游戏化、写作的注水与烂尾现象。对网络文学来说，作品开头的描写非常重要，有所谓“黄金三章”“黄金五章”的说法，书名、简介的独特性，故事开头的逻辑性，世界观、矛盾冲突与金手指的设定都需要有吸引力。在此之后，就需要保持稳定长期的更新，非常耗费心力，需要找到一种可不断繁衍情节结构的方式。传统通俗作家张恨水等人的做法是从新闻中获得灵感，以社会为经，言情为纬，新闻为小说创作带来了源源不断的情节，李欧梵将这种写作模式称为“文学新闻业”（literary journalism）[①]。对网络作家

---

① 李欧梵：《中国现代作家中的浪漫一代》，新星出版社2007年版，第257页。

来说，常用手段就是取法游戏，游戏成为取之不尽的写作资源。这里所说的游戏，是指电子游戏，特别是网络游戏[①]。从早期的街机、掌机游戏到电脑游戏，从单机游戏到网络游戏，又到“大型多人在线游戏”（MMOG），再到移动游戏，游戏已成为网络社会的重要娱乐方式，而网络文学与游戏之间具有深刻联系。一方面，文学网站的作家制度客观上要求网络文学充分借鉴电子游戏这些现代娱乐产业的经验。如前所述，网络文学在建立 VIP 付费制度后，“爽文”写作模式与快感生产被提高到极为重要的位置。作为现代娱乐产业，电子游戏同样是新媒介时代的文化产业，它实现了美国学者伊哈布·哈桑（Ihab Hassan）所说的后现代主义的“行动、参与”（Performance，Participation）美学[②]，具有强烈的沉浸感、代入感，不仅是一种幻想，更是以虚拟参与的方式为玩家提供了满足金钱、财富、权力、暴力等欲望与“爽感”的机会，这显然给网络作家的欲望描写与快感生产提供了写作经验。另一方面，从发展过程来看，网络文学与游戏之间具有相互渗透的关系。这体现在三个方面，①两者都以新媒介为平台，“从媒介的角度来说，不同的沟通模式倾向于相互借用符码”。[③] 网络倾向于把所有信息整合在一种共同认知模式里，当它们在象征沟通过程中混杂在一起时，信息便在此过程中混淆了自身的符码，不同的意义随机混合，从而创造出多面向的语义脉络，这客观上促成了文学与游戏的相互借鉴。②电子游戏与网络文学在中国大陆出现的时间大致相同，但相对来说，前者的发展时间稍早，电子游戏在 20 世纪 80 年代进入中国，20 世纪 90 年代和个人电脑一起开始普及。20 世纪 80 年代的街机游戏《拳皇》《三国传》，20 世纪 90 年代初期的游戏

---

① 电子游戏既包括街机游戏、掌机游戏，也包括电脑单机游戏、网络游戏等。随着网络对日常生活的全面植入，“无网不游戏”，网络游戏对中国网络文学的影响已超越其他电子游戏种类，故在此处又主要指网络游戏。

② ［美］伊哈布·哈桑:《后现代景观中的多元论》，载王岳川、尚水编《后现代主义文化与美学》，北京大学出版社 1992 年版，第 130 页。

③ ［美］曼纽尔·卡斯特:《网络社会的崛起》，夏铸九、王志弘等译，社会科学文献出版社 2001 年版，第 461 页。

机游戏《俄罗斯方块》《超级玛丽》《坦克大战》等都是红极一时的游戏佳作，在当时的青少年中影响巨大。20 世纪 90 年代后期，随着电脑游戏的盛行，《仙剑奇侠传》《红色警戒》《魔兽争霸》等单机经典游戏出现。2001 年，网络游戏《传奇》吸引了数以万计的玩家投入其中。电子游戏同网络文学相比，出现时间早，接受门槛低，娱乐化程度高，在很大程度上影响了青年群体的思维模式和生活娱乐习惯。在网络文学方面，1998 年，《第一次亲密接触》开始引发关注，2000 年以后，玄幻小说开始兴起。总体来看，无论是初次出现还是广泛流行的时间，电子游戏都比网络文学稍早，这种大致平行却又稍微错位的时间点让游戏经验顺理成章地成了网络作家的知识背景。③用户群基本重合。两者的用户基本是“70 后”及其后出生的人群，在思维模式、网络习惯与兴趣爱好上，呈现出高度的重合性。实际上，现在流行的超级 IP 概念也正是瞄准了用户群体的重合性加以反复利用。正是这些原因，网络作家充分借鉴了游戏经验，如世界地图的架构、情节的重复性、冲突的营造、升级结构的套用等，我们可借用李欧梵的说法，将其称为“文学游戏业”。与此同时，借鉴游戏经验也可以无限“注水”，多数网络文学的叙事模式也正类似于游戏的循环结构，情节不断上扬，但实则无限重复，主人公不断提升，但在不同位面，重复的是同样的逆袭、闯关与成功的故事，在此情况下，网络文学总是越写越长，理论上这种写作模式也可以一直延续下去。而当作者与读者都对这种重复感到乏味时，作品就会烂尾。或者说，烂尾表现的不是才思的枯竭，而是读写双方的互相厌倦。

可以看出，在新媒介语境中，文学网站规定了网络作家“为什么写”“写什么”“怎么写”。通过各种作家制度，将作家驯化成网站需要的、合格的写作主体，最终产生了敏锐的、不断自我提醒、自我调整，按照“爽文”模式循环制造欲望叙事与快感生产的作家群体。

第二节　文学网站与读者制度的建构

文学网站也设立了各种读者制度，试图激发读者的阅读兴趣、付费意愿以及互动与共同创作的热情。这调动了读者积极性，但也构成了前所未有的规训与绑架。

一　网络连载制度与数字消费逻辑

在作品发表与呈现方式上，文学网站建立了连载制度，并采用奖励措施鼓励作家以更高频率更新、以更多字数更新。小说连载这种形式并不新鲜，近现代通俗文学经常采用这种手法，它的兴起与近现代报刊业的发展有关，在五四之前独居文坛中心，但就网络文学连载制度而言，与其说是来自传统通俗文学的影响，不如说源自新媒介属性与游戏经验的渗透。游戏的升级总与“点数”密切相关，是直接以数字的多少进行衡量的变强与提升。数字化的升级可以说是网络游戏的第一要素，良好的等级设定与快速的升级能让玩家有强烈的冲级快感，这是网络游戏培养玩家黏性的重要秘诀。网络文学全面渗透了游戏经验，它不同于传统通俗文学连载的地方，就在于它与升级结构、数字化描写的紧密联系。这可以从两个层面理解：一是直接的数字化，如将人物的各种属性以及装备、功法、战斗中的攻击、伤害等都用数字来表示，人物的变强就表现在相关属性的数字提升，典型的如数据流小说；二是更为普遍而内在的数字化，将生活与现实理解为数字化人生，理解为不断的升级与变强。

数字化升级与网络文学连载制度构成了根本契合，把主人公“成为强者”的过程细分成若干等级，保证每次连载的内容都有因新的升级而引起的矛盾冲突，以及让人欲罢不能的叙事高潮。连载章节的不断更新、小说情节矛盾的不断循环演进，以及阅读高潮的不断营造是三位一体的。

渗透了数字化升级的网络连载制度对读者产生了何种影响呢？重要作用就是不断提供欲望的幻象，一种似乎永不重复的叙事循环。沃尔顿（G. Walton）在回答吸引人们玩网络游戏的关键因素是什么时，认为“环境的刻不容缓性即定期在线这个事实非常像一种生活性能，玩家预期可以在其中得到许多有吸引力的、永远不会重复的享受”。[①] 小说不断连载，主角不断强大，读者不断追看，主角每一次挑战与挫折，都会激起读者相应情感反应，主角进化时，读者也会假想自身实力的提升……这一过程不会停歇，如何达到最后的终点，那个再也无法超越的终点——这一幻象支撑着读者读下去。这种永远无法餍足的升级与养成游戏，英雄梦的不断酿造与强化，让读者无法自拔。人们经常用脱衣舞来比拟叙事效果，而唯有网络文学连载才彻底体现了这一精神。脱衣舞的全部情色秘密就在于“对他人的召唤和罢免”，这是通过剥落衣服的缓慢动作来实现，从而“某种东西在完成之前有时间让你想念”[②]。它是一种符号化的延宕，给观众无限期待，却又无限拖延，而正是拖延本身才造成了读者的兴奋：“身体的最动欲之区不就是衣衫的开裂处么？……依精神分析的贴切说法，恰是那断续是最动欲的。”“这忽隐忽现的展呈，令人目迷神离。”[③]

独特的连载制度增强了故事的魅力，但也构成了对读者的绑架与规训。读者总是希望直奔最后的结局：“总的兴奋寄寓于一睹那性器官（中学生的梦念）或知晓故事的终局（传奇的快事）这般冀望之中。”[④] 他们总是要求作者尽可能快地更新，如果作家的描写过细过慢，就会被骂“文青”，如网友“慕容垂”的说法：“明明是YY小说，明明内容就是那些庸俗无聊的东西，偏偏还要羞羞答答的假

---

① ［美］弗里德里：《在线游戏互动性理论》，陈宗斌译，清华大学出版社2006年版，第257页。

② ［法］波德里亚：《象征交换与死亡》，车槿山译，译林出版社2006年版，第162页。

③ ［法］罗兰·巴特：《文之悦》，屠友祥译，上海人民出版社2009年版，第13页。

④ ［法］罗兰·巴特：《文之悦》，屠友祥译，上海人民出版社2009年版，第3页。

清高。"[①] 但作者就是拒绝终局的到来。这导致"追文"非常痛苦，在读者的发帖留言中，充满了既爱又恨的抱怨，比如某网友：

> 追了好久耳雅大大的《诡行天下》和《SCI 迷案集》，追文追文追文追得痛苦死了，好几天才更新一章啊啊啊啊，看得我无比痛苦啊啊啊，猜剧情，猜情节，猜发展有木有!!!!!! 更新新的一章后还要把前一章复习一下，要是高中时有现在追文的劲头，我现在就在牛 A 牛 B 牛 C 的大学了啊啊啊啊。可是可是可是可是耳雅又开新坑了啊啊啊，又开始了追文啊啊啊啊啊，文荒的孩纸桑不起，追文的孩纸桑不起!!!!![②]

读者在追文过程中投入的情感是一般人难以想象的，当一部久已烂尾的小说重新连载时，读者的激动竟如同见到初恋。比如有人在"知乎"上发起"追一部烂尾万年，突然发现重新连载的小说是种什么体验?"的讨论，一位网友如此回答：

> 今天照例去翻，在两周前居然更新了，一年半了啊，说梦，算了，回来就好，重开一本吧，如果大圣匆匆结尾，其实是我们都不想看到的。就像旧识偶遇，本来就是很好的朋友，哪怕断了联系，也会偶尔去他最后待过的地方，终于有一天："TM 还知道回来（更新），消失有什么事就不能跟大家说一声么混蛋，哪怕这个工作不行，换一份就好了多大的人了动不动就一声不响玩消失很有趣么，啊?"
>
> ……

---

① "慕容垂"：《YY 小说别装清高》，http：//www. lkong. net/forum. php? mod = viewthread&tid = 474690&extra = %26page%3D1&page = 3，2017 年 6 月 5 日。

② "bianbiantianshi"：《大半夜不睡觉追文追的好痛苦……作者你快快更新吧吧吧》，http：//bbs. tianya. cn/post-funinfo-3097430-1. shtml，2012 年 2 月 5 日。

> 你忘了对牛哥的承诺！你忘了要与牛哥并肩而立的九天之志！你忘了举头三尺无神明公道只在刀里的豪言！你也忘了与小安亦步亦趋成长至今的过去！你都忘了！可是我没忘！我不信什么九天路远，说梦难言，你给我醒醒啊！是哪个混蛋自称的小说家啊?！哪怕真的写不下去了！也给大家一个完本感言吧！好让我也忘了啊！①

另一位网友深有同感："念念不忘，必有回响。虽然没有烂尾作品恢复连载这样的体验，但我有喜爱的作者本已退圈，多年后重出江湖这样的体验，感觉就是，很激动，很欣慰，像是多年不见，但毫不生疏的老友，只想眼含热泪拍着对方肩膀说一句'好久不见，别来无恙?'以及，'无论如何，回来就好'。"②

从深层来看，这种内蕴着数字化升级的网络连载制度，暗含了数字社会的消费逻辑。随着大数据时代的来临，日常生活呈现出事无巨细的数字化："越来越多的经济交易自动进入数据库，同时还得到消费者的帮助。"私人的各种消费行为不断转化为公共数据记录③。社会数字化的根本原因在于网络联结了整个社会的结构与运转，政治、经济与社会交往活动，都需要通过网络来进行，这也正是卡斯特所说的网络社会的意旨——与此相关的数据都会被记录。与此同时，这种数字化又与升级相联系，各种网站、论坛或软件都会对用户的参与度、活跃度进行记录，并不断鼓励用户的升级，级别越高，享受的权利就越大。线下的日常生活同样遭到了数字化升级的入侵，超市、银行、商场、酒店、饭店都会注意搜集用户的信息、积分及其奖励。随着O2O模式的风行，美团、大众点评等各种本地服务软

① "九百生灭"：《追一部烂尾万年，突然发现重新连载的小说是种什么体验?》，https：//www.zhihu.com/question/271398183，2018年4月8日。

② "耽之美也"的回答《追一部烂尾万年，突然发现重新连载的小说是种什么体验?》，https：//www.zhihu.com/question/271398183，2018年4月8日。

③ ［美］马克·波斯特：《第二媒介时代》，范静哗译，南京大学出版社2000年版，第120页。

件的应用，线上线下的数字化升级已结合在一起。不仅如此，随着移动媒体的广泛使用，私人生活与身体也开始了数字化升级。手机内置了 GPS、运动传感器、生物识别装置（跟踪心率或血糖水平等）等各种元件，现实中的人，就如同游戏中的角色一样，其相关属性及其进步，确实可以“点数”化了。甚至社交生活也成了数据化、可升级奖励的事物，现在不少社交 APP 会适时跟踪、分享用户的社交生活数据，并有相应的奖励机制。这些 APP 的主要发展趋势，是通过游戏的数字改变用户的社交生活，比如鼓励用户去从没去过的场合、更多地和不经常见面的朋友聚会等。显然，数字本身成了结构社会的重要力量。

社会的数字化升级构成了一个类似网络连载的不断持续、更新与提升的过程，这塑造了读者的精神结构，培养了读者的“养成—期待”心理，我们会不断获得即时而生动的情绪奖励，物理现实被各种升级关卡所覆盖，生活的颓败感、无聊感都会得到改善。这是新媒介时代的心理结构，是每天都在努力、每天都在进步的自我暗示，生成一种积极心理学。显然，这种数字化的进托邦带有浓烈的数码浪漫主义痕迹，而不断营造这种浪漫主义的背后力量显然是文学网站与资本。在资本推动下，读者在不断的数字化升级中获得生存的意义，产生了某种大叙事效果。利奥塔认为，在后现代社会语境中，传统的大叙事，如通过知识取得进步的启蒙元叙事，或者通过“精神”（Geist）的辩证法从自我异化中获得解放的黑格尔式纯理论叙事都已走向终结。日本学者大塚英志认为，传统的大叙事的确已经终结，不过现在却以“虚构的传记”的方式，从传统的文学作品转向了亚文化的表象中，比如日本的《机动战士高达》、美国的《星球大战》系列，都具有大叙事的寓言功能，这是传统大叙事终结后的一种重新捏造与弥补。日本另一位学者东浩纪则认为当下社会连这种捏造的大叙事也消失了：“在七〇年代失去了大叙事，在八〇年代迎向了对失去的大叙事进行捏造的阶段（故事消费），紧接着在九〇年代连捏造的必要性都放弃了，迎接单纯渴望资料库的阶段（资料库消费）。”[①] 他认为大叙事之所以终结，主要在于现在是“动物的时代”，是“没有他者的充足社会”。在这一点上，他主要借鉴了科耶夫的说法。科耶夫在《黑格尔导读》中，对人与动物作了区分。这种区别就在于人与动物欲望的差异。动物的欲望针对特定的对象，有了欲望的欠缺，满足即可，而人的欲望与之不同，它总是主体间性的，是指向他者的欲望，“其中一个必定是被承认的实体，另一个必定是承认的实体”[②]，人类的历史就是主体间为获取承认而展开斗争的历史。然而在战后美国式的消费社会中，人们对大叙事不再热心，成了动物般的存在，按照“欠缺—满足”的方式行动。东浩纪认为日本御宅族的消费行动，非常符合“动物性”这个形容词：“御宅族面对作品的态度正在动物化；按照‘欠缺—满足’这单纯的理论在行动。”[③] 然而，从这种数字化升级来看，大叙事仍然存在。“利奥塔所说的各种现代性元叙事的共同之处，是一种普遍的终极目的论观念。”[④] 数字化升级营造的正是一种目的论，关于历史的终极目的论幻想变成了数字化升级可预期的与渐进性的目标，不过，这并不是真正的升级，而是虚拟的大叙事解放。

这可以说是消费社会消费逻辑的进一步发展，从鲍德里亚所说的符号消费走向了数字消费，保留了其数字与升级的内核，并将其纯粹化，与此同时，它更直观地体现了大叙事原理，营造的是个体在大叙事中的提升、奋进与融为一体的幻象。这是一种以控制用户的身体、情感及日常生活为主要目标的数据化的权力形态，这表现了在大数据的背景下，消费社会正以数字消费逻辑来控制消费者的新阶段。这种数字化的控制与消费逻辑，类似于福柯晚年所说的安全机制（the ap-

---

① ［日］东浩纪：《动物化的后现代：御宅族如何影响日本社会》，褚炫初译，台北：大鸿艺术股份有限公司 2012 年版，第 82 页。

② ［法］科耶夫：《黑格尔导读》，姜志辉译，译林出版社 2005 年版，第 10 页。

③ ［日］东浩纪：《动物化的后现代：御宅族如何影响日本社会》，褚炫初译，台北：大鸿艺术股份有限公司 2012 年版，第 142 页。

④ ［美］马泰·卡林内斯库：《现代性的五副面孔》，顾爱彬、李瑞华译，商务印书馆 2002 年版，第 294 页。

paratus of security)，这种安全机制将某种现象插入一系列具有可能性的事件当中，并对这种现象反应的能量进行成本计算，得出一个被认为是最佳的平均数，以及一个可接受的不能越过的范围，以取代允许与禁止的二元对立式权力形态[①]。在新的文化战场中，我们不妨说，内蕴着数字化升级的网络连载制度折射的深刻背景是，数字消费正取代符号消费，成为消费社会新的文化精神。

二　共同体的建构与月票制度

在印刷文学语境中，作者与读者之间，读者与读者之间，基本是单独的个体行为："自从艺术作品进入消费市场，作者与对象的关系变成互不认识以来，就出现了这样的情况：艺术家不仅很少知道作品的消费对象是谁，而且对它越来越不关心。他面对的不再是单个的对象，而是人数众多，互不相识的'艺术消费公众'。"[②] 新媒介带来的重要影响是，读写双方开始成为群体化的活动，尤其是读者之间，开始由印刷时代的孤独阅读变成了"共读"。新媒介对现代生活的重大影响之一就是"交互性"。人机互动、人际间的大规模虚拟交往成为可能。现代都市的来临就已经诞生了大规模的"人群"现象："人群本身构成了购物中心的装饰性特征。"[③] 恩格斯注意到了城市化带来的人群的拥挤，但他敏锐地察觉到了这种人群的虚假聚集及其异化性质，这些人自顾自地行走，对他人熟视无睹，表现出可怕的隔膜与不近人情的孤僻[④]。新媒介提供了数量更为庞大的人群，却改变了恩格斯所说的人群内部冷漠的、互不攀谈的分离方式，借助无限量的贴吧、论坛等虚拟空间，这些未曾谋面的人群组成互相交谈的共同体。这是一

① Michel Foucault, *Security, Territory, Population: Lectures at the College de France, 1977 – 78*, Ed. by Michel Senellart, Trans. by Graham Burchell. Hampshire: Palgrave Macmillan, 2009, p. 6.

② ［匈］豪泽尔：《艺术社会学》，居延安编译，学林出版社 1987 年版，第 150 页。

③ ［澳］米根·莫里斯：《购物中心何为》，陈永国译，载罗钢、刘象愚主编《文化研究读本》，中国社会科学出版社 2000 年版，第 309 页。

④ ［德］恩格斯：《英国工人阶级状况——根据亲身观察和可靠材料》，载《马克思恩格斯全集》第 2 卷，人民出版社 1957 年版，第 303—304 页。

个全新的群体性的话语交往时代，预示着读写机制的转型。树型思维逻辑下的独白式作者日趋孤芳自赏，而游牧的、块茎的、对话的读写模式成为新技术语境下的写作潮流。文学消费具有了强烈的群体性特征，在网络空间兴起了各种有着不同文学趣味的不断交互的群体，即便是严肃文学，虚拟空间中的读者数量及讨论也是惊人的。文学网站充分利用了新媒介的群体性，从实行 VIP 付费制度以来，有意识地建立书评区、书友圈，注重对读者共同体的营造。这是对网络连载制度的补充，或者说，两者互相加强。网络连载跟传统连载的不同不仅在与读者可以参与，而且也是一种“共同”参与，不仅是时间性的延伸，也是空间性的积聚。读者共同体的建构也是如此，它不仅是共同粉丝空间，也是时间共同体，空间的讨论会加强网友对小说的追随，而随着时间的延长，又不断有新的读者加入共同体。这带来的后果是，围绕某部作品的连载与更新，云集了数量庞大的追文族。詹金斯强调媒介粉丝的阅读并非单独发生，而是一个“社会过程”，在此过程中，“个人的阐释在与其他读者的持续沟通中不断被塑造、巩固”。[①] 詹金斯所说的“社会过程”是就传统媒介而言，新媒介显然让读者讨论的社会性、集体性极大提升，他们不再只是“想象的共同体”，而是可视化的、不断喧哗与交互的读者群。在长年累月追文的过程中，读者与作者之间、读者与读者之间的话语与情感互动，让他们结成了人数达十万、百万的粉丝联盟，如《凡人修仙传》的粉丝叫“饭粒”，《鬼吹灯》的粉丝叫“灯丝”，网络作家“我吃西红柿”的粉丝群叫“红盟”，“唐家三少”的粉丝群叫“唐门”，“辰东”的粉丝叫“辰迷”，“猫腻”的粉丝叫“猫酱”……一起写作、一起阅读，一起追文，一起分享、一起吐槽，新媒介带来的群体性狂欢与喧哗是传统文学活动从未有过的特点。

读者阅读的这种时空结合体，跟以前的媒体环境是完全不一样的，

---

① Henry Jenkins, *Textual poachers: Television Fans and Participatory Culture*, New York: Routledge, 1992, p. 36.

非网文行业的人难以感受到其中的情感互动。著名网络作家“徐公子胜治”曾谈到这一问题:

> 作品影响力是在连载过程中不断建立的,体现为读者与读者、读者与作者之间的不断互动与期待,伴随作品的更新,追读过程也是一段奇妙的人生体验,只有真正的网文读者才能明白。这是网络文学独特的属性,也是它的魅力所在。
>
> 所以有很多人尽管学识渊博、水平很高,但是对网络文学包括网文产业的分析评判,给人的感觉总是好像隔了点什么而不得要领,因为他们根本没有体验过这个过程。这和选一本书自己读是不一样的。你试过花几年时间追读一部正在创作中的作品吗?你亲眼见证、亲手支持、亲身参与了它的诞生、成长、完成的过程吗?你曾用十几年伴随一个作者各种作品不断的创作成长过程,并享受其带来的人生体验吗……①

共同体的营造让读者追读的不仅仅是小说,追随的也是一段人生经历与集体性情感:“网民回到‘个人默读’之前的那种阅读方式:在越来越公开的或集体性的场合中大声朗读,在那里,所有人听的是同一件事,被激起的是同一种情感,在同一时段里欢笑或哭泣。”②

把这种共同体情感推向高潮的,就是文学网站设置的月票榜与月票之战。网站规定,VIP 会员每月有一张月票,可用来投给作者,同时每消费 15 元增加一张月票。月票榜是根据作者获得的月票多少而设立的榜单,是文学网站最具影响力的榜单,位居榜单前列的不仅能获得奖金,也是作者人气与影响力的佐证,同时每次冲击月票榜都会有

① “徐公子胜治”:《文学网站与作者》,http://www.lkong.net/forum.php?mod=viewthread&tid=2566106,2020 年 5 月 3 日。

② [瑞士] 樊尚·考夫曼:《“景观”文学:媒体对文学的影响》,李适嬿译,南京大学出版社 2019 年版,第 236 页。

订阅、打赏的增加。“打赏”额度从每次100起点币（相当于人民币1元）至1万起点币不等，根据花费金额的不同，读者获得从学徒、弟子、执事，一直到最高级别的“盟主”荣誉称号，其中，盟主称号需要花费10万起点币（折合人民币1000元）。显然，月票制度的设立是赤裸裸的商业考虑，为了获取最大利益，文学网站不断制造大神作家之间的月票之战。如2017年12月“起点中文网”贴出的月票大战公告：

> 月票大战一触即发，双倍月票限时开启！
>
> 各位起点的小伙伴们，转眼又到年底，2017年的月票榜争夺也进入了最后的白热化阶段，你支持哪位作家？还不赶快疯狂为他打call！
>
> 为了帮助大家更好的支持自己喜欢的作家，自2017年12月29日0点至2018年1月7日23点，起点全平台开启双倍月票活动，在上述时间段内，在起点PC站、触屏站、安卓客户端、IOS客户端等平台上，您所投出的每一张月票均按照2票计算（打赏月票同样享受双倍）。由于月票榜单的数据需要一定的更新时间，您所投出的票需要5—10分钟后会体现在月票榜上，请耐心等待。
>
> 准备好你手中的月票，明天开始一起躁起来吧!!![1]

月票之战成功地让作家与读者都卷入这场战斗中。作者互相PK，既是利益之战，也是人气与地位之战。对读者的打赏，作家们也感激涕零。大神作家“骁骑校”表示，“打赏”收入占到自己总收入的20%左右：“有一些很喜爱我作品的读者，经常隔几天就给我的作品盖章（打赏道具），每位粉丝一次就花费1000元，隔几天就会盖一次。这让我很感动，也加强了我和粉丝的联系。”[2]

---

① 起点中文网的公告频道，https：//www. qidian. com/news/detail/431430325，2017年12月28日。

② 《揭秘网络文学粉丝经济：“打赏”收入破千万》，《北京商报》2013年8月16日。

对读者来说，他们是心甘情愿的付出，这叫“用爱发电”。比如“90后”小姑娘“眯眯”说，她打赏作者，就像给超女投票一样，没多想，就是想靠自己的力量捧红喜欢的作者。她在晋江上看到喜欢的言情小说，就会拉好多姐妹来一起看，大家一起把很多零花钱都投了进去：“目前我们喜欢的作者在阅读排行榜上的排位已经上升了好几位呢。”[①] 还有一位读者表示自己在生活中是一个比较理性的人，但也曾经“因为某本小说打赏100RMB，一些有钱人看书看得爽，花个几千、几万的不奇怪，就像玩游戏一般”[②]。

月票之战是以“战斗”方式对共同体情感与集体荣誉的捍卫，这就是网络上常说的“引战”，双方粉丝以打赏月票的方式展开群体性的“搏杀”。比如某次月票大战前夕，大神作家“我吃西红柿”的一位读者在书评区写下《今日谁与我共同浴血，他就是我兄弟!》的帖子，其中充满激情呐喊：“三月月票之战，将是一场艰难的无硝烟之战，一句话，红盟不能输，番茄不能输，为了飘红的三月，……一句话红盟现在是紧急时刻，今日谁与我共同浴血，他就是我兄弟!! 红盟雄起，番茄大大威武!!!”[③] 与此相似，大神作家“天蚕土豆”的读者写下《一刻都不能松懈，笑到最后才算是胜利…》的帖子，声称绝不妥协与放弃：“土豆说，要战到最后一刻！那么，我们就陪他战到最后一刻!!”“斗破没有盟友，有的只是战斗在第一前线的广大斗迷。”为此，他希望所有人出资、投票，每个人“献上微薄的一力”，并以此“告诉土豆，他不是一个人战斗！告诉所有人，斗迷，是不容小觑的”。[④]

---

① 《网上看书一点也不便宜有些人看高兴了打赏作者十万元》，《都市快报》2011年4月19日。

② 网友在“知乎”上对“起点为什么会兴起月票大战”的讨论的回答，https://www.zhihu.com/question/22403684/answer/21270041，2014年7月16日。

③ 《今日谁与我共同浴血，他就是我兄弟!》，http://forum.qidian.com/ThreadDetailNew.aspx?threadid=145790067，2012年9月16日。

④ 《一刻都不能松懈，笑到最后才算是胜利…》，http://forum.qidian.com/ThreadDetailNew.aspx?threadid=145944895，2012年8月17日。此处的“斗破”是指“天蚕土豆”的小说《斗破苍穹》。

这种月票大战不只限于文学网站的书评区，还会向外延伸到贴吧、论坛等各种读者汇聚地，到处充满着亢奋激情与为偶像献身的忠诚，成为网络一大景观，一位网友绘声绘色地描绘了这些战斗经历：

> 作为过来人，负责任地告诉你们，那些年起点大神的月票之战绝对比网文更精彩……，最开始番茄被“梦入神机”的每天5更压得翻不了身，好不容易“梦入神机”入驻纵横，又跳出来一个三十年河东、三十年河西的土豆。最经典的一次月票大战好像是月底双倍月票，土豆一直被番茄压制，最后土豆出狠招，好像是200月票加一更……，然后不到两个小时土豆多了1万多张月票，当然斗破完结的时候土豆依然没有把承诺的补更还完……，在月票大战中，出现的铁杆粉丝也让人眼前一亮……，几万几十万人民币说没了就没了……，直到后来纵横出了一名打赏花费百万人民币的大玩家一举轰动整个网文界。①

月票大战中的战斗豪情、群体亢奋与网络小说常见的“燃”“爽”、不断营造冲突等写法具有高度相似性，因此有网友甚至把月票大战写进了小说中：

> “快走，去晚了的话就来不及了，我可不想错过这场大战！”
>
> 起点中文网，一些书评飘红，还有一些土豪打赏，极速投票。
>
> 很多人上路，赶往起点中文网。
>
> ……
>
> 事实上，不仅是他们，就是创世、纵横等网站得到消息后，也火速开启了传送阵，极速冲来。
>
> 甚至，更远处的网站，也有大神在行动！

---

① 《其实比网文更好看的是那些年起点的月票大战》，https：//bbs. hupu. com/27664006. html，2019年5月28日。

起点“辰东”，天纵之姿，号称起点第一年轻高手，早已被封为一代天骄，威震十数月，所向披靡，从未有一败!

而且，这还是他融合水滴经前的战绩，如今究竟多么强大了，无人可知。

故此，所有人都在期待，莫不想通过他这次出手看出一些端倪，有志月票争霸的大神，必须要了解他，这绝对是一座横在路上的大山!

……

“梦入神机!”

有人倒吸冷气，一眼认出了这个大神。

它们不是很大，一两米长，身上布满了斑纹，熠熠生辉，令人畏惧，“梦入神机”凶名赫赫，完全是杀出来的威势。

……

“梦入神机”“猫腻”“萧鼎”……这样的大神，不是月票第一，就是在一个网站称尊，强大无匹，分别站在一方，格外引人瞩目，让人一眼就可以看到与众不同。

此外，还有起点的三少、番茄、土豆、血红等，翘楚汇聚，天才纷呈。

……

一声沉闷的响声发出，那里神光冲霄，五张月票炸开，起点的少年屹立，只有一只拳头扬起，对着高空。

好恐怖!这是每一个人的心语。

都知道他强，但是没有想到这么厉害与霸道，别人破解五月票，需以骨文等秘法针对。而他岿然不动，任五张月票压落，结果一拳轰爆，简单、直接、霸气!①

① 《起点月票战辰东 VS 众大神》，https://tieba.baidu.com/p/3231671296，2014 年 8 月 15 日。

这篇小说既呈现了月票大战的激烈，也讽刺性地见证了艺术与生活的互文，商业性的竞争在诗意描写中变得温情脉脉了。

文学网站对这种共同体与月票大战的营造，生成了一批死忠粉，也带来了可观经济效益。“起点中文网”诞生了一批“百盟”小说（“打赏”达到盟主级别的读者超过100人的作品），以“忘语”的《凡人修仙传》为例，其盟主级别的粉丝超过300个，相当于直接贡献30万元。2013年8月，“纵横中文网”诞生了网文界第一个“亿盟”，一位名为“人品贱格”的狂热粉丝，为自己的偶像作者“梦入神机”的新作品《星河大帝》，送上了整整1亿“纵横币”的“打赏”（折合人民币100万元），并给“梦入神机”的粉丝群体“神机营”留下一句煽情性告白：“神机营诸君、书迷诸君，我的事情做完了，剩下的，希望诸君能够多宣传，拜托了！”① 过了不久，“纵横中文网”又产生了一位“亿盟”，读者“小野这妖孽”同样拿出百万巨资支持网络作家“烽火戏诸侯”的新作《雪中悍刀行》。2020年4月中旬，网文圈第一个“两亿盟”在“17K中文网”产生。

这些疯狂打赏的读者在网上也成了传说一样的名字，被网友广泛“铭记”，代表性的有这样一些：“诸神承诺的永远”，打赏起点币1.1亿，据称他读书范围很广，是84部书的盟主，打赏的著名小说包括“猫腻”的《将夜》、《择天记》，“辰东”的《完美世界》，“耳根”的《求魔》、《我欲封天》、《一念永恒》，“天蚕土豆”的《大主宰》等；“涳谷～茗杺”，打赏起点币1.2亿，是网络作家“月关”的粉丝，是其小说《夜天子》《锦衣夜行》《醉枕江山》的盟主；“Fning”，打赏起点币1.7亿，是网络作家“耳根”的粉丝，据称在“耳根”创作《仙逆》的时候，打赏资金达60多万，而在“耳根”创作《求魔》的时候，为了帮助这部作品夺得月票榜榜首之位，又投入30多万；“烟灰黯然跌落”，共打赏起点币2.1亿，仅给耳根的《我欲封天》就

---

① 《揭秘网络文学粉丝经济：“打赏”收入破千万》，《北京商报》2013年8月16日。

打赏了上亿起点币。

可以看出，文学网站建构的文学共同体对读者的精神规训达到了前所未有的程度。

三 读者的互动与共创制度

在文学共同体制度的建构中，文学网站已经注意到激发作者与读者、读者与读者之间的互动，笔者在这里要说的是互动的升级版，是在社交媒体兴起背景下，网站有意识地生成与强化文学的互动与共创制度。

首先是互动与社交生活的营造。强化互动一直是新媒介文艺重要的策略。英国思想家齐格蒙特·鲍曼认为，后现代社会是购物社会，早期带有乡愁性质的拱廊街已让位于大型商场，这些公共空间"鼓励的是行动，而不是'互动'"，因为"聊天和社会交往"妨碍了"购物的愉悦"①。然而在网络语境下，鲍曼的说法可能需要改写，或者说正好相反，利用社交工具，促成并鼓励用户之间的互动，是新媒介时代重要商业手法。以游戏为例，"游戏社区延长了玩家决定注销和离开的时间。它涉及所有类型的人与人交流，这促进了有时会超越虚拟世界的关系"。玩家在游戏社区的"生存"的时间常常要长于游戏对局，也就是说，社区互动甚至比玩游戏本身更重要，因此在设计游戏的时候，重要的关注点是需要积极营造游戏社区，并"提供所有的交流渠道"，如公告板、电子邮件、即时聊天系统，甚至视频会议②。从实际情况来看，玩家在游戏中的聊天互动成为重要的现代生活内容，并深刻影响了玩家个人生活与心理结构③。互动也是网络文学制度的重要

---

① ［英］齐格蒙特·鲍曼：《流动的现代性》，欧阳景根译，上海三联书店 2002 年版，第 151—152 页。

② ［美］弗里德里：《在线游戏互动性理论》，陈宗斌译，清华大学出版社 2006 年版，第 131—134 页。

③ 玩家在游戏交往中会互相"结义""结婚"，帮对方"复仇"、练级或做任务，在耗时数月、甚至数年的游戏社交中形成的情谊是刻骨铭心的，有些玩家还会在现实中聚会，甚至结婚。游戏生活是现代人日常生活的一部分，凝聚着玩家们的青春记忆。一些网游小说（如名气颇大的《如果·宅》及其前传《就这么晃着》）深受欢迎，与这种情感投射不无关系。

设计，前面谈到的文学共同体的营造，实际上已经是一种互动制度了，不过在社交媒体语境中，互动又得到了升级，这也是为了迎合伴随社交媒体长大的“Z 世代”（“95 后”“00 后”）读者的需要，“Z 世代”特别喜欢互动、评论。“塔读文学”的编辑“九羲”曾指出这一点：

> 30 岁之下的读者群体有几个特点。在先前的发展中，这批读者年龄较小，比较活跃，喜欢加读者群，喜欢评论互动。这些读者，从近期来看，基本上一本脑洞创意四轮书，在三十万字左右时，作品下面已经会有五千条左右的评论，同时，一部分读者活跃度比较高的作品，如果作者建读者群的话，很轻松便能够建立不少人数的读者群，有的脑洞创意向作品不少已经有了十个左右千人读者大群，一般情况下，故事性较强的脑洞文，与普通热血升级向脑洞相比，读者活跃度，讨论度会更高一些，书评区评论也是动辄几千上万条。①

为此，文学网站与各种阅读 App 也在尝试一些新的界面功能与制度设计，其中最重要的就是推出“本章说”，所谓本章说，实际上就是评论，这并不是指小说一章完了之后再评论，而是段评，即一个段落结束后，读者可点开段落后的标记进行评论或阅读他人评论，由于网络小说每个段落字数较少，常常一句话就是一段，这种段评在小说中就呈现为星罗棋布的效果。“本章说”实际上受到视频文化中弹幕的影响，故又称“阅读弹幕”。相对传统评论，“本章说”的特点在于互动性更强，在“本章说”没有推出之前，读者的互动行为是中断的，读者需要退出阅读界面转到讨论区评论，现在则可以根据剧情中的槽点及时评论或分享，带来的后果就是读者评论数量的大幅增长，网络小说《大王饶命》是“起点中文网”首部评论数量达到百万级的

---

① “九羲”：《塔读全攻略（进阶篇）》，http：//www.lkong.net/thread-2608428-1-1.html，2020 年 6 月 16 日。

作品。截至 2020 年 4 月，据称起点平台上已累计产生了 7700 万条段评数据，这种互动量是非常惊人的。

这种互动制度带来的重要变化就是，文学网站或阅读 APP 很大程度上成了一种社交软件，尤其是各种 App，基本上是按照社交软件来设计，也有“发现”“关注”等界面，试图最大限度地实现社交功能，阅读生活成为社交生活的一个接入口。与之相应的是，社交需求甚至超越了阅读需求。阅读 App 的书友圈已经成为“Z 世代”们社交生活的聚居地。“Z 世代”在书友圈里写评论、打分、催更，分享自己的生活、发表原创故事、转载热门段子，深度互动的用户还有可能成为圈主。书友圈甚至已经取代原来的贴吧、论坛等成为又一个重要的虚拟社区，甚至有人在这里举行虚拟婚礼[①]。

这种互动制度的设计有什么好处呢？相比以前，它让读者对作者的认同度更高，读者之间的认同度也更高，共同体意识更强，成为网站与作者的重要资源。这些年轻读者群体很喜欢让作者建群，经过作者认真维系关系的读者群更容易产生死忠粉，更愿意付费阅读。此外，这些粉丝还会自发推荐作家作品，他们的宣传会大大提升作品的点击率[②]。以目前很受欢迎的《诡秘之主》为例，这是将粉丝效应转化为商业价值的典范。这部小说是起点读书迄今为止评论数最高的男频作品，是有史以来互动性最强的小说，这也让它的商业利益最大化，获得 2019 年起点读书年度“月票”第一名，在 10 个月中累计 7 次登顶原创风云榜、收获“起点读书”2500 万张推荐票。

其次是粉丝共创制度的建构。在社交媒体语境中，读者不只是简单互动，也是共同创作。豪泽尔在通俗艺术与民间艺术之间做出区分：“民间艺术的生产者和消费者很难区别，两者之间的界线是流动的，

① 《掌阅书友圈成了空间、贴吧之外的“第三世界”?》，http：//news. xhby. net/system/2017/12/22/030776344. shtml，2017 年 12 月 22 日。

② “九羲”：《塔读全攻略（进阶篇）》，http：//www. lkong. net/thread-2608428-1-1. html，2020 年 6 月 16 日。

但对通俗艺术来说，其消费者是完全处于被动地位的，没有创作能力的公众。”① 他的意思是说，民间艺术从诞生之日起就保留着原始的社区性的艺术行为，我们很难在艺术的生产者和消费者之间划一条界线，消费者在任何时候都可以成为生产者，而且从一开始人们就同时承担了生产、接受和再生产的任务，而通俗艺术则与此相反，充满了被动性②。网络文学常被人们看成通俗艺术，按照豪泽尔的判断，消费者就处于完全被动的地位，但实际情况并非如此。在 Web1.0 时期，读者之间已经产生了共同创作，当然此时这种倾向还不是特别突出，主要是读者的自发行为，而在社交媒体语境中，文学网站有意识地强化了相应制度建设，通过设计书友圈、角色圈、兴趣圈等，在读者间形成了一个个小型互动社区，大大激发了共同创作的热情。阅文集团内容运营总经理兼起点中文网总编辑杨晨表示，“现在的网络文学早已不再只是传统的数字出版”，近几年，读者除了看小说外，还会针对作品进行多样化的互动和创作，而作家们也不再是封闭写作，“写书也不再是我们在网文事业里唯一要做的事了”，网络作品从最基础的故事内容，到世界观的完整，到周边衍生，几乎每个环节都有粉丝参与其中，粉丝正在共创网络文学 IP③。举例来说，起点中文网设计有“角色”这一辅助创作功能，可以让读者直接参与到作品角色的完善中，比如 2018 年的榜首角色“克莱恩莫雷蒂”如今已经拥有了人设图、CV、250 个人物标签、57 条角色关系、49 项大事记，相比小说的原型，成了一个更加立体、丰满的角色形象。目前，在粉丝共创制度下创建的角色有 9 万多个，累计产生的角色互动达 3000 多万次。随着网络文学的海外传播，一些国外读者也参与到粉丝共创行为中，比如小说《放开那个女巫》的国外读者，就专门画出了女巫的世界地图，

① ［匈］豪泽尔：《艺术社会学》，居延安编译，学林出版社 1987 年版，第 201 页。

② ［匈］豪泽尔：《艺术社会学》，居延安编译，学林出版社 1987 年版，第 213 页。

③ 李秒：《世界顶级 IP 的成长秘笈：从讲好一个故事说起》，《锌财经》，https：//new. qq. com/omn/20191022/20191022A07NLH00. html，2019 年 10 月 22 日。

甚至还研究出书中武器的构造。

这种共创不只是停留于线上，甚至出现了针对故事本身的，向现实越境的“创作行为”或“社会化运动”。比如网络作家“蝴蝶蓝”的小说《全职高手》的主角叶修在粉丝群体中受到空前欢迎，读者们不仅创作了大量与叶修相关的衍生品，还在线上线下为这个虚拟人物庆祝生日，2018年5月29日，在叶修生日的这天，粉丝们迎来狂欢，“0529叶修生日快乐”的微博话题空前火爆，而给他庆生的广告还“占领”了大楼与公交车。这种向现实越境的创作行为实际上也构成了一种世界现象，比如日本漫画《小正的冒险》连载后，不仅实现了跨媒介流行，主角小正的帽子“小正帽”也在实体市场引发了购买热，编辑部还收到大量读者来信，询问“小正为什么长不大”。日本学者大塚英志对此分析道：“受众在消费小正故事的时候，用与自己现实世界同样的原则去解读了小正故事中的现实。读者在小正故事中读出的现实，用现代的话来说是‘世界观’也好，‘假想现实’也好，都没有太大的区别。由此，我们也可以看出，这也是这个国家中出现的，由杂志、单行本、动画、电影、周边为代表的媒介融合而引发的‘虚实的越境’这一现象的体现。”这种情况早在2008年的电影《蝙蝠侠·黑暗骑士》热映时也出现过，在前期宣传中，网上不但出现了《蝙蝠侠》世界观中“哥谭市新闻”的网站，甚至还出现了哈维丹特的地方检察官选举网页。“在新媒介时代，传统的假想现实化已经呈现出了有如‘ARG’（Alternate Reality Game，现实替代游戏）一般，即呈现出‘跨媒介叙事’、‘参加者社群化’与‘现实替代感’的特征。”[①] 这种虚实的越境，显然也与世界本身的变化有关，随着移动媒体、社交软件的兴起，传统虚拟世界开始走向虚拟与现实的结合，以前的虚拟空间呈现的是别处与远方，现在则是对本时本地的增强与扩张，这就让现实空间本身变成了ARG一样的游戏空间，呈现为商品与

---

① 参看“文文”《关于二次元文化，日本学者可以论述得这么深》中的介绍，https://zhuanlan.zhihu.com/p/29566458，2017年9月22日。

场域的结合。

文学网站建构的读者共创制度类似于詹金斯所说的融合文化："这正是我们所说的融合文化，即意义与知识的合作生产、问题解决的共享，而这些全都是当人们参与网络社区时围绕共同兴趣自然而然地发生的。"[①] 詹金斯理想主义地肯定读者粉丝的创作行为，延续的是费斯克、德赛都对大众文化的赞美态度："粉丝是以贯穿人类历史中人们运用神话故事的方式来响应商业文化，即把它们转变为用以理解周围世界和彼此分享价值观念的资源。"[②] 这种说法有一定道理，读者通过创造在一定程度上实现了意义生产与身份认同，但在根本上，它体现的是文学网站的商业利益，表现的正是数字资本主义语境中免费数字劳动的兴起。

① ［美］亨利·詹金斯：《融合文化——新媒体和旧媒体的冲突地带》，杜永明译，商务印书馆2012年版，第6页。

② ［美］亨利·詹金斯：《融合文化——新媒体和旧媒体的冲突地带》，杜永明译，商务印书馆2012年版，第6页。

第三章　先锋派与文学制度的重构

在新媒介促成的文学制度震荡中，如果说文学网站扮演的是如鱼得水的角色，试图整合各方力量而获取商业利益，先锋派则在其中左冲右突，试图维持艺术的自律。从先锋派对文学制度的意义来看，陈村与网络诗人最具代表性。

第一节　文人入网：陈村之于文学制度的意义

陈村，中国著名作家，1954 年生于上海，1979 年开始发表作品，1985 年加入上海市作家协会，后任上海市作协副主席。陈村与网络、网络文学有密切联系，被视为网络文学“教父”，先后担任“榕树下”网站、“99 书城”网站艺术总监，2014 年任上海市网络作家协会会长，2016 年主编电子杂志《网文新观察》。作为传统作家的先锋派，陈村的一系列网络活动延续了其固有的先锋性，被荷兰学者贺麦晓（Michel Hockx）称为“连续不断的先锋性”。在笔者看来，这种先锋性主要体现在文学制度意义，作为代表性的文化能指，陈村的行为客观上寄寓着先锋派借助网络空间革新文学制度的期望。

一　陈村的先锋性与网络属性的契合

在中国当代文学发展序列中，陈村一直被视为先锋作家，跟余华、格非、苏童、洪峰等一度并列："如果说在当代作家中曾经出现一些先锋人物的话，陈村就是其中之一。"[①] 从陈村的创作来看，也的确呈现出明显的先锋性。在最早的小说《两代人》中，陈村开始在叙述方式上寻求突破，此后的一些短篇小说与中篇小说《少男少女，一共七个》，被看成是80年代先锋文学代表作品之一，20世纪90年代唯一的长篇小说《鲜花和》在写法上同样有实验性，名义上是长篇，却由若干短文连缀而成，呈现的是日常生存与个体的精神状态。这一风格几乎贯穿了他所有创作，即便是看上去较为现实的《住读生》《从前》，也带有陈村的个性。总体来看，陈村的小说创作独具一格，摒弃了作家难以避免的工匠气息，放弃了被许多小说同行遵循的固定套路或写法，似乎要重新改写或创造文学。

中国当代先锋文学在80年代走红后开始遭遇瓶颈，一些作家开始转型，典型的如余华，抛弃早期的技巧实验而转向写实风格，初始的叛逆与弑父姿态走向与世界的和解。与之相比，陈村显示出独特性，客观上，他通过网络来延续自己的先锋性。在贺麦晓看来，这种先锋性甚至比之前要更"先锋"，因为与先锋派常常居于"地下"和边缘不同，80年代先锋文学发表在一些主流文学杂志上，表明它们得到了传统文学制度与秩序的认可，在此意义上它们的先锋性是可疑的，只是在狭义的"文本内部层面上"还算先锋。与之相比，"陈村等人在时下中国实践的网络文学（不仅仅在文本层面），具有更明显的先锋性"。[②] 相比主流纸媒的先锋文学，借用网络的"边缘性"从事文学活动的姿态，显然更有挑战文学制度的意义。

作为一位传统作家，陈村走向网络并非偶然，他的先锋性与网络属性，特别与早期网络的论坛风格非常契合。

可以发现，陈村机智、俏皮与嬉笑怒骂的特征与BBS的大话、搞笑与"引战"风格具有同构性。据《三联生活周刊》主编朱伟的回

① 贾羽：《陈村小说创作漫议》，《小说评论》1995年第4期。

② ［英］贺麦晓：《网络之主：陈村与连续不断的先锋性》，《当代作家评论》2011年第5期。

忆，陈村在写作上别具一格，这很早就表现出来了，比如在20世纪80年代的一个创作班上，唯独“陈村的写作是不纠结、不焦虑、不费劲的”，“他有太多信马由缰的才气”，表现之一就是陈村的“好白相”，喜欢机智、俏皮，不喜欢一本正经①。这种“好白相”的态度，显然与新媒介兴起后的幽默、谐趣相通。

以陈村的《弯人自述》为例，可见其幽默风格：

> 既弯之，则安之。
>
> 如果有意识的寻找，像找男子汉一样用点力气，弯其实是一种境界。
>
> ……
>
> 我的最大的心病是死后。
>
> 只要不是被腰斩，我死起来就有点麻烦。如果也开追悼会，召来亲朋好友恩人仇人，一个个沉痛得肃穆。没想到我来也，躺在车上被推将出来，上身欠起，面带微笑，两颊扑着红粉，是个和众人打招呼的样子，这岂不是闹鬼吗？要是吓死个把人，我的罪孽就深重了，地狱因此要加到十九层。
>
> 一个人活不好倒也罢了，要是死也死得折腾，没意思了。一个人活着出点风头也罢了，安息之时却像要坐起来，这个风头出得太大了。
>
> 为此，心有不安。②

陈村的脊椎有问题，常自侃为“弯人”，这种语言富有机趣，也有不经意露出的油滑，而这也是网络论坛里那些帖子常有的风格。

正如“嬉笑”总是包含着“怒骂”，这种谐趣常与言语攻击联系在一起，嬉笑中有怒骂，怒骂中有嬉笑，此为高手境界，所以陈村欣

---

① 陈村:《那就和自己好好玩一场》,《三联生活周刊》2016年第52期。

② 陈村:《弯人自述》, https://www.douban.com/group/topic/9752832/, 2010年2月3日。

赏鲁迅的骂人：

> 家里的地方小，原来想等光盘版的《鲁迅全集》出来，小小一片就一网打尽了。后来听说此事黄了，只好买了十六卷纸印的，放在书橱很壮观。家里原有先生的单行本，“文革”时出版，一册两三毛钱。过一段时间，我会拿出一本翻一翻，就像在听老朋友谈话。这样说有点“我和鲁迅是相通的”之嫌，但我确实爱读他的书。我读了许多人的著作，到头来还是最要读他，说一声像听老朋友谈话不算过分。
>
> ……说起来没出息，我最要看的是先生的骂人文章。鲁迅的骂人，从来一语中的，花样百出，无人能及。再看郭沫若等人的骂，骂了半天说不到痛处，真叫人急死。①

嬉笑怒骂显然与网络相通，网络上的交锋、引战司空见惯，既要抖机灵，也要在机灵中怼人。如何骂人而不失斯文，常常是一门艺术，而陈村显然对此驾轻就熟。朱伟也感受到了这种相通性，他认为陈村小说《少男少女，一共七个》中的人物“三菱”挖苦的本事，“是陈村自己的，他爱冷嘲热讽，这后来在随笔中、在网上与敌手的纠缠中，成了他的绝活”。在他看来，朱威廉聘请陈村主持“榕树下”网站，原因之一就在于陈村跟论坛风格特别契合：“朱威廉找到陈村，不仅因为他在文坛有人缘，有人脉，足可召唤、团聚起一批最前沿的知名作家，更因为他在报刊上能随意嬉笑怒骂，鼓舌如簧的文字能力。陈村能写适应网络的年轻的文字，在同辈作家中，心态也最年轻。”“（陈村）十年间写了几百上千篇随笔，提笔便来，又锻炼出他才思活泼如少年，足以与网上各路好事之徒花言巧语、打情骂俏、匕首投枪。”②

陈村放弃小说而转向短小自由的随笔，这种文体特点也与网络论

① 陈村：《看先生骂人》，《书屋》1998 年第 1 期。

② 陈村：《那就和自己好好玩一场》，《三联生活周刊》2016 年第 52 期。

坛风格有相通之处。在 20 世纪 80 年代后期，陈村开始日渐“贩卖”机智，放弃小说而写小品，给各类报刊写那种挥手即成的专栏短文：“陈村的作品获得了远较以前更多的读者。媒体以刊载陈村的作品为荣。陈村以他的沉着和机智瓦解了人们对他的挑剔的目光，一切都变得顺理成章。人们现在要读的是陈村的小品，要听他谈男人、女人、男人和女人的家庭还有家务，再就是电脑和上网，也是蛮有趣味的。总之，陈村迅速地并且是无与伦比地大众化了。”① 即使后来仍有小说创作，也融入了这种风格，比如陈村 1997 年发表的长篇小说《鲜花和》，虽是长篇，采用的却是拼贴式的结构方式，在内容上带有日常私人生活印迹，在手法上借鉴鲁迅的嬉笑怒骂，这种结构方式、叙事内容与风格，与网络各种日常生活的帖子或个人记录颇为相似。方舟子说：“最初操练中文网络文学的，……之所以要张贴，或者是为了交流，或者是为了发泄，鲜有出于创作的冲动。所用的形式，大体上是随意为之的随笔、杂感；其内容，从评论世界大事、鸡毛蒜皮到相互进行人身攻击，无奇不有；而其特色，则是嬉笑怒骂皆成文章，无所顾忌，……如果这也算文学的话，不妨称之为‘随意文学’。”② 从新媒介的特点来看，如果不是资本入局，网络最适合的文体就应该是谈天说地的散文，陈村的写作趋势及个人性情与此非常契合。

与这种嬉笑怒骂、随笔文体相应的就是陈村“好玩”的趣味。“好玩”一是表现在好奇心。陈村热衷新事物，1992 年用相当于两年工资的钱买了台 286 电脑，1997 年开始上网，用“toto”的 ID 发帖点评，他之所以对电脑、网络感兴趣，就是因为好奇：“我从小就喜欢机器，电脑是所有机器里最聪明的。我买回电脑第一天，店家给了我两个类似俄罗斯方块的小游戏，一下玩到半夜 3 点。”③ 他又喜欢网

---

① 吴俊：《陈村：为谋生而写作，或为理想而写作的挣扎》，《当代作家评论》1999 年第 2 期。

② 转引自钱建军《第 X 次浪潮——华文网络文学》，《华侨大学学报》1999 年第 4 期。

③ 《回顾网络小说发展 20 年，陈村：文本越来越粗鄙化？活该！》，https：//www. sohu. com/a/196492688_99941658，2017 年 10 月 16 日。

络："突然感觉网上什么都有，而且网络没有边境，那时候大家出国很少，你想啊，网络上没有国界了，我可以这里那里都去玩玩，到处看看，很多东西，很好奇也很开心。"① 二是强调自然之心。这种自然是指不做作、不伪装、不功利。陈村在文章《非小说论》中写道："如果你已经读过很多小说，你会发现其最大的弊病就是无趣。换个说法，就是没意思。主题只有人类就是无趣。那太不自然了，从头到尾都不自然。当然，不自然的形式可能是好形式或有用的形式，但是不一定非得是有趣的形式。所谓好小说，就是闲人写给闲人看的。现如今，那些身心慵懒的闲人其实是越来越少了。"② 小说是如此，生活也是如此，陈村在网上寻找的，包括他对网络文学的认识与期待，实际上就是那种自然而然的洒脱状态。三是行为习惯的无拘无束。《读书报》记者问陈村为什么不坚持以前的创作，他回答为"不大好玩"："写小说必须有冲动才写。后来不是非要写，有些看法改变了，喜欢看非虚构的书。有时候好朋友出了书我会看，或者当评委时要看小说，平时就看得很少，除非是顶级的小说。随便编个故事哄哄我，我不看。"③ 他已经习惯了在网上写文字："我会在网上写文字，对某些事情发表看法，不成为文章，不会是长篇大论——既然有简便的方法去说，就不要去烦琐地说。网上太容易说话了。如果变成在报纸刊物上发表，要正襟危坐还要被三审，不习惯了。"④ 在他看来，网络写作和传统出书不一样。网络写作就像日常讲话可能会有语法错误，但对方能听懂就行，而传统写作必须穿好皮鞋打好领带⑤。这与作家徐坤的

① 《陈村：我以为先锋的东西，网络并没有出现》，http：//www. chinawriter. com. cn/n1/2018/0622/c404024-30075912. html，2018 年 6 月 22 日。

② 陈村：《百年留守》，群众出版社 1995 年版，第 21 页。

③ 陈村：《文学生态在恶化，网络比写作更好玩》，http：//www. china. com. cn/culture/book/2010-07/02/content_20409768. htm，2010 年 7 月 2 日。

④ 陈村：《文学生态在恶化，网络比写作更好玩》，http：//www. china. com. cn/culture/book/2010-07/02/content_20409768. htm，2010 年 7 月 2 日。

⑤ 陈村：《文学生态在恶化，网络比写作更好玩》，http：//www. china. com. cn/culture/book/2010-07/02/content_20409768. htm，2010 年 7 月 2 日。

感受相似："网络在线书写就是越简洁越好，越出其不意越好，写出来的话，越不像个话的样子越好。一段时间网上聊天游玩之后，我发现自己忽视之间对传统写作发生了憎恨，恨那些约定俗成的、僵死呆板的语法，恨那些苦心经营出来的词和句子，恨它们的冗长、无趣、中规中矩。整个对汉语的感觉都不对头了。我一心想颠覆和推翻既定的、我在日常工作中所必须运用的那些理论框架和书写模式，恨不能将它们全都变成双方一看就懂的，每句话的长度最多不超过十个汉字的网络语言。"① 在陈村看来，写帖子是一种"很爽"的感觉："写文章跟写帖子感觉不一样，写帖子呢就事论事，打好了一个回车，发出去拉倒。写帖子谁还会再三推敲啊？帖子即便写得很长也没稿费，甚至要跟人论争，所以不管是散文、杂文还是什么，写完就发了出去，这种感觉很爽。"② 这种"爽"实际上也就是一种"好玩"。为了好玩，他甚至觉得备课比写小说更好玩，假设自己是语文教师，认真备一次课，老老实实地教学生课文，比如什么是百草园、鲁迅为什么要这么写、这样写有什么好处、跟其他作品有什么不一样等，颇为有趣。而他也花了很多工夫，把人教社和上海的中学语文教材全部买来，通读一遍，一连买了几年，买不到时还托朋友买。"好玩"是陈村的最高标准，"很好玩"或者"蛮有意思"是他的关键词，而"好玩"构成了与网络属性的契合。2005 年，陈村在广州花城会展中心做了一场题为"欢天喜地的网络写作"的演讲，从中侧重的也是好玩，他表示，如果自己晚出生 20 年，有可能会成为一名网络作家，因为"在网上，很自由"③。他的文学观也是"好玩"："我对小说的理解也不同了，更倾向于'读物'的说法，我也没想留下一部经典……，就像前段时间死掉的克劳德·西蒙，相比而言，白先勇《永远的尹雪艳》那

---

① 徐坤：《网络是个什么东西》，《作家》2000 年第 5 期。

② 木叶、王振宇、陈村：《网络时代的"存在与虚无"——专访陈村》，《社会观察》2005 年第 11 期。

③ 木叶、王振宇、陈村：《网络时代的"存在与虚无"——专访陈村》，《社会观察》2005 年第 11 期。

样的小说文本一点贡献也没有，小说家不能只消耗前人的东西，技巧、理念是要进化的。"[①] 他强调的是不正经："事实上人不是什么正经动物，人的时间是要浪费的，注定浪费的话看王安忆的作品也是浪费。"[②] 这种"好玩"具有先锋性，在贺麦晓看来："陈村为之奋斗的是无拘无束的写作实践，要尽可能脱离由文学传统和市场文化，或者其实是由人类总体文化施加的正规的（'不自然的'）限制，与此同时，又要保持与当代生活的快节奏步调一致。"[③] 这种说法有一定道理，陈村的写作习性、精神结构与网络存在高度的契合，这种契合本身构成了对主流文学秩序与趣味的反抗，但这只是一方面；另一方面，它也构成了对后来商业性的网络文学制度的抵抗，可以说，陈村力图维护的是网络带来的自由的、论坛式、散文式的写作空间。

二　陈村的文学活动与文学制度的探索

介入网络后，陈村的一系列文学活动具有文学制度意义。他在"榕树下""小众菜园"对网络论坛的主持，对文学活动的组织，都试图在网络空间中构建一种理想主义的新文学制度，其中的探索性与成败经验值得重视。

陈村1999年起担任"榕树下"网站艺术总监，持续三年时间，然后于2004年主持"小众菜园"论坛。以一个传统著名作家的身份介入网络，让陈村被看成是"网络文学的教父"，但他反对这个称呼，认为"这个称呼不好，招骂，它也不幽默"，他比较能接受的说法是"网络文学的师爷"，因为这个"不像'教父'那样甚至对下属具有生命的控制权，听着就害怕"[④]，陈村"师爷"的身份认定，比较符合

---

① 木叶、王振宇、陈村：《网络时代的"存在与虚无"——专访陈村》，《社会观察》2005年第11期。

② 木叶、王振宇、陈村：《网络时代的"存在与虚无"——专访陈村》，《社会观察》2005年第11期。

③ ［英］贺麦晓：《网络之主：陈村与连续不断的先锋性》，《当代作家评论》2011年第5期。

④ 木叶、王振宇、陈村：《网络时代的"存在与虚无"——专访陈村》，《社会观察》2005年第11期。

他与整个网络文学的关系，没有一个传统作家像他这样投入网络文学活动中，并以“师爷”身份推动网络文学发展，进行相关的文学制度实验。

在“榕树下”近三年时间里，陈村主持“躺着读书”论坛。从传统作家转变为网络论坛版主，整天面对各种文学青年或伪文学青年，这一行为本身具有先锋性，我们经常强调传统作家入网（如前述“主席打擂”）、批评家入网（不再对网络文学“失语”），但唯有陈村真正以切实行为实现了“触网”，并坚持三年之久，殊为不易。这是传统作家与文学公众在虚拟空间的对话，虽然这一实验最后失败了，但在文学史上颇有价值。陈村还操持了原创文学作品大赛。1999 年，“榕树下”举办首届网络文学大赛，利用自己在传统文学圈的关系，陈村把不少作家如王安忆、阿城、贾平凹、王朔、马原、刘恒、池莉、余华、苏童、翟永明、韩东、余秋雨都请来当评委，一时之间轰动文坛，极大地提升了网络文学的名声，可以说，如果没有陈村一系列活动，早期网络文学不会受到传统作家群体如此大的关注。这些工作也是陈村擅长的，虽然名义上是艺术总监，但他主要负责的是外联，因此自称为“不管部部长”：“我等于是个‘不管部部长’，平时的流程比如稿子从这儿到那儿，每天完成多少，这些我都不管。我主要管那些比较抽象的东西，还有跟某些人的沟通，例如他们要办一些比赛，所谓的‘传统作家’的评委，都是我找来的。”① 作为文学前辈，陈村对网络文学的扶持与推进功不可没。

2004 年，陈村开始担任“99 网上书城”的总版主与艺术总监。他建立并主持“小众菜园”论坛，将交流范围缩小，要进入论坛发言，需征得版主同意。与“躺着读书”相似，“小众菜园”显然也是一个“实验”，但它们是两种性质的实验，前者是大众性的，试图在网络空间建立大众对话交流的平台，后者则是在前者基础上的撤退与

① 《陈村：我以为先锋的东西，网络并没有出现》，http：//www. chinawriter. com. cn/n1/2018/0622/c404024-30075912. html，2018 年 6 月 22 日。

调整，试图建立小众的公共领域。从陈村本人来看，“小众菜园”具有明显实验意图。北京大学学者邵燕君在采访中曾对陈村发问：“在中国的网络环境，有没有可能有这么一小块地方来进行文学的、艺术的试验?”陈村回答说：“我觉得应该有，你不要期望很多人来看你。”“在那里，不一定要写长篇或从头到尾都完整的。这种环境里是可以做一些实验的。”① 这里所谓的“不一定要写长篇”，显然针对的是网络文学商业化，也就是说，借助“小众菜园”，陈村试图抵抗破坏其网络理想的两方面“异化”因素，一是大众，二是资本，试图在这块“飞地”探索新媒介带给文学的其他可能性，这是他在“榕树下”这种大众性的文学交流失败、资本迅速殖民网络、网络文学兴起大长篇后的自然反应。

“小众菜园”名为“小众”，显然是为了不让所有人说话，“小众菜园”的论坛规则明确申明“本园谢绝申请，唯一的入园小径，是请园中的老菜农推荐，经批准后发放种菜执照”，并坚持实名制。陈村之所以这样做，正源于主持“躺着读书”论坛的经历：“网上尤其是论坛上经常吵闹，有很多人穿上马甲之后会进行恶劣的人身攻击，使得人对网络变得没有信心。而更可怕的是，你还不知道对方是谁。我觉得这种形式实际上有问题。”② 这种方式也让他觉得网络“不好玩”了：“我做了十多年论坛版主，本想和好玩的人在一起，结果常和最不好玩的人在一起。”③ 他不需要很多人来论坛灌水，看起来热闹，但缺乏实质性的对话意义。

“小众菜园”不让所有人说话，屏蔽的主要是大众，不经过“老菜农”邀请是难以进入论坛的，而这些“老菜农”主要是精英圈子，这是一种基于精英“人脉”所建构的论坛。大众无法发言，但可以围

---

① 《陈村：我以为先锋的东西，网络并没有出现》，http：//www. chinawriter. com. cn/n1/2018/0622/c404024-30075912. html，2018 年 6 月 22 日。

② 《小众菜园：不是让所有人说话》，《中国青年报》2007 年 4 月 26 日。

③ 《陈村：别把网络文学局限于类型小说》，https：//www. thepaper. cn/newsDetail_ forward_ 1379410，2015 年 9 月 26 日。

观，从这方面来看，“小众菜园”让大众扮演仍是传统的观看者角色，收回了网络赋予大众的话语权。这也说明，新媒介并非人们想象的自由真空，利用锁定与限制技术，网络仍然生成了各种区隔。

不过，也不能将“小众菜园”理解为传统精英圈的自我封闭或保守主义，实际上，这开拓了艺术精英利用网络论坛展开公共交流的机制。这种实验机制有重要意义，在笔者看来，传统作家、批评家真正要想走向网络，“小众菜园”提供了一种想象的可能性。这种内部交流具有跨学科性、开放性。“小众菜园”最多的时候有300人，从职业来看，打破了门类限制，有作家、画家、教师、记者、工程师、学生、自由职业者、机关干部；从话题来看，国家大事、文学热点到日常琐事，都有涉及。这也构成了一种集体的分享与展示，陈村表示：“最好的时候是出了很多好看的东西，比如说，有人去了一次希腊，在论坛贴很多希腊的照片，我去过荷兰三个月，看到梵高的博物馆，回来会贴一些图片。这些都是有建设性的，如果每个人愿意把自己好看的东西拿一点出来，那么网络就是好看的。我想做的就是希望别人能够拿出自己好看的东西，比如作家拿出好看的文字，画家拿出好看的画。”①

在屏蔽了大众无意义的灌水后，这种内部交流发言的质量也较高，这些“菜农”有时一边给报刊写专栏一边就把内容贴到论坛里了，有一些编辑在“菜园”发现好的选题就主动来找稿件。更重要的是，这也是一种不同于传统知识分子孤独创作的论坛式艺术生产。“和有趣的人在一起交流，可以及时补充自己的想法，有时甚至会反省自己的观点，要是写一篇文章到报刊上发表，往往要一周或一两个月才能有回馈，这是网络阅读的又一个好处。”② 通过互动，“小众菜园”的一些活跃人物如作家古清生、批评家吴亮、画家朱新建等，把“小众菜园”里的发的帖子集结起来线下出版，变成了成果。这显然不同于商

① 《陈村：我以为先锋的东西，网络并没有出现》，http：//www.chinawriter.com.cn/n1/2018/0622/c404024-30075912.html，2018年6月22日。

② 《小众菜园：不是让所有人说话》，《中国青年报》2007年4月26日。

业网络文学的互动，而是一种更高质量、更严肃的艺术互动与生产。这也表明，新媒介带来的文学互动与生产可以有多种模式与可能性。陈村充分肯定了这种创作方式的意义，认为其可能性并不局限于“小众菜园”：“很多作家的创作方式都是这样，金宇澄在弄堂网的BBS就是这样写出《繁花》的。这是一种很好的创作氛围，可以允许作家拿一些好东西比较安静地和人分享。在弄堂网上，网民们经常鼓励金宇澄‘老爷叔写得真好啊’，这样他就能继续写下去。如果老有人挑衅，他也写不下去。”①

“小众菜园”的情况也符合陈村对新媒介的初始想象，即“好玩”，他说：“我们小众菜园旨在聚集一些有趣的人，分享一点好玩的事。”② 在初始的失败后，他觉得自己找到了理想方式，他对此非常兴奋，对论坛主持非常热情：“从我一起床开始，我就会把自己挂到网上。”③

“小众菜园”维持了8年，2013年关闭，期间曾有一段时间迁移到上海弄堂网，后来弄堂网也不存在了，陈村的网络文学实验宣告终结，但我们很难说它是失败的。陈村觉得这是“一个比较理想化的论坛”：“现在去看，至少有好的文字、好的图片和好的画留下来，这就够了。”④“小众菜园”也实现了自己的实验性：“其实，我等于办了一份具有较高水准的不用支付稿费的网络杂志。这有什么不好呢？这很值！就我所知，当版主的作家只有我一个。”⑤

三　理论与创作之于文学制度的意义

陈村不仅通过一系列文学活动探索文学制度，他的理论与创作也不乏制度意义。

---

① 《回顾网络小说发展20年，陈村：文本越来越粗鄙化？活该!》，https：//www. sohu. com/a/196492688_99941658，2017年10月16日。

② 《作家陈村：网络文学也许会变成全民化写作》，https：//www. douban. com/group/topic/3091759/，2008年5月1日。

③ 《小众菜园：不是让所有人说话》，《中国青年报》2007年4月26日。

④ 陈村：《网络把文学变“瘦”了》，《环球人物》2018年第2期。

⑤ 陈村：《网络把文学变“瘦”了》，《环球人物》2018年第2期。

陈村在理论上肯定了新媒介带来的读写双方互动的重要性。他当时之所以答应主持“榕树下”网站，是因为觉得这种互动很有意思。在传统社会读者是看不见的，现在则是可视化的、可交流的。陈村表示：“在传统图书买卖过程中，作家看不到读者。但网络一下子令这些读者‘站’了出来，这是宿命。在老子的时代，老百姓无缘看到典籍，到了‘天一阁’，那时能上楼看到一本珍藏是天大的面子。现在则是一个民主开放、信息共享的时代。”① 因此，他“想去看看”这种现象：“我当时对这种新的现象很有兴趣：很多人在电脑上写字，在网上发表。以前，我们写字的跟读者是隔离的，现在写的时候读者就可以批评你。”②

陈村也肯定了新媒介对传统编辑审核机制的解构，让他兴奋的事情“是没有编辑了”：“以前我把稿子发给编辑，编辑一看不行，就把稿子退回来。这个事情以后不会发生了，不至于因为编辑的不同意而让读者无法读到。”以前自己的投稿即便发表也会经常被删改，这是编辑对作者的压抑机制，而网络文学就有可能把这些都推翻③。

陈村对资本介入网络文学表示了质疑，认为赤子之心消失得太快。在网络文学刚兴起的时候，他肯定了早期网络文学的非功利：“……也没有钱，也不是为了名，都是因为喜欢写作才来写的。”他将此称之为“赤子之心”的阶段④。但不久他就发现了一个现象，不少作家网上成名后，会迅速转向线下出版。对陈村来说，这是网络文学“摧毁性的问题”⑤，失去了它相对于传统文学的意义：“如果都把到网下

---

① 木叶、王振宇、陈村：《网络时代的“存在与虚无”——专访陈村》，《社会观察》2005年第11期。

② 《回顾网络小说发展20年，陈村：文本越来越粗鄙化？活该！》，https：//www.sohu.com/a/196492688_99941658，2017年10月16日。

③ 《回顾网络小说发展20年，陈村：文本越来越粗鄙化？活该！》，https：//www.sohu.com/a/196492688_99941658，2017年10月16日。

④ 《陈村：我以为先锋的东西，网络并没有出现》，http：//www.chinawriter.com.cn/n1/2018/0622/c404024-30075912.html，2018年6月22日。

⑤ 木叶、王振宇、陈村：《网络时代的“存在与虚无”——专访陈村》，《社会观察》2005年第11期。

去出版传统的书籍作为网络文学的最高成就，作为写手资格、夸耀的执照，那么，还有什么网络文学呢？它的自由，它的随意，它的不功利，已经被污染了。”[①] 显然，他试图保留网络文学的独特价值与先锋性，他后来对此作了进一步的说明：“网络作家本来应该在网上证明自己的价值，现在不在网上首发，而是选择出书，把出书作为网络文学的最高成就，这就是反向操作。应该是从网下走向网上，怎么就回去了？回去我们不就白搞了吗？这样网络文学网站不就变成了一个游戏平台？大家炒作、摇奖，获奖的人出名，仅此而已。这个平台就变得很可疑了。”[②]

陈村的网络创作也具有先锋意义。从文本层面来看，他认为网络文学的先锋性不足。当时“痞子蔡”的小说《第一次的亲密接触》很流行，结果导致举办网络文学大赛时，“收到大量的稿子都是这个人生病死了或者被车撞死了，他妈死了然后他也死了”等类似的套路，多数作品缺乏创造力。用陈村的标准来看，网络文学变得不“好玩”了：“按理说，网络文学既然在网上写，没有限制，应该可以有更多可能性，但网上这些小说的实验性还不如之前的先锋小说，无非是用一个我们早已用烂的办法在写作。这个不应该，所以我很失望。”[③] 有感于网络文学先锋性的不足，陈村在自己的网络写作中试图创造一种日常性、混杂性的文体。在网上写《性笔记》时，他奉行的态度就是随想随写、随玩随拍、随有随贴。从一个话题开始，杂七杂八地展开议论，中间融入其他坛友的评论，还夹杂着各种照片。他的拍照也是随心所欲，格非、马原、孙甘露、余华等作家，要么在酒酣耳热的酒席上，要么在谈天说地的会场，都是信手拍来，拍者随便，被拍者放松。这种日常性、混杂性写作，破除了传统自律艺术体制的文学自主

---

① 《作家陈村：“网络文学”的最好的时期已经过去了》，《中华读书报》2001年10月14日。

② 《回顾网络小说发展20年，陈村：文本越来越粗鄙化？活该!》，https://www.sohu.com/a/196492688_99941658，2017年10月16日。

③ 《回顾网络小说发展20年，陈村：文本越来越粗鄙化？活该!》，https://www.sohu.com/a/196492688_99941658，2017年10月16日。

性想象，打破了文学与日常生活之间的框架，呈现出一种“元叙事”意味。

综合来看，对陈村来说，网络文学最好的时代就是1999年前后的“BBS时代”，那是一个“好玩的”时代，不仅在于创作的无功利，也在于自由的论坛氛围。在这种状况中，陈村认为：“围绕网络，总会有一群人结成不同的圈子和团体，默默坚持他们的信仰和趣味，写出不同于以往、风情各异的文学作品来。”① 不过后来他发现这种可能性非常小，不仅日渐增加的嘈杂环境让人无法安静写作，在资本介入网络以后，网络文学又迅速地商业化了。虽然是一个消逝的“黄金时代”，但陈村试图给网络注入理想主义。他在网上的种种活动，文学制度的实验，不断的发言，都是试图实现那种论坛式的文学理想，一种可供谈天说地的、非功利的文学飞地，一种在主流文学秩序与商业文学空间之外的、边缘性的、无拘无束的文学类型，而在根本上，是一种“好玩的”文学。陈村的意义在于呈现了传统文人入网的可能性，以及在传统与网络商业文学制度裂缝中开拓的想象空间。

第二节　网络诗歌、先锋派与文学制度的“抵抗”

网络诗歌自兴起后一直扮演先锋派的角色，在整个媒介革命中处于一个特别位置。它的先锋性并不在于“技术主义”的文本实验，而在于文学制度的重构，既借助网络空间形成了对主流秩序与诗学惯例的抵抗，开辟了新的诗歌地理，也强化了网络文学内部的自我区分，以江湖姿态抵抗新生的网络文学制度。随着网络的日常化，大众与资本成为重构体制的重要力量，形成一种后市场的艺术体制，网络诗歌由江湖姿态转变为日常生活审美化。在这一过程中，诗歌成为一种协

① 《“我的希望落空了”老网友陈村目睹网络文学十年怪现状》，《南方周末》2008年10月12日。

商性的话语，不同的人们以不同方式使用它。作为一个症候性事件，网络诗歌典型地呈现了文学制度在由纸媒向网络语境转换中的先锋派的命运。

一　网络诗歌的先锋性：技术主义抑或文学制度维度

网络诗歌自兴起后，各种口号、派系层出不穷，呈现为美学上的激进主义。武汉诗人小引（原名王朝晖）在梳理21世纪十年中国先锋诗歌的发展时认为："纵观中国先锋文学的过去十年，每一件发生的事情，都和网络有着千丝万缕的关系。"[①] 一直关注网络诗歌的学者张嘉谚有相似看法："网络上激进的文学革命和文化运动倡导者与响应者，几乎全为诗人与爱诗者。"[②] 诗歌在中国现当代思想解放与文化转型中一直扮演着晴雨表角色，在网络来临后，它表现得同样活跃，这让它跟其他仍安于纸媒语境的传统文学不同，也跟大众性的网络文学区别开来，在整个媒介革命中处于一个特别位置。

尽管扮演着先锋派角色，但在"网络诗歌"兴起后，这一概念的合法性一直饱受质疑，人们认为不存在一种跟传统诗歌断裂的新的诗歌类型。普遍的观点认为，网络只是诗歌发表的平台、载体，并无特异之处："新媒体只是传播手段，诗歌的本质不会改变。从古到今，传播手段不断变化，但诗歌还是诗歌。现在的网络也不过是一种传播工具。"[③] 亲历网络诗歌发展的知名诗人伊沙也表示："我以为对诗人而言，不该有'网络诗歌'这个概念，诗歌以任何载体存在都不能降低它的至高标准——在此一点上，不论是作者还是读者的我，绝不妥协。"[④]

这些观点是可以理解的，因为并没有一种基于"网络"并改变文

---

① 小引：《江湖夜雨十年灯——新世纪十年中国先锋诗歌报告》，《诗歌月刊》2012年第5期。

② 张嘉谚：《中国低诗潮（上）》，http：//blog. sina. com. cn/s/blog_ 4c53bc30010008y1. html，2001年5月3日。

③ 参看《对话：新媒体与当代诗歌创作》（《诗潮》2004年第2期））一文中众诗人、评论家与诗歌网站版主的讨论。

④ 伊沙：《中国诗人的原声现场》，载马铃薯兄弟编选《中国网络诗典》，江苏文艺出版社2002年版，第295页。

学定义的新诗歌类型出现。诗人杨晓民曾对新媒介时代的诗歌做出热情预言:“新媒介时代的诗歌观念是:在网络上不断制造、生成新的诗歌符号——超诗歌文本诞生了。”[①] 但从实际情况来看,从文本层面看,网络诗歌并没有出现不同于传统的重要变化。贺麦晓曾对中西网络诗歌作过一番比较,发现两者差异较大,中国网络诗歌主要是论坛、交流意义上的,而西方网络诗歌偏重技术,诗歌网站常被视为一个在线诗歌工作室(poetry workshop),而不是一个社交网络(social network),其主要目标是提高诗人的工作(work)与关键技能(critical skills)[②]。西方诗歌注重超文本、多媒体技术,中国诗歌却鲜有此类实验。

“网络诗歌”的提法遭到质疑,跟“网络文学”这一概念当时的处境相似。网络文学刚兴起时,不少作家与评论家也质疑这一概念的合法性,认为网络只是一种传播工具。如在作家余华看来:“对于文学来说,无论是网上传播还是平面出版传播,只是传播的方式不同,而不会是文学本质的不同。”[③] 评论家於可训认为,“网络不过是一个书写工具和传播工具”,它跟写在甲骨、钟鼎、竹简、绢帛、纸张上没有本质区别,然而并没有出现所谓的甲骨文学、钟鼎文学、竹简文学、绢帛文学、纸张文学等说法”,网络文学“并未从根本上改变文学之为文学的根本属性”[④]。这些人之所以认为网络只是一种平台,原因就在于他们发现网络文学与传统文学并无根本差异。人们的潜在预设是,除非存在一种离不开网络,即需要借助链接、超文本、超媒体技术打开与欣赏的文学类型,才能算“真正的”网络诗歌/文学,否则,它就只不过是印刷文学搬到了网上而已。

认为网络只是载体,文学/诗歌的标准不会改变,这种观点显然带有本质主义倾向。麦克卢汉曾言“媒介即信息”,强调媒介并不只

---

① 杨晓民:《新媒介时代的诗歌》,《中华工商日报》1997年12月16日。

② Michel Hockx, *Internet literature in China*, New York: Columbia University Press, 2015, pp. 143 – 145.

③ 余华:《网络和文学》,《作家》2000年第5期。

④ 於可训:《说网络文学》,《长江文艺》2012年第9期。

是载体，而会深刻影响媒介使用者的精神结构、改造媒介对象的属性。在媒介革命较长的时空中，文学的定义与评判标准也会有深层的位移，毕竟，我们现在理解的自主意义上的文学，也才不过两百余年[①]。

不过，这是从一个较长时段来看，就目前而言，并未出现一种“本质性”的新诗歌，那么网络诗歌有没有合法性、先锋性？它存在的意义在哪里？

这里涉及对网络诗歌先锋性的“想象方式”。试图找出网络诗歌内容或形式上的质变，显然是基于艺术品角度来分析的。如前所述，这是一种落空性的预设，不仅不存在一种带来本质变革的新诗歌类型，网络诗人们也明确拒斥以技术方式改变艺术品的做法，这显然不同于西方艺术家频繁利用超文本技术增强诗歌文本的做法。沈浩波在总结当代诗歌发展时，专门谈到了“技术虚荣心”：“技术虚荣心则是诗人在对技术的高度迷恋过程中，逐渐失去控制，形成歧途。”在他看来，“在学院派诗歌写作中，陷身于这种状态的诗人为数不少。这也算是一种‘玩物丧志’，一旦陷入，无力自拔。……当技术成为诗人追求的唯一诗学，它们对诗歌本身的覆盖和反噬就开始了”。[②] 在先锋诗人看来，诗歌文本与“诗”之间，从来不是画等号的，诗歌是语言、技术、生命、情感、意志与个性错综难辨的结合体，以文本之名，以对技术的单一追求取代对“诗”的追求，是最大程度的因小失大。从艺术品、从技术主义角度去想象网络诗歌的先锋性，本身就是一个错误。“所谓先锋派，就是自由。”[③] 表面看来，网络诗歌似乎充分利用了这种自由，充满了技术实验。诗人 H 表示：“‘网络诗歌’是当代汉诗的运动场、试验室、兴奋剂和垃圾站。它为诗歌运动员和诗爱者提供了

---

① ［美］乔纳森·卡勒：《文学理论》，李平译，辽宁教育出版社 1998 年版，第 22 页。

② 沈浩波：《当代中国诗歌中的四种虚荣心》，《诗探索》2013 年第 6 期。

③ ［法］尤奈斯库：《论先锋派》，https：//www. sohu. com/a/305081727_120065998，2019 年 3 月 31 日。

最公平的比赛和观赏场地，为诗歌新人和先锋诗歌提供了大显身手的场所。”[①] 但与其说这是技术的文本实验，不如说是口号式的革命，而这些口号很大程度上都是为了反对写作的炼金术与修辞学（技术主义），指向的是他们一直反对的知识分子写作。

这也暗示我们，对网络诗歌先锋性的理解，或许应该摆脱艺术品分析的角度，否则只会南辕北辙。丹托的论文《艺术界》强调了从“艺术是什么”到“某物为何是艺术品”的转向[②]，即由艺术品走向艺术品资格的分析，也就是说，应该侧重考察艺术与制度的关系。对网络诗歌理解的误区，显然与我们将网络看成载体，只是从作品本身来认识网络诗歌有关。

从网络诗歌的实际情况来看，它的先锋性正在于对文学制度的重构。这与诗歌这一文体的特殊性有关。在不同历史时期，诗歌民刊承担着新的文化想象与变革文学秩序的作用。诗歌的这种地下状态，与网络非常契合。沈浩波认为：“诗歌本身的文体特性和开放性品质使它天然地选择了网络作为其存在和生长的平台，而纸媒时期的先锋诗歌局势也直接延续到了网络时期。”[③] 于坚有相似看法：“在中国，就像先锋派诗歌首先从民间刊物开始那样，诗人群体再次敏感地意识到网络的自由本性，诗歌现场立即向网络上转移。”[④] 网络诗歌不仅重构了传统文学制度，也以自我区分的方式抵抗着新生的网络文学制度，这同样体现了诗歌文体在网络中的特殊性，相比更受市场欢迎的小说，诗歌处于绝对劣势，它的先锋姿态呈现了真正的网络文学革命。贺麦晓也注意到了这种区别：“如果说从经济角度看，类型小说是中国网络文学中最成功的种类，那么诗歌在多样性、实验性与获得评论界的

---

① 《当前诗歌现状的七个问题》，《诗刊》2002 年第 1 期下半月刊。

② Arthur Danto, “The Artworld”, *the Journal of Philosophy*, Vol. 61, Issue 19 (Oct. 15, 1964), pp. 571 – 584.

③ 沈浩波：《北师大诗人与网络诗歌》，https://www.poemlife.com/index.php?mod=libshow&id=385，2001 年 1 月 8 日。

④ 于坚：《“后现代”可以休矣——谈最近十年网络对汉语诗歌的影响》，《文学报》2012 年 9 月 6 日。

赞誉方面则超过了所有其他网络写作模式。”[①] 网络诗歌与传统文学的相似度远大于网络文学，诗人们也有意识地进行了自我区分：“我在这里所说的网络诗歌，与通常所谓的网络文学有着天壤之别，它实际上已经成为当下中国先锋诗歌的代名词。”[②] 与此同时，诗人上网，也呈现了传统知识分子在新媒介时代身份认同与自我塑造的诸多症候。与由网络民间成长起来的商业作家不同，这些诗人主要是传统文学场域中的精英群体，我们一直强调传统作家、批评家进入网络空间，但只有诗人实现了群体性的网络迁移。

新媒介并不只是载体，它引起了文学制度内部组织机构、诗学惯例、体制力量的移位、调整与重组。作为先锋派，网络诗歌的意义在于，它以边缘姿态呈现了这场制度重构中的全部复杂性。

二　“诗江湖”：网络空间与诗歌地理的重构

福柯曾在一次演讲中，对人类沉湎历史的偏向性进行了反思，强调空间视角的重要性[③]。受此启发，张清华开展“中国当代民间诗歌地理”的研究，试图摆脱在文学现象间建立时间关系的单一文学史叙述，将文学理解成空间的、共生性的关系[④]。考虑到中国当代诗歌的民间传统，这种空间考察非常重要。网络诗歌延伸与重构了这种诗歌地貌。按照列斐伏尔对空间的理解，空间并非中性的，而是意识形态的，显然我们不能仅从“平台”“场所”等空间意义上去理解网络诗歌，还应从空间本身的“生产”去理解。这也表现了网络诗歌在这种空间视野中的独特性与重要性，呈现了新媒介与文学地理学之间的关系。

---

① Michel Hockx, *Internet literature in China*, New York: Columbia University Press, 2015, p. 141.

② 沈浩波：《北师大诗人与网络诗歌》，https://www.poemlife.com/index.php?mod=libshow&id=385，2001 年 1 月 8 日。

③ ［法］米歇尔·福柯：《不同空间的正文与上下文》，载包亚明编《后现代性与地理学的政治》，上海教育出版社 2001 年版，第 18—28 页。

④ 参见张清华《中国当代民间诗歌地理》，东方出版社 2015 年版。

回顾网络空间对诗歌地貌的影响，用“诗江湖”概括其时的状况是比较合适的，这不仅是指当时生成了有影响力的“诗江湖”诗歌论坛，更是指整个网络诗坛对文学制度的重构正可用“诗江湖”来形容①。

“南人”创立的“诗江湖”在当时影响甚大：

> 从当年的创作势头和影响力来看，“诗江湖”论坛堪称中国当代诗歌的第一现场，它热闹、嘈杂、喧嚣、众声杂陈，你可以说它呈现出了中国诗歌最尖锐、最扎实、最具生命活力的一面。但同时，在它粗糙的精神底色中，亦有着普通读者难以接近和窥视的真相。客观的说，“诗江湖”在2000年后当之无愧的是中国诗歌界“民间立场”的大本营②。

而“诗江湖”的命名及其隐喻意义也正是整个网络诗坛的缩影，一位网络诗歌的爱好者曾这样描述网络诗坛：

> 往日看武侠小说，总是奇怪怎么每个江湖中人都记得住那无数绰号、帮派；现在网络可具体多了，诗人专栏里全是一串串的名字，只不过“西门吹雪”“辣手神魔”换成了“泥土时代”“月下的老牛”这样的新新外号；帮派就在“友情链接”里，长得拉也拉不完，点击一下就会在一个灰暗的小酒店里碰上一帮亡命之徒；在消息栏和论坛里你则能看见怪客或熟人们的所有行踪，从出书到喝茶，从谁谁被评为2001年网络最差诗人到某某和某某又在哪儿决斗，全都有。以上这些是大多数诗歌网站的基本栏目，此外还有的建有“藏经阁”“精华区”什么的，专呈各类诗林秘笈，以供新手学习之用；又在聊天室可以以诗会友，白刃相见。

---

① 笔者在后文中提到的“诗江湖”概念，若非特别说明，都是就整个网络诗歌相对文学制度的意义而言，而非专指“诗江湖”诗歌论坛。

② 小引:《江湖夜雨十年灯——新世纪十年中国先锋诗歌报告》,《诗歌月刊》2012年第5期。

这一下子你会觉得网络真是别有洞天：许多人怀念的八十年代那个有江湖气的诗坛又出现了①。

网名与江湖绰号相通，名目繁多的诗歌流派与江湖帮派类似，江湖争斗、暗战、杀机四伏，抑或以武会友（以诗会友），各种诗歌秘笈（“藏经阁”“精华区”），以及论争中的侠义气、匪气，皆与武侠江湖相似，因此“诗江湖”论坛可以说成为当时诗坛的核心隐喻：“在这一点上，当今‘华语网络诗歌的知名品牌’‘诗江湖’网站可谓直取诗歌的核心。它的风格也最江湖。”②

这种“诗江湖”，显然又与当代诗歌的“江湖”传统在性质上有根本契合，何平发现，从“文革”中的“白洋淀诗人群”，到1986年现代主义诗群，一直到网络诗歌群落都不断提及“江湖”③。但可以说，只有在网络上，“江湖”的比喻才特别合适。庙堂与江湖的对立、江湖内部的争斗，都在网络空间中得到了丰富呈现，体现了网络诗歌对文学制度的重构。

在历史上，先锋派的作用正是反对制度化的文学：“一个先锋派的人就如同是国家内部的一个敌人，他发奋要使它解体，起来反叛它，因为一种表达形式一经确立之后，就象是一种制度似的，也是一种压迫的形式。先锋派的人是现存体系的反对者。”④ 网络诗歌对文学制度的重构，一个重要方面就在于延续了民刊与正统诗歌之间“江湖”与“庙堂”的对立：“我们对中国先锋诗歌、小说以及网站的看法其实是简单明了的。那就是：新媒介时代的民间性、实验性和独立性。新世纪先锋文学的兴盛首先来自网络的自由发表，但与此同时，它从来就

① “千帆”：《有多少目光还在暗处——江湖、大锅饭和网络诗歌》，《诗歌月刊》2002年第3期。

② “千帆”：《有多少目光还在暗处——江湖、大锅饭和网络诗歌》，《诗歌月刊》2002年第3期。

③ 何平：《重建诗江湖》，《文艺争鸣》2017年第7期。

④ ［法］尤奈斯库：《论先锋派》，https：//www. sohu. com/a/305081727_ 120065998，2019年3月31日。

应该具备对文学体制的怀疑和对主流的傲慢。"①

这种对立首先表现在网络诗歌延续与强化了民刊与主流诗坛之间的空间划分。空间观念一直是先锋作家的自我意识。在访谈录中，韩东提到"时间流程之外的空间概念"②，在他看来，"时间"成了理解文学分野的唯一视角，"晚生代""新生代""六十年代""七十年代以后""新状态""第三代诗歌"等说法，都与时间有关，表现了一种进化论意识。他反对从"时间焦虑""时间位置"来划分文学，而强调空间概念的重要性，认为"在同一时间内存在着两种水火不容的写作"，主张在现有秩序及其象征符号中坚持"空间划分"，"断裂，不仅是时间延续上的，更重要的在于空间"。③ 韩东呈现了整体文学秩序中的分裂历史：

> 有关文学的分歧不光表现在新老更替的刀光剑影中。有必要在与我们同时间的作家中坚持空间上的划分，明确分野，绝不暧昧。在同一代作家中，在同一时间内存在着两种截然不同甚至不共戴天的写作，这一声明尤为重要。传统的文学秩序自然能在我们这一代（同一时间）中找到它的传人（像以往那样），这一点毋庸置疑。但我们绝不是这一秩序的传人子孙，我们所继承的乃是革命、创造和艺术的传统，和我们的写作实践有比照关系的是早期的"今天""他们"的民间立场、真实的王小波、不为人知的胡宽、于小韦、不幸的食指以及天才的马原，而绝不是王蒙、刘心武、贾平凹、韩少功、张炜、莫言、王朔、刘震云、余华、舒婷以及所谓的伤痕文学、寻根文学和先锋文学。④

---

① 小引：《江湖夜雨十年灯——新世纪十年中国先锋诗歌报告》，《诗歌月刊》2012年第5期。

② 韩东：《时间流程之外的空间概念——韩东访谈录》，载张均《小说的立场——新生代作家访谈录》，广西师范大学出版社2002年版，第44页。

③ 韩东：《备忘：有关"断裂"行为的问题——问答》，《北京文学》1998年第10期。

④ 韩东：《备忘：有关"断裂"行为的问题——问答》，《北京文学》1998年第10期。

空间的对立代表着相对主流秩序不同的写作模式。在韩东看来，一种是迎合文学秩序的“平庸的写作”，“在秩序中得到评价、肯定，希望在秩序之中的等级上升”。另一种则“对现有的文学秩序和写作环境抱有天然的不信任和警惕的态度，它认为真实、艺术和创造是最为紧迫的事，远远大于个人的功利和永垂不朽”。[①] 在文学史叙述中，空间的对立、芜杂与多元被整合为单一的叙述，作为边缘与抵抗的写作被屏蔽：“在以往的历史中，两种不同的写作同时并存，只不过其中的一种命中注定地被排斥、封锁，乃至被刻意地遗忘，因此呈现在我们面前的只有唯一的一种历史，这只不过证明了文学的沉沦以及权力的胜利。”[②] 在此意义上，需要抗争这种时间观念，只有这样，才能真实地呈现诗歌的复杂地理学，显然，这与张清华的观点是互相发明的。

于坚同样表达了从时间中退出的空间观念，这种空间划分也正是诗歌正统秩序与民间秩序的对立：“民间成为中国当代诗歌的传统，杰出的诗人无不首先出现在民间刊物，影响形成后，才被公开刊物接受。民间一直是当代诗歌的活力所在，一个诗人，他的作品只有得到民间的承认，他才是有效的。”[③] 也正是由于这种民间性，诗歌从文学史叙述中被排除：“诗歌由于‘在民间’而丧失了在当代文学中的合法地位，被文学史‘正当地’遗忘了。而我相信，这也正是诗人们所乐于看到的，因为说到底，诗歌乃是一种特殊的非历史的语言活动，它的方向就是要从文学史退出。”[④] 从时间中退出有两重含义，一方面是坚持空间的边缘；另一方面是摆脱作为时间的文学史叙述。

对诗歌来说，先锋的选择也是在场的选择：“先锋，首先还不是形式或者内容上的革命性，而是文学在场的选择。”于坚在小说与诗歌之间进行严格区分，在他看来，两种文体面对网络做出了不同选择：

---

① 韩东：《备忘：有关“断裂”行为的问题——问答》，《北京文学》1998 年第 10 期。

② 韩东：《备忘：有关“断裂”行为的问题——问答》，《北京文学》1998 年第 10 期。

③ 于坚、谢有顺：《真正的写作都是后退的》，《南方文坛》2001 年第 3 期。

④ 于坚、谢有顺：《真正的写作都是后退的》，《南方文坛》2001 年第 3 期。

“就像当代小说的复兴是从官方刊物开始那样，这一次，小说家又拒绝了网络，他们依然满足在传统媒介上被权威刊物发表。诗歌再次先锋，最近十年，当代诗歌的主要在场已经从纸媒转移到网络上。”①

正是为了这种先锋性与空间在场，诗人纷纷上网，网络成为诗歌的重要现场：

> 网络进入了诗人的生活，并进而成为诗人展示新作、交流诗艺的一个重要场所，数十家当代诗歌网站（网页）的建立，“唐”“诗江湖”“橡皮”“诗生活”“个”“或者”“扬子鳄”等从中凸显，使诗人们的活动场所变得集中起来。诗人在诗歌网上出没确已构成世纪之交最具新鲜亮点的一大风景。与此相映的是在上个世纪的八九十年代曾对中国现代诗起到过重要托举作用的民刊的急剧减少，以及民刊与网站逐渐走向合一的现象，说明在新世纪伊始中国现代诗的原生现场已经悄然转移，这是一个非同小可的变化②。

诗江湖也提供了主流秩序之外重建诗歌制度的可能。先锋诗人群对传统诗坛把持诗歌合法性权力颇为不满：“有一点我一直耿耿于怀——严明的编辑、选拔，严明的单一发表标准，大诗人小诗人名诗人关系诗人……，把艺术平等竞争的圣殿搞得森森有秩、固若金汤。”③ 于坚曾详细说明了诗人们对诗歌出版物的集体不信任：“公开出版的诗刊物由于长期对当代诗歌的先锋性、探索性的敌视和冷漠，诗歌出版物在诗人们中间早已威望扫地，在九十年代，先锋派诗歌早已从昔日诗

---

① 于坚：《“后现代”可以休矣——谈最近十年网络对汉语诗歌的影响》，《文学报》2012年9月6日。

② 伊沙：《中国诗人的原声现场》，载马铃薯兄弟编选《中国网络诗典》，江苏文艺出版社2002年版，第295页。

③ 徐敬亚：《历史将收割一切》，载徐敬亚等编《中国现代主义诗群大观1986—1988》，同济大学出版社1988年版，第4页。

歌体制建立起来的马其顿防线胜利大逃亡，剩下来的只是一些‘诗歌堡垒’，这些堡垒已经从昔日的‘发表权威’降为仅仅有发表权而没有美学上的权威性的‘百花园’，只是依靠体制才可以苟延残喘。”①对秩序不满的结果是民间刊物的大量兴盛：“朦胧诗后，这种对公开刊物的不信任，以局外的艺术大循环的民间形式出现了：巨量的自印诗集废弃了先进的文字流通形式旁若无人地自生自灭起来。”② 网络空间显然在重建诗坛方面更为便利，各种诗歌刊物、诗会、诗选、诗歌奖都开始采用网络形式，诗歌资料的汇聚和传播、诗歌翻译和评论也“热火朝天地干起来了”：“一个极有利于诗歌发展的准公共领域在虚拟的江湖上开始出现了。”③ 当时的网络诗坛洋溢着一种“好日子就要来了”的冲动。诗人西渡表示：“没有哪一种艺术形式对网络如此情有独钟。根本的原因在于诗歌在网络以外的存在，一直受到一种独断的美学势力的控制，而诗歌是一种最为民主的艺术形式。诗歌的民主性在互联网上得到了尽情的释放，这是一个具有重要意义的时刻。虽然我本人从不在网上发诗，但我认为这可能是诗歌历史上另一个光辉的起点。谁能肯定互联网不会生下我们时代的惠特曼呢？”④ 不仅如此，网络诗歌也生成了文学制度最重要的符号资本，“成名于江湖”在很大程度上取代了公开刊物在诗歌界的权威。这种声名的累积，显然不同于大众性的网络文学，后者常因媚俗写作而声名狼藉，其合法性有赖于线下出版与纸媒体制的确认，而网络诗歌则形成了逆反的认证逻辑：“现在的诗歌新人要想‘出名’并获得‘真正的认同’，其首要的渠道恐怕已不是原来的权威诗刊，而首先是民刊和网络。在这上面叫得响了，很快也就会得到前者的青睐。”⑤

---

① 于坚：《当代诗歌的民间传统》，《当代作家评论》2001 年第 4 期。

② 徐敬亚：《历史将收割一切》，载徐敬亚等编《中国现代主义诗群大观 1986—1988》，同济大学出版社 1988 年版，第 4 页。

③ 千帆：《有多少目光还在暗处——江湖、大锅饭和网络诗歌》，《诗歌月刊》2002 年第 6 期。

④ 西渡：《甲申风暴 · 21 世纪中国诗歌大展》，https：//www. poemlife. com/index. php？id = 16403&mod = subshow&str = 1186，2002 年 1 月 8 日。

⑤ 张清华：《2003 年诗歌阅读札记》，《理论与创作》2004 年第 2 期。

在江湖与庙堂的对立中，网络诗人如同19世纪法国波德莱尔式的落魄文人传统，扮演的是游弋于网络空间的浪荡公子形象："他借此体现了先锋派最极端的立场，即反抗一切权力和一切制度，从文学制度开始。"① 他们颠覆阵营、试图开启网络诗歌传统、与之相应的是，他们又如同本雅明笔下的收藏家或拾垃圾者，在传统的制度、期刊、评奖等力量之外，寻求与守护被遮蔽的实验性诗歌。

诗江湖也带来了草莽气、匪气，这体现在网络诗歌的频繁论争上。网络开启了诗歌的论坛时代，仅在2001年，网络诗歌内部就爆发了"韩东沈浩波之争""沈浩波伊沙之争""徐江韩东萧沉杨黎之争""韩东于坚之争"等各种纷争："不同审美趣味的诗人，活跃于不同的论坛，时而交锋，成为一大景象。"② 据不完整统计，当时派系林立，主要有沈浩波等人的"下半身写作"，树才、庞清明所谓"第三条道路"，老头子的"垃圾写作"，龙峻、花枪提出的"低诗歌"，杨黎的废话写作，蓝蝴蝶紫丁香的灌水写作，丁友星的反饰主义，舒非苏的物写作，李少君的草根写作，鲁西狂徒的智性写作，古冈的零度写作，野航的回归写作，陶春的存在写作，白马黑马的非诗主义，世宾的完整性写作，铁舞的极简主义写作，等等。在网络空间中，不断遭到反噬是必然的命运，这些此起彼伏的流派与争论，体现的是场域斗争中"区分的辩证法"③："新来者在他们藉以存在，也就是说取得合法差别，乃至在一段或长或短的时间内取得绝对合法化的运动中，只能将他们与之较量的生产者，进而将他们的产品及与之关联的人的趣味，不断地打发到过去。"④ 相对于传统场域斗争来说，网络空间合法性的

---

① ［法］皮埃尔·布迪厄：《艺术的法则：文学场的生成和结构》，刘晖译，中央编译出版社2001年版，第78页。

② 沈浩波：《手中仍有屠刀，依然立地成佛——回答〈南方周末〉石岩》，《新文学评论》2016年第3期。

③ ［法］皮埃尔·布迪厄：《艺术的法则：文学场的生成和结构》，刘晖译，中央编译出版社2001年版，第191页。

④ ［法］皮埃尔·布迪厄：《艺术的法则：文学场的生成和结构》，刘晖译，中央编译出版社2001年版，第194页。

争夺因短兵相接而变得十分频繁。伊沙描述了这一状况：

> 目前，诗歌网站（网页）上最大的活力构成在诗人们于论坛页面上所发布的交流性的帖子，这样的交流很容易形成“交锋”。有一个更大的背景是：网上的诗人比生活中的诗人变得“火爆”了，或者是网络的特点无形中加助并夸大了诗人们的“火爆”，连平时以温和著称的很多诗人，只要一上网便脾气长了很多，很难说哪一个是更真实的他自己。这样的特点使诗人们在网上的争论与交锋变得日常化了，随便点开一家网站，到处都有“短兵相接”。①

相比传统论争，这种论争更为真实，更具原生态与现场感。伊沙认为：“与‘盘峰论争’为代表的这种发生于学术会议和传统纸媒体上的论争相比，网上的论争更为直接、生动、真实，论争双方的动机与意图更容易暴露，论争内容的信息含量也大为增强，论争采取的语言方式更接近于诗人的原声状态。”② 沈浩波曾谈到20世纪80年代诗歌的“江湖气”：“九十年代以来，很多诗歌写作者和研究者在谈及八十年代诗歌时，普遍地对其江湖气和草莽习气感到不以为然。但我倒觉得，这种江湖气再草莽，再乱成一团，也比那种充满森严的文化气息的学院气要好。虽然前者鱼龙混杂，泥沙俱下，但其中包含着的生命爆发力和前赴后继的实验精神却同样显而易见。”网络诗歌论争与这种“江湖气”相似：“突然就发现所有的人都不断在这说话，在发表真实的讨论。”③

这些论争虽不乏诗学建设意义，但多数都沦为意气之争，甚至无聊的骂战，但在诗人们看来，充满江湖气的论争也不乏对抗秩序的意

① 伊沙：《中国诗人的原声现场——2001网上论争回视》，https://www.poemlife.com/index.php?mod=showart&id=13973&str=1268，2020年3月5日。

② 伊沙：《中国诗人的原声现场——2001网上论争回视》，https://www.poemlife.com/index.php?mod=showart&id=13973&str=1268，2020年3月5日。

③ 沈浩波：《重视八十年代的传统》，《鸭绿江》2001年第7期。

义："用传统思路来总结这次发生在网上的争论无疑会相当失望，性质不明，意义全无。那么我们就换个思路来理解它吧：那么多有名有姓的诗人在网上性情外见、峥嵘毕露、言语狂欢——这不是比性质、意义这些鸟玩意更有意思的吗?"[1] 这里的用词是"性质""意义"，可以说，如同一种行为艺术，挑战传统的"不说人话"，论争也是进一步以世俗化的方式消解他们反对的"崇高"诗学（详见后文），在此意义上，诗人的网络生活本身变成了诗歌体制之争。

争论、话题是网络与生俱来的特点，网络论争对体制内的诗人来说显然是一种冲击。时任《诗刊》"下半月刊"编辑部主任的诗人林莽认为："目前知名诗人在网上活跃的很少，这里可能有心理作用，他们怕互动，怕挨骂。"[2] 回避面对面的争论是一种体制化策略。不仅如此，"诗人上网"这一行为本身被意识形态化，被视为一个体制化行为："凡是敢于直面网络并参与进来的诗人，写作的现状都相对较好；有意回避或故意敌视者，写作的现状都相对较糟——所以，网络对当今的诗人绝不只是起到了一点传播作品的作用，人在网上，它已经形成了一个能够刺激写作的'场'。它自由发表的方式鼓励的是旺盛无比的创造力和源源不断的佳作迭出，靠吃老本活着的诗人或老是指望用权力去限制别人的人们一定在诅咒它。"[3] 在此情况下，保持争论、推动争论成为网络诗歌触犯秩序的方式。韩东等指斥传统文学秩序中虚假的一团和气："在他们那里文坛是一个利益共荣圈，名人间相互利用，彼此为盟，你敬我一尺，我敬你一丈。"[4] 为此，他们把网络诗歌论争加以美化，认为它延续了民刊的争论传统。民间同人刊物的出现并非是为了建立另一个"诗坛"，而是强调美学趣味的"不团

---

① 伊沙：《中国诗人的原声现场——2001 网上论争回视》，https：//www. poemlife. com/index. php？ mod = showart&id = 13973&str = 1268，2020 年 3 月 5 日。

② 《对话：新媒体与当代诗歌创作》，《诗潮》2004 年第 2 期。

③ 西渡：《甲申风暴 · 21 世纪中国诗歌大展》，https：//www. poemlife. com/index. php？ id = 16403&mod = subshow&str = 1186，2002 年 1 月 8 日。

④ 韩东：《备忘：有关"断裂"行为的问题——问答》，《北京文学》1998 年第 10 期。

结”，用沈浩波的话来说，就是“先锋到死”，套用哲学大师利奥塔的话来说，就是绝对的先锋。或者说，江湖论坛不断论争的方式本身就是为了反江湖（世俗的诗坛）整一性的存在。

网络空间带来的诗歌江湖，持续了十年左右的热度后走向衰落。诗人小引谈到了这一情况：

> ……2005 年以后，甚嚣尘上的网络似乎突然沉寂了许多。此前，每天打开网站可以看见的争论和新的优秀诗人的面孔，似乎在一夜之间突然减少了。一些网站和论坛的回帖以及新诗张贴的数量，大幅度减少①。

诗歌江湖的衰落有多方面缘由。

网络诗坛的论争本身存在问题。一方面，这些林立的流派日渐沦为形式化的属性，只是成为场域斗争中的“区分标志”：“区分标志到头来，常常是用来标识与所有作品或生产者相关的最表面化的和最显而易见的属性。”② 它们构成了一批批“虚假的概念”，只是起到简单的符号化功能。另一方面，一些骂战本身也意在抢班夺权，而无真正的诗学建设抱负。沈浩波在网络诗歌发展十年后进行了反思，称之为“先锋虚荣心”：“我确实感到，很多诗人因先锋的执念，被先锋所困；因耽于先锋的虚荣心，写作变成了一种外在的虚荣性写作、标签化写作，不再与内心有关。”③

诗歌论坛的性质也发生了变化。在论坛刚兴起的时候，主要是成名诗人群之间的交流，这保证了交流话题的有效性，随着网络泛化，更多的人涌进了论坛，破坏了网络诗歌建构的自律体制：“2008 年之

① 小引：《江湖夜雨十年灯——新世纪十年中国先锋诗歌报告》，《诗歌月刊》2012 年第 5 期。

② ［法］皮埃尔·布迪厄：《艺术的法则：文学场的生成和结构》，刘晖译，中央编译出版社 2001 年版，第 194 页。

③ 沈浩波：《当代中国诗歌中的四种虚荣心》，《诗探索》2013 年第 6 期。

后，‘诗江湖’论坛越来越公共，很多不入流的写诗的人充斥其中，诗歌交流的性质发生了变化，低级的东西越来越多，我觉得很厌倦，不再在‘诗江湖’流连，又过了两年，随着互联网媒体的变化，论坛开始式微，诗人们开始将诗歌发表于自己的博客，再接着，论坛就关闭了。那种论坛时代的诗歌交流方式，群体的，集中的，针锋相对的，即时的，现场，天真，透明的方式，再也没有了。”① 沈浩波这段话还指出了论坛本身开始终结，随着网络的发展，博客开始取代论坛，到了 Web2.0 阶段，微博、微信的功能更为强大，传统的论坛辉煌不再。可以看出，网络文学体制也具有脆弱性，受到媒介发展本身的制约。

诗歌江湖衰落最重要的原因在于，随着网络的泛化，它假想的敌人——传统文学秩序不再是庞然大物，已被现代性的知识相对主义取代。文化的生产与传播远比纸媒时代宽容：“多样的艺术品（从高深莫测之作一直到纯粹的媚俗作品）在‘文化超市’里比邻而居，等待各自的消费者。各种互相排斥的美学僵持不下，没有一种能够在实际上扮演领导角色。”② 艺术的恒久状况，任何破坏的修辞还是新颖性的修辞都已失去英雄式魅力。网络诗歌似乎陷入了无物之阵，它无敌可战。更重要的是，斗争的焦点可能已经悄然转移，它不再是对正统文学秩序的斗争，而是另一种更大的斗争，另一个更难缠的对手，即商业开始卷入新媒介文学场域，“诗江湖”那种愤世嫉俗的模式显得既不合时宜，也力不从心（详见本节第四部分的论述）。

三　文学趣味的抵抗与精英主义的悖论

在本书“绪论”中我们已经指出，文学制度既包括“具体含义”，

---

① 沈浩波：《手中仍有屠刀，依然立地成佛——回答〈南方周末〉石岩》，《新文学评论》2016 年第 3 期。

② ［美］马泰·卡林内斯库：《现代性的五副面孔》，顾爱彬、李瑞华译，商务印书馆 2002 年版，第 158 页。

如显性的社会组织、文化机构、艺术行为主体及其结构机制，也包括“抽象”方面，如组织机构与行动主体遵循的“惯例或传统”①。在制度的规范意义上，前者是“强规范”（strong norms），后者是“弱规范”（weak norms），但后者往往更深刻地融入个人行为模式之中。对作为先锋派的网络诗歌来说，它对文学制度的重构，既表现在反抗协会、期刊、评奖等传统文学制度的具体层面，也表现在摒弃传统的美学趣味系统。这也是先锋诗歌的自觉抱负：“这里所谓的文学秩序更重要的是它指一切强有力的垄断和左右人们追求和欣赏趣味的权威系统，它提供原则、标准、规则、方式，弥漫着一种威严、盛大、高级和唯一的气氛。”② 也就是说，网络诗歌不只是利用网络空间重建诗歌地理，还试图反思传统文学惯例，并延伸至对整个现代文学、现代文化的重审。由于这种思考客观上与日常生活、大众产生了密切关联，当置于网络语境下时，它的遭遇颇能说明一些问题。

在文学趣味上，网络诗歌虽然派系林立，但呈现出共同趋向，即提倡一种“崇低”的诗歌运动。不管是“下半身写作”“垃圾派”“废话写作”“空房子主义”“反饰时代”“中国平民诗歌”“俗世此在主义”“民间说唱”……都表现出此种追求。当时积极参与网络诗歌活动的学者张嘉谚对此总结到：“我们何妨把这类诗歌称之为‘低诗歌’，把这种诗歌写作称为‘低诗歌写作’‘低性写作’或‘低化写作’；把当前方兴未艾的‘低诗歌’潮流，称其为‘低诗歌运动’？”③ 网络诗歌总的倾向是反对凌空蹈虚的传统诗歌趣味，追求接地气、反隐喻的生活化诗歌，延续的是第三代诗人“诗到语言为止”的口语写作谱系，意图打破社会审美习性及精神结构的基础。

口语写作的诗歌主张通过口语写作打破传统诗学惯例，反对所谓

---

① ［美］杰弗里·J. 威廉斯编著：《文学制度》，李佳畅、穆雷译，南京大学出版社 2014 年版，第 2—3 页。

② 韩东：《备忘：有关“断裂”行为的问题——问答》，《北京文学》1998 年第 10 期。

③ 张嘉谚：《中国低诗潮（上）》，http://blog.sina.com.cn/s/blog_4c53bc30010008y1.html，2001 年 5 月 3 日。

的知识分子写作，反对诗歌的矫情做作、虚假化、大词癖、对英雄人格的自我戏剧化塑造，强调诗歌的非抒情、非隐喻，以求恢复被语言、形式主义谋杀的日常世界，追求常识与经验。怎么写（语言）绝非一个语言问题，也是写什么（思维、世界）问题，“崇低”只是表象，也是（另一种）“崇高”，用韩东的话来说是“跌到高处”[①]。网络诗歌尽管具体口号不同，但实则都是这种口语写作主张的各种变体，它强调“怎么写”，但指向的是“写什么”。这种指向并不只是针对中国当代诗坛，针对的也是整个现代诗学趣味，甚至是人类虚假与伪饰的意义系统，他们反对的是“生活在别处”、对存在视而不见的描写。这些先锋诗人甚至认为，他们的诗歌实验产生了良好的社会后果：“这 30 年我们看见了，通过我们的写作改变了很多，至少对于 1992 年出生的人来说，他可以很轻易的说一种正正常常的话。”[②] 显然，先锋诗人群试图以诗歌写作促成日常复兴与新文化运动，这在事实上建构了他们急于摆脱的先驱者形象。也可以看出，虽然网络诗歌有很强的解构性，但“跌到高处”的独特追求，不能将其简单等同于平面化、消解深度的西方式后现代。

虽然网络诗歌的先锋性跟西方 20 世纪的历史先锋派有诸多不同，但还是可以看到一些相似点。历史先锋派反对自律艺术的传统文学制度，资产阶级艺术体制的有机整体概念使艺术处于无力干预社会生活的状态，他们试图将艺术与生活重新衔接起来。他们相信，如果艺术家创造非封闭的、向着补充性反应开放的艺术断片的话，艺术就有重新融入社会实践的机会。网络诗人恰好相反，试图重新建构自律艺术，但他们也尝试弥合诗歌与日常生活的关系，摆脱形式主义的话语方式，还原被遮蔽的日常生活。在此基础上，两者的艺术实验都不只是某种技巧创新，即体制内的形式实验，而是试图对整个艺术体制进行反思，

---

① 韩东：《跌到高处》，《词与物》2016 年 12 月 12 日。

② 《“废话诗人”杨黎对话凤凰网》，http：//culture. ifeng. com/niandaifang/special/yangli/detail_2012_08/22/17011522_0. shtml，2012 年 8 月 22 日。

并借此推动日常生活的改变。

为了反对自律艺术，历史先锋派有意识地让艺术变得制作化，对“个人创造范畴”进行了“彻底否定”，破除艺术的灵韵，“对存在于生活各方面的等级原则的断然拒绝，而且很显然首先要拒绝的是艺术方面的等级原则”。[①] 就此而言，超现实主义者声称他们没有天才[②]。网络诗歌的各种“崇低”口号，要解构的也是“崇高”诗学、诗人的神圣化形象与夸饰的语言方式。“崇高”诗学强有力地呈现在诗歌崇拜当中，它最初起源于20世纪70年代和80年代，把诗人抬高到超人、神圣的地位，诗人身份受到极高的追捧。这种诗歌崇拜突出表现在90年代对海子和黑大春的持续神秘化。知识分子写作显然继承了诗人的先驱者形象与语言的形式主义追求。网络诗歌有意识地与知识分子写作相对立，这种对立在网络诗歌的精神前辈于坚、伊沙那里表现得很明显：“于坚在1997年撰文说，诗人不过是一台语言文字处理器，一个固守在日常现实当中的匠人，他使用语言‘从隐喻后退’，实际上是作为‘一种消除想象的方法’——丝毫不像月光下写诗的悲剧性天才，或者像西川书中所谓的炼金术士。”[③] 西川等知识分子写作强调的是“炼金术”，于坚强调的是“语言文字处理器”，这种说法正类似于历史先锋派的自动写作与现成品艺术。与此同时，这不仅仅只是技巧的不同、“艺术”生产的不同，而是自由的生活实践的一部分：“在这种要求所表示的生产者与接受者一致之外，存在着这些概念推动它们的意义的事实：生产者与接受者不再存在。所存在的是那些将诗作为工具以便生活得更好的个人。”[④]

反对悲剧性天才与炼金术士的技术主义，采用口语写作，还原日

① ［美］马泰·卡林内斯库：《现代性的五副面孔》，顾爱彬、李瑞华译，商务印书馆2002年版，第155页。

② ［美］马泰·卡林内斯库：《现代性的五副面孔》，顾爱彬、李瑞华译，商务印书馆2002年版，第155页。

③ ［荷］柯雷：《当代中国的先锋诗歌与诗人形象》，梁建东、张晓红译，《当代文坛》2009年第4期。

④ ［德］彼得·比格尔：《先锋派理论》，高建平译，商务印书馆2002年版，第125页。

常生活，这种写作倾向的偏重，很大程度上改变了诗歌与大众的关系。于坚曾对伊沙有一番评价：“他属于波普时代的诗人，恶作剧般的写作速度取消了诗歌王国的尊卑等级，天才的民主化（丹尼尔·贝尔语）令每个人看到他的作品在诗歌建树上跃跃欲试。这种么，我也可以来一首，令人想起安迪·沃霍的丝网印刷。”① 伊沙一直写得很快，这的确是“恶作剧般的”，这是对诗人形象与诗歌写作繁难技术的解构，带来的后果的确是“天才的民主化”，让大众也会有“我也可以来一首”的感觉。广东省社科院学者朱子庆2002年发表于《南方周末》的文章《炮轰：与诗歌的庸俗和平庸作斗争》，可作为此方面的佐证，这篇文章被转帖于多处网络诗歌论坛，其中针对《诗刊·下半月刊》的一首网络诗歌《如此平淡的一日有什么值得我们记录》有一番指责。文中引用这首诗的文字如下：

> 上午十点（书桌，窗前）/翻开发黄的照片，听音乐。喝茶。写字。
>
> 在书中寻找我们的一知半解。计划一次旅行。坐火车。景色如此迷人。
>
> 下午四点（半明半暗的窗帘）/我搅动一杯加糖的菊花茶，看楼下的人走来走去，/我写字。画画。无所事事。在举手投足中，/又消耗一下午。

朱子庆愤怒地表示：“如此鸡零狗碎的流水账如果就是诗，那天底下还有什么文字不是诗？如果中国13亿人口中有10亿人受过小学教育，那我们不就会有10亿诗人？谁会怀疑自己一天能写出100首这样的诗歌！”②

---

① 于坚：《为自己创造传统——话说伊沙》，https：//www.sohu.com/a/220428842_99904973，2018年2月2日。

② 朱子庆：《炮轰：与诗歌的庸俗和平庸作斗争》，《南方周末》2002年5月16日。

朱子庆这篇文章的意义在于，一方面展示了网络诗歌口语写作客观上拉近了诗歌与大众、日常生活的关系；另一方面，也预示了这种诗歌进入一个更为大众化的网络场域时会引发怎样的反应，或者说，它预言了前述2006年“梨花体”事件中的群体性反应。

在“梨花体”事件中，网民正是有感于赵丽华的大白话诗而产生了全网模仿、恶搞“废话写作”的狂潮。作为大众意见领袖的韩寒，其诗歌观点代表的正是普通大众的认知，提出了“现代诗与现代诗人为什么还存在”这样的说法。网络诗人们对此进行了反击，沈浩波宣称：“诗人被恶搞了，诗歌被文化盲流们嘲笑谩骂。他们祭出了‘群众’‘道德’等种种法宝来对付诗歌，他们动用了草根的力量。”原本内部互掐的诗人们凝结成一个团体，伊沙表示：“我们这么多年老打内战，现在可以打一场外战了！”[①] 他们与韩寒等网民展开激战。这种口水事件本身是不重要的，重要的是其中呈现的先锋诗歌、传统体制与大众之间的关系。

对网络诗人们来说，他们是矛盾的。一方面，他们对诗歌的传奇效应与诗人的英雄主义表示警惕，主张拉低艺术的贵族气息。对这种诗歌主张，诗人“竖”说得相当直白：“因为那些让我看来具有大量形容词、把自己搞得像救世主一样，或者索性神神经经、要死要活的玩意儿是我深恶痛绝的。问题是，诗歌为什么不能说人话？为什么不能由我这样的人、由你这样的人（写诗是贵族行为吗?）像平时说话一样说出来呢？为什么一写诗就要端起一副杀气腾腾、苦大仇深、唯我独尊的POSE‘啊’来‘啊’去、‘面朝大海’呢？我干吗就不能写点我生活中的张三李四、鸡毛蒜皮，我的生活我的流水账就理应被屏蔽么?”[②] 显然，这有利于大众参与诗歌活动之中，而这也是网络诗

① 《专访多位诗人评赵丽华事件令新诗遭恶搞》，http：//news. sina. com. cn/c/2006-11-13/181811502271. shtml，2006年11月13日。

② “竖”：《一个赵丽华，N个废话人》，http：//bbs. tianya. cn/post-poem-113614-1. shtml，2006年11月15日。

人们的理想主义预期。针对诗歌是文学桂冠上的珍珠的说法，伊沙表示："这个观念跟不上诗歌的发展了，诗歌早就从殿堂走进了民间。现代诗日趋平民化，描写世俗生活场景，带着人间烟火，越有平民质感的诗越有力量。"① 杨黎认为："每一个人都是诗人，分行的文字就是诗。特别是在互联网时代，你想了但是不敢去写，你看到了喜欢的诗又不大声承认，那还让人怎么办?"② 对赵丽华诗歌遭受的铺天盖地的恶搞与戏仿，如前所述，一些诗人认为这也许正实现了先锋诗派让人人都参与写诗的初衷，类似于伊沙在所谓"诗歌保卫战"中所说的"在娱乐中去完成严肃的使命"③，表现了一种委婉的、曲线救诗的策略。但另一方面，他们对诗歌又抱有精英主义态度。比如在关于梨花体事件的访谈中，伊沙表示："诗人，他不简单的是写诗的人，他是人群中特殊的人。他身上有天生的诗意。上帝创造了一部分人，他们更能感受到这个世界的诗意，他们在语言上能驾驭诗，在行为上也能驾驭诗。"④ 显然，这种诗歌的天才论与他反对的知识分子写作，即那种现代文学趣味并无根本不同。

精英主义往往隐含于先锋派的概念之中，这种矛盾也正是先锋派深刻的困境。对网络诗人来说，纯粹无难度的口语写作显然是一种误解，他们仍然坚持的是精英主义与深度模式，仍然认为"诗人性"是一种卓然超群的品质，具有非同寻常的意义和社会相关性，这也进一步证明他们并不是纯粹的或真正的后现代。

"梨花体"事件也表明，借助网络空间，大众开始成为文学制度中具有重要话语权的行动者。诗歌论争不再局限在精英的江湖与庙堂

① 《伊沙：中国现代诗出现回暖现象》，https：//www. poemlife. com/index. php? mod = newshow&id = 7372，2007 年 8 月 6 日。

② 《杨黎：互联网时代人人皆诗人，分行即是诗》，http：//www. zgshige. com/c/2018-09-27/7248115. shtml，2018 年 9 月 27 日。

③ 《专访多位诗人评赵丽华事件令新诗遭恶搞》，http：//news. sina. com. cn/c/2006-11-13/181811502271. shtml，2006 年 11 月 13 日。

④ 《专访多位诗人评赵丽华事件令新诗遭恶搞》，http：//news. sina. com. cn/c/2006-11-13/181811502271. shtml，2006 年 11 月 13 日。

之间，而是置身传统体制、内部斗争、大众的复杂缠绕中。在第一章第二节中我们已经谈到，赵丽华在这一事件中被刻意渲染的国家级作家的身份，以及这种身份与“分行大白话”之间的讽刺性对比，是网友大规模恶搞的直接起因，这表明大众对那种虚假化的秩序力量心存不满，但与此同时，恶搞也是因为大白话诗歌触犯了他们的诗歌共识。如同汉学家柯雷所说：“在中国，悠久的古典传统及其在民族文化认同中的重要地位，与现代诗歌的国际性、混杂性、离经叛道和实验性本质之间产生了一种特别严重的歧异。如果这种歧异让很多读者感到惴惴不安的话，是因为当代诗歌及其在社会中的立场，大体上与继续被古典诗歌范式所塑造的种种期待是相对立的。”[①] 这表明了大众身上潜在的符号暴力，这种“无意识的性情倾向行动的附属品”，事实上让他们成了正统秩序、“决定机制”打压先锋派的共谋[②]。

在大众介入并改变文学制度的情况中，网络诗歌呈现了先锋派的命运：“它的唐突冒犯和出言不逊现在只是被认为有趣，它启示般的呼号则变成了惬意而无害的陈词滥调。”[③] 对于价值观念的最猛烈攻击，可以被转化成为令人欢欣的娱乐。网络诗歌的先锋运动意味着网络空间开辟的诗歌地理具有二元性，一方面，没有这种边缘性网络空间，网络诗歌难以成为“民间”，构成与正统的对抗。另一方面，民间也会扼杀它，日渐大众化的网络空间注定不会理解它。

与此同时，这也反映了先锋派自身的困境。如前所述，网络诗歌延续的是以韩东为代表的“第三代诗人”的口语写作传统，从文学史的角度看，它自身并未提供新的要素。杜尚的挑战确实是先锋性的，而模仿杜尚的行为就不再先锋：“一旦签了名的干燥剂被接受并在博

---

① Maghiel van Crevel, *Chinese Poetry in Times of Mind, Mayhem and Money*, Leiden-Boston: Brill., 2008, p. 45.

② ［法］布迪厄、华康德：《实践与反思》，李猛、李康译，中央编译出版社 1998 年版，第 182 页。

③ ［美］马泰·卡林内斯库：《现代性的五副面孔》，顾爱彬、李瑞华译，商务印书馆 2002 年版，第 130 页。

物馆中占据了一席位置，挑战就不再具有挑战性；它转变为其对立面。如果今天一位艺术家在一个火炉的烟囱上签了名，并展出它，这位艺术家当然不是在谴责艺术市场，而是适应它。”① 沉迷于单一的先锋姿态而缺乏创新，让网络诗歌呈现出同质化的困局与先锋的乏力感：“既然历史上的先锋派作为体制的艺术的抗议本身已经被接受为艺术，新先锋派的抗议姿态就不再显得真实。”② 在此意义上，网络诗人们也并未“先锋到死”。

四　从诗江湖到诗生活

网络诗歌对文学制度的意义还在于它试图抵抗新生的网络文学制度。网络文学主要流行类型小说，在与传统文学制度的关系中奉行投机主义，作家们急于摆脱网络空间的出身，以归附传统体制为荣。但对网络诗人来说，不少已是成名于传统诗坛的诗人，在与主流秩序的关系上，他们是“主动退出”，“天子呼来不上船，自称臣是酒中仙”，以边缘与江湖姿态自居。因此唯有在诗歌中，这种先锋与对抗的姿态才完全呈现。这也说明，与通常意义的网络文学相比，网络诗歌完全是另一种性质的网络文学。

网络诗人创办网站，也有意识地强化网络文学的内部区分。杨黎谈到自己跟韩东等人合办“橡皮先锋文学网”时表示：“我为什么要叫先锋？因为那时候网站很多，都是那种所谓文青型的、通俗型的，我们可能是作为先锋文学里面的一派，比较早的，不是第一，也是第二，所以我们区别于当时流行网上的那种文学形式，就特别刻意的强调了先锋，就表示我们和‘橄榄树’‘榕树下’有着本质上的区别。”③ 在网络文学刚兴起时，沈浩波直接称其为“小资”文学，宣称“小资”

① ［德］彼得·比格尔：《先锋派理论》，高建平译，商务印书馆2002年版，第124页。

② ［德］彼得·比格尔：《先锋派理论》，高建平译，商务印书馆2002年版，第123页。

③ 《“废话诗人”杨黎对话凤凰网》，http：//culture. ifeng. com/niandaifang/special/yangli/detail_2012_08/22/17011522_0. shtml，2012年8月22日。

是文学的敌人：

> 在今天，文学的标准似乎越来越含糊了，很多专业性的纯文学杂志和一些大名鼎鼎的所谓文学评论家竟纷纷在为一种叫做“网络文学”的东西正名，还有人据说在为“网络文学”的日渐功利性而忧心忡忡。而那些打着网络文学旗号的作者们竟也就纷纷吃香起来，比如安妮宝贝。……大多数的所谓的网络文学，只不过是白领小资们在茶余饭后，挥舞着白手绢，掉着眼泪，在风花雪月中自我感动的东西。比如那个著名的“榕树下”，就是一个小资者们的天堂。
>
> 我反对把这样一些小资的东西当作“文学”来贩卖和标榜，无论是过去洪烛赵冬们酸不溜秋的所谓“青春美文”，还是现在“安妮宝贝”们精巧雅致的所谓“网络文学”。①

这也是先锋诗人们一贯的观点，有意识地拒斥大众的商业口味。伊沙表示：“诗人应该有一种决绝，不要老想着读者，不要想着大众的趣味，平庸的诗人才把大众挂在嘴边。……如果由着读者做现时代的挑选，那最伟大的作家是琼瑶，是金庸。”② 于坚对商业化写作的韩寒表示蔑视，也对他认为现代诗歌没有存在必要的说法表示愤怒，认为“诗歌自古以来就是无用的”：“你不能在有用的层面上来界定诗歌存在的必要，韩寒可能认为不拿版税的写作就是无用的，就是可以不存在的。非常恶俗！自古以来诗歌都是在无用的层面上存在的，它通过语言的返魅力量来为民族的心灵招魂，诗歌是盛放心灵的容器。”③显然，网络诗歌坚持的是艺术的自律，它在经济上是受统治的一极，

---

① 沈浩波：《文学的小资和小资的文学》，http：//wenxue. com/gb/200201/shb/shb_ wx. htm，2002 年 1 月 18 日。

② 《对话：新媒体与当代诗歌创作》，《诗潮》2004 年第 2 期。

③ 于坚：《现在是诗歌的最好年代》，《新世纪周刊》2006 年 11 月 13 日。

但在象征意义上处于统治的一极，或者说，网络诗歌是以反网络文学的方式生成的网络文学。

如前所述，诗歌江湖持续了大约十年后开始衰败，恰好在这个节点，一种新的诗歌形态出现了。2009 年，杨四平主编的《中产阶级诗选》在文坛亮相，他们提倡“中产阶级立场写作”，把“反对伪先锋”“干预周边事态”“直接叙写”“重塑现代汉语”看作中产阶级立场写作的四项原则。这些口号表明他们试图对先锋诗歌做出某种“清算”。学者蓝棣之在《诗选》的“序言”中对这种诗歌主张的背景作了说明，认为“中产阶级立场写作”让诗坛来到一个重要的“引爆点”上。在他看来：“中国诗坛关于民间与官方的二元对立过于简单了，应当让位于多元化的框架；文学、诗歌与意识形态的简单对抗……已经因历史现实的巨大变化而显得不合时宜。”“中产阶级立场写作”的提出，是一种新的声音，“是以中产阶级的身份或立场，表达中产阶级在当下的体验和理想”。面对诗歌边缘化的现状，他表示：“在文化、文学已经成为产业或消费品的时代，诗歌如果不想随波逐流和被无限地边缘化，都应该适当调整自己的身份认同，就应该了解公众的利益与愿望，并且感同身受。”①

从美学角度来看，这折射的其实就是新世纪以来日渐突出的日常生活审美化风潮，文艺理论界从 2002 年起已提前捕捉到了此种风尚，并展开了争论，其中涉及什么是“真正的”日常生活审美化、“谁的”日常生活审美化等话题②。“中场阶级立场写作”正是这种风潮在诗歌上的反映，而这也与网络诗歌的转变相一致。随着微博等自媒体的兴起，从隐喻层面来看，原来与“诗江湖”并存的“诗生活”网站，开始占据上风。诗生活网（www. poemlife. com）是由莱耳、小西、白玉

① 蓝棣之：《序言：诗坛正来在一个“引爆点”上》，http：//blog. sina. com. cn/s/blog_49c185d00100cmcv. html，2020 年 7 月 5 日。

② 争论缘起于陶东风的论文《日常生活的审美化与文化研究的兴起：兼论文艺学的学科反思》（《浙江社会科学》2002 年第 1 期），陶东风、王德胜、金元浦、童庆炳、赵勇、鲁枢元、朱国华等知名学者悉数卷入了这场论争。

苦瓜、桑克于2000年创建，如果说“诗江湖”充满了江湖气与江湖论争，“诗生活”则具有文雅气与兼容并包的气质。这种气质，可以说正是一种“中产阶级气质”。这种“中产阶级气质”越来越盛行，2009年，微博开始流行，掀起微博诗热，2011年诗人高世现发起“首届微博中国诗歌节”。2011年微信崛起，2015年被称为“微信诗歌年”，2015年的“诗歌春晚”、2017年的“中国诗词大会”都广受欢迎，诗歌逐渐仪式化、娱乐化与景观化。与此同时，一些诗歌公众号开始产生较大反响，其中著名的有“为你读诗”“读首诗再睡觉”。“为你读诗”的公众号于2013年6月1日上线，2015年据称拥有1000多万垂直优质用户，覆盖超过3000万人群，希望带去“知识、审美和情感”的诗歌生活。“读首诗再睡觉”强调“诗意的生活，与我们只有一个枕头的距离”。2015年6月18日，国家重点文化工程“中国诗歌网”正式上线，总编辑朱玲表示：“中国诗歌网将在今后的日子里，发掘更多的诗歌和日常生活之间的关联，在这样一个许多人以为喧嚣的时代，倡导‘诗，是一种生活方式’。”①

江克平（John Crespi）发现，21世纪中国城市公共生活从传统的“运动”转变为一种无固定形式的、到处可见的“活动”文化。其中，诗歌朗诵活动呈现出地理的分散性、规模的多样性。如果说从延安时代到20世纪70年代的“运动”是自上而下的开展方式，在大规模的集体叙述中决定着时间想象，“活动”则是在休闲消费的公共空间中发生，由小规模、日常的时间所组织，体现了一种“民主消费主义”。值得注意的是，诗歌朗诵活动往往与房地产相联系。诗歌一贯强调自己反市场的天性，并因经济的边缘化而获得符号资本，然而也正是这种符号资本，反讽地被市场用来为投资增值服务。诗歌被称为文学的金字塔尖，建筑需要用诗歌提升品质，摆脱地产暧昧的道德形象，由此两者形成共谋，背后表现了一个正在崛起的

① 《中国诗歌网正式上线　倡导诗意生活方式》，http：//www.chinanews.com/cul/2015/06-18/7354084.shtml，2015年6月18日。

中产阶级对品位、精英化个性和生活方式的追求，在此意义上，诗歌并没有它所宣称的那样独立[①]。

显然，这暗示了诗江湖与诗生活之间的联系，越是以反商业面目出现的先锋诗歌，越有可能以这种反商业性达成商业性。柯雷表示，新媒介时代的诗歌如同卡拉 OK，针对的是“圈内观众”，然而成功的卡拉 OK 可以挣钱，诗歌与消费可以结盟。正是因为诗歌的“无销路”被理解成不被市场污染的品质，才使得先锋诗歌和正统诗歌近年来成为地产开发商业广告的魅力合作伙伴，诗歌的象征价值可以弥补被金钱腐蚀的商业形象。[②] 以“为你读诗”公众号为例，它的联合发起人包括于丹、李彦宏、杨元庆、郎朗、姜昆、黄怒波等，在这种人员构成中，学术“鸡汤”、网络、资本与艺术等元素结合在一起毫无违和感。

在这种趋势下，一些先锋诗人也开始转型。2011 年，伊沙在网易微博开设专栏“新世纪诗典”，每天推出一首诗歌，并作点评。与论坛时代的先锋姿态不同，伊沙提倡的是与“诗生活”相似的兼容并包原则，不分老幼，也不分国籍，用他自己的话来说：“我写的是一种诗，选的是另外一种诗。”从市场销售来看，它也获得了大众喜爱。《新世纪诗典》“一上市就狂销三万余册，直接引爆了人们对诗歌的狂热喜爱，成为中国诗歌界的一大奇迹”。对此，伊沙表示：“作为诗人，有责任推广诗歌。”[③] 为做大《新世纪诗典》，伊沙可谓不遗余力，花样百出，“名目繁多的做法基本相当于一个公司的运作”：“设立评论榜、转发榜、省区排名 TOP10、一周回顾展、年度诗歌奖、第 500 首隆重发布、第 1000 首隆重发布等各种交流激励机制。”在为《南方都市报》纸本《新世纪诗典》第一期策划时，伊沙选择了沈浩波、严

---

① ［美］江克平：《从“运动”到“活动”：诗朗诵在当代中国的价值》，吴弘毅译，《新诗评论》2007 年第 2 辑，北京大学出版社 2007 年版，第 3—19 页。

② Maghiel van Crevel, *Chinese Poetry in Times of Mind, Mayhem and Money*, Leiden-Boston: Brill., 2008, p. 36.

③ 《〈新世纪诗典〉给说诗已死的人一记响亮耳光》，《生活新报》2013 年 5 月 14 日。

力、食指等极具代表性的当代诗歌名人打头阵[①]。对诗人形象的注意，特别是挑选沈浩波这个打通“业内”与“业外”的人（商人兼诗人）打头阵，颇具隐喻意味，暗示希望诗歌由江湖时代的精英圈走向更广大的人群与场域，与此同时，这也是塑造诗人形象的策略性做法，类似一种“名流话语”，为的是维系读者群或者实际上的观众群，而这也与社交媒体带来的关注度、粉丝文化与景观文化有关。

从文学制度层面看，这正是雷蒙·威廉斯所说的后市场体制。雷蒙·威廉斯区分了庇护体制、市场体制与后市场体制三种形态。在后市场体制中，艺术的社会批判功能弱化了，原因在于，“公司和政府把形式美的符号整合到市场、销售与广告的商业化机制之中了”[②]。戴安娜·克兰认为，现代艺术成为一种“谋幸福”的职业，从艺术功能来看，“艺术被错误地选择为财团公共关系的恰当媒介，即有助于和资产阶级的交流”。[③]

不难看出，在后市场体制中，网络诗歌与大众性网络文学的对立态势已趋于瓦解，沈浩波所反对的小资式的网络文学占了上风，“安妮宝贝”这个来自上海都市的作家，精巧雅致的写作天才般地预示了这种日常生活审美化潮流。网络诗歌与文学体制的关系经历了从“诗江湖”到“诗生活”的历程。“诗江湖”主宰了论坛时代，而“诗生活”才显出了真正的后劲，这表现的正是当代文化的转型：

> 当代文化的情形类似于一个敌人埋下地雷后弃之而逃的城市的情形。兵临城下的胜利者怎么办呢？派攻击部队去征服那个已经被征服的城市吗？如果他这么做，就将造成混乱，引发新的无谓破坏和死亡。相反，他将派后卫部队的专门分队进城，他们进

---

① 师力斌：《网络诗歌与生活》，《中华读书报》2015 年 7 月 2 日。

② Aleš Debeljak, *Reluctant Modernity*: *The Institution of Art and Its Historical Forms*, Lanham: Rowman & Littlefield, 1998, p. 158.

③ Aleš Debeljak, *Reluctant Modernity*: *The Institution of Art and Its Historical Forms*, Lanham: Rowman & Littlefield, 1998, p. 157.

城时带的不是机关枪而是盖格计数器①。

诗歌秩序中江湖与庙堂的对立仍然存在，但不再是矛盾的主要方面，焦点已经转移，一方面似乎“无敌可战”；另一方面各种行动者自身也在转化，攻击部队与战士显得不合时宜，取而代之的是各色专家：“它所使用的将不是喧闹、残忍且毫无必要的机关枪，而是更为和平与精良的探测装置，它们典型地属于我们这个电子时代。战士及其英雄式的自我夸耀被专家取代，面对变化了的形势，老先锋派的整个策略已颇为可笑地过时了。”②

从深层来看，这与网络文化本身的发展趋向一致。挪威学者苏仁森（Bjorn Sorenssen）曾对此有精彩分析。他分析了与网络相关的两种空间隐喻，早期是表征外向运动的空间，电脑空间往往模仿西部原始、质朴的平原与山岳，网络牛仔们在新的让人激动的大陆上冲浪漫游，随着网络由精英活动转向日常消费，早期的精英、先锋与拓荒者让位给信息平原的自耕农，此时电脑空间开始从方向隐喻转向容器隐喻，电脑空间成为家园，大众被网络的家园诺言所引诱，正在占有书写万维网的空间③。网络由早期乌托邦观念转向日常实践工具的表征，表现的正是不断扩张、超越的现代性精神向后现代消费文化的转向。

由争取艺术解放的先锋、叛逆者，到转变为引领日常生活的文化媒介人与专家，诗人的形象发生了深刻变化。从与商业的关系来看，诗人的形象，不再是“饿死诗人”的形象，而是沈浩波这样一面是商人、一面是诗人的形象。沈浩波刻意强调这两重身份之间的区别：“在商人和诗人的身份中，我永远只能认同我的诗人身份，因为这才

---

① ［美］马泰·卡林内斯库：《现代性的五副面孔》，顾爱彬、李瑞华译，商务印书馆 2002 年版，第 133 页。

② ［美］马泰·卡林内斯库：《现代性的五副面孔》，顾爱彬、李瑞华译，商务印书馆 2002 年版，第 133 页。

③ Bjorn Sorenssen, *Let Your Finger Do the Walking*: *the Space/Place Metaphor in Online Computer Communication*, http://dpub36. pub. sbg. ac. al/ectp/SORENS-P. HTM., 2016－3－2.

是我最后的骄傲和尊严。”① 但我们也可以说，这既是一种区分，也可能是一种打通，并以表面的分裂加重自我身份的符号化。从与大众的关系来看，诗人的形象不再是“立法者”的形象，而是微博时代伊沙式的形象，他借用网络平台对诗歌的推广、点评与阐释，扮演的是鲍曼所说的“阐释者”的形象②。

“导致一个场形成的过程是一个社会混乱的制度化过程，其中任何人都不能以主宰和规则、观念和合法区分原则的绝对把持者自居。”③ 网络冲击了文学体制，除了传统的组织机构与行动者，资本的交换逻辑，大众话语、文学网站、文化媒介人也开始参与文学制度的重构，在此情况下，“诗”不是一个本体论范畴，也不是一个可以牢牢把握其存在和性质的“物”，而是一种日常实践，一种协商性的话语，不同的人们以不同的方式使用它。在这一过程中，网络诗歌作为一个症候性事件，集中呈现了文学制度在由纸媒向数字媒介转换中先锋派的命运。

---

① 《磨铁图书：超越出版》，《新经济导刊》2009 年第 10 期。

② ［英］齐格蒙・鲍曼：《立法者与阐释者》，洪涛译，上海人民出版社 2000 年版，第 191—192 页。

③ ［法］皮埃尔・布迪厄：《艺术的法则：文学场的生成和结构》，刘晖译，中央编译出版社 2001 年版，第 163 页。

第四章　文学批评制度的危机与转型

文学批评属于文学制度的重要方面，在新媒介时代，学院批评面临许多问题与挑战，需要做出深层次调整，与此同时，大众点评开始崛起，成为引领阅读趣味、生成“网络口碑”的重要力量。面对新媒介文艺，文学批评的方法与标准也成为突出问题。

第一节　批评场域的裂变与危机

在新媒介语境中，文学批评的格局发生了深层位移，话语权走向分散，批评标准失效，批评方法难以适应新的文艺对象，这些因素让传统批评制度受到了根本性冲击。

一　众声喧哗的批评格局与话语权的分散

新媒介对文学批评造成了冲击。从批评本身来看，这种冲击表现在两方面：一是形成了新的批评空间与发声渠道，在传统期刊报纸外兴起了网络论坛、公众号等；二是形成了与之相应的新的批评类型与批评主体，学院批评不再一家独大，批评话语权走向了分散，这带来了批评的生机，也造成了批评生态的恶化与病相。

阿尔贝·蒂博代将文学批评分成“自发的批评”“职业的批评”

“大师的批评”三种类型，其主体分别为报刊记者、大学教授与作家。这一划分非常出名，瑞士学者让·斯塔罗宾斯基曾在1983年表示蒂博代对批评形态的划分还没有过时①。不过这种情况到新媒介时代则有了变化，新媒介造成了传统批评话语权的削减，也催生了新的批评类型，即以大众为主体的草根批评。在21世纪初期，批评界就注意到了这种趋势，2001年北京文联研究部主办的文学批评研讨会在天津举行，大会主旨是“网络批评、媒体批评与主流批评”，这是学术界最早提出“网络批评”的说法，并初步勾勒出“主流批评”（“学院批评”，类似于蒂博代所说的“职业的批评”）、“媒体批评”（类似于蒂博代所说的“自发的批评”）、“网络批评”（“草根批评”）“三分天下”的格局②。研讨会没有提到蒂博代所说的“大师的批评”（“作家批评”），主要因为这种批评在当代中国未能成为一种突出的批评现象③。2009年，在《文学批评的新境遇与新挑战》一文中，白烨进一步总结了文学批评三足鼎立的态势，将其分为“专业批评”、“媒体批评”与“网络批评”④。这种分类与前述2001年的研讨会的分类大致相同，说明学界已基本认可了“三天分下”的格局。

学院批评主要指高校、文学研究所等偏重理论性、学术性的文学批评，在新媒介兴起后，这种批评一方面仍拥有重要符号资本；另一方面在批评对象、批评方法及话语权方面遇到了前所未有的挑战。

“媒体批评”是媒体机构从业人员撰写的文学批评，侧重普及性介绍与商业性推广，一方面常常为了商业目的而制造文学事件；另一方面也比较贴近当下文学现象，具有敏锐性与及时性，同时避免了学院批评的晦涩，更为大众化、通俗化。“媒体批评”在新媒介兴起后，

① 转引自郭宏安《读〈批评生理学〉——代译本序》，载［法］蒂博代《六说文学批评》，赵坚译，生活·读书·新知三联书店2002年版，第1页。

② 王山：《批评：碰撞中的坚守与新生——“网络批评、媒体批评与主流批评”研讨会述评》，《文艺报》2001年7月10日。

③ 参见贺桂梅《批评的增长与危机》，山西教育出版社1999年版，第50—54页。

④ 白烨：《文学批评的新境遇与新挑战》，《文艺研究》2009年第8期。

如鱼得水，日渐兴盛。

“草根批评”是指新媒介兴起后草根大众的批评，最近几年又被称为“野生批评”。这种批评的出现与新媒介有着天然联系。在传统语境中，专业批评家与媒体从业者把持着期刊、报纸、电视等批评空间，草根大众难有批评渠道，但新媒介轻而易举让他们便捷地发声，尽管在符号资本上与前两者不可同日而语，但随着自媒体的兴起，草根批评的力量不容小视，实际上已经深刻改变了文学的生产、传播与消费模式。

随着自媒体时代的到来，这种“三分天下”的格局已被打破，一种新的批评类型产生了越来越大的影响力。有学者注意到了这种变化，在《数字时代文艺批评的三个圈——兼谈文艺批评家素养》一文中，王一川认为数字时代的文艺批评呈现出复杂性，形成了学者职业批评圈、网众自发批评圈与名人自媒批评圈，并认为这三个圈可分别被视为现代中国的学者职业批评、社会动员批评与艺术大师批评在数字媒介条件下发生历史性移位的结果①。王一川的划分不够严密，突出了网络而忽视了纸媒，不过他提出的“名人自媒批评圈”确实是一种新现象。王一川认为这个圈子的活跃主体是一些自媒体创作者，他们靠吸引人的“内容”来经营自媒体。这种说法有道理，但将其称为“名人”有些夸张，他们中绝大多数并不是“名人”，其声名也未达到“名人”程度，笔者认为，将其称为更能折射自媒体特点的“网红批评”更为合适。这种“网红批评”，在“韩白之争”中就体现出来了，在这一论争中，韩寒显然就是“网红”。“网红批评”随着社交媒体的兴起而越发重要。总括来看，新媒介时代主要有四类批评话语，即学院批评、媒体批评、网红批评与草根批评（普通网民批评）。

网红批评与媒体批评具有相关性，都带有一定程度的炒作性、商业性与业余性，也存在互相转换的可能，但它们之间还是有区别的。媒体批评尽管也会在网络上发布，但主要依托的是传统纸媒期刊，网

---

① 王一川、王臻真：《数字时代文艺批评的三个圈——兼谈文艺批评家素养》，《陕西师范大学学报》2018 年第 4 期。

红批评则充分利用自媒体。媒体批评主要是媒体机构在起作用，媒体从业人员的批评个性被媒体所控制，网红批评则恰好要凸显个性。这种在当前日趋活跃而又具备特殊中介作用的网红批评，值得特别关注，通过自媒体订阅号，已经产生了很大影响，特别是在影视批评领域，已然形成了一些具有较高专业度的批评网站或公众号，如虹膜、知影、桃桃淘电影、文慧园路三号、后窗、迷影网等，也产生了一些重要的影评人，如“magasa”、“卫西谛”、“木卫二”、叶航等，有些已经成为戛纳电影节“国际影评人周”、华语电影传媒大奖、金马奖等影视节的评委。这些网红批评往往具有学院批评功底，精通草根批评的网络用语，又兼具媒体批评的时代性与敏锐性，影响力大有取代学院批评之势。与此同时，学院批评也在谋求转型，开始尝试在自媒体发出声音，比如一些学术杂志开始选择代表性文章，根据自媒体特点加以改编，在微信公众号发表，这既影响了一些研究者与文化人，也可以反过来提升杂志的学术影响力。在互联网的未来，这种网络版的学院批评估计会成为常态，其中影响力大的文章也会成为批评界的“网红”。因此笔者认为，随着媒介影响的日渐深入，“网红批评”会成为批评场域中最重要的批评类型。

这四种批评话语不是互相隔离的，而是形成了不断变化的空间构型与转化模式，如下图所示：

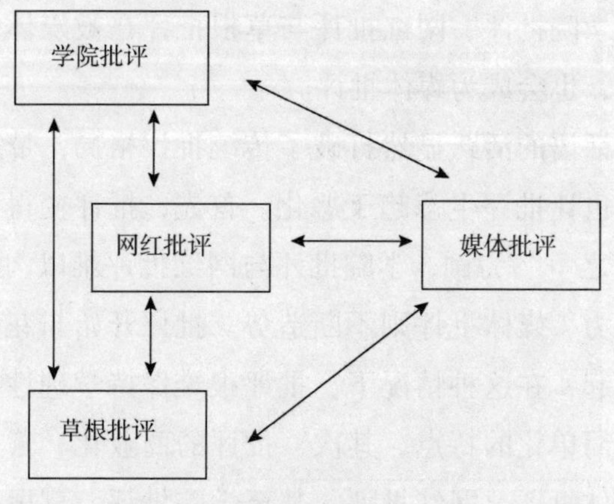

新媒介时代文学批评的类型及其互动关系示意

在这个图中，居于最上方的是学院批评，虽然影响力日渐削减，但在批评场域中，仍然占据着符号资本。

居于中心与前台的是网红批评，在新媒介时代，得媒介者得天下，最擅长利用自媒体且谙熟文学场域中经济、权力关系的网红批评，在作家作品的出场与阐释中起到越来越重要的作用。

居于最下方的是草根批评，它们数量最多，构成了新媒介时代批评场域的基础。

在这三种批评话语中，优秀的草根批评会向网红批评转化，也会向学院批评转化，但一般来说是经过网红批评的中介后向学院批评转化，也就是说，成为网红批评后，再登堂入室成为学院批评（如前面提到的影视批评现象）。学院批评也会向网红批评与草根批评转化，但一般来说，由于学院批评的符号资本，在介入网络的过程中，它成为网红批评的可能性较大，但也有可能未产生影响，在此情况下其地位与影响力就等同于草根批评。

最善于利用这三种批评话语力量的则是媒体批评，它既从中获取灵感与话语资源，也搅动它们之间的冲突或合作。同时它与其他三种批评之间也是互相转换的，可能因影响力的扩大而成为网红批评，也可能摇身一变成为学院批评的代表，也可能并未产生什么影响而成为草根批评。而学院批评、网红批评与草根批评在被媒体机构、商业资本介入情况下，也会成为媒体批评。

这些批评话语的活跃显然打破了传统批评格局，带来了批评的生机与活力，但也让批评生态趋于恶化。首先，批评变得话题化、事件化。以“韩白之争”为例，学院批评与网红批评难以沟通，草根批评形成了舆论暴力，媒体批评则不断造势。批评开始与花边新闻、娱乐资讯混杂在一起，在这种情况下，批评很难保持学理性，呈现出随意性、情绪化、简单化的特点。其次，批评的商业化、营销现象比以前更加突出。媒体批评、网红批评，甚至学院批评、草根批评都卷入了市场化的运作模式之中。最后，批评的专业性与符号资本开始让位于注意力。“在当代文学领域里，注意力不仅取代了象征性资本，也替代了商业性资本。所以我们说，当代文学领域（实为场域）不再建立于陈旧的，关乎商业成功和同行认可的二元性辩证法，而建立于通过不同策略捕获而来的注意力。”① 文学批评要想对创作、大众真正产生效用，必须首先要进入网络场域，获得注意力。

二　批评标准的多元化

文学批评面临的挑战还有批评标准问题，批评对象发生了重要变化，产生了网络文学等新文艺类型，传统文学批评已无法完全阐释与评价这些媒介文艺现象，需要对新媒介时代文艺活动的规律、命题、范畴与评价标准进行重新思考，这促成了文学批评的范式转换。

评价标准的挑战体现在以下几个方面。

首先，新媒介时代的文艺现象具有复合性，很难说只是纯粹的文学，而是各种文艺类型的杂交与混合。这体现在三个方面：一是新媒介形成了共生性 ACGN 文化，即动画（Animation）、漫画（Comic）、游戏（Game）、小说（Novel）之间形成了互相影响、互相借鉴的关系，这时的文学可能在形式上是文字的，但在故事内容的深层却可能是混合性的 ACGN 文化；二是文学文本形成了文、图、声于一体的多媒体或超媒体文本（以西方数码文艺为代表）；三是存在故事内容（往往以网络文学为源头）在不同媒体平台之间的跨越与 IP 改编。面对这种复合型的文艺现象，评价标准就不能仅仅是传统“文”的标准，还应该有“图像”“音乐”等方面的标准。这也是一些西方学者的观点，美国学者米切尔发表论文《图像转向》（*The Pictorial Turn*），指出人文科学正进入仿真时代，视觉媒体的效果难以在符号学基础上加以描述，认为文化研究中的“语言学转向”正让位于“图像转向”②。

---

① ［瑞士］樊尚·考夫曼：《“景观”文学：媒体对文学的影响》，李适嬿译，南京大学出版社 2019 年版，第 34—35 页。

② W. J. T. Mitchell，The Pictorial Turn，*Art Forum*，Vol. 30，No. 7，1992，p. 16.

其次，新媒介时代前所未有地突出了文学的交往要素，这也要求批评标准做出相应改变。

从中国网络文学来看，交互已经成为读者非常重要的阅读体验，在虚拟社区的交互性阅读跟一个人孤独地阅读是完全不同的体验。这种众人言说的氛围让文学接受的场景发生了重要变化。在传统语境中，不管是文学、戏剧、电影还是电视，基本都是孤独的个人欣赏行为。“阅读是独自一个人完成的最理想的工作：看书的人总是一声不响，一动不动，不理睬周围的人，脱离周围世界。”与读书不同，戏剧的环境是集体性的，但人群之间缺少互动，这可谓一种“群体性孤独”：“可以说，没有谁比剧场里的观众更远离他的同伴了。”① 电影的消费场景与此类似：“电影观众跟戏剧观众一样，也是不动地坐在电影院里。活动的不是观众，而是导演、摄影师摄影机的镜头。”如果说有些戏剧（比如中国戏剧）的欣赏还存在观众跟演员的有限互动，电影的观赏则是在寂静无声的黑暗中进行，尽管置身于人群之中，但观赏却以排斥群体性为前提，以便进入个人沉浸状态，在此意义上：“观众的被动程度甚于戏剧观众。”② 电视观众比戏剧、电影广泛得多，他们是分散的想象共同体：“电视的大众性不在于大批人一起观看，而在于成百万的人——尽管是分散的——参与了同一个过程，接受着相同的节目。”然而，他们同样是被动单向的：“成百万的电视观众是非人格化的。”③ 网络文学的接受场景与此不同，这是一种“断裂”。网络文学刚兴起时，边看故事边评论就是读者的常有习惯，进入社交媒体时代后，这种共同阅读、共同评说就更加突出了：“信息沿社会关系网在人们当中流传，四面八方的人参加同一场讨论，组成分散的群体。”④ 这是新的虚拟性场景，打破了物理空间限制，也改变了人

---

① ［法］埃斯卡皮：《文学社会学》，于沛选编，浙江人民出版社 1987 年版，第 91 页。

② ［法］埃斯卡皮：《文学社会学》，于沛选编，浙江人民出版社 1987 年版，第 287 页。

③ ［法］埃斯卡皮：《文学社会学》，于沛选编，浙江人民出版社 1987 年版，第 291 页。

④ ［英］汤姆·斯丹迪奇：《从莎草纸到互联网——社交媒体 2000 年》，林华译，中信出版社 2015 年版，第 12 页。

们群聚在一起互不交谈的非人格化状况，让阅读与讨论变成了盛大节日，并在这种集体性的共鸣与交互中寻求认同与温暖。

文学交往一直存在，或者说文学本身就是为了交往，不过这是就艺术的精神交往而非实际交往而言。历史上也存在实际交往，比如中国古代社交活动中的“献诗陈志”“赋诗明志”，孔子提出“不学诗，无以言”①，也是强调以文学为手段的交往。历朝历代文人中也存在唱和、应酬、以诗会友等活动。钱钟书在谈到中国旧诗铺张排比的毛病时，认为原因之一就在于，从六朝到清代，诗歌日渐成为社交的必需品，文人没有那么多的真实情感和新鲜思想来满足“应制”“应教”“应酬”“应景”的需要②。从西方来看，借助各种文艺进行的社交活动也存在，典型的如哈贝马斯提到的公共领域与阅读公众。不过，新媒介时代的文学交往与历史上的交往活动有质的不同，在参与人群规模、交往频次，以及对日常生活的重要性方面不可同日而语。

从文学理论来看，交往并未包括在评价体系之中。接受美学、读者反应理论注意到了读者活动的重要性，不过对他们来说，他们重视的是纵向的、历史时空的交流。接受美学受到加达默尔的阐释学理论的影响，加达默尔认为阐释者与文本是平等的，强调视野的融合，理解者与理解对象两种视野代表了两种历史背景，当解释者与文本的视野融合时，就构成了“一种对共同意义的分有”③。这是一种历史维度的主体间性：“……把文本与现时之间的冲突解释为一种过程，在这个过程中，作者、读者和新作者之间采取一问一答的对话形式以及原始答案、现时提问和新的答案的形式来解决时间距离问题，而且还以永不相同的方式使意义具体化，从而也使得意义更为丰富。”④ 他们强调作家、批评家、读者跨越时间的交互：“文学史说的是审美领域的

① 《论语》，杨伯峻译注本，中华书局 1980 年版，第 178 页。

② 钱钟书：《宋诗选注》，人民文学出版社 1958 年版，第 49 页。

③ ［德］加达默尔：《真理与方法》，洪汉鼎译，上海译文出版社 2004 年版，第 377 页。

④ ［德］尧斯：《审美经验论》，朱立元译，作家出版社 1992 年版，第 14 页。

接受和生产过程，文学文本通过接受的读者、思考的批评家和再创作的作家而被激活。”① 与之相比，新媒介时代的文学交往主要是横向的、同时代的群体交往。

显然，在考虑文学批评的评价标准时，应将读者的交往活动考虑在内，仅仅从接受美学来理解读者的活动已难以说明问题。在很大程度上，社交媒体成了文学活动的基础性条件，文学的“交往性”开始凸显。文学的意义不仅在于审美价值，也在于它对主体交往关系的形塑与推进，交往本身成为消费内容。

最后，还有一些学者强调文学批评更复杂的标准，需要考虑新媒介文艺的编程、沉浸、表演、机器等因素，这在西方数码艺术中体现得比较明显。在专著《赛博文本：遍历文学的透视》中，阿塞斯提出“遍历文学”“赛博文本”等说法，“赛博文本”包括了传统文本，也涵盖了超文本、游戏等新艺术类型。传统文学批评建构于语言学、符号学基础之上，无法评价这些新艺术类型，因为这类作品不只是由符号的顺序组成，而是像机器或符号生成器那样起作用②。显然，对新媒介时代的文学来说，批评标准已不能局限于传统模式，需要综合考虑多方面要素，同时这些要素之间也存在不少冲突，如何让它们构成一个行之有效的评价体系，还有待深入研究。

三　批评方法与实践困境

在新媒介时代，文学批评的困境还体现在批评方法与实践问题。不管是中国形态的网络文学还是西方数码艺术，都面临着“如何批评”的问题。

就中国网络文学而言，学院批评遭遇了前所未有的难题，相关批评实践存在严重的“隔膜”“不及物”现象。从研究现状来看，宏观

---

① ［德］尧斯：《审美经验论》，朱立元译，作家出版社 1992 年版，第 87 页。

② E. J. Aarseth, *Cybertext: Perspectives on Ergodic Literature*, Baltimore: Johns Hopkins University Press, 1997, p. 6.

研究、重复性研究多，常识性、套话性的结论比较普遍，研究深度缺乏，产生这些问题的根源就在于研究者没有进入“现场”，这一问题已经成为研究的痼疾。一方面在于研究者对网络文学的轻视态度，认为它们“水”“垃圾”，似乎没有多少“学理性”与价值可言。另一方面则是更为现实的困难，面对网络文学体量与篇幅的庞大，研究者有畏难情绪。这种研究困境，可以从“玄幻之争”中陶东风的阅读情况看出，批评家遭遇了“立法者”的现实困难，“非不为也，实不能也”。

从西方数码艺术来看，批评实践与方法也成为重要的问题。网络艺术、交互性视频、视频装置等新媒体艺术还没有进入艺术史家的视野，原因在于他们采用的仍是传统方法，无法阐释以计算机为中介的艺术类型，这导致批评方法与对象不兼容。德国学者韦斯（Matthias Weiss）认为，面对新的电脑艺术，艺术史家应建立新的分析方法。他提出代码的微观分析方法，这种方法强调作品的系统性、要素之间的逻辑联系与历史语境等①。

总之，在新媒介语境中，文学批评面临着话语权分散、批评标准失效与批评方法的困境，这让它在传统文学制度中所起的作用面临着前所未有的危机与挑战。

第二节　学院批评在新媒介语境中的转型

学院批评在新媒介时代遭遇挑战，但新媒介文艺也需要学院批评的介入。建构适宜的批评制度，转换批评家身份，完成学院批评的入网，是文学制度转型的重要内容。

① Matthias Weiss, Microanalysis as a Means to Mediate Digital Arts. in *Futures Past*: *Thirty Years of Arts Computing*, Chicago, IL: Intellect Books, The University of Chicago Press, 2007, pp. 13－24.

一　从“可见”到“不可见”:学院批评入网的困境

批评的兴起与启蒙运动有关,启蒙运动是一个批判的时代,这个运动引起的政治变化从一开始就为专业性批评创造了良好的条件:“随着书评这一形式成了期刊的不可或缺的内容,专业批评家的概念最终形成了,同时人们越来越意识到批评在政治和社会生活中所起的宣传作用。这时,艺术批评成了出版社、报纸、政府、政党、阶级、私人利益集团和各种文化阶层广告机器的一部分。”① 批评家逐渐转化为立法者,在社会与文化体制中建构了自我的权威。但在新媒介语境下,专业批评家面临一系列困境。

在新媒介兴起后,一些专业批评家开始由纸媒转向网络,试图在新的批评空间中发言,他们一般选择实名而不是匿名,选择博客而非论坛。这是因为,实名可让他承续现实中的文化资本,而博客中博主的中心地位与删帖、禁言的权力,也符合专业批评家“立法者”的自我想象与身份设计。但在网络空间中,他们将面临新的个体与人群的关系。一方面,这是让学术走出书斋,走向大众的机遇。另一方面,这种越界行为也带来了挑战与风险。

批评家成为立法者,这是一种权力,意味着他具有“观看”作品的资格。按照福柯的说法,“凝视”本身就是权力的争夺。以医学为例,医生有“看”的权力,成为“我思”的主体,代表了真理性的认知,病人“被看”,则成为被审视的客体,在此意义上,“凝视的王权”“确立了自己”,凝视的目光决定了一切,统治了一切②。如果将这种说法运用于文学批评,批评家就是“凝视”的主体,他“观看”文本与作家,裁决、评判,给予价值认定,在将对方对象化的过程中建构了立法者的身份。而对作为被看者的作者而言,他们需要承受这

① ［匈］豪泽尔:《艺术社会学》,居延安编译,学林出版社 1987 年版,第 168 页。

② Michel Foucault, *The Birth of the Clinic*, trans. A. M. Sheridan Smith, Vintage Book, 1994, p. 89.

种“凝视”压力。那些著名作家的压力相对较小，因为他们已经成为“凝视”机制下的合格选民，而新人作者，或格调低下的大众文学，则需要面临“凝视”机制的严格审核与裁决。新人作家需要在这种询唤中，按照批评家的要求自我规范与调整，完成自我的成人礼，以最终皈依文学史序列。对大众文学来说，它常被判定为非文学而不值一文，或者被驱逐至文学史的边缘与荒野。

“凝视—被凝视”的机制实际上正是现代性的展开过程，它体现的是无孔不入的控制叙事。在古典医学时期，医生主要依赖想象来揣摩身体的内部运作，此时，身体是晦暗不明的，现代医学却凭借各种仪器让身体的黑暗变为透明，不可见性走向了可见性。文学的发展同样经历这一过程。在传统社会，批评的中介环节尚未成型，作品在读者之间的传播是直接的，而现代批评制度的建立，强调了专业批评家对作品的挑选、甄别与价值判定，这是一种驯化与文化改造，不合文学规范与意识形态的作品被清除与隔离。在鲍曼看来，前现代的荒野文化，经过这种文化改造与规训，被现代社会的各种行政管理者、教师与社会科学家成功地塑造。[①] 也就是说，批评家的立法者身份与权力的获得，正在于拥有“凝视”的权力，并成功地让对象处于“可见性”之中。

新媒介的兴起反转了这种可见与不可见的关系。作品不再完全“可见”了。这种不可见首先表现在网络发表的容易，无需层层审核与关卡，传统审核在每一层级上都在强化凝视目光，越到最高级审核会更严格，而网络发表却具有一定的宽松性。这就绕开了批评的凝视目光，各种作品泥沙俱下，它不再是现代性的清晰与条理，而是恢复了无序与晦暗不明的前荒野文化。从不断的“净网”呼声中，可以感觉到对这种紊乱状况加以控制的现代性冲动。与此同时，网络文学数量的庞大也构成了另一种不可见性。由于写作与发表的零门槛，网络

① ［英］齐格蒙·鲍曼：《立法者与阐释者：论现代性、后现代性与知识分子》，洪涛译，上海人民出版社 2000 年版，第 87—88 页。

上每天产生成千上万篇帖子，在资本推动下，作品数量又呈井喷式增长，这些作品又多是超级大长篇，动辄百万字千万字，甚至达到了上亿字。批评家是立法者，那么他理应广泛阅读这些作品，才能获得立法资格与言说权力，然而这几乎成为不可能的任务。批评家的立法就成为两难选择，一方面，面对海量对象，如果他因为不熟悉而不敢随意发言，这就降低了他的立法者姿态与权力。另一方面，如果他试图只了解几部作品就轻易发言，这就减弱了他的话语权威与说服力而遭到普遍质疑。在“玄幻之争”中，陶东风夸张地宣称中国文学进入了“装神弄鬼”的时代，而他这个结论是建立在只读了三部作品的基础上，如前所述，这让更熟悉网文的读者颇为不满，而一些熟悉网文的学者也认为陶的说法缺乏学理性，形同“泼妇骂街”①。与其说这一文化事件表现的是学院批评对网络文学的歧视与不理解，不如说呈现了他们在新媒介时代仍试图扮演立法者的困境。

在网络语境中，作品不仅在很大程度上不可见了，“凝视—被凝视”的单向权力也被终结，批评家自己也开始了“被看”的命运。在传统批评场域中，批评多是单向的、独白的，尽管偶尔会有反批评，但限于纸质媒介笨拙、间接、延迟的交互性，这种反批评难成常态，而普通大众则几乎完全丧失了反批评的资格。在新媒介语境中，反批评是常态，且直接、露骨、不留情面。在这一新世界中，批评家感到了来自他人的凝视目光，在网络上谨言慎行逐渐成为处世之道。他的自我想象开始瓦解，正如萨特所说，“他人”出现于我的“世界”就如同以我为中心的世界的“偏移”②。与此同时，他的批评不仅可以被反批评，不仅被批评对象“观看”，也被网络上各种看客与哄客“观看”。而这些暧昧模糊的人群，绝大部分是匿名的，这又构成了另一

---

① 国内的“玄幻文学”研究者、曾担任杂志《今古传奇·武侠版》主编的郑保纯认为，陶东风的观点毫无合理性，“这个跟村妇骂街，没有什么不同”。见《玄幻文学遭遇“教授门” 博客文坛再掀“口水战”》，《信息时报》2006 年 6 月 27 日。

② ［法］萨特：《存在与虚无》，陈宣良译，生活·读书·新知三联书店 2007 年版，第 322 页。

种不可见性。当批评家试图做出反击时，他感到面对的是无物之阵，尽管四周敌意环伺，却无处入手，一种自己沦为笑柄与观看的对象却无可奈何的失控感会油然而生，此时批评家往往强调要加强审核与法律控制，正如“韩白之争”中白烨在围攻之下呼吁互联网要加强道德与法律建设，在这里我们可以感受到历史的回声，从历史上看，对浪荡者与陌生人群的控制正是现代性的展开历程，也是知识分子社会改造的使命。现代工业生产与大都市云集了休闲逛街者、密谋家、暴动分子与流浪汉，他们成为阴谋滋生、难以控制的潜在威胁。西方国家采取立法、监视、打烙印等各种手段加强控制，然而与这种“霸道”的强制性手段相比，更有效果的是“王道”与意识形态规训，发挥知识分子的作用，通过知识的教化，来形塑与改造游荡者，让他们克服自我“内在的不完善性”而达致理性、和平与光明的至善之境①。在新媒介时代，网络汇聚了更多的人群，借着匿名面具的掩护，他们再一次成为难以规训的对象，不仅如此，他们可以反向凝视，对“专家”进行反击与嘲笑。这是民间势力的回归，但知识分子往往不认可这种民间，认为这是伪民间，他们把粗鄙的大众文化与理想的民众做出区分。前者是受资本规训的被动庸众，后者则是延续了民间野性智慧与自主能力的理想个体。但实际上，这种把民众美化的倾向，表征的却是专业知识分子衰落的迹象，正如鲍曼所说，正是由于现代社会“文化立法者”的权力式微与日渐没落，“民众”的形象才变得理想化②。

由此，在网络空间中批评家颇不自由，对他来说，网络空间的目光交错构成一座逆反的“全景敞视”（panopticism）监狱。“全景敞视”监狱充分运用“凝视”机制，光源是从中心瞭望塔发出，由于反

① ［英］齐格蒙·鲍曼：《立法者与阐释者：论现代性、后现代性与知识分子》，洪涛译，上海人民出版社2000年版，第63页。

② ［英］齐格蒙·鲍曼：《立法者与阐释者：论现代性、后现代性与知识分子》，洪涛译，上海人民出版社2000年版，第215页。

光的作用，四周的犯人可以“被观看”，但无法“观看”，这构成了“向心的可见性”。与此同时，各囚室之间又被严格分开，犯人之间无法共谋与串通，这构成“横向的不可见性”，监视由此取得了巨大的效果，监视不再是一种外部暴力手段与强制，犯人会逐渐把外部监视内化于自身，不断地自我提醒、调整与规范，最终，他转变成“征服自己的本原”①。在网络空间中，批评家一般都是实名，而看热闹的大众多是匿名，前者被观看，但他无法观看，这可称之为“离心的可见性”。与此同时，草根大众之间也不是传统媒介语境中的隔绝状态，而是可互相谈论的人群，他们群聚在一起，构成了对批评家的共同观看，这可称为“横向的可见性”。显然，批评家感到了前所未有的压力与不自由。即便是没有观看者，只是一个位置，他也会自我想象、内化与调整，这让他在网络空间中失语，也对网络文学失语，尽管有不少研究网络文学的学者，但事实上他们的立法者权力遭到了网民的普遍质疑。

二　批评的公共性与文论的创新

学院批评在新媒介时代面临困境，但新媒介对批评既是挑战也是机遇，促使文学批评介入网络，是其突破日益圈子化的困境、恢复批评的公共功能，推动中国文艺发展的重要契机，与此同时，它也给中国当代文论创新提供了一种路径。

文学批评自20世纪90年代以来开始了学院化、体制化，强调的是“志业感”与“岗位意识”，逐渐成为学术体制内部的自我生产，20世纪80年代的思想、才情与公共关怀让位于学理、专业性与规范性。与此同时，从20世纪90年代中期开始，高校开始实行严格的科层管理模式、职称评审制度与项目申报制度，在这种学术评价机制下，文学批评进一步专业化、理论化。批评不再是读者与作品之间的中介，

① ［法］米歇尔·福柯：《规训与惩罚》，刘北成、杨远婴译，生活·读书·新知三联书店2007年版，第227页。

而是面向知识分子群体发言，成为一种内部话语，为了获得圈子内部的认可，文学批评需要追求“自反性”。批评的理论化由此成为文学批评的重要现象，它成为一种学术行话：“‘传统’的、按照某种审美主义或经验主义等观点对作品进行解读的文章几乎不能产生多大的影响，而只有那些对自己的理论背景有充分的自觉，并依据某种新的理论视野对文学及文学现象做出‘新’的阐释的文章才能‘独树一帜’。”① 文学批评的公共功能开始弱化，学者黄忠顺认为，文学批评成为学术内部的“自我循环”，只是职称晋升的需要，而不再指向外部，既无须对作家及其作品发言，也无须面向社会与读者发言②。

这种情况也就是人们常说的批评的“失语”与“不及物”现象。谢冕将此称为“批评的退化”，他认为，文学批评除了缺乏“锐气”、没有“文学性”之外，一个重要的现象就是文学批评不再对作品发言③。当然，这里涉及对文学批评如何定位的问题，即它究竟应该是坚持传统的中介功能，成为作家与作品之间的中介，还是它本身具有独立性，后者也正是后现代的批评观，即“批评就是批评本身，就是创造”。④ 20 世纪被西方批评家称为“批评的时代”，文学批评摆脱了附庸于文学创作的地位而产生了深刻变化，批评的理论风格越来越突出。但是如果批评只是成为语言游戏，忽视具体的文学现象，批评最终会丧失活力，当代文学也难以得到及时而有效的阐释。从网络文学与批评的关系来看，这种现象更加严重。严肃批评的缺失既导致了新媒介时代文艺的野蛮生长，也导致了批评本身的紊乱与失语。只有充分利用新媒介的技术特点，建设完备的批评制度，让各种批评话语形成合力，才能实现文学与批评的双赢。

学院批评介入网络，也会给中国当代文论的创新提供一种路径。

① 贺桂梅：《批评的增长与危机》，山西教育出版社 1999 年版，第 5—8 页。

② 黄忠顺：《文学的互联网络传播与专业文学批评的命运》，《文艺报》2008 年 3 月 4 日。

③ 谢冕：《批评的退化》，《北京文学》1997 年第 5 期。

④ 金元浦：《闲话批评》，《中华读书报》1998 年 5 月 27 日。

众所周知，曹顺庆曾谈到过中国文论的“失语症”问题，以隐喻的方式表达他对当代中国文论话语状况的忧虑，认为中国当下的文论没有一套自己的话语，没有一套自己特有的表达、沟通、解读的学术规则。这一说法曾引起学术界的广泛讨论。“失语症”的说法在一定程度上忽视了中国现当代文论的自我创造与已有成果，也忽视了西方理论中国化的问题，但不可否认，中国当代文学理论确实存在对西方理论（包括苏联文学理论）生搬硬套的问题，缺乏足够的原创力。童庆炳说：“我们基本上还没有建立起属于中国的具有当代形态的文学理论。我们只顾搬用或只顾批判，建设则‘缺席’，中国具有世界‘第一多’的文学理论家却没有自己的一套‘话语’，这不能不使我们陷入可悲的尴尬局面。”①

从文学批评自身来看也是如此，将西方理论和批评方法直接运用到对中国文学的批评的现象比较普遍。比如比较文学中的阐发研究，往往是以西方理论来解读中国作品，尽管在解读上不乏新意，但总的来看，这种取样式的分析只能让中国文学沦为西方理论的注脚，这种“以中就西”的倾向也表现在对网络文学的批评实践中，不少学者常常直接搬用西方的超文本、多媒体理论或者后现代文化理论来分析，然而中国网络文学的主体却是商业文学网站上呈现出印刷文学外观的文学样式，从文本本身来看，它并不是西方理论所说的那种超文本、超媒体，分析不符合事实，借用后现代文化理论来理解中国网络文学，同样存在偏颇之处，网络的后现代性不能等同于网络文学的后现代性。

中国当代文论之所以缺乏阐释力、创造力，一个重要原因就是在研究路径上只重视西方理论资源的借鉴，这种借鉴当然是应该的，但不少学者却忽视了从批评实践，特别是在对本土文学的批评实践中提炼出理论。尤西林认为：“脱离本土文学经验是中国当代文学理论的

① 童庆炳：《中国当代文论建设：对话与整合》，《文艺争鸣》1998 年第 1 期。

一大缺陷。这也是中国当代文学理论成为观念演示场与争论场，却缺乏植根本土文学经验的原创性理论，并日渐失去解释力的根本原因之一。”与此同时，他认为“文学经验”一词，不仅指以文学作品为中心的文学活动经验，还包括“全部具有文学性（Literariness）的语言文字活动”，而这种广义的文学经验，“对于当代以互联网为代表的新媒介语言文字活动具有重大外延扩展意义”，这些活动“并不具有传统文学作品的完整结构，却成为浸淫培养大众语感的示范中心，它们代表着一种日益普泛的文学经验现实”。[①] 也就是说，这里面临着文学经验的深层变迁，媒介化的文学经验正是我们当代文学经验的现实，但这种文学经验却很少得到深入研究，因此，我们需要立足于新媒介时代中国的文艺现实，以文学批评为突破口，熔铸出具有中国特色的文学理论、批评理论。

同时，新媒介时代的中国文学也提出了许多尚未解决但又非常重要的理论命题。文学批评是以文学理论为指导的对具体文学作品展开的分析、判断和评价活动，但是，文学批评又可推动文学理论的创新与突破，正是在此意义上，别林斯基称文学批评为运动中的美学。对文学活动来说，新媒介构成了一个“时代”，它所呈现的许多新现象是前所未有的，深刻改变了文学活动各种要素的存在样态及关系状态，我们需要保持思维的弹性，根据这些新现象发现新的文艺规律，熔铸出新的学说、范畴与命题，形成较系统的理论。

从世界范围来看，新媒介时代中国的文学与批评现象具有独特性。这种独特性为建构具有中国特色的理论话语提供了条件。新媒介文艺，特别是网络文学在中国的发展相当繁荣，而且还传播到了海外，同时呈现为一种“中国经验”。从文学形态来看，西方的数码艺术往往是精英化、技术性的，而中国网络文学的创作、阅读与传播具有大众性、日常性。一些学者认为，只有超文本、多媒体文学才是真正的网络文

① 尤西林：《以文学批评为枢纽的文学理论建构》，《文艺理论研究》2015 年第 3 期。

学，因为后者离开网络就不可能存在。其实，中国网络文学同样离不开网络，在外在形式上，如果离开读者的评论、阅读与转发等各种活动，将网络文学理解成“脱网式”存在，它就已经被肢解了。在内在特质上，中国网络文学也渗透了网络游戏、网恋等内容，一旦离开网络它必然是另一番模样，因此它与网络同样是“血肉”联系。如果说西方超文本、多媒体文学强调技术、外在的链接层面，中国网络文学不仅在外部形式上是“网络”的，其意识深层也是“网络”的，或许应该反过来说，中国网络文学比西方网络文学更离不开网络。在世界其他国家普通网民的文学生产不发达的情况下，这是网络文学的中国模式，具有重要的世界意义。需要将研究基础建立在中国文学的独特性上，建构新媒介时代具有中国特色的文学批评与文学理论，这既有必要性，也有可行性。

三　重建批评制度与学院批评的转型

文学批评家介入网络，完成自身的转型，目前来看，需要从以下方面入手。

从外部环境来说，需要改变现有的学术评价体系，建构学院批评入网的渠道与制度。

为了鼓励专业批评家介入网络空间，需要对在网络媒介发表的成果给予足够重视，如果它们产生了较大影响并切实推动了文学发展，应给予学术评价上的肯定，对其阅读量、点赞数、转发数、评论数视为同文章转载一样的认定。

实际上，关于“网上发文章算不算学术成果”的争论已经有一段时间了。早在2013年，教育部就提出“研究制订优秀网络文章纳入科研成果统计、列为职务（职称）评聘条件的办法”，并在2017年工作要点中进一步强调。在2017年12月的一场新闻发布会上，教育部思想政治工作司司长张东刚表示：“任何成果，不管在哪发表，只要有正能量，对人有正面的促进、引领作用，都是好成果。评价应以内容为标准，不应以载体为标准。”[①] 与此相应，浙江大学、吉林大学已着手把网络文献纳入成果认定与职称评定体系。2017 年 8 月和 9 月，《吉林大学网络舆情类成果认定办法（试行）》和《浙江大学优秀网络文化成果认定实施办法（试行）》相继出台，吉林大学这一《办法》中所说的网络舆情类成果涵括优秀网络文章和网络舆情信息稿件两大类，优秀网络文章是指发布在校级以上官方网站、官方“两微一端”等网络平台上的新闻评论、社会热点解读。网络舆情信息稿件是指发表在相关权威媒体、舆情类刊物电子版或通过内部渠道报送的有关时政、高教、社会热点的校内外网络舆情分析文章、舆论环境研究报告等[②]。浙江大学的《办法》规定，在校师生在媒体及其“两微一端”发表的网文将可认定为国内权威、一级、核心等学术期刊论文，纳入晋升评聘和评奖评优。根据该《办法》，优秀网络文化成果包括在报刊、电视、互联网上刊发或播报的，具有广泛网络传播的优秀原创文章、影音、动漫等作品，其中原创文章字数不少于 1000 字。这则《办法》对网络文化成果的发表媒体、传播效果都有较为细致的规定[③]。

网络文献的难点在于认定机制。不过，考虑到新媒介的数据化特点，这种认定也可技术化。2019 年 12 月 19 日，光明日报社、南京大学在北京联合举行“2019 新型智库治理暨思想理论传播高峰论坛”，在论坛现场，光明日报社副总编辑陆先高发布了思想理论网络文章评价系统 2.0（iWaes 系统）的运行报告。据他介绍，iWaes 系统是一套既符合网络传播规律，又被学界认可的网络文章评价系统，自 2018 年 6 月上线运行以来，取得了不错的效果。这套系统在评价方法上强调

---

① 《“网红文章”可以算是学术成果吗?》，http：//edu. sina. com. cn/gaokao/2018-01-22/doc-ifyquptv8522854. shtml，2018 年 1 月 22 日。

② 《“网红文章”可以算是学术成果吗?》，http：//edu. sina. com. cn/gaokao/2018-01-22/doc-ifyquptv8522854. shtml，2018 年 1 月 22 日。

③ 《在网上发文章，可算学术成果!》，https：//m. sohu. com/a/193173463_284433，2018 年 2 月 6 日。

定量分析与定性评价相结合的原则。通过技术手段抓取网络文章的来源数据、传播数据，并邀请专家进行同行评议，分别计算文章的“基础分”、“传播分”和“专家分”，根据数学模型加权得出综合得分，实现科学评价①。

当然，目前网络文章的认定主要偏于思想理论方面的成果，但这提供了文学批评介入网络空间的一种途径，一篇文章在纸媒上发布，阅读量是有限的，而网络上一篇好的文章，经过层层的阅读、评论与转发，阅读效果是惊人的，从学术推广与普及意义上来看，不得不予以重视。在新媒介语境中，一方面，文化形态不断扩展，新面貌文化成果不断涌现。另一方面，多样化、差异化评价方式是当今大学学术评价体系变革的必然要求，将有学术性、思想性，并产生积极影响的网络文章纳入学术评价体系，是与时俱进之举。当然在具体操作上还需要考虑周全，按照严格程序完成认定，不能损害学术性、规范性。

与此同时，还应建立批评入网的渠道与空间。目前专业批评已在尝试入网，比如随着互联网公众订阅号的流行，不少学术杂志如《中国社会科学》《文学评论》《文艺研究》《文艺理论研究》也开始在网上推送文章，一些报纸如《人民日报》《光明日报》的文艺板块都会推送相应评论，而《北京青年报》《文学报》的文艺批评公众号还形成了特色，产生的影响甚至比纸质版更大。当然，这些文章的生产方式与批评语态还未真正契合新媒介的属性，但显然已经迈出了一步。

除了公众号之外，也可以借用新媒介形成批评的公共领域。网络空间当然存在各种网络暴力，但只要建设适宜的批评制度，可以重构批评的良好生态、恢复批评对创作与阅读的引导功能，形成有序的公共空间讨论。我们从“龙的天空”、“豆瓣”、“小众菜园”（目前已关闭）等论坛看到了这种可能性。“龙的天空”是网络作家汇聚的大本营，每天发布着大量的讨论帖，这些帖子实际上就是新媒介时代的作

① 《推动网络发表理论文章进入学术评价》，http：//theory. gmw. cn/2019-12/21/content_33419342. htm，2019 年 12 月 21 日。

家批评，它们不间断地关注着当下网文的创作，与作品、读者之间形成了良性互动，取得了传统批评不具有的效果。而这种公共领域的形成，与“龙的天空”的制度建设有关。“龙的天空”的“原创评论版”制定了严格的版规，以规避语言暴力，同时保证论坛本身的独立性质、避免商业化，并鼓励长评，汇聚并奖励优秀书评者。除了“龙的天空”，“豆瓣”与“小众菜园”也是较为成功的案例，其中的经验值得总结与研究。当然，这些文学论坛主要还是局限于各种批评类型内部之间的对话，比如“龙的天空”“豆瓣”主要是草根批评群体的交流，“小众菜园”则是学院内部的互动，而要建立各种批评主体都参与的批评公共领域，难度似乎很大，从我们前面提到的不少网络论争事件可以看出，讨论变成骂战的可能性居多，但是，也要充分考虑新媒介带来的契机。“玄幻之争”可作为探讨这种可能性的案例。“玄幻之争”涉及各种批评话语的激烈交锋，但在论争中陶东风并没有屈服于语言暴力，而是坚持自己的观点，敢于跟网友面对面地交锋。陶东风在这次论争中扮演了意见领袖的作用，同时他“装神弄鬼”的断言（尽管不无夸张）也触动了创作，产生了很大影响，他的发言也被《新华文摘》转载，恢复了文学批评对创作现象的评判与推动作用，可以说，这是学院批评入网的一次尝试。

从批评家自身来看，他们需要完成身份的转型，从立法者走向阐释者。

如前所述，在新媒介语境中，凝视机制的转换造成了批评家权力的衰微，批评家“立法者”的身份设计在网络媒介中遭遇了困境，这既反映了当下知识分子自恋式人格想象与相对脆弱的思想感召力之间的裂痕，也凸显了强调对人类社会进行宏大设计与理性规划的现代性理念与网络媒介带来的话语权的释放、价值观的多元、消解等级与中心的后现代氛围之间的深刻悖论。

知识分子的立法者身份与现代性的展开有根本性的关联。从历史源头来看，原始居民生活中充满各种未知的风险。需要把模糊变为确定，把未知变为预知，这就需要知识及知识持有者。知识与权力从此纽结、共生，人群出现了分化：一类人是为数众多的“行动者”，“沉默的大多数”；另一类人则是“思想者”，他们成为牧师、教师与园丁。前者必须从后者那里获取生活的法则与意义。这逐渐产生了对理性/知识的崇拜，人们的短期生活、长远目标与社会蓝图都应该按照知识分子的理性设计按部就班地进行。这正是现代性思想的源头。知识分子由此成为立法者：“‘立法者’角色这一隐喻，是对典型的现代型知识分子策略的最佳描述。”① 然而，按照知识分子的理性设计，以知识、科学为基础的世界观与普遍化的社会结构模式组织起来的现代文明固然带来了物质财富的极大繁荣，却也造成了环境的破坏与人性的异化，社会日渐沦为充满物欲的消费社会。知识分子尴尬地发现他们的理性之梦不仅未能实现，而且文化领域这块属于他们的飞地也日渐被侵蚀，消费文化借助市场的力量大规模盛行，这产生了新的“实践判断标准”与“权威性位所”，这些权威性位所“是混杂的、非哲学的、非美学的，如：美术馆、艺术收藏家、媒体舆论、消费者自身”。② 现代性的危机与新的权威位所的出现冲击了知识分子话语权力的根基，表明“知识分子已经不再适合作为立法者存在于当今社会”③。对批评家来说，互联网消解中心与平等的后现代氛围的确与他们的“立法者”姿态构成了根本性的歧异，正如崔红楠所说：“互联网的世界其实就是一个虚拟的巨大活动场所，……以前的批评家仿佛是在走街串巷的货郎，告诉生活在村子里的我们外面的世界是怎样的。他们又像牧师，在传教布道，我们仰望着，他们神圣的光辉代表着来自天国的上帝的意志。”然而，“现

① ［英］齐格蒙·鲍曼：《立法者与阐释者：论现代性、后现代性知识分子》，洪涛译，上海人民出版社2000年版，第5页。

② ［英］齐格蒙·鲍曼：《立法者与阐释者：论现代性、后现代性知识分子》，洪涛译，上海人民出版社2000年版，第185页。

③ ［英］齐格蒙·鲍曼：《立法者与阐释者：论现代性、后现代性知识分子》，洪涛译，上海人民出版社2000年版，第163页。

在，神死了"[①]。这种合法性危机客观上要求批评家调整写作姿态，由"立法者"走向"阐释者"："与他人对话而不是斗争；理解他人而不是驱赶或把他们当异己分子消灭。"用鲍曼不无夸张的话来说就是："交谈，或者，毁灭。"在普遍主义的太阳陨落之后，可以转而"被家里桌上的烛光吸引"[②]。

当批评家尝试从"立法者"转型为"阐释者"，由权威裁决走向对话、交谈，他们就明智地放弃了对虚幻的理想自我的迷恋，不仅与强调平等、互动的网络文化精神走向了契合，而且可借助网络缓解当下知识分子专业性与公共性之间的悖论，在一定程度上实现公共关怀。审视当代中国文学批评，一个不容忽视的问题就是其公共性的日渐式微，20 世纪 80 年代那种讲究才情与思想的文学批评已演变为 20 世纪 90 年代后注重学理、专业与规范的学术研究，即所谓"学术登场""思想退位"。文学批评之所以呈现这种转型，原因之一就在于批评家们逐渐认识到 20 世纪 80 年代的批评文风显得浮躁与空疏，出现了陈平原所说的"无论谈什么"都如同在"发宣言""做政论"[③] 的弊病，因此开始强调知识分子的"志业感"，追求批评的专业化、学院化，但是，批评家们也无奈地发现，文学批评在这一过程中逐渐丧失了公共关怀意识，曾经保持人文情怀的知识分子日渐成为身陷专业体制束缚的学者与专家。显然，问题的症结在于文学批评的公共性与专业性之间深刻而难解的悖论：如果没有足够的文化资本与专业知识，批评的发言就不免谵妄，而拘囿于狭隘专业领域，就可能难以摆脱体制的宰制而丧失社会意识。实际上，这种悖论也正是当前世界范围内知识分子遭遇的普遍困惑。布迪厄曾经分析过这种"两难"困境，他认为知识分子是二维的存在者（bi-dimensional beings），存在着命定的"出

① 崔红楠：《穿过我的网络你的手》，《南方文坛》2001 年第 3 期。

② ［英］齐格蒙·鲍曼：《立法者与阐释者：论现代性、后现代性与知识分子》，洪涛译，上海人民出版社 2000 年版，第 191—192 页。

③ 查建英：《八十年代访谈录》，生活·读书·新知三联书店 2006 年版，第 139 页。

世”与“入世”（retreat and engagement）这两种独特而又相互对立的行为方式之间吊诡的“综合”，而这种矛盾，既非突然而至，也不能一劳永逸地解决与完成①。

如何走出这种困境？萨义德强调用“业余性”（amateurism）来对抗。所谓“业余性”，就是强调兴趣的重要性，强调拥有宽广的视野，喜好“众多的观念和价值”，而拒绝专业化，拒绝被某种专长、某个领域的狭隘视野所限制②。总之，知识分子的公共身份应该是“局外人”（outsider）、“业余者”（amateur），是“搅扰现状的人”（disturber of the status quo）③。萨义德主张“业余”而非束缚于专长的想法或许可借助互联网成为现实。学者陈平原表示赞同萨义德“业余性”的说法，认为这可能会部分地消解“工具理性”“专家崇拜”“知识分子情怀”之间的紧张关系，在他看来，“业余性”正好与数字文化的观念、功能与特征相契合④。不难发现，新媒介的兴起对知识分子的人格建构产生了深刻影响。随着网络的兴起，不少当代知识分子一面在学术期刊中从事体制内的理论探讨，一面站在业余者的立场通过博客、论坛议论世相、臧否人物。检视知识分子的历史，可以发现知识分子在纸媒与网媒的不同表现正与其一贯的“人格分裂”相契合。古代文人往往在诗中表现社会、政治等公共性话题，在词中表达私人性的情感，现代作家则习惯于在小说散文中进行社会性的知识生产，在旧体诗词中感志抒怀，而当代知识分子则在纸媒与网媒中继续着这种分裂。这也表明，知识分子表达什么，如何表达，都受到载体及其背后社会因素的强力制约，换句话说，知识分子并不缺乏公共意识，而学院体制与思维规训是造成其丧失公共性的重要原因。在此意义上，一个可

---

① ［法］布迪厄：《倡导普遍性的法团主义：现代世界中知识分子的角色》，赵晓力译，http：//linkwf. blog. 163. com/blog/static/12344755720096318472755 6/，2011 年 5 月 6 日。

② ［美］爱德华·W. 萨义德：《知识分子论》，单德兴译，生活·读书·新知三联书店 2002 年版，第 67 页。

③ ［美］爱德华·W. 萨义德：《知识分子论》，单德兴译，生活·读书·新知三联书店 2002 年版，第 2 页。

④ 陈平原：《数码时代的人文研究》，《学术界》2000 年第 5 期。

能的想法是：既然当代知识分子在学院与网络中呈现出人格的“分裂”，呈现出“专业”与“业余”的分野，那么数字媒介也许能够较有效地解决知识分子专业性与公共性之间“二律背反”式的悖论：在学院内部，他们可以一本正经地从事专业学术生产；在网络中，他们随意挥洒，从自己的专业领域出发关切公共事务，从而克服“纯文化和入世之间的对立”，这显然接近了布迪厄所期盼的理想知识分子的两个条件：一方面，保持专业的自律，必须归属于某个在知识上能够独立、自主的场域，有效地摆脱政治、经济、宗教等其他场域内各种力量的压迫与制约，同时务必遵守该场域的“特定法则”；另一方面，从专业出发介入社会生活，在超出知识领域的公共讨论中，展示足够的这个领域的“专门知识和权威”[①]。然而，这种设想显然也会招来严重质疑：批评家既然在现实社会中身陷秩序之内，他的网络发言必然难以摆脱潜在体制利益的支配，作为一定的既得利益者，他可能不会或不愿利用自身的文化影响力干预公共事务。这里有几个问题必须深入思考。首先，如何看待知识分子自身的合法利益。在布迪厄看来，必须摆脱葛兰西珍视的具有利益超越性的有机知识分子的神话，因为知识分子客观上从来不是无功利的，“在知识分子场域这样的空间，对普遍事业的捍卫（如请愿）从来都会得到报偿”，由此，知识分子必须承认并捍卫自己的合法利益，因为这是他们进行文化自主生产所必需的经济与社会条件，“捍卫普遍性首先就要捍卫普遍性的捍卫者”。其次，知识分子必须采取某种迂回策略，“利用秩序把自己从秩序中解放出来”，借助秩序给学者提供的职位、报酬，让自己能够摆脱经济的束缚，从而“坚持自己面对秩序的独立”。也就是说，知识分子必须学会与秩序展开巧妙周旋，既要利用秩序提供的经济支持获得自身的独立性，也要保持警觉与反思意识，传统秩序能够在一定程度上让知识分子避免遭受“直接的市场压力”，但它也会通过“各种

① ［法］布迪厄：《倡导普遍性的法团主义：现代世界中知识分子的角色》，赵晓力译，http：//linkwf. blog. 163. com/blog/static/12344755720096318472755 6/，2011 年 5 月 6 日。

委员会”制定章程，干扰、左右学术研究，并施加“规范化的压力”，这提醒我们要警惕来自庇护关系的礼物可能会有毒。最后，身在秩序内的知识分子之所以能够做出抵抗，与他们位置的暧昧性有关，他们是权力场域中“被支配的支配者”，所以，尽管他们隶属于“支配秩序的一员”，拥有文化资本这种主要的支配手段，但他们仍能够与“一切被支配者站在一起”[①]。总之，一方面需要仰仗秩序的经济庇护；另一方面又要反思它，数字媒介所带来的网下与网上的分离可以成为知识分子与秩序周旋的工具。

进一步看，批评家们还可以借助网络媒介形成布迪厄所说的普遍的法团主义与“知识分子国际”。当前文学批评的学院化、专业化不仅造成了知识分子向外的公共关怀的丧失，同时也造成了内部的割裂，原本综合、统一的知识场域被切割为无数“蜂窝状”的专业领域，不同专业、不同学科之间的知识分子再难形成共同的视野与“共同的论域”[②]，由此造成的后果就是知识分子可能再也无法对抗整体性的权力。面对知识分子因专业化而造成的内部割裂，布迪厄呼吁知识分子的“总动员”，主张建立一种“普遍的法团主义”[③]，以拒绝知识分子的宗派主义、地方主义，抵制知识分子场域中日趋严重的、各自为政的分离倾向。普遍的法团主义就是主张斗争的“集体性”，要求知识分子联合起来成为批评、监督乃至建议的“国际权力”[④]。

那么，知识分子应该如何联合起来呢？布迪厄强调不必纠结于萨特发明并身体力行的总体知识分子与福柯意义上的特殊知识分子之间的两难困境，认为当下重要的是必须发明“一种组织形式”，这种组织形式既能从宏观上“产生一种代表知识分子大集体的声音”，也能

---

① ［法］布迪厄：《倡导普遍性的法团主义：现代世界中知识分子的角色》，赵晓力译，http://linkwf.blog.163.com/blog/static/123447557200963184727556/，2011年5月6日。

② 许纪霖：《中国知识分子十论》，复旦大学出版社2003年版，第38页。

③ ［法］皮埃尔·布迪厄：《艺术的法则：文学场的生成和结构》，刘晖译，中央编译出版社2001年版，第400页。

④ ［法］皮埃尔·布迪厄：《艺术的法则：文学场的生成和结构》，刘晖译，中央编译出版社2001年版，第403页。

在微观上“把特殊知识分子全体的聪明才智都结合进去”。在他看来，18 世纪的“百科全书学派”就曾是这种组织形式的“卓越典范”。而在现代社会，则可以采用“现代通信手段的一切方面”，“比如微型计算机”，让全体有责任的、能干的知识分子，联合起来，对公共介入、干预提供有效的“符号支援”。也就是说，借助互联网，把各个领域、各个国家的专业知识分子组织起来，形成“知识分子国际”。由此，“集中”（centralism）与“自发”（spontaneity）的两难困境，就通过这种“真正的国际网络”得到了有效解决。在布迪厄看来，通过网络建立的“知识分子国际”，将采取“一个圆心无所不在又无处存在的圆”的形式，每个成员都可以提出自己的观点、方案，而其他人则自由地根据其合理性或接受或拒绝①。“知识分子国际”不仅避免了特殊知识分子各自为战的弊病，以集体力量有效地对抗整体性的权力网络，同时创造了一种真正的文化国际主义，为各民族传统中最富有民族性、最特殊的事物走向世界性、普遍性提供了有效途径。

总之，只要批评家顺应网络媒介的特点，调整写作姿态，从“立法”走向“阐释”，摆脱“专家”名号的询唤，走向真实的坦露，走进人群而不是排斥人群，交谈而不是征服，就能让批评、学术真正走出书斋，产生良好的社会效应。

学院批评完成自身转型还需要采取适应新媒介文艺特点的批评方法与手段。

如前所述，新媒介时代文学批评的“失语”与批评家难以找到有效的批评方法和手段有关。文学作品在规模上的庞大，让批评家出现了根本的认知困境。对批评家来说，他原有的批评方法、感知能力是与传统批评对象相一致的，然而现在主客体之间出现了严重失衡，难以有效地把握文学的现实症候与深层规律。显然，对新媒介时代的文学批评来说，构建适宜的批评方法相当重要。我们认为，以下几种方

① ［法］布迪厄：《倡导普遍性的法团主义：现代世界中知识分子的角色》，赵晓力译，http：//linkwf. blog. 163. com/blog/static/1234475572009631847275 56/，2011 年 5 月 6 日。

法或可作为新媒介时代文学批评的研究手段。

一是“微观—中观—宏观”的个人性批评。这是指将网络文学的批评分成三个阶段。批评家深入各文学网站、论坛，对网络文学的创作、阅读与传播的现场展开调查，根据这些网络文献对经典作品、著名作家进行分析，这是一种微观研究，同时也能取得以点带面的效果，在此基础上，对网络文学的某一类型的特征及其文学、文化意义进行研究，这是中观研究，最后，对中国网络文学基本学理进行研究，如它的审美独特性，在文学场域、文化转型中的地位和意义，它存在的合理性与发展方向等，这是宏观研究。这是在前述微观、中观的基础上提炼与总结而成，同时相互之间也构成一种阐释的循环。

“微观—中观—宏观”的个人性批评看起来并不新鲜，对任何一位严肃的学者来说，一般都会遵循这种研究途径，但对新媒介时代的文学来说，这一方法具有突出的重要性。目前网络文学研究往往是一种宏观研究，相当空洞，充满了常识性、套话性的结论，之所以会出现这种问题，就在于批评家只在外围作一些观察。不能否认宏观研究的重要性，但这种宏观研究需要建立在微观研究、中观研究的基础上，只有“入乎其内”，才能“出乎其外”。

微观研究要求批评家“进入现场”，这意味着批评家需要阅读大量的网文，深入各种网站与网文论坛，并且长期坚持。这是否具有可行性？一方面，文学批评本身没有捷径与坦途，需要花费大量的精力；另一方面，网络文学的体量与海量也没那么可怕，网络文学的类型化非常严重，一种类型的网络文学，阅读 10 部左右的代表作可掌握基本情况，如果要想对这种类型深入了解，可以在此基础上进一步阅读与挖掘，与此同时，各种网文论坛上的作家与读者对海量网络文学中哪些是经典，哪些是各种类型的代表作有很多讨论，研究者可借助这些线索进行甄别性阅读。

二是“学者—作者—编者—读者”四方主体的合作性批评。这是单小曦教授提出的批评范式，他认为要想对新媒介时代的文学形成切实有效的批评，需要建构“学者—作者—编者—读者”四方主体合作的批评形态。不同于现代性的个体化、自律性的孤立主体范式，这种合作性主体构成了一种具有“数字现代性”特征的新型交互主体范式。在他看来，这种合作性批评话语生产机制具有两种典型形态：第一，金字塔形的合作式批评话语生产机制和模式，在这一模式中，学者、作者、编者、读者四方主体之间构成了一个金字塔形的批评结构体；第二，环形合作式批评话语生产机制与模式。跟前一种模式相比，环形模式更能体现平等合作与交互性理想，学者、作者、编者、读者构成的四方主体的每一方都能成为批评的起点①。单小曦提出的四方主体的合作性批评具有重要意义，但有些方面也与事实不符，比如他所说的第一种金字塔式的批评模式，编者并未构成作者与读者之间的中介，也未有意识地对读者与作家的批评术语进行总结，同时金字塔的严格等级，也美化了上层的批评者。相对来说，他所说的第二种环形合作性批评更符合网络文学批评的实际情况，也更符合网络带来的平等氛围。总体来看，他所说的四方主体的合作性批评具有现实的操作性。

三是“大数据分析—整体研究”的跨学科团队批评。面对数字时代的文学状况，研究思维与方法不能停留在传统语境。新媒介不仅深刻地改变了文学，也带来了研究文学最适宜的方法之一，即大数据的挖掘与分析。

随着新媒介的发展，大数据（Big Data）的时代已然来临，正如维克托教授所说：“大数据已经撼动了世界的方方面面，从商业科技到医疗、政府、教育、经济、人文以及社会的其他各个领域。”② 所谓大数据，从字面上理解，即指大量的数据，它是互联网不断发展的产物。在新媒介时代，理论上，人们所有的网络行为都可以被数据化、

① 单小曦：《合作式网络文艺批评范式的建构》，《中州学刊》2017 年第 7 期。

② ［奥］维克托·迈尔 – 舍恩伯格、肯尼思·库克耶：《大数据时代：生活、工作与思维的大变革》，盛杨燕、周涛译，浙江人民出版社 2013 年版，第 15 页。

被记录，而且正在被记录，由此不断产生与更新着海量的数据[①]。但是，大数据的核心理念并非指其庞大的数量，更重要的是对海量数据的挖掘与分析，试图从中找出规律性的轨迹，从而能够对用户的未来行为与行业发展做出准确预测。大数据是与云计算（Cloud Computing）联系在一起的，两者相辅相成，云计算能够有效地从纷繁复杂的各种数据中挖掘、分析出有价值的信息。显然，大数据带来了人类思维方式的重要转变，数据不仅是数字代码，而是能够产生重要价值。举例来说，美剧《纸牌屋》的爆红即与大数据挖掘有关，出品商 Netflix “利用大数据分析巨量用户的需求，不仅是谁喜欢看什么节目，更精确到用户行为：什么人喜欢在星期天晚上用平板设备看恐怖片；哪些人会打开视频就直接跳过片头；看到哪个演员出场会快进；看到什么剧情会重放”，由此，“《纸牌屋》的商业奇迹正是通过云计算精确整理重点关联数据而造就的”。[②]

跟传统文学相比，新媒介语境下文学状况的特点之一就是产生了海量数据。举例来说，文学网站中作品的点击率、排行榜、收藏榜、月票榜、粉丝数；写手、读者的年龄层、分布地域、教育程度、经济水平、题材与风格喜好等；书评区、贴吧等论坛中的主题、帖子、回复的内容与数量、会员的相关信息与数量；微博、QQ、微信等社交网络中产生的关于文学的文本、评论、图片、视频等数据；各购书平台的购书记录、对作品的访问次数、驻留时间、对作品的评论等数据；搜索引擎中作品的关键词、主题、搜索次数……显然，这些数据正是展示新媒介文学状况丰富而宝贵的第一手资料。如果要想对这种文学状况展开研究，必须充分重视这些数据并进行挖掘。但需要指出的是，大数据分析并不是传统的问卷调查，而是全数据分析模式。在《大数

---

① 一般而言，大数据具备所谓的5V 特征：一是 Volume，数据规模极大，不仅从 GB 到 TB、PB，甚至开始以 EB 和 ZB 来计算；二是 Variety，数据类型多，既有传统的结构化数据、也包括近年来呈几何级增长的半结构化数据与非结构化数据；三是 Velocity，数据的产生和处理速度很快；四是 Veracity，数据真假杂陈，良莠互见；五是 Value，数据量大而价值密度低。

② 蔡爽：《大数据搭起的〈纸牌屋〉》，《中国新时代》2014 年第 2 期。

据时代》一书中，维克多指出了大数据时代数据处理理念的三大转变，即要全体不要抽样，要效率不要绝对精确，要相关不要因果。在海量数据面前，传统的人工式的问卷调查与抽样分析既显得笨拙、难以有效进行，也缺乏足够的说服力，而借助云计算，大数据分析充分利用了新媒介的优势，变不利为有利，抛弃了随机性的样本研究，采用全数据分析模式，强调重视每一个数据："大数据是指不用随机分析法这样的捷径，而采用所有数据的方法。"① 由此能够揭示出海量数据背后用户的行为轨迹。

显然，大数据的收集、挖掘与分析，既充分反映也充分利用了新媒介的特点，成为研究新媒介语境下文学状况最适宜也最让人期待的方法。批评家可以从多个方面搜集相关数据，如Web数据，包括读者的浏览器日志、阅读与浏览的历史记录，注册数据与个人信息，对作品的查询、搜索记录、书签数据，以及读者与Web交互所产生的其他数据；多媒体数据，如与文学作品相关的视频搜索记录、观看记录、评论记录等；社交网络数据，各种社交软件中的文学阅读、浏览、转载、转发等相关信息；移动数据，如读者在利用智能手机看书时的阅读偏好，阅读的地理位置；等等。借助大数据分析工具，批评家可以从不同维度展开对数字时代文学状况的深入研究，如读者维度，可以从读者的消费能力、年龄段、知识背景、地域、性别、职业、阅读时间、阅读习惯等入手进行挖掘与分析；内容维度，从被阅读作品的点击量、下载量、订阅量、搜索量、题材、体裁、风格、语法、词汇等方面进行分析，借助大数据的挖掘，这种研究可以进行到非常具体深入的程度，如一部作品，读者读到多少页放弃了阅读，对哪些角色感兴趣，对作品的哪些方面感兴趣，哪些章节被反复阅读，哪些桥段让读者津津乐道，哪些经典语句被读者反复引用，等等，都可以得到清晰而全面的揭示。换句话说，传统文学研究一些核心却又一直难以解决的问题，

---

① ［奥］维克托·迈尔－舍恩伯格、肯尼思·库克耶：《大数据时代：生活、工作与思维的大变革》，盛杨燕、周涛译，浙江人民出版社2013年版，第39页。

如“读什么”“为什么读”“何时读”“哪里读”“怎么读”“读了有何影响”等，都可以通过大数据分析得出答案。与此同时，这种研究的可靠性、真实度会比较高，传统的抽样调查有较多人为因素，而大数据主要是对读者在网络中留下的“痕迹”进行分析，这些日常的不计其数的细微行为，往往能够折射他们内心的真实想法，反映其潜在的偏好与意愿。

显然，借助大数据的挖掘与分析展开数字时代文学状况的研究是极有价值的，不仅能够揭示新媒介时代文学生活的状况与规律，了解读者对文学关注的侧重点，更重要的是，它对从事文学生产与管理的相关群体，如作者、平台运营商、出版机构、监管方、文化部门等，具有重要的实用价值与参考价值，有助于他们了解读者的真实审美需求、掌握普通大众的文化想象与社会文化建构的进程，并做出相应的写作、管理或文化政策的调整。

采用大数据进行数字时代文学的研究，意味着研究模式与团队建设必须进行调整。在科研人员组成上，不仅要有文学研究者，也要有大数据维护专家、大数据建模专家，需要建立跨学科的研究队伍。在合作关系上，需要与大数据拥有者、云计算服务商合作。以这种方式展开深入的、宏阔的文学研究，其研究结果必然是充满前景、让人期待的。

总体来看，这些研究方法与手段构成了一个从个人到多人合作再到跨学科团队的关系，人们可综合使用这几种批评方法，以应对新媒介文艺对象带来的批评危机。

第三节　大众点评的兴起与文学批评的新变

在新媒介带来的文学制度的震荡中，草根批评扮演着重要角色，早期草根批评已经成为提升阅读体验、传播作品的结构性力量，随着网络社会发展，第三方点评网站的兴起，大众点评开始左右日常生活，作为大众点评的一种，草根批评在文学生活中的作用也更加重要，这重塑与改变了人们的文学习惯，并让文学批评的当代形态与功能产生了新变。

一　UGC 与大众点评的兴起

所谓 UGC（User Generated Content），即用户生成内容，这是指对互联网使用方式的改变，用户不仅是传统意义上网络内容的浏览者，更成为内容的主导者、贡献者、筛选者与分享者。UGC 在网上的表现形式很多，如好友社交网络，Facebook、My Space、人人网、众众网、QQ、微信等；知识分享网络，如维基百科、百度百科；视频分享网络，如 YouTube、优酷、土豆；照片分享网络，如 Flickr、又拍网、图钉等；问答社区，如 Answers、Quora、百度知道、新浪爱问、搜搜问问、知乎。在这些网络社区或平台，人们可以更改状态、发表评论、上传照片、分享视频或互相咨询。UGC 已成网民日常生活，人们习惯于生成内容并分享。

UGC 的盛行与网络发展密切相关。在 Web1. 0 时代，网络内容是由少数“大组织”（网站）编辑、汇总、分类、整理，发布在静态页面供用户浏览，内容呈现出只读、封闭、一对多的特点。随着以个性化为特点的 Web2. 0 的兴起，UGC 开始流行，用户既是内容的浏览者，也是内容贡献者，信息在用户之间交互生成、传播与共享，呈现出一对一、一对多、多对一、多对多的特点。如果说前者的构成单元是网页，后者则是各种记录、发表的信息；前者的作者是程序员、编辑等职业人员，后者则为普通大众；前者是“大叙事”，后者则是差异叙事。人们常说互联网带来了大众狂欢，但只有到了 Web2. 0 时代，大众才真正高度参与内容的生产。

随着智能手机与移动互联网的发展，UGC 又进入一个新的时代，呈现出爆发性增长。手机的随身性、智能性，让它比 PC 端更实时高效，更深入地融入日常生活，全天候、多场景的频繁接触，连接了碎片化时间，用户可随时随地记录心情、见闻，发表评论，制作图片与视频。与此同时，手机的私人性又冲破了传统媒体终端（包括桌面互联网）“大一统”模式，让网络内容差异化、个性化。移动互联网不仅带来了移动，也带来了定位，连同原来的交互，形成了所谓“SoLoMo”模式[①]。“SoLoMo”带来巨大经济效应，基于地理位置的本地化服务迅速成为热门产业。从静止到移动、从桌面到手持终端，UGC 的生产模式产生了质变，深刻地改变着桌面时代的思维。

在网络逐渐升级、UGC 不断增长过程中，作为 UGC 的重要形式之一，（大众）点评日渐凸显重要性。如果说在 Web1.0 时代，“大组织—用户”的流动方式让网络媒体与传统媒体并未产生本质区别，大众点评尚未成为突出现象，Web2.0 则让世界扁平化，大众点评的规模迅猛增长，而在移动互联网时代，在“SoLoMo”概念引领下的本地化服务热潮中，大众点评成为本地化服务得以展开的关键环节，各种第三方点评网站，如 Yelp、大众点评网、口碑网、爱帮网、时光网迅速崛起，这些网站让大众从第三方角度对生活或文化类商品进行点评，分享消费体验，影响甚至决定着消费者的最终选择。

在这股浪潮中，关于文学的大众点评（草根批评）也快速发展。在 Web1.0 时代，草根批评主要是 BBS 的跟帖，此时读者互动有限，但它是革命性的，突破了传统文学批评严格的准入机制，这是批评权力的一次重大调整与“返还”，表明从事文学的工作不再需要“专业化的培训”，文学成了“公共财富”[②]。2003 年之后，Web2.0 概念兴起，而这一年也正好是网络文学大规模商业化的起始年，并开始形成以读书网站书评区、百度贴吧、读书论坛（龙的天空、豆瓣等）三大阵地为主的草根批评。在这些网络社区，成千上万的读者聚在一起，在点

---

① SoLoMo 模式，即 Social（社交）、Local（本地化）与 Mobile（移动）的结合。美国 KPCB 风险投资公司的合伙人约翰·杜尔（John Doerr）在 2011 年提出了这个概念，随后，“SoLoMo”概念风靡全球，被一致认为是互联网未来的发展趋势。

② ［德］本雅明：《可技术复制时代的艺术作品（1934—1935）》，载《经验与贫乏》，王炳钧、杨劲译，百花文艺出版社 1999 年版，第 278 页。

评、交互中展开了文学史上前所未有的群体性文学生活。对此有以上几点需要注意，一是这些点评并非限于网络文学，也包括了大量传统文学话题。以百度贴吧为例，鲁迅吧、张爱玲吧、钱钟书吧、路遥吧等都云集了海量粉丝读者，相关的主题、帖子数以万计，这表明新媒介已经成为文学生活的重要场域。二是这些点评并非全是无价值的水帖，而是形成了现场互动，取得了封闭性的传统文学批评不具有的美学效果。书友们常就某个话题展开激烈争论，有些争论还相当深入，举例来说，在著名网文论坛“龙的天空”，读者、写手先后就“文以载道”“情色”“合理性”“意淫”等话题展开论争，而这些话题又对其他网站产生辐射作用，不断在文学圈子中激起反响。三是这些点评体现出 UGC 精神，网友不仅生产内容，也管理与组织。著名读书网站豆瓣网（也包括音乐、电影）的内容、分类、筛选与排序主要由成员负责和组织。网友提供自己读过的书籍清单及相关点评，形成多个基础节点，这些节点会在网站技术系统的条目、标签归类，编织出网站内容的基本网络。草根批评发展的第三阶段则是在移动互联网、社交媒体兴起后，人们的点评与转发这一“习性”最终形成。相比桌面互联网，移动终端的分享非常便捷，阅读后可随手转发。移动终端也融入了真实社交关系，在朋友圈展示自己的生活成为潮流，因为是真实朋友的分享，这些内容也更会被信任，产生群体传播的裂变效应，分享成为进一步阅读与评论的源头，受者、传者与生产者的身份模糊不清，并不断转换。

二　“O2O”模式与国民文学习惯的重塑

所谓“O2O”（Online to Offline），即从线上到线下的模式，这一说法是由美国 Trialpay 创始人 Alex Rampell 在 2011 年提出，他认为“O2O”模式就是“在网上寻找消费者，然后将他们带到现实的商店中，是支付模式和为店主创造客流量的一种结合”[①]。这种模式不同于

① 张波：《O2O：移动互联网时代的商业革命》，机械工业出版社 2013 年版，第 189—190 页。

传统意义的网购，是要将线上的消费者带到线下实体店铺（具体来说，主要是指餐饮、酒店等服务行业）去消费，用户在网上支付，然后线下享受服务，这改变了传统电子商务中用户能够线上购物，但无法购买服务的弊端。这是人们日常消费模式的重要转变，也预示着巨大的经济效应。“O2O”模式能够顺利开展的要素之一就是大众点评，大众点评带来了线下服务的网络口碑，成为消费者决策的重要参考。“O2O”模式在移动互联网时代获得更大发展，移动终端引入了真实社交关系（朋友圈）与适时位置（GPS 定位），这既让大众点评生成的网络口碑真实可信，也让虚拟与现实对接，开启了本地化服务产业的序幕。与传统网购相比，“O2O”模式让线上与线下联系更加紧密，或者说，现实已然虚拟化了，日常生活真正成了“普遍的、相互关连的与多样化的媒体系统建构起来的真实虚拟的文化（culture of real virtuality）”①。

显然，“O2O”模式不仅是经济学的转型，也是生活方式的变革，它构成了一个隐喻，意味着人们日常生活方方面面都要经过网络的中介与渗透。从实际情况来看也是如此，目前移动终端第三方点评 App 已经涵盖了人们的衣食住行用，餐饮、电影、酒店、出行、休闲娱乐、足疗按摩、美容美发等各种线下服务需要通过在线方式来获得用户。曼纽尔·卡斯特（Manuel Castells）认为，以数字化与网络化整合为基础的“新沟通系统”，已经全面涵盖了一切文化，由于它的存在，社会中的所有信息在媒体沟通系统中均采取“出现”或“缺席”的“二元模式”，因此，一种信息“唯有在这个整合系统中出现”，它才能够进入人际沟通，能够“社会化”，并产生有效影响②。从目前情况来看，网络对日常生活的中介比卡斯特所说的情况有过之而无不及。

这种情况显然会引起人们行为习惯的相应变化。以日常消费为例，

---

① ［美］曼纽尔·卡斯特:《认同的力量》，夏铸九、黄丽玲等译，社会科学文献出版社 2003 年版，第 2 页。

② ［美］曼纽尔·卡斯特:《网络社会的崛起》，夏铸九、王志弘等译，社会科学文献出版社 2001 年版，第 464 页。

美国学者刘易斯（E. S. Lewis）在1898年提出AIDMA理论，认为消费者从接触信息到最后达成购买，会经历五个阶段：A：Attention（引起注意），I：Interest（引起兴趣），D：Desire（唤起欲望），M：Memory（留下记忆），A：Action（购买行动）。随着网络消费与UGC的盛行，日本电通集团在2005年提出了AISAS理论，即A：Attention（引起注意），I：Interest（引起兴趣），S：Search（进行搜索），A：Action（购买行动），S：Share（人人分享）。不难看出，在网络社会，“搜索”和“分享”成为消费行为的两个新特征。而在“O2O”时代，“分享”更是开放式的，会不断回溯到初始的“引起注意”环节，构成不断螺旋循环的圆圈，也就是说，“O2O”模式不能仅仅理解成从线上到线下的简单转换，而是线上线下不断回溯与整合。

网络社会消费习惯的转变具有普遍性，从文学方面来说，国民文学行为与阅读习惯也会受到网络的改造。在传统文学生活中，人们对文学作品的阅读是按照专业批评家指定的“经典”书目，去图书馆阅读或去书店购买。批评家与普通大众是支配与被支配的关系，在文学的鉴赏与理解上，批评家被看成是优于普通读者的一群人，负责文学作品的价值裁定，筛选与拟定合法的作家谱系，让文学写作与阅读变得清晰与有序。批评家成为读者读什么、怎么读的指导者与立法者。然而在新媒介语境中，读者首先会在网上咨询意见，搜寻相关点评，然后发帖求文或者线下购买，阅读后会再回到网上发表评论进行分享。具体来看，常见的主要有三种模式。第一种模式是发帖求文。举例来说，如某网友在“派派小说论坛”的“寻书求文”板块，发帖“求现代重生文，女主重生的，主要谈恋爱，次要发家致富的”，后面回复的网友分别推荐了《重生之苦尽甘来》《重回初三》《重生幸福攻略》《重回豆蔻年华》等众多书名并附上点评[①]，该网友在阅读点评后会选择其中几部试读，或者进一步搜索这几部作品的评论后再阅读，

① 派派小说论坛，http://www.paipai.fm/r7365786/，2016年7月18日。

读完后附上回复意见，进行分享（这些评论、分享的行为都会获得网站的积分奖励）。这种模式可简单归纳为：发帖（求文）—查看（点评）—搜索（点评）—阅读（体验）—分享（点评）。第二种模式是某部作品在社交网络的分享引起了读者兴趣，此后他（她）会搜索相关评论，决定是否阅读，阅读后会评论分享或吐槽。这种模式可归纳为：引起注意—搜索（点评）—阅读—分享（点评）。第三种模式是读者前往一些专门读书论坛，根据点评找书，这里汇聚了网友的读书经验与评论，提供了比较优质的推书、找书与评书服务。这种论坛比较著名的有“豆瓣”与“龙的天空”。“豆瓣”的文艺气质是比较突出的，一直注重读书品位，在读书、评书与荐书领域产生了广泛影响。“豆瓣”的优势就在于它拥有优质用户群，里面不乏高级知识分子，对书籍（不限于文学作品）的评论常常十分精到，读来让人受益匪浅。与偏重推介严肃作品的“豆瓣”不同，“龙的天空”是目前最重要的网络文学论坛，它是写手交流经验、读者找书的大本营，用书友的话来说，它是“码字新工的培育所，网文读者的风向标，圈内八卦的集散地，相互交流的核心圈”①。尽管“龙的天空”面向的是网络文学，但它的用户群同样是优质的，云集了大批资深网络作家与网文读者。“龙的天空”非常注重书评，鼓励由水平较高的书评者组成的“龙牙之评”（号称“龙空评论军团”）写评论，并加大对优秀书评的奖励额度②。论坛每月出一期“龙门杂志月刊”（数字版），专门对该月新上网作品进行试读、点评。这些书评基本能把各种优秀网文一网打尽，由于这些书评的作者都是资深读者或者作家，他们的分析往往准确精当，实际上，也只有这些具备了相应习性的书评者才能真正承担对网络文学的点评任务。这些书评文

---

① “王启年”：《龙空众：码字工人的“集中营”》，“龙的天空”，http：//www.lkong.net/thread-273220-1-2.html，2010年7月25日。

② 参看“龙的天空”“推书试读版”版主“雪域龙魂”的相关说明，http：//www.lkong.net/thread-511951-1-1.html，2011年11月18日。

字有效地帮助了读者在浩如烟海的网文中寻找优秀作品。目前来看，“豆瓣”与“龙的天空”分别成为新媒介时代推出精英文学、大众文学的两种代表性模式，在当下文学生活的阅读取向、阅读风尚中扮演着重要的导向作用。

需要说明的是，这三种模式涉及的作品并不限于网络文学，也包括传统文学，实际上，当下普通大众文学阅读的初始行为往往是先上网搜索，查看相关评论，确定是否可读之后再决定是否阅读或购买。相比传统文学阅读，这三种模式都突出了网络搜寻、点评与分享这三大习惯，其中，点评是核心，网络搜寻是为了查看点评，分享时也会附上点评。或者说，点评成为阅读行为是否发起的重要因素，而分享时写下的点评则开启着下一轮阅读。点评之所以重要，一方面在于它形成了网络口碑（Internet Word of Mouth），影响着读者的阅读选择，而社交网络的真实人际关系进一步提升了点评的口碑效应。另一方面，点评也能起到导航作用，让人们从海量的资讯束缚中解放出来，尽快找到自己心仪的作品。

三　文学批评的新变

大众点评的兴起与国民文学习惯的重塑，导致文学批评形态与功能发生了变化。传统文学批评在新媒介时代的文学生活中边缘化，大众点评走上前台，在文学生活的引领、作品的经典化、为读者提供个性化服务以及读书共同体的构建等方面发挥重要作用。

从批评形式与批评者与阅读者的关系来看，大众点评已成为文学生活的引领者。“文学生活”曾成为学术界的一个热点，这与温儒敏的大力提倡有关。2009 年他在“中国现当代文学 60 年国际学术研讨会”上，建议“学者们像‘田野调查’那样深入读者群的‘田间地头’，了解读者如何看待作家、作品”。[1] 此后，又陆续发表系列

① 范宁（记者）：《温儒敏：文学研究也要走进“田间地头”》，《楚天都市报》2009 年 9 月 27 日。

文章[①]，进一步阐述“文学生活”的概念，强调文学研究关注普通民众日常生活中的文学阅读、文学消费情况，让这一论题进入学术话语中心。但是，其中也不能忽视苏州大学的学者李勇的贡献，他在2008年即已提出这一话题，并就其研究范式意义作了阐发[②]。“文学生活”视野是现象学意义上的，强调关注普通大众日常生活中的文学阅读、文学消费，显然，新媒介、特别是移动互联网，深刻改变了文学生活的传统模式，带来的根本性变化就是让普通大众得以汇聚并充分参与，形成了可写、可读、可评、可传播的公共领域，前所未有地释放了大众在文学生活中的生产潜力。在这种文学生活中，文学生活的引领者也必然会受到新媒介的改造与塑形。从批评形式看，曾经在传统文学生活中引领与塑造大众合法性阅读与文学趣味的专业文学批评面临严峻挑战，它的笨重、深奥与冗长不仅与追求短平快的网络氛围难以相容，更与移动互联网的“O2O”机制格格不入，而灵活、短小、机动，更具有“及物性”与时效性的大众点评与此更加契合。从批评者与阅读者关系看，移动时代的阅读强调的是共享与社交因素，批评家与读者之间那种指导与被指导的传统引领关系已然难以为继，而以大众点评为中心的共享式、社交性阅读渐成为大众文学生活的发生方式。值得注意的是，这种社交性、共享式阅读并不是单独呈现的，而是与美食、电影、音乐、购物等一起构成了一种生活方式，共同演绎了时下的流行风尚与生活趣味。

大众点评也成为文学作品经典化的新渠道与重要力量。在传统文学生活中，作品经典化主要由学院批评完成，而大众点评带来了新的经典化渠道，一部足够好的作品，可以绕开传统文学机制的森严壁垒，

---

① 文章主要有《关注我们的“文学生活”——寻找阅读与研究的源泉》，《人民日报》2012年1月10日；《“文学生活”：新的研究生长点》，《中国现代文学研究丛刊》2012年第8期；《“文学生活”概念与文学史写作》，《北京大学学报》2013年第3期；等等。

② 相关文章有《从文学性到文学生活——文化研究范式中的文艺学基本范畴》，《艺术广角》2008年第3期；《文学生活：文学研究与文化研究交叉的领域》，《文艺理论研究》2009年第5期。

借助社交媒体进入大众视野而被经典化。同时大众点评的经典化力量是惊人并卓有成效的。布迪厄认为，文学的代际斗争与差异运动是一个场域生产空间“运行的基础”，而这种更新换代之所以可能，“多亏有各种各样的公众”，公众的辩护不管是以“论战”还是“丑闻”的方式展开，都会为艺术的革新者提供“象征资助的形式”。尽管布迪厄说的是自主文学场的先锋试验，但这种情况同样适合于大众点评带来的经典化效果，这表现在两个方面。一是大众点评的海量人群与大规模分享、转发带来了“群选经典”效应。大众点评是以海量人群为基础的，不间断的分享与转发产生了一传十、十传百的循环递增效果，传阅与评论成为没有终点的旅程。二是大众点评强烈的口碑效应，大众点评突出了文字的说服作用，社交网络的真实人际关系又让这种网络口碑效应达到最大化。大众点评的经典化并非与专业批评的经典化相隔离，前者的超高人气也会引起专业批评的重视，会进一步阐释、认可与接纳，因为后者也需要借助前者来续接人气。

大众点评还产生了传统文学批评不具有的功能，即能够为读者带来个性化的读书服务。网络带来了大数据，借助大数据的分析，能够准确地揭示出读者的阅读偏好与文学市场的走势，从而为作者、读书网站与出版商提供重要的参考意见，并为读者提供个性化推送服务，让读者摆脱“信息迷航”与“认知超载”，从“按需搜索”的盲目“自主”阶段，发展到“应需而来”的更高级的“自助”阶段。

大众点评促成了读书共同体的形成，产生了“聚众化”效应。第三方点评网站的兴起，强化了“内容型关系”和“关系型内容”的生产，不仅能够提供“应需而来”的读书推荐，形成“分众化”服务，也能够让读者基于兴趣爱好结成共同体，产生“聚众化”效应。以豆瓣网为例，通过对读者的阅读、发帖、浏览习惯的数据分析，豆瓣网向读者推送可能感兴趣的作品，在此基础上建立群组、友邻把这些具有相同偏好的读者聚集在一起，形成“内容型关系”，并实现“分众化”服务。与此同时，这些基于共同阅读偏好建立的群组，会对感兴趣的众多话题深入讨论，形成大量新的点评，带来“聚众化”效应。如果说常见的读书SNS网站汇聚的是分散在全国乃至世界各地的读者群体，他们之间是弱联系，基于SoLoMo模式的读书APP则聚集了同一地区经常能够见面的读者群体，促成了以地点为契机的阅读交流，将书友之间的弱联系提升为强联系，改变了大众文学生活的内部组织方式与发生方式。

大众点评的兴起，国民文学习惯的重塑，是与当下文学的商业化、体验经济的潮流一致的。在信息、数据、服务、商品、移动与社交网络相连接的大互联网概念下，新媒介语境中的文学生活构成了“人人相连”“书书相连”“书人相连”的特征。

第四节　网络文学的“间性”与评价体系的建构

如前所述，新媒介对文学批评的冲击之一就在于网络文学的评价标准问题。网络文学的评价标准是急需解决的问题，却又一直是个学术难题。网络文学主要有两种代表性样式，一种是类似中国这种以商业文学为主的在线写作、发表与阅读模式；另一种则是西方以超文本、多（超）媒体文学为代表的先锋实验，由此而来的评价困境体现在三个方面，①两种文学（尤其是后者）带来的交互、图像、视听等新元素让基于语言与印刷文化的传统评价标准面临“失语”。②如果说超文本、多媒体文学的先锋气质还让评论界认为它属于所谓“精英”文学的话（在这一点上没有分歧），对中国这种商业网络文学的评价则充满矛盾，各派观点针锋相对，却又各存悖论。从精英立场看，其连篇累牍的YY与白日梦，表明它就是俗不可耐的大众文学，然而论者却又无法忽视其超高人气、商业价值与社会效应，这还不是布迪厄所说的“大规模生产次场”的固有特征，而是新媒介时代作家作品的出场渠道与生产方式产生了深刻断裂，因而必须重视对它的研究。而从支持者的立场来看，它总是某种“新”文学，论者常以后现代理论挖掘其新质，强调它与传统文学的诸多区别，同时不断以反本质主义抵抗精英立场，然而在与前者辩论时又颇为气短，因为这种网络文学的确良莠不齐、总体质量堪忧。③从外部形态来看，两种网络文学呈现出精英向与大众向、先锋性与商业性、技术流与技术含量低等差异，评价标准如何能够兼容两者，也是一个巨大挑战。自网络文学兴起到现在，评价标准一直没有得到解决，在这一章节中，笔者试图就此问题进行思考，尝试构建网络文学评价体系。

一 “网络文学圈”：从文学四要素到要素的间性

面对网络文学评价的重重困局，有些学者还是作了一些尝试，按照单小曦的归纳，主要有三种观点：“普遍文学标准说”、“通俗文学标准说”与“综合多维标准说”（审美—技术—商业）。在单小曦看来，三种观点各有缺憾，第一种观点“将精英文学标准不恰当地套用于网络文学”，第二种“人为拉低了网络文学的价值和功能”，第三种则“有割裂网络文学整体存在的倾向”。在此基础上，他提出“媒介存在论”批评，认为媒介应是艾布拉姆斯“文学四要素”之外的第五要素，并试图建构立足于“网络化存在方式”的多层、多维评价尺度系统(具体包括六个方面的尺度：网络生成性尺度、技术性—艺术性—商业性的融合尺度、跨媒介及跨艺类尺度、“虚拟世界”的开拓尺度、主体网络间性与合作生产尺度、“数字此在”对存在意义的领悟尺度)①。

单小曦将媒介视为文学活动的一个新要素是重要的，这对网络文学评价体系的探讨、对新媒介时代的文艺理论创新迈出了关键一步。强调文学活动中媒介的重要性，也是一些西方学者的共识。在谈到“叙事在传媒中的地位”时，美国学者伯杰（Arthur Asa Berger）构建了一个包括艺术作品、社会、媒体、艺术家与观众等五要素的模型，

① 单小曦：《网络文学评价标准问题反思及新探》，《文学评论》2017 年第 2 期。

居于中间的则是媒体。尽管他侧重的是“传达文本的过程”,但还是让我们注意到了文学活动中媒体的重要性,而伯杰也特别指出了这一点:“艺术家用以工作的媒介对其创作的文本以及观众对文本的反应方式都有着深刻的影响。”①

在已有观点的基础上,笔者尝试推进一步。有两个问题值得继续思考,第一,在新媒介时代,文学活动不管是几个要素,首先要思考的是,文学活动要素本身是否发生了重要变化。第二,对网络文学评价来说,人们都认为要建立多维评价体系,但可以发现,这些评价体系存在两个问题:一方面各种指标重合交叉,未构成一个逻辑严密的体系;另一方面评价体系的设想主要是静态分析,实际上把网络文学理解成了孤立、单一与静止的实体,这与网络文学的过程性、对话性与流动性不符。也就是说,网络文学评价体系既应该是横向的、互不交叉的多维标准,也应该是纵向的、运动的评价体系。

笔者认为,新媒介时代的文学活动的确包括五要素,即世界、艺术家、作品、欣赏者、媒体,但有两点要说明一下,首先,对网络文学活动来说,作家与读者的区分只有相对意义,一方面作品是在作家与读者的交互中生成,这导致了文本的多重作者性。另一方面数字化书写与阅读让每个人随时都能进行作者与读者的身份切换,在此意义上,“作者与读者之间的区分因电子书写而崩溃坍塌”。② 同时,网络文学活动中除了作家、读者外,还会涉及机器、软件、文学网站/制作公司等类主体,因此,笔者拟采用“主体”来指代文学活动的行动者要素,换句话说,将“五要素”的说法置换成“世界、主体、作品与媒体”四要素。其次,这里的媒体有两种含义,一是材料意义上的,指作品中文字、图像、声音等素材,二是平台意义上的,指网络文学在互联网、广播、电视、电影等平台上的改编与扩散。在这些媒体中,

---

① [美]阿瑟·阿萨·伯格:《通俗文化、媒介和日常生活中的叙事》,姚媛译,南京大学出版社2000年版,第17页。

② [美]马克·波斯特:《第二媒介时代》,范静哗译,南京大学出版社2000年版,第99页。

互联网应特别凸显出来，它具有本体性，是元媒体，这表现在它一方面改造了文学活动的要素，让要素的间性得到前所未有的凸显，世界、主体、作品与媒体四要素转向世界间性、主体间性、文本间性与媒体间性；另一方面它把四大间性联结起来，构成了复合间性，网络文学由此形成一种不断扩散、播撒与循环往复的间性运动。

互联网的本质在于联结："互联网的根本属性是端到端的架构。""任何一点的行为都可能与其他地方的行为连接起来，而且，这一切连接向评论开放，都可能向网络空间里的新连接敞开大门。"[①] 数字技术改变了物质的笨重外壳，实在成为信息，传统的"在场"被"模式"取代，在此基础上，一切都可以联结起来，世界成为虚拟与现实的交织，主体之间可借助网络交互，文本与媒体材料可随意组装与拼接，由此，"网络间关系的架构形成了我们社会中的支配性过程与功能"。[②] 对文学来说，这种联结首先就体现在互联网对文学活动要素本身的深刻改变上，让要素转向要素的间性。

由世界到世界间性。按照艾布拉姆斯的看法，世界（universe）"是由人物和行动、思想和情感、物质和事件或者超越感觉的本质所构成"。[③] 世界本是以间性的方式存在，即在人与人、人与自然的关系中生成。但笔者所说的世界间性，是指随着互联网的兴起，世界成了虚拟与现实交织的多重时空。线上线下、网内网外的频繁跨越，已经成为人们的日常生活，与此同时，增强现实（AR）与混合现实（MR）技术，进一步让虚拟世界与现实世界互相叠加。列夫·曼诺维奇（Lev Manovich）认为互联网带来了混合文化，其中之一就是物理世界与虚拟世界的混合。在《图像未来》（*Image Future*）一文中，他探讨了所

---

① ［英］库尔德利：《媒介、社会与世界：社会理论与数字媒介实践》，何道宽译，复旦大学出版社 2014 年版，第 2—3 页。

② ［美］曼纽尔·卡斯特：《网络社会的崛起》，夏铸九、王志弘等译，社会科学文献出版社 2001 年版，第 570 页。

③ ［美］M. H. 艾布拉姆斯：《镜与灯：浪漫主义文论及批评传统》，郦稚牛、张照进、童庆生译，北京大学出版社 1989 年版，第 5 页。

谓“世界捕获”（“Universal Capture”, U-cap）方法，即把设备捕获的物理现实（现实采样，Reality Sampling）与电脑生成的虚拟影像结合起来，由此生成了重组的现实（Reality Re-assembled）与混合的“中间地带”（“somewhere between”）[①]。罗伊·阿斯科特（Roy Ascott）则提出了后生物时代的重要术语：虚拟与实际之间的“空隙”（Interspace）。世界的捕获、现实的采样、现实的重组、中间地带、空隙……这些说法，都表现了由世界到世界间性的社会转型。网络文学中时常出现的“平行世界”“多次元”“跨位面”的多世界架构，以及打通这些多重宇宙的“穿越”“重生”的描写正是这种世界间性的表现。关于世界间性，有三点需要说明：首先，网络带来的虚拟世界不同于传统的幻想世界（艾布拉姆斯所说的“超越感觉的本质”），根本区别在于，它是可交互的、可操作的、可生存的世界。其次，世界间性并非指现实与虚拟机械区分的二元论，而是一种间性存在，是虚拟与现实的互渗。最后，既然世界虚拟化了，那么，艾布拉姆斯所说的世界中的“人物”和“行动”、“思想”和“情感”也会产生相应的变迁，由此必然生成网络社会特有的虚拟交往、网络意识与艺术想象。阿斯科特显然也认识到了这一点，他对前述“空隙”的解释是“在虚拟与实际之间，现实重新磨合并且体现新的意识”。[②] 而由世界间性生成的“新的意识”必然渗透于网络文学之中，成为建构评价标准的重要参考因素（详见后文）。

由艺术家/欣赏者到主体间性。西方近现代哲学存在着由主体性到主体间性的转折。胡塞尔提出的主体间性概念、海德格尔的“共在”、加达默尔的“视域融合”、马丁·布伯的“我—你”、哈贝马斯的交往理论，都尝试克服近代哲学思想的主客二分模式，强调主体间的共在

---

① Lev Manovich, *Image Future*, http://manovich.net/index.php/projects/image-future, 2018-8-15.

② ［英］罗伊·阿斯科特:《未来就是现在：艺术、技术和意识》，周凌、任爱凡译，金城出版社2012年版，第99页。

与对话的动态过程。网络把各种人群都联结起来，传统社会原子式的孤立个体转换为群体的交互。凯文·凯利（Kevin Kelly）认为“20世纪科学的象征是原子”，“原子独自运转，是单一的缩影”，而21世纪科学的象征是“充满动力的网络”：“网络是群体的象征。从中成长出来的是群体生物——分布式生物——将自我撒布在整个网络，以至于没有一个参与者可以说，‘我就是我’。而不可避免的是群体的、众人意志集合体。”① 显然，他的预言相当精准。这种主体间性表现在文学上，就让文学活动摆脱了手写与印刷文化肇始的作者与读者的隔绝趋势。对网络文学来说，作者与读者都不再是个体，形成了不断交互的主体间性。具体来看，可分成以下三个方面。

写手群体之间的交互。在网络上，写手们利用论坛与社交媒体组成了各种共同体。如果说传统作家是闭门造车，写手们则是借助网络互相请教写作经验。写作不再是私人的事情，而成了公众展示。一部成功的作品问世后，往往会引起写手们的热烈讨论，如开启“无限流”的《无限恐怖》、“随身流”的《斗破苍穹》等现象级作品，写手们都会详细分析作品的创意、火爆原因及独特写法，并在自己的写作中加以借鉴或模仿。

写手/机器/软件/制作公司与读者之间的交互。对超文本、超媒体文学来说，作品的实现本身即是作者或机器/软件等类主体与读者交互的产物，此时，文学活动的主体是“合作者”（co-writer）或“写读者”（wreader）。网络商业文学同样是在写手与读者的互动中完成的，写手必须充分考虑读者群的意见，有些写手甚至直接把读者作为人物写入作品中。这种线上主体间性甚至发展到线下，一些写手跟读者在现实中见面。在网络文学跨媒体平台的流动中，作者、制作方同样注重与读者/观众的交互，根据他们的喜好与反应采取针对性营销策略，成为文化产业发展的基本策略。

---

① ［美］凯文·凯利：《失控：全人类的最终命运和结局》，陈新武等译，新星出版社2010年版，第38—39页。译文有修改。

读者群体之间的交互。对网络文学来说，读者群会在网络上就某位写手、某部作品展开广泛互动与争论，形成所谓“追文族”，而不同写手的读者群也会有大量交互，既有理性讨论，也有激情对骂，甚至在商业资本的刺激下展开月票之战。超文本、超媒体文学的读者同样可以通过作品预设的留言板或网上讨论区，共时地交流阅读体会。

显然，不断的交互与主体间性成了网络文学的重要特征，网络文学正是在人机交互、人际交互、群体交互中生成、阅读与传播。

从作品到文本间性（为了叙述的方便，这里所说的文本指狭义的文字文本）。自从克里斯蒂娃提出“文本间性”以来，这方面的论述已经很多，但文本间性在新媒介时代有了根本变化，一是将传统的隐而不显的文本间性可视化（如超文本链接），二是数字化书写让文本间性的生成极为方便与普遍：“如今，互文性不是潜藏在文本中，不需要学者去抽象演绎，它是我们使之发生的事实，在我们日常的工作和休闲活动中，我们评论的习惯就产生互文性。”① 网络文学的文本间性表现在两个方面：一是超文本文学的各个节点（文本单位）之间构成了文本间性（内文本间性，intra-textuality）。二是因某部作品产生的大量衍生文本的间性（外文本间性，extra-textuality），如读者制作的同人文，或戏仿作品（如《甄嬛传》引发的“甄嬛体”写作），这类似于热奈特所说的根据先前某部文本而派生出来的“承文本”②，通过“改造”或“模仿”（热奈特语）的方式，这些文本改变了原初主题、人物性格或情节走向，如同超文本各个节点一样，它们之间也构成了交叉参考的关系。克里斯蒂娃的文本间性理论是为了颠覆作者的权威，而互联网生成的文本间性轻而易举实现了这一目标：“每个人都在文本上操作，……每个人都在文本的空间构型中隐藏了签名的一切痕迹。”③

---

① Keren Tenenboim-Weinblatt, “‘Where is Jack Bauer When You Need Him?’ The Uses of Television Drama in Mediated Political Discourse”, in *Political Communication*, 26 (4), 2009, pp. 367 – 387.

② ［法］热奈特:《隐迹稿本》，载《热奈特论文集》，史忠义译，百花文艺出版社 2001 年版，第 77 页。

③ ［美］马克·波斯特:《第二媒介时代》，范静哗译，南京大学出版社 2000 年版，第 99 页。

从媒体到媒体间性。由于一切媒体都已经数字化，或正在数字化，成为基本上同类的信息比特，因此媒体之间也联结起来。人类学家马蒂亚诺和米勒（M. Madianou and D. Miller）把这种媒体多样性命名为“多元媒体”（polymedia），但尼克·库尔德利（Nick Couldry）认为，这个词可能只含有多元性的意思，而“难以表达媒体连通性的形貌”，而后者才是“至关重要的意思”①。这种所谓“媒体连通性”也正是数字技术带来的媒体间性，这表现在两个方面，首先是多媒体/超媒体文学自身媒体要素之间的关系。这种多媒体/超媒体作品既可能是专业作者制作的，也可能是大众生产的原创内容（UGC，User-generated Content）。在后媒体时代，由于媒体资讯与素材的极大丰富与唾手可得，大众可以便捷地对一切媒体要素进行调用、混合、杂交与加工。这沿袭了后现代的拼贴文化，同时以前所未有的规模将其大众化与日常化。其次，媒体间性也指作为故事蓝本的网络文学在各种媒体平台如互联网、广播、电视、电影等之间的流转，被改编成游戏、动漫、广播剧、电视剧、电影等而生成的产业链条。中国的流行说法是“超级 IP”，国外学者则将其称为“新的互文商品”（The New Intertextual Commodity），其性质是通过一系列相互链接的文化形式向外扩展，“观众被织进一种精致的互文矩阵中”②。

互联网不仅改造了文学要素，并进一步联结了四大间性，由此形成了间性之间的复合间性。刘悦笛曾在一篇文章中思考过复合间性问题。他发现，在文学活动的结构研究中，“文本间性”与“主体间性”已成为关注的焦点，但人们忽略了两种“间性”之间的“复合间性”。刘悦笛注意到了复合间性，这是难能可贵的，但他所说的复合间性仅限于主体间性与文本间性之间的关系③。互联网带来的复合间性则延

---

① ［英］库尔德利：《媒介、社会与世界：社会理论与数字媒介实践》，何道宽译，复旦大学出版社 2014 年版，第 14—15 页。

② David Marshall，“The New Intertextual Commodity”，in *The New Media Book*，2002，pp. 69－82.

③ 刘悦笛：《在“文本间性”与“主体间性”之间——试论文学活动中的“复合间性”》，《文艺理论研究》2005 年第 4 期。

伸为四大间性之间的关系。更重要的是，这种复合间性促使网络文学构成了不断扩张与播撒的间性运动。文本间性、媒体间性的实现需要依赖主体间性，而它们的生成与传播同时会导致主体间性活跃度的增加（如读者变成了观众、玩家、cosplay 扮演者、主题公园体验者……），主体间性越活跃，文本间性、媒体间性也就更广泛，这些不断增强与扩张的二次元元素，又进一步加深了现实与虚拟之间的结合与冲突，即世界间性，而世界间性又会进一步影响到文本间性、媒体间性与主体间性，由此成为相互加强的循环上升运动。

文学活动的要素转向了要素的间性！世界、主体、作品与媒体转向世界间性、主体间性、文本间性与媒体间性，并通过四大间性之间的复合间性生成了不断扩张与上升的间性运动。这是互联网对文学活动的深刻改造。当然，并不是说传统文学活动没有间性，而是指间性在以前并没有成为突出问题，人们关注的主要是作为单数的文学要素，但在新媒介时代，文学要素是以复数形式展开，间性问题得到前所未有的凸显，以致文学观念、文学评价模式必须要进行根本变革。

以刘悦笛的文章为例，我们可以把传统与新媒介时代的间性作一番比较。如前所述，刘悦笛注意到了“复合间性”，但如果对照新媒介来说，他这篇文章就存在一些不足。比如，他所说的文学要素仍是艾布拉姆斯的四要素，没有注意到文学活动的媒体因素，与之相关的是，他只注意到了人们常说的主体间性与文本间性，没有（当然也不可能）论及媒体间性与世界间性，在此基础上，他所说的复合间性仅限于主体间性与文本间性之间的关系。刘悦笛的观点在传统语境中是正确的，但在新媒介时代则表现出局限性。这篇文章发表在 2005 年，其时网络文学已大规模兴起，但他遗憾地忽略了这些新生现象，相关论述主要还是拘囿于传统视野，或者说，文章的局限性也正是传统文学活动论在新媒介时代的局限性，这又反过来佐证了网络文学对传统文学活动论的突破，举例来说，刘悦笛在文章中谈到了主体间性、文本间性，但同时承认“解析”只是“学理上的”，比如就主体间性而言，主体间的直接交往很难实现，只能通过文本、前理解、“师承”方式间接实现，而这种交往的直接性在新媒介时代已经成为常态。在笔者看来，传统与网络文学活动的间性的区别还体现在六个方面：①传统的间性往往是间接的（如借助文本），现在则是直接的，话题也不一定局限于文本（如读写双方围绕日常琐事展开讨论）；②传统的间性是延时的，现在则是即时的；③传统的交互是笨拙的、缓慢的，现在则是方便迅捷的；④传统间性是单向的，现在则是双向、多向的，能够相互之间不断循环反馈的；⑤传统的交互是少见的，现在则是普遍的；⑥传统间性是隐而不显的，现在则是可视化的。总之，互联网极大地释放与生成了间性的可能，对传统文学活动来说，间性问题存在但不明显，人们主要是从单数来理解文学活动各要素，而对网络文学活动来说，间性成了根本问题，因此我们既要从实体意义上去理解网络文学，也要从间性方面去理解。

新媒介时代文学活动四大间性及其复合间性的关系，可用下图表示，笔者将此图命名为“网络文学圈”：

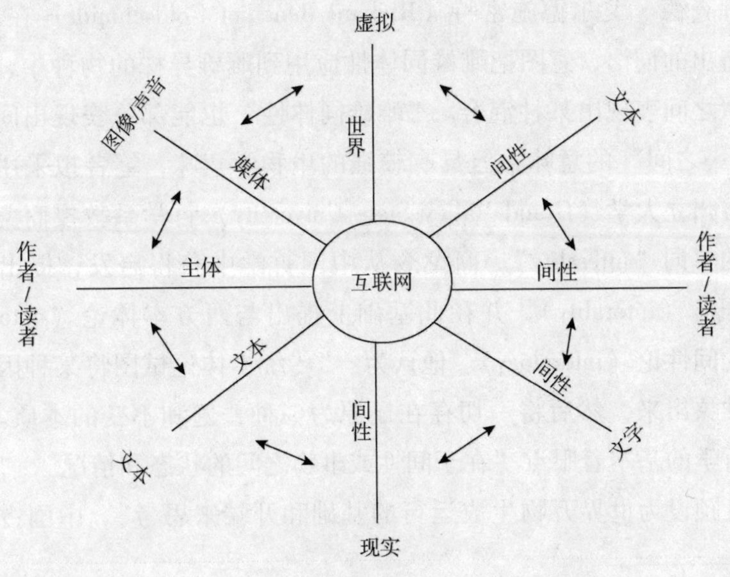

“网络文学圈”

笔者认为，这个“网络文学圈”所表示的新媒介时代文学活动四大间性及其复合间性的交互、连接与运动，就构成了网络文学的“网络化存在方式”。这也是网络文学跟传统文学的根本区别。因此，网络文学评价标准的建构，也需要从世界间性、主体间性、文本间性、媒体间性及其复合间性出发，而不是只从原来的世界、艺术家、作品、欣赏者、媒体及其互动出发。

二 间性与评价体系的建构

间，本字为閒。“閒，隙也。隙者，壁际也。引申之，凡有两边有中者皆谓之隙。隙谓之閒。閒者，门开则中为际。凡罅缝皆曰閒，其为有两有中一也。”① 显然，“间”总意味着“空隙”“两者之间”“在……之间”的状态。英语的“inter -”来源于拉丁语 inter，意谓“between”，同样表示“在……之间，相互”。在此基础上，“间性”则指事物之间的联结与关系。黄鸣奋把“间性”一词与生物学中的intersexuality（雌雄同体性）对应②。“intersexuality”实际上是美国遗传学家理查德·戈尔德施密特（Richard Benedict Goldschmidt）在20世纪初造出的词语，意图把雌雄同体性应用到雌雄异株的物种中，在雌雄性状之间表现出某种混合。“雌雄同体性”也能部分表现出间性的“在……之间”的意味，但具有较强的生物学意味，笔者拟采用美国大河谷州立大学（Grand Valley State University）哲学系教授商戈令生造出的单词“interality”。商戈令从中国哲学中获得启发，提出“间性”概念（interality），并在此基础上提出与西方本体论（ontology）相对的间性论（interalogy）。他认为：“传统本体论试图将某种因素孤立地抽象出来，然后将一切存在还原为一种普遍和不变的本质。”而中国哲学的基本着眼点“在于间性或事物之间的状态和情况”，“将间或间性预设为世界万物生成运行的基础和开端来思考”。中国古代哲

① 许慎撰，段玉裁注:《说文解字注》，中州古籍出版社2006年版，第589页下。

② 黄鸣奋:《网络间性：蕴含创新契机的学术范畴》，《福建论坛》2004年第4期。

学热衷的范畴，如变易、过程（生生）、秩序、关系、道、理、无、虚、通、一、气，都是有关间或间性的①。实际上，不仅中国古代哲学重视间性，这也是现代人文科学的普遍趋势，出于对传统实体本体论的不满，西方现代哲学也开始强调空地、缺席、他者、主体间性等概念，关注实体之外、之间的可能与现象。关于间性的理论探讨也一度是国内文艺学、比较文学的理论热点，如对主体间性、文本间性、民族间性、文化间性、学科间性等的探讨。在提出“间性论”的系列文章中，商戈令没有谈到互联网，这显然是一个缺憾，在笔者看来，互联网及当代网络社会深刻地体现了他所说的这种间性论。仅从词汇本身来看，不管是英文的“internet”，还是中文的“互联网”，网络都与间性论构成了深层契合。如果说间性论构成了当下网络社会的哲学基础，网络社会则成为间性论的生活基础与社会形式。当然，这并不是把实体与间性分开（在任何社会，实体与间性都是共同起作用），而是指在联结日渐普遍、间性问题日渐凸显与越发重要的网络社会，不仅要重视实体，也要重视间性。而生成于互联网的网络文学，如前所述，也正是在间性中生成、扩张与运动。

间性成为网络文学活动的根本属性，也就成为构建网络文学评价体系的关键。

间性，意味着不同事物的结合以及因结合而生成的矛盾、间断、空白与融合等诸种关系。这是一种间断与交融的艺术生产，它既混淆了界限，同时又在空白之处架起桥梁。网络文学的“链接”隐喻性地表征了这种文化意味，这是一个表示差别与结合点的词，既是一种接口，也是一道裂缝，不仅连接着两个文本单位，也引发了对两者关系的新思考与新理解。网络文学的评价标准，可以从间性连接的不同方面出发，也可从间性的矛盾与融合出发，但最终要落实到间性连接的不同方面如何在矛盾与融合中生成艺术效果这一根本出发点。下面具

① 商戈令：《图像、丛生与间性——探源中国哲学的新路径》，《文史哲》2017 年第 3 期。

体分析。

世界间性。如前所述，数字化技术与网络联结让世界成为多重宇宙，成为现实与虚拟交织的间性。世界间性表明网络文学既可能呈现了源于现实社会的生活感受与写作技巧，也可能孕育着来自网络社会的生存体验与艺术想象，同时也可能表现了现实与虚拟的冲突与结合。以中国网络文学为例，从现实社会的层面来看，其常见的玄幻升级模式表现了当代青年意图改变人生境遇、奋争逆袭的社会现状，在技巧上主要借鉴中国古代神魔小说、西方奇幻、日本动漫、新派武侠的写作桥段与叙事手法。总体来看，它呈现的这些思想境界与艺术表现力，按照印刷文学的标准来看（此时也应遵从印刷文学的标准），质量并不高。想当然地予以拔高，只能是歪曲事实的评价。但是，如果从网络社会的层面来看，它呈现的网络体验与艺术想象，却是值得注意的、富有积极意义的。比如网络小说中的“随身老爷爷”“随身系统”“随身空间”等各种“随身流”写作潮流，实际上隐喻性地呈现了互联网与现代人之间的伴随关系及其症候。更重要的是，网络文学也呈现了现实与虚拟之间的跨越、结合与冲突等诸多的“间性”社会情状。举例来说，网络小说常写到“穿越”，而“穿越”一词本身就具有强烈的隐喻意味，它正是现实与虚拟之间的“链接”，表现的正是突破世界的界线、在多重时空之间来回穿梭的间性，而穿越者的孤独感及相互之间的交往，正象征性呈现了现代人虚拟交往及遭遇现实后“见光死”的诸种症候。这种世界间性并不只是局限于中国网络文学，西方的超文本、多媒体文学同样如此。以斯图尔特·莫斯罗普（Stuart Moulthrop）的超文本小说《黄金时代》（*Dreamtime*，1992）为例，小说中的某些文本采取了电子邮件的形式，这些电子邮件显示的时间，正与读者阅读文本时的时间相同，这就让虚拟与现实呈现了混合，产生了奇特的艺术效果。而西方的定位叙事，也正是反复利用现实与虚拟的交织来讲故事。显然，网络文学世界间性连接的不同方面及其二重性，需要我们在评价时予以全面考虑，但在根本上，间性连接的不同方面都要落实到间性来评价，如前所述，现实社会的描写指向的是虚拟世界的逃避，而虚拟世界的沉浸只有在与现实世界的比照与交叉参考中才能深刻理解。这种借助虚拟世界与现实世界的冲突、交织与融合而传达的生存体验是否深刻、文学想象是否具有创新性、艺术效果是否强烈等，就成为网络文学的评价标准之一。

主体间性。不同于传统文学中孤独的写作与阅读，互联网形成了人人交互的文学公共领域。在笔者看来，从这种间性出发的评价标准应包括这样几个方面，首先，主体（含类主体）之间的合作是否促进了文本的艺术生产，促进作用的大小应成为评价标准之一。举例来说，写手群体、读者群体在网络上关于某部小说的讨论，有些利于艺术表现，有些则不利于艺术表现。艺术创新需要写手独立思考，也需借助群体智慧头脑风暴式的相互激发。写手在这种交互中能否妥善处理个体与群体的关系（间性），既避免原子式个体的孤芳自赏（新媒介时代的写作必须注重交互），同时也要避免“沉沦”，避免社会性对个体的吞没，在交互中生成艺术创新。其次，主体间性的活跃度及其社会效应，也应成为一个重要的评价标准。主体间性的活跃度即参与人数、交互热度与时间长度，这与传统媒体计量指标如电视的收视率、电影的上座率、书籍的发行量有共同之处，但也存在根本差异：一是主体间性的活跃度不仅局限于抽象数字，而是包括了所有线上线下的活动，既有网上的收藏榜、点击榜等各种直观的排行榜，也包括了网上各种追文、搜索、评论、戏仿、挪用、合成等活动，还包括网下见面、制作、cosplay 表演等；二是传统的收视、观看、阅读只是被动接受，现在则是一种全方位参与性文化。主体间性的活跃度成为评价标准，与新媒介艺术带来的观念转型有关。阿斯科特认为：“相比传统上的艺术将重心放在对象的外表和其所代表的含义，今天的艺术关心的是互动、转换和出现的过程。”[①] 这带来了一种新的评价观念，艺术对象本

① ［英］罗伊·阿斯科特：《未来就是现在：艺术、技术和意识》，周凌、任爱凡译，金城出版社 2012 年版，第 94 页。

身不具有中心地位，主体之间的交互更重要。这就可以解释与评价网络文学的一种现象，有的作品艺术水准确实不高，但却有超高的人气，从主体间性活跃度来看，这样的作品在一定程度上也是值得肯定的。但在根本上，主体间性活跃度必须与社会效应联系起来。主体间性的活跃既可能是负面的，也可能是正面的。举例来说，读者群体之间的月票之战，战斗各方比赛捐金，甚至互相对骂，确实足够活跃，但实际不过是资本操控下的玩偶把戏。因此主体间性的活跃度应与正向社会效应相结合，这并非重新强调艺术对象的中心地位，实际上这与作品的艺术质量并无直接关系，如对商业网络文学来说，它的各种封神成圣的YY幻想很可能会让研究者误以为是消极的，但读者却能从追文群体中感受到集体力量，并从升级模式中获得励志意义。新媒介时代的读者既不是过时的“接受者”，也不是精英的“生产者”，他们用自己的方式在交互中获得人生的意义，这是在评价一部作品时必须要考虑的全部复杂性。

文本间性。如前所述，文本间性包括两种情况，一种是超文本文学各节点之间的关系；另一种是网络文学文本与其衍生文本之间的关系。先看前者，超文本文学包括文本单位与链接两个部分，显然，我们可以对每个文本单位单独做出评价，但意义不大，文本单位必须要联系间性，即节点必须要联系链接才能做出有意义的评价。不同节点之间凭借链接形成了“路径”（path）。链接不是中性的，而是一种修辞运动，文本单位如何设计、切分与拼接、链接怎么设置……不同路径走向体现着不同价值理念与故事假设。文本设计的多重路径、可供点击的链接，与读者随机选择之间的关系如何建构，就成为超文本文学的关键问题。由此，超文本文学文本间性的第一个评价标准应是间性的规模，即结构上是否具有无限性，链接与路径是否具有多重性、意义的生成是否具有丰富性。不同于传统线性叙事，链接是非线性的，是间断与发现的艺术生产，指向事物间各种始料未及的联系，因此第二个评价标准就是链接（间性）是否带来了思维的跳跃性、发散性、陌生化与创造性。超文本文学带来了线性叙事的终结，但也存在叙事的断裂，容易让读者丧失方向感、逻辑感。需要避免叙事的过度、拒绝意义阐释的极端性。链接可以是丰富矛盾的，但在一定范围内应与读者的选择、故事系统的运动整合起来，具有相对的整一性与指向性，因此第三个评价标准就是超文本文学是否在故事的遍历性与整一性、即兴性与逻辑性、路径的“定数”与人机互动的“变数”之间保持平衡。

对网络文学的衍生文本这种文本间性来说，应将这些文本视为一体，从“间性”，即从文本的链条来进行评价。印刷文学标准强调的是“光韵”、唯一性、本真性与“只读性”，而数字技术消解了原文本的中心地位，网络文学不是凝固的单一存在，而是多版本、多面孔的间性，是流动与“可写的”超文本网络，因此“间性”的规模，即文本链条的长度与丰富度就成为评价标准。长度是指衍生文本的数量，丰富度是指衍生文本在主题、情节、人物、技巧等方面呈现的不同于原文本的多样性。

媒体间性。如前所述，媒体间性包括两种情况：一是由专业作者或大众 UGC 生产的多媒体/超媒体文学各媒体要素之间的关系；二是同一作品在不同媒体平台的改编与流传形成的关系。两种情况都涉及多个文本单位之间的间性，第一种类似于内文本间性，第二种类似于外文本间性，因此，它们同样适用于前述文本间性的评价标准，对此不再赘述。媒体间性还涉及各种媒体要素在同一文本或不同媒体平台之间的关系，具体来看，主要是图/文与视/听之间的间性。先看图/文。这里所说的图，不仅包括平面的图像、图表，也包括三维的动画与视频。图文之间既有矛盾也可互补，历史上既存在图文孰优孰劣的争论，也存在图文互证的佳话，而随着数码图像、图像景观与合成图像的兴起，“图”的因素越来越突出，网络文学需要重新定义词语与图像的关系。除了图/文，还有视/听的间性，超媒体作品以视为主，但同时加入了各种听觉成分，实现了视/听的相互参照，形成了更为完整的知觉环境。是否处理好图/文、视/听之间的间性，让文本、图画与声音等不同媒体要素呈现共享现实，形成某种修辞汇聚，生成艺术表现力，就成为超媒体文学与网络文学跨媒体传播的评价标准。

为了叙述的方便，以上还只是孤立分析了基于四大间性而生成的评价标准，那么它们如何在复合间性的作用下构成一个逻辑严密的评价体系呢？请看下图：

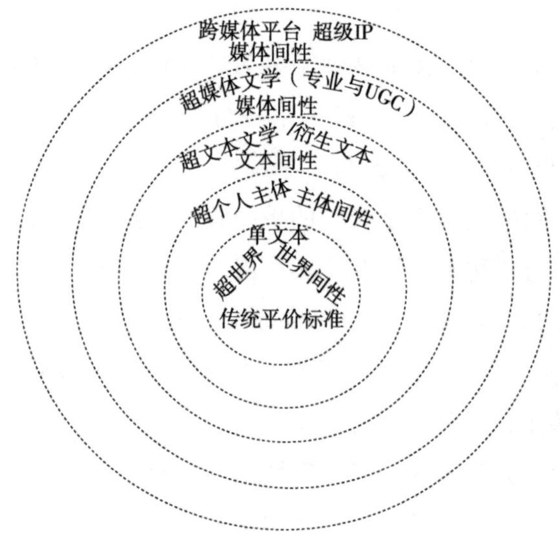

网络文学评价体系示意

在这个图中，最内圈的是单文本，它涉及的是世界间性。这里的单文本，是相对于超文本的多个节点而言，在某种意义上，笔者把中国网络文学这种传统风貌的文本，即讲述一个有头有尾故事的方式，视为超文本的一个节点，一个巨型的文本单位，或多线性叙事的一种路径，以容纳进这个体系内。美国学者曼诺维奇认为，传统的文化对象可看成新媒体对象的特例（即仅有单一界面的媒体对象），传统线性叙事也可视为超叙事的特例①，也就是说，在理论意义上，传统叙事文本可被包容进超叙事文本之中，正如经典力学作为特例被包含进

① Lev Manovich, *Database as a Symbolic Form*, http：//manovich. net/content/04-projects/022-database-as-a-symbolic-form/19_article_1998. pdf, 2019－8－12.

当代物理学之中。第二圈对应的是主体间性。第三圈是超文本文学/衍生文本链条，涉及的是文本间性。第四圈是超媒体文学，涉及媒体间性。第五圈是跨媒体平台，涉及的也是媒体间性。

我们认为，这个图较为恰当地揭示了网络文学间性运动的发展过程与逻辑关系，与此同时，这也是一个可双向阐释，具有伸缩性、操作性较强的文学评价体系。

首先，这是一个在发展过程与逻辑关系上不断扩大联结、不断向外辐射的体系，它表现的是网络文学的间性运动（图中的圆圈虚线即表明其开放性、扩张性而不是封闭性）。一般而言，第一圈容纳的只是中国网络文学这样传统样态的文学文本（因为超文本、超媒体文学必须经过第二圈的主体间性才能生成①），假如某部作品只是停留在第一圈，那么，对它的评价也就局限在这一圈。不难看出，这种单文本的评价模式，即将文本当成一个单独的作品来评价，而较少考虑其不断向外扩张的间性，实际上就是传统评价模式。对网络文学来说，首先仍需要采用这种传统评价模式，即将其视为实体（作品），与此同时，在这一圈中也要考察由现实与网络的交织而形成的世界间性，因为世界间性开始内蕴于“作品”之中，但此时其他间性表现得还不明显。作品停留于第一圈的设想似乎不符合现实，因为只要作品在网上，它就会不断联结，不断产生间性运动，但作品停留在第一圈的情况却是普遍存在的，许多网络作品写过之后并没有什么反响，很快就“沉了”，“无反响”也正是意味着没有主体间的互动，即无法进入第二圈的主体间性，也就同样无法生成后续的文本间性、媒体间性了。那么会不会有这种情况：某部作品曲高和寡，缺乏知音赏识呢？实际上，这种情况几乎不可能发生，在互联网的群选经典机制下，如果作品足够好，迟早会被网民发现。退一步讲，即使没有网民赏识，我们也可以分析其世界间性，而不会有遗珠之恨（但也只能从世界间性来评

① 当然这不是说传统样态的文学不需要主体间性，而是说在读者未阅读之前，它总是可以呈现为一个可见的“作品”。

价，因为它停留于第一圈）。

如果作品进入第二圈，读者群、作者群开始关注它，并产生了较强互动，这时作品的主体间性就开始凸显出来，就可以进一步从主体间性的评价标准来衡量。接下来有两种可能：一是作品的运动就此停滞于第二圈，因为对有些作品来说，可能产生了一些互动，但并未产生相应衍生作品，即无法进入第三圈的文本间性，此时对它的评价也就限于主体间性的标准；二是文本继续运动，读者对文本进行仿写、再创作，这就进入了第三圈的文本间性，此时就可用文本间性的评价标准进一步衡量。对超文本、超媒体文学来说，它们天然地内蕴着主体间性，也就是说，必须依赖主体间性才能真正生成，而在主体间性的作用下，它们的文本间性也就不断显现，我们同样可以沿用主体间性、文本间性的标准进行评价。

作品进入了第三圈，其间性运动至此又有两种可能，一是停留于第三圈，二是进入第四圈，此时包括专业制作者与普通大众生产的超/多媒体文学，它们是制作者在超文本、衍生文本的基础上进一步融入了图像与声音等媒体要素，即在文本间性的基础上又融入了媒体间性，此时可进一步采用媒体间性的标准来衡量。

如果作品继续间性运动，也就形成了超级 IP，就进入第五圈跨媒体平台的传播。文本在各媒体平台之间的改编与流传就可沿用媒体间性的标准。需要说明的是，这种跨媒体平台的传播并不局限于中国这种商业性的网络文学，超文本、超媒体作品也可以进行商业开发。比如，在 2009 年，诺基亚公司曾与盛大文学合作，开发出多线互动式手机小说《我读过你的邮件》。在小说主人公的三个人生节点（16 岁、21 岁与 26 岁），读者可为其选择黑色现实主义、红色激情主义和蓝色智慧主义三种不同的人生轨迹，由此形成 27 个小说版本。这是交互性与商业性相结合的尝试，读者通过诺基亚 Ovi 邮件触发多线互动体验，而小说的多线交互结构又正与诺基亚 E63 的黑、红、蓝三种颜色一致。只要能够充分挖掘因交互而生成的娱乐性，这种交互式小说也可以运用于其他媒体平台的商业开发，改编成游戏、交互式电影、交互式电视，形成超级 IP。

显然，这是网络文学间性不断运动的扩张结构，它既是资本与技术导致的网络文学在时空上不断的辐射与扩散，同时也是四大间性与复合间性不断相互作用的逻辑展开：内蕴着世界间性的网络文学需要主体交互才能生成（主体间性），并由此不断激活文本间性、媒体间性，此时主体间性就成为连接世界间性、文本间性或媒体间性的复合间性，而文本间性、媒体间性的扩大又会促成更大的主体间性与世界间性（此时文本间性、媒体间性成为复合间性），而这又带来规模更大的文本间性与媒体间性……如此形成螺旋式上升运动，实际上，世界间性表现的是多重世界，可称为“超世界”，主体间性表现了群体的交互，类似于戈德曼所说的“超个人主体”，文本间性是超文本的结果，而媒体间性是超媒体、跨媒体平台（超级 IP）的结果。超世界、超个人主体、超文本、超媒体、超级 IP……网络文学不断地连接，不断地“跨层”，不断交织着不同的位面与时空，勾连着不同的人群与文本、融入了不同的媒体要素与流传在不同的媒体平台，从而构成了一种总体性的“超”运动，一种渗透现代性精神的电子流动景观，一场全社会范围内不断重组与拼接的马赛克文化的间性扩张。

如果说这个评价体系从内向外的指向表现了网络文学间性运动不断联结、不断扩张的过程，那么，从外向内的指向就揭示了一种包含关系，处于外圈的文本往往具有内圈的属性与间性，由此构成一种累加式的评价标准。举例来说，如果网络文学运动到了第五圈，即跨媒体平台，那么，它必然具有第五圈与第四圈的媒体间性、第三圈的文本间性、第二圈的主体间性与第一圈的世界间性，我们就应该用所有这些方面来评判其成就。同样，如果网络文学运动到了第四圈，除了第四圈的媒体间性，它往往也具有前三圈的文本间性、主体间性与世界间性……依次类推。这里要特别注意的是，每一圈层的间性并不是停留于原来的水平，由于复合间性的作用，它们会随着间性运动的扩展而扩展，换句话说，网络文学的间性运动既是间性不断由内向外的扩张，因此不断连接与累加不同种类的间性，同时也是每一种间性的规模由小到大的扩张。

由此可以发现，这个评价体系具有较强的伸缩性与操作性，它既适合于评价超文本、超媒体作品，也适合于评价中国网络文学的各种情况与各种文本类型。比如，对超文本文学来说，它首先就处于第三圈，因此，就天然具有第一圈至第三圈的文本间性、主体间性与世界间性，如果它继续向外扩散，则具有其他间性。对超媒体文学来说，它是在超文本基础上融入媒体要素，它就天然地具有第四圈的媒体间性，同时包含了超文本天然具有的前三圈间性，同理，如果它继续运动，则需要考虑第五圈的媒体间性。对中国网络文学来说，这个评价体系适合于它所有类型的作品或者发展阶段。有的作品没有反响，它最多可能具有世界间性；有的作品不温不火有一些反响，但反响不热烈（实际上大多数作品是如此），就最多具有前两圈的间性（此时写手往往会放弃写作，在某种意义上可以说，网络文学本身就是视间性运动而定的新写作模式，网文圈常说的“太监”正揭示了这种隐喻意味）；有的作品较火，可能在网上反响很大，产生了衍生文本，但这些文本主要是文字文本，同时并没有被影视剧、游戏等改编，就最多具有前三圈的间性；有些作品较火，不仅产生了文字性的衍生文本，也有多媒体的文字文本，就会具有前四圈的间性；有的作品很火，它不断跨越，形成超级 IP，它就可能具有所有圈层的间性。当然，某部作品也可能刚开始没反响，后来有很大的反响，我们也可以根据其发展的情况进行精确定位。从上面的分析也可以看出，这个评价体系既横向揭示了各种类型的网络文学在其中所处的位置与关系，也纵向地揭示了任何作品间性运动的可能，并将其精准地细化至各种阶段。这个评价体系甚至也可以涵盖传统文学，可以据此考察其在新媒介时代的各种间性运动（如果让作品上网的话）。在某种意义上，传统文学可视为中国网络文学的一种特例（脱机版），即其间性未充分实现之前的封闭文本①。

总体来看，网络文学评价体系构成了一个可双向阐释、不断扩散与运动的开放式多层系圆环。要特别指出的是，网络文学评价体系并非要完全抛弃传统评价标准，而是强调两者的结合，传统评价标准有其合理性，有其适用域，在传统评价标准对网络文学不起作用或评价不全面的地方，网络文学评价体系就开始发挥它的作用。这个多层系圆环的评价体系类似于詹姆逊所说的阐释网，阐释网让我们不断接近“所有辩证思维中那个终极客体（对象）”②，同样，网络文学评价体系也会尽可能避免当前对网络文学的阉割或肢解式评价，在现象学的意义上不断逼近与还原网络文学本身。

论述至此，还有一个方法论或操作性问题。不同于主要局限于文本本身的传统批评，网络文学评价体系需要涉及“文本外”的各种间性痕迹，如参与人数、人群的各种浏览、评论、点赞、回复、转发，衍生文本的数量、风格、特点……面对海量数据，这是否具有可操作性？这是可行的，这些间性痕迹实际上就是大数据，大数据挖掘与分析给网络文学评价体系的实施提供了可能。借助大数据分析，可以清晰地分析出间性的规模、主体的活跃度、各种改编文本的链条……并予以直观地展示。

三　从实体论文学观到间性论文学观

基于间性的网络文学评价体系的建构，意味着文学观念在新媒介时代的转型，即从实体论文学观到间性论文学观的转变。传统实体论关注的是事物、实体，而忽视了间性。在间性论看来，世界并非仅仅

---

① 本书建构的是网络文学评价体系，实际上也可称为新媒介时代的文学评价体系。也就是说，在理论上，新媒介时代的所有文学作品都脱离不了四大间性及其复合间性生成的间性运动。目前来看，这种间性运动以网络文学表现得最突出，而坚持传统创作模式（未在线写作与发表）的传统文学则处于运动的蛰伏状态。

② ［美］詹姆逊：《语言的牢笼　马克思主义与形式（下）》，钱佼汝、李自修译，百花洲文艺出版社1995年版，第279页。

由事物组成，而是由事物与间性组成，同时间性导致了实体存在：“从间性论的观点出发，一切存在和非存在的存在，皆被看作间性的存在，间性是存在/非存在之所以存在并且如何存在（是之所是，非是之非是）的生成基础。”[①] 间性、间性现象与间性思维一直存在，但在传统社会，间性的生成与运动常常是隐含的、间接的，人们更多关注的是事物与实体，反映在文学上，就形成了一种实体论文学观，常常自觉不自觉地把作品当成孤立、静止的客体、追寻的是不变的文学本质，而随着网络社会的崛起，互联网不但把文学原初的间性可视化，也进一步把更多文学要素联结起来，促成了界线的崩塌、位面的穿越、素材的重组、数据库的调用、文化的马赛克趋势，形成不断生成、开放与流变的间性运动，这必然要求我们不但要重视实体，也要重视间性，既要吸收实体论文学观的合理因素，也要开始强调间性论文学观，即从关系、交互、流动与过程的方面来理解与评价文学活动。从实体论文学观到间性论文学观，意味着对网络文学的认识有以下几个方面的转变。

第一，间性论文学观让我们对网络文学的本质属性有了一个新的判断。关于网络文学的本质属性也争论好多年了，一直未得到根本解决。从间性论文学观来看，网络文学的本质就在于网络文学活动要素的间性及其运动，是在世界间性、主体间性、文本间性与媒体间性这四大间性及其复合间性的关联与扩张中存在。需要说明的是，这并非重复实体论文学观那种形而上学的本质规定，而是认为网络文学在关系中、对话中、流动中、生成中成其所是。间性决定了网络文学的生成、可能与边界。

第二，从实体论文学观转向间性论文学观，意味着在理解与评价网络文学的时候，要改变印刷文学传统把文学活动要素视为孤立、单一、静止实体的潜在预设，主要从关系、过程、对话等方面来看待网

① 商戈令:《间性论撮要》,《哲学分析》2015 年第 6 卷第 6 期。

络文学。具体表现在三方面，一是从可见的、作为“有”的事物到不可见的、作为“无”的间性。传统实体论把存在实体化，不同时期的人们对实体的理解，或者是水、火、气、原子等自然实体，或者是理念、“我思”“先验自我”“绝对理念”等理性实体，或者是上帝等神性实体，但不管是什么，主要是在“有”的意义上来理解实体，这种哲学观应用于文学实体论上，就常常会把文学看成是客体的事物，而忽略了不可见的、作为“无”的间性，或者类似海德格尔的说法，只是抓住了“存在者”，而忽视了“存在”。二是从孤立个体到关系。实体本体论的实体是孤立的：“把‘实体’的存在特征描画出来就是：无所需求。完全不需要其他存在者而存在的东西就在本真的意义上满足了实体观念。”① 这种哲学观应用于文学实体论上，就容易从孤立、单数的角度来理解文学，而忽略了作为关系的间性。三是从静止到运动。实体本体论的所谓实体，是世界的始基和本原，是存在于物理现象背后的不变的本质。“在世上一切变化中，实体保留着，而只有偶性在变更。”② 这种哲学观应用于文学实体论上，就容易追寻文学不变的本质，将文学看成凝固不变的现成存在，而忽视了不断生成与变化的间性。总之，从间性论文学观出发，理解与评判网络文学，就不能仅立足于实体，也应立足于间性。这不是说完全抛弃网络文学的实体，而是以更接近于网络文学的本来存在方式，关注其实际的、处于关联或背景中的存在。

第三，互联网带来了文艺学的深刻转型，如何构建新媒介时代的文艺学？间性论文学观带给我们的启示是，不仅要关注实体，更需要关注网络文学发展过程中那些由间性生成的现象与术语，并深入发掘与整理其文化、文学与文论意义，建构新媒介时代的间性诗学。这些术语与文学现象很多，如中国网络文学中常见的“穿越”“重生”“位

① ［德］海德格尔：《存在与时间》，陈嘉映、王庆节译，生活·读书·新知三联书店 1999 年版，第 108 页。

② ［德］康德：《纯粹理性批判》，邓晓芒译，人民出版社 2004 年版，第 172 页。

面”“平行世界”“随身空间”“追文族”，西方网络文学中常见的“屏幕”“界面”“链接”“锚”“冲浪”“航行”“巡游”“路径”“边界”“窗口”“迷宫”等。我们甚至可以将它们进行中西比较，以思考网络文学的世界共通性。举例来说，中国网络文学中常见的“重生”与西方超文本、超媒体文学中的“路径”，都面临着多种叙事可能的间性，而“选择”就成为关键问题。重生小说的主角重生后在人生路口的徘徊，在彼世与此世之间的纠缠，与超文本、超媒体文学中路径的选择颇有相通之处。在某种意义上，它们正折射了在当下网络社会中，人们面临多重可能与复数选项，却越来越难以做出选择的困惑。进一步看，类似于萨特所说的选择决定本质，重生小说、超文本文学中的选择决定了不同的故事与人生、决定了不同的文本面貌，这反过来佐证了间性论文学观，间性生成了实体，关系让存在物获得自身特性。由此可见，这些术语与现象既具有网络社会的文化意味，同时也富有文论意义。相关工作还需要进一步挖掘。

第四，从间性论文学观与网络文学评价体系出发，可以看清楚目前网络文学评价的症结就在于“脱网评价”。如前所述，传统文学评价模式主要是把文学活动的要素当成孤立的、静止的实体去理解，而不是从间性去理解。这种评价模式在遭遇网络文学时，显然遇到了困难。它明显不适合超文本、超媒体文学，后者天然地蕴含着主体间性、文本间性或媒体间性。那么它是否适于对中国网络文学的评价呢？在有限的意义上，这种评价是可行的，当我们把中国网络文学从“网络”中抽离出来，看成一个脱机版，看成一个不产生联结与运动的单文本时，就可以这样评价，可以把这种评价模式称为“脱网评价”。这种“脱网评价”也的确可以揭示中国网络文学的一些特征，但显然是不全面的，忽视了其主体间性、文本间性与媒体间性，而对其世界间性，其评价仍是拘囿于传统世界视野，而难以洞察到它与网络社会的深层关系，以及由虚拟与现实交织的世界间性所呈现出来的诸种现象。

这种“脱网评价”模式，正是目前文学界对网络文学、特别是中国网络文学的主流评价模式。这源于传统实体论文学观的制约，也源自印刷文学标准的强大惯性。印刷品的稳定性、权威性特别容易营造单一、孤立、静止客体的幻觉："印刷文化产生了自己独特的心态。它觉得文本是'封闭'的，和其他文本隔绝，是一个自足的单位。"① 如果说超文本、超媒体文学自身内蕴的主体间性、文本间性、媒体间性会倒逼相应的评价模式，自然导致印刷文学评价模式失效的话，中国网络文学这种具有印刷文学风貌、相对更易"脱网"的文学类型，就特别容易被误读与阉割，人们看见的只是"可见"的文本（脱网版），只是可见的"世界"，而"不可见"却为文本所包含的世界间性，"不可见"却在网络上真实存在，不断起伏变幻的主体间性、文本间性与媒体间性却未能进入研究者的视野。或者说，方法即视域，印刷文学传统本身形成一种强大的遮蔽，对网络文学的间性，不是不想"看见"，而是"无法看见"。因此，这种沿用印刷文学标准的评价模式的评论对象只是网络文学的纸质版、实体书，而非网络文学本身，由此构成了一种隐形的"替换"！这是目前网络文学评价困境的症结，也是对网络文学评价不公平的地方。

第五，从间性论文学观与网络文学评价体系出发，也能重新厘清中国网络文学的定位。由于自身的先锋实验性质，超文本、多（超）媒体文学一般被看成严肃文学而争议较少，但中国网络文学这种带有明显的印刷文学样貌同时又兼网络属性的文学，究竟属于什么类型的文学，争议却很大，由此也导致了评价的分歧，对此必须在观念上予以廓清，具体表现在这样几个方面，①不能将中国网络文学简单地等同于大众文学。表面来看，中国网络文学确实具有强烈的大众性，其内容描写及受众人数，都具有大众文学的特征，而这实际上也成为很多学者的潜在预设。但如果只是将两者简单等同，就忽略了网络文学的间性。间性让中国网络文学具有了二重性，呈现出表层与深层的分

---

① ［美］沃尔特·翁：《口语文化与书面文化：语词的技术化》，何道宽译，北京大学出版社 2008 年版，第 102 页。

裂。比如，从其世界间性来看，中国网络文学呈现的是传统社会的主题，呈现的是传统大众文学常见的各种俗套描写，这是大众的，而从深层来看，却又呈现了网络社会的意识与体验，这又是可以进行精英阐释的。中国网络文学这种表层与深层、大众与精英的分裂，在一定程度上，可以解决前述精英立场与民间立场在评价中国网络文学时的对立与困境，换句话说，它不是精英性与大众性非此即彼的选择，而恰好是兼容的、二元性的。②中国网络文学与西方超文本、多（超）媒体作品相比，并没有人们想象中那么大的差异。一种常见的观点是，前者并不算真正的网络文学，后者才是，后者离开网络则不称为作品。如果只是从实体论文学观来看，只是从中国网络文学的印刷文学外观来看，就会有这种错觉。但如果从间性论文学观来看，从中国网络文学的四大要素间性及其复合间性来看，它跟超文本、多（超）媒体作品具有相通性。它同样与网络密不可分，同样是血肉一体。一旦离开间性来理解中国网络文学，必然就是将其隐性地替换为“脱网版”。③由此而来的一个结论就是，中国网络文学也是真正的网络文学，离开网络同样无法生成。离开网络，就不会有网络社会的意识与想象力，不会有作者、读者群体的线上交互，不会有网上衍生的文本链条，不会有跨媒体平台的流转，不会有不断扩散的间性运动。如同鱼离开了水，离开网络，中国网络文学就成了死物。

第五章　著作权制度的冲击与集体生产

在印刷文化时代，作家著作权是受到推崇与保护的，这也是传统文学制度的重要内容。新媒介的兴起冲击了著作权制度，带来了新的文学生产的可能性。

第一节　著作权的“占有”与内外的解构

新媒介从内外两个层面冲击了传统著作权制度，外在层面是指网络的共享文化对著作权的冲击，内在层面则是指网络开始消解传统的“作者—功能”。

一　网络共享文化

著作权追求的是个人的占有与垄断，而新媒介的兴起让人们开始对共享文化寄予希望。德国作家安森伯格（Hans Magnus Enzensberger）认为，新媒介与追求占有与永生的资产阶级文化不同，它不生产能够贮存与拍卖的对象，因此抛弃了知识产权与遗产观念①。这种情况在

① Hans Magnus Enzensberger, “Constituents of a Theory of the Media”, In *Electronic Culture: Technology and Visual Representation*, Edited by Timothy Druckrey, New York: Aperture, 1996, p. 62.

黑客文化那里得到了共鸣，黑客文化强调网络的共享精神，宣称“一切信息应当免费”。在20世纪70年代后，以共享为目标的黑客文化开始衰落，一些软件开发商停止发布源代码，强调私有化，并成为行业规范，但反抗软件私有化的浪潮一直存在，比如美国学者斯托曼领导的自由软件运动，此外还有著名的开源运动，芬兰青年沃兹反对微软企业的垄断，在1991年创造出了Linux操作系统，向世界公布源代码，让参与者共同改进与制作软件，这一系统取得巨大成功。在这些强调共享的声音中，常常认为传统社会基于物质，因此强调私有权，而网络却是可自由流动的信息，传播与复制不需要额外消耗，在财产权上不具备实体事物的排他性。

这种强调共享的情况在中国网络文学中也存在，早期网文阅读是免费的，这让很多人对网络文学打破传统著作权制度表示乐观，比如当时一位网友称其为“共享文学”，认为这是“文学共产主义”，“各取所需，按需分配”。在他看来，共享文学的形成有这样几个原因，一是免费的传播与普及：“技术的支持造就了网络文学的这个特点，一个Email可以把你的作品推到四面八方，无休止的转贴会把你的话送到意料不到的站点，跨越国界，跨越语言。”二是没有版权：“在这里，版权好像仅仅是一个署名权，其他的就是大家的。只有在下网发表了，到了传统媒体那儿，才又成为具有货币价值的‘稿件’。对写作者来说，只是表达和自由思想的代价；对阅读者来说，就是天上掉馅饼。”①

上海学者葛红兵对新媒介带来的文学生产可能性大加称赞，激情洋溢地称之为游戏精神。他发现，网络文学作者很多都是匿名状态或者只是一些网名，网络文学与纸面文学的区别就在于它们“体现了一种真正的游戏的姿态”，它不需要稿费：“我想网络文学它所依据的规则和纸面文学刊物是完全不同的。它为什么需要稿费，它本身应当是反稿费的产物。要稿费，就一定会有人为稿费给谁、给多少而审查，

---

① “假道学”：《戏说网络文学》，http：//culture.163.com/edit/000710/000710_31630.htm，2000年8月23日。

这就不是网络文学了，我希望网络文学永远不要谈论稿费的问题。一些知名的纸面文学作家，他们尽可以占住他们的纸面文学刊物，在他们的纸面文学刊物上成名、赚钱，不必将他们的稿费要价开到网上来。我的意思是说网络文学只应当接受无稿费要求的作品，让那些需要稿费的到纸面上去要么，各走各的道。”①

当时的知名网友“笨狸”在此基础上作了进一步的论述，他认为中国形态的网络文学“不为名，不为利，只为了可以向更多的人表达自己的理念和情绪”。在此意义上，不能以传统的著作权来衡量作品，恰好相反，“判定优秀的网络原创文学作品有一个公众的做法，就是被到处张贴和转摘”，而这也是一个网络作家独特的价值与意义：“在网络上，一个熟悉网络的作者是不怕作品被到处张贴和转摘的，因为这是他们创作价值的体现。”作者对此不计较版权，只是希望张贴的时候能够保留唯一的权利——署名权，而这是网络文学“目前唯一拥有的著作权了”。“笨狸”将这种文学共享与新媒介的属性相联系：“这个情况是由于网络本身的特性所决定的，因为，国际互联网络的最大意义就是：资源共享和言论自由。这决定了著作权的萎缩。”在他看来，这也是网络文学的独特价值，它的目标不是著作权，而是获取更多的读者，激发更多的共鸣：“一个作者真正用心的艺术创作，所希望的应该是更多的欣赏而不是更多的稿费。所以，对于用著作权的萎缩去换取更多的共鸣，这笔账算起来应该还是合算的。自由、宽容、理解这是网络文学得以存在的土壤，而且，相对于传统媒体空间而言，这也是网络文学可以得到更大发展空间的潜力所在。”②

显然，共享与否并不取决文学的性质，而取决于它是否在网上。不过这种文学共享主义遭到了传统著作权制度的反击。1999 年，王蒙、张抗抗等作家状告北京某公司在网站“北京在线”上刊载其作

---

① 葛红兵：《游戏的精神：关于网络文学》，http://culture.163.com/edit/010418/010418_49449.html，2001 年 4 月 18 日。

② “笨狸”：《织文成网》，http://bbs.tianya.cn/post-no01-4091-1.shtml，2001 年 6 月 19 日。

品，侵犯了他们的著作权。在诉讼过程中，该公司建议作家们听听网民的建议，从网民的反应来看，他们普遍对“北京在线”表示支持，认为作品上网应当免费。但是作家并不这样看，仍然坚持著作权的重要性。张抗抗表示，网站是新事物、成本高、无收益，但这不是可以擅自使用他人作品的理由，因为网站的最终目的还是要追求利润的，即使对公益事业，作者可以自愿捐献其著作权，但这并不等于说作品可以被随意使用。这场官司以作家们的胜诉而告终，此后国家版权局拿出了解决网络著作权的初步方案，提出在现行著作权法第十条增加一项“信息网络传播权”，即“以有线或者无线的方式向公众提供作品，使公众中的成员在其选定的地点和时间获得这些作品的权利”，同时，这一权利还要延及表演者、录音录像制作者、演员以及唱片制作等单位，他们也享有作品的网上著作权①。

这表面上只是一场官司，牵涉的问题却是复杂的，这一短暂的讨论也是弥足珍贵的，它是一道分水岭，呈现的是从印刷到网络不同文化精神的分离，以及文化生产的不同走向。这种争论跟国外大致相同，与王蒙等人的官司相似，瑞典地方法院曾裁定某下载网站创始人入狱，这让主张改革版权制度的瑞典海盗党获得网民的支持，并在2009年的选举中获得瑞典在欧洲议会的两个席位。学者吉斯勒（Markus Giesler）提出网络礼物文化的说法，他以Napster音乐网站为例，认为数码信息可复制与共享，不同于传统的物质性礼物，网络礼物是一种多维的馈赠关系②。但作者们却表示反对，美国音乐家汉考克认为，Napster音乐网站冒犯了艺术家的权益，随意免费传播他们的作品，网站自身却借此赚了很多钱③。尽管争论仍然存在，但新媒介带来的共享文化、开源

① 宋慧献：《网络著作权：水落石正出》，http：//edu. sina. com. cn/wander/2000-05-26/3524. shtml，2000年5月26日。

② Markus Giesler，“Cybernetic Gift Giving and Social Drama：A Netnography of the Napster File-sharing Community”，In *Cybersounds：Essays on Virtual Music Culture*，Edited by Ayers，Michard D，New York：Peter Lang，2006，pp. 21 – 56.

③ ［美］汉考克：《〈网乐轰鸣〉序言》，载［美］约翰·奥尔德曼《网乐轰鸣》，贾文渊等译，中信出版社2003年版，第18—19页。

运动给人们反思传统的著作权提供了可能。

二　第二次“作者之死”

如果说网络共享文化从外围冲击传统著作权，新媒介带来的“作者之死”则从内部瓦解了著作权的根基。

著作权是建立在作者个人权威与独创性的基础上。在印刷文化语境中，作者往往被建构为“某些拥有一定权威（autorité）的写作之人”①。作者的权威决定了“作者—功能”必要性的有无。在古代社会，占主导地位的权势是一种来自神学意识形态的外部权威（autorité externe），而内部权威（autorité interne）则是随着印刷术的发明而开始占据主导地位，属于个人的内部权威以自己的名义说话，用自己的才能、思想、技术、灵感、天赋等来获得大家的认可②。在这种情况下，“作者”的重要性开始得到凸显。印刷文化有利于个人表达，并带来整齐划一的个人风格，“在手写书的条件下，作家的角色是不明确、不稳定的，他与行吟诗人的角色相仿。因此，那时的自我表现并不重要。但是，印刷术创造的一种媒介使人能放声吟诵、直抒胸臆。同样，它使人能神游于过去禁锢在修道院里的书的世界中。醒目的机器印刷产生了狂放的表现手段”。印刷文化也让“一致性”“进入了言语和文学”，“使一篇文章从头到尾用一个腔调和一种态度去处理主题，‘文人’遂应运而生”③。印刷文化促成了个体的批判意识与独立思考，这有助于作者权威的提升：“句子的线性排列、页面上的文字的稳定性、白纸黑字系统有序的间隔，出版物的这种空间物质性使读者能够远离作者。出版物的这些特征促进了具有批判意识的个体的意识形态，这种个

---

① ［瑞士］樊尚·考夫曼：《“景观”文学：媒体对文学的影响》，李适嬿译，南京大学出版社 2019 年版，第 33 页。

② ［瑞士］樊尚·考夫曼：《“景观”文学：媒体对文学的影响》，李适嬿译，南京大学出版社 2019 年版，第 33 页。

③ ［加］马歇尔·麦克卢汉：《理解媒介——论人的延伸》，何道宽译，商务印书馆 2000 年版，第 226 页。

体站在政治、宗教相关因素的网络之外独立阅读独立思考。以页面文字所具有的物质性与口传文化中言辞的稍纵即逝相比，印刷文化以一种相反但又互补的方式提升了作者、知识分子和理论家的权威。”① 然而作者并不具有普遍、永恒的意义，人类历史上就曾经有过无须考究文本的作者是谁的时代。在凯文·凯利（Kevin Kelly）看来，古代的知识空间是动态的口述传统，易于插话、质疑以及转换话题，是协商的论坛，而等到“手稿付诸印刷之时”，“作者的想法就成为确立永存不变的思想。读者对文本成型所起的作用就不见了。贯穿全书的一系列坚定不移的思想赋予著作令人敬畏的权威——‘权威’和‘作者’源于相同的词根”。②

与这种权威相联系的是对作家独创性的强调，作家被看成是创造者与先知，上帝死了，永存的创造者取代了他的位置：“艺术家是作为个人来生产的，个性不是被理解为某种东西的表现，它完全是另外一回事。天才的概念证明了这一点。”③

作者的权威与独创性在 20 世纪 60 年代开始遭到质疑。对作家个人性的极端强调忽视了作家地位的制度建构：“作家作为‘创造者’享有特权的表现，导致一切处于生产者中作者位置和将他引入场中的社会轨迹上的东西被搁置起来。”④ 只有摆脱这种自恋主义，才能建立起文化著作及其作者之间的一种科学。孤立主义的作家创造者只是一种幻象：“如果与自认为再版原始‘创造’是‘再—创造’行为的溢美之辞决裂是必要的，应该不要忘记这类话语及其促进信用增加的文化生产的表现，以作为偶像的‘创造者’的社会创造条件的名义，组成了这特殊生产过程的完整定义。”⑤ 正是在此意义上，罗兰·巴特宣

---

① ［美］马克·波斯特:《第二媒介时代》，范静哗译，南京大学出版社 2000 年版，第 57 页。

② Kevin Kelly, *Out of Control*: *The New Biology of Machines*, *Social Systems*, *and the Economic World*, New York: Addison-Wesley Publishing Company, 1994, p. 465.

③ ［德］彼得·比格尔:《先锋派理论》，高建平译，商务印书馆 2002 年版，第 123 页。

④ ［法］皮埃尔·布迪厄:《艺术的法则：文学场的生成和结构》，刘晖译，中央编译出版社 2001 年版，第 232 页。

⑤ ［法］皮埃尔·布迪厄:《艺术的法则：文学场的生成和结构》，刘晖译，中央编译出版社 2001 年版，第 279 页。

布了“作者之死”；福柯把作者界定为话语的功能，而不是话语的主体，认为作者的作用是表示一个社会中某些话语的存在、传播和运作的特征：“作者之所以产生，是出于现代资产阶级确认对作品之责任的需要，而这种确认的目的是对作品加以控制和管理[①]。”

不过，在学者考夫曼看来，这场“作者之死”却带来了悖反后果：“这场死亡并没有阻止那些宣称死亡的作者以作者的身份继续存在，而且恰恰相反，这场死亡成了一种令人向往的光荣牺牲。”[②] 也就是说，这不仅没有最终解构作者，反而强化了作者的符号资本：“文学界里，并不是所有的作者都有资格去死，除非他渴望写出一部像陵墓一样不朽的巨作，到头来，只有最伟大的作家才有能力死去。要获得‘作者之死’的权力，必须精通写作、日积月累，也就是说，以生命为代价。”在此意义上，宣布死亡就是用神圣来装点自己，就是为了让自己倍受诅咒，“死亡”成为一种“抵抗”：“抵抗作者从今往后必须习以为常的一种标准化或平凡化。”[③] 或者说，这次“作者之死”是以悖反的方式呈现了书籍写作的黄昏，是作者权威在新媒介时代来临之前的挽歌：“一个‘作者之死’和‘文本性’的时代，以及六十年代作为体现这些先锋派的时代，可谓是书籍和写作文化的绝唱。而这一文化正在渐渐失去重心，一开始它被视听领域征服，如今则屈从于数码技术。”[④]

考夫曼的意思是说，新媒介带来了第二次“作者之死”，这是真正的“作者之死”。新媒介既解构了作者的权威，也解构了与之相关的独创性。

---

① Michel Foucault, What is an Author? In *Textual Strategies*: *Perspectives in Post-structuralism Criticism*, edited by Josue Harari, Ithaca, NY: Cornell University Press, 1979, pp. 148 – 149.

② ［瑞士］樊尚·考夫曼：《“景观”文学：媒体对文学的影响》，李适嬿译，南京大学出版社 2019 年版，第 6 页。

③ ［瑞士］樊尚·考夫曼：《“景观”文学：媒体对文学的影响》，李适嬿译，南京大学出版社 2019 年版，第 6 页。

④ ［瑞士］樊尚·考夫曼：《“景观”文学：媒体对文学的影响》，李适嬿译，南京大学出版社 2019 年版，第 6 页。

新媒介让写作民主化，写作成了稀松平常的事情，作者与读者之间的区别成了功能性的。借助新媒介，普通大众有了写作与发表的平台，这种高度“参与性的文化”（participatory culture）显然是传统文学无法想象的。新媒介让“写作”这一“信仰的生产”深刻地祛魅了。人人都可以写作，这似乎拉低了写作的质量与水准，但正如陈村所说，这“让很多人对文学发生了兴趣”，“一旦你想写东西了，就要熟练掌握中文，就要去翻翻传统文学的经典作品，研究一些叙事结构什么的”，从这个角度来看，网络是“功德无量的”①。艺术家本身只是社会历史条件的产物，是社会分工的结果，新媒介可以说是对写作权力的一次返还。

新媒介也淡化了对作家的传统设定，要成为作家并不一定取决于内部权威，而是取决于注意力：“无论什么人，只要赢得众人的注意力，便可在一段特定的时间内成为作者，并出版一本最好是和他个人有关的闲书。歌手、演员、政客，以及在 YouTube 网站上介绍化妆品的少女们，如果他们期望的话，都可以成为作者。”② 在此意义上，福柯所说的“作者—功能”——这种话语秩序的关键——变成了注意力资本的副产品，注意力资本也越来越系统化地和话语中的所有权威脱钩。这就让布迪厄的整套理论系统不再有效，因为注意力与象征资本正好相反，一方面，注意力在无论什么时候都可以被转换成商业资本；另一方面，注意力对任何人来说都伸手可及，它并不取决于具体话语秩序“教规”的内部授权程序。有了关注，就有了作者，传统的建构作者的话语权力在很大程度上已经失效。

新媒介让作家开始景观化，这进一步消解了作者权威。作者需要不断赢得关注，他需要在电视上、社交网络上露面、直播，扮演一位“平易近民的作者”：“一位不在照片墙（Instagram）上晒自拍的作者，一位不在脸书或推特平台回复读者、和无数读者朋友交流分享的作者，

---

① 吴慧：《陈村谈中国网络文学十年》，《东方早报》2009 年 6 月 7 日。

② ［瑞士］樊尚·考夫曼：《“景观”文学：媒体对文学的影响》，李适嬿译，南京大学出版社 2019 年版，第 75 页。

就不能成为一位严肃认真的作者。”[①] 他暴露于众人的目光之中，不再神秘与特殊，他不再是上帝的选民，作者失去了他的风格，也失去了他的权威，因为他和普通民众太像了。在此意义上，视听设备和数码技术掠夺了印刷文化所赋予作者的身份、特权和权威。

新媒介也瓦解了作者个人独创的孤独者形象，呈现了写作的集体性。这跟口头文化或手稿文化相似，从口头传统来看，“历史上有极其大量的叙事作品是没有作者的（口头叙事作品、民间故事、交给行吟诗人和朗诵者的史诗等）”。[②] 这里所说的“没有作者”是指不突出作者的“个人性”，一方面没有著作权的要求；另一方面作品往往是集体完成：“荷马史诗是演唱传统历史发展的结果，而不是凌驾于传统之上的创作者影响的结果。把史诗的原创者归功于某一位文化英雄是十分常见的错误。”[③]

在新媒介兴起后，人们尝试突破传统的个人式作者，为此做了一些实验。阿斯科特较早对利用远程通信合作艺术产生了兴趣，他在1980 年设计了一件名为“终端艺术”的远程通信作品，并邀请各国艺术家通过电脑会议集体完成这一作品。1983 年又创办国际远程通信项目“文之肌理”，用电子网络借助“分散作者”方式创造出来一个全球性的童话故事，在线参与者遍布美洲、欧洲及澳洲[④]。与之类似，本森（David Benson）试图通过网站创办交互性小说，他设定了小说的开头，邀请人们投稿，小说呈现为一种树状结构，在不同的分叉中无限生长[⑤]。2015 年，美国记者艾瑞克·麦克（Eric Mack）希望撰写一部互联网式的科幻小说，取名为《天堂杀戮》（*Heaven Makes Kill-*

---

① ［瑞士］樊尚·考夫曼：《“景观”文学：媒体对文学的影响》，李适嬿译，南京大学出版社 2019 年版，第 15—16 页。

② 张寅德编选：《叙述学研究》，中国社会科学出版社 1989 年版，第 29 页注释。

③ ［加］马歇尔·麦克卢汉：《理解媒介——论人的延伸》，何道宽译，商务印书馆 2000 年版，第 392 页。

④ ［英］罗伊·阿斯科特：《未来就是现在：艺术、技术和意识》，周凌、任爱凡译，金城出版社 2012 年版，第 57 页。

⑤ L. J. Winson, *Reacitve Interview with David Benson*, *Webmaster of the No Dead Trees Interactive Novel*, 1995, http//www. innotts. co. uk/ ~leo/yper/db. htm, 2000 -2 -3.

ing）。麦克在这个计划中担任的角色是“作者—发起人”（auteur-initiateur），他在网上发表了小说的前两章，然后邀请大家续写他的小说。芬兰作家米可·卡尔皮（Mikko Karrppi）2010年出版了小说《从一个现实到另一个现实》（*From Reality to Another*），这部作品也采用了集体写作模式。他在网上发表了小说的第一章节，然后邀请网民在“推特”平台上，一句一句、一小时一小时地“推”。每隔一小时，卡尔皮和他的同事会对网民的“推文”作出评估，选出最好的推文。显然这些学者或作家强调的是参与性、游戏性的维度，试图对作者的集体化形式做出尝试。这种写作计划以前也有，马拉美、情境主义者与历史先锋派，都对此抱有幻想，与之相比，通过新媒介实施这种集体写作计划容易得多，网络的互联为此提供了完备技术条件。

在中国网络文学中也有这种尝试，网络文学早期曾流行过一段时间的接龙写作，比如新浪网举行的《网上跑过斑点狗》的接龙游戏、“榕树下”网站的《城市的绿地》、“亿接龙”网站设立的《青青校园，我唱我歌》等接龙小说栏目。人们也曾利用手机短信进行接龙写作，比如2005年在河南举行的首届中原短信文化节暨短信小说接力大赛，这是让手机用户集体创造短信接力小说的首次尝试。这种集体写作更常见的形式是网友对同一部小说接力性的加工。作为第一部成功的网络小说，蔡智恒的《第一次的亲密接触》产生了很大的影响，这部小说在成书的过程中，常常有网友参与进来，对小说情节写作提出建议，有的读者甚至直接对其中的段落进行改写，在转贴时一律署名为“痞子蔡”。网络文学选集《情调 e-mail》的编订者田射曾对入选篇目做出说明：“这些作品在网上可能被许多人删改、续写，收入本书的模样与原初相比也许面目全非；也就是说其作者已非某个原初作者，而是有多名互不相识的合作者。……绝大多数的作品都没有署名，少数的几篇上有署名的我也悉数保留。”① 这正是波斯特所说的情况：“数字化文

① 田射：《情调 e-mail（网络文学采撷）》，华夏出版社2002年版，前言。

本易于导致文本的多重作者性。文件可以有多种方式在人们之间交换，每个人都在文本上操作，其结果便是无论在屏幕上还是打印到纸上，每个人都在文本的空间构型中隐藏了签名的一切痕迹。”[①]

这种集体写作具有积极意义。格非认为：“如果我们重新理顺观念，回顾文学，《梁山伯与祝英台》的作者是谁并不重要，但是依然有无数人加入其中，这样不是挺好吗？一个故事在流传。一个写作者即便没有任何的商业利润也可以创作的时代，其实也是我们暗中希望的时代。”[②]“笨狸”有相似看法：“网络协作和可修改性如果可以在某种契机中得到发挥，那么在网络上出现一种新形态的伟大的文学作品也不是天方夜谭。或者有人说，艺术创作和软件工程不同，因为艺术缺乏严格意义的价值可比性。而且，历史上集体文学创作从来没有真正成功过，因为写作风格和意境营造上容易出现混乱，集体修改又往往以失去个性魅力作为代价。但是这种看法是基于传统媒体的限制而产生，利用网络特性，多分支的发展、多连接的表达、多媒体的意境等这些已经不乏实验的手段甚至立体的创作这些前所未有的新艺术表现形式，已经在暗示着一种新的文学革命。”[③]

当然，这似乎只能说明早期网络文学的情况，商业化后的网络文学极为强化作者的个人权益与著作权，但是，部分商业写作在客观上仍然解构了传统文学的个人主义设定，具有集体写作性质，比如现在很多网络文学 IP 的生产，都是团队运作的结果，而非个人的产物[④]。一位网络作家表示：“单打独斗很容易写作疲劳。早在 5 年前还在读大学的时候，我就和学校里的一帮文学青年抱团一起创作网络小说。”他阐述了这种集体创作模式：“我们一起讨论情节，一致认可后，再在教室里的黑板上画出小说框架和主线，由一个主创人员写出样章来

① ［美］马克・波斯特：《第二媒介时代》，范静哗译，南京大学出版社 2000 年版，第 99 页。

② 夏琪：《新媒介时代如果爱和死的主题消失，文学又将怎样？——作家、学者谈新媒体时代的文学创作》，《中华读书报》2017 年 5 月 24 日。

③ “笨狸”：《织文成网》，http：//bbs. tianya. cn/post-no01-4091-1. shtml，2001 年 6 月 19 日。

④ 参见许苗苗《作者的变迁与新媒介时代的新文学诉求》，《文艺理论研究》2015 年第 2 期。

确定文字风格，再分配章节给每一个写作小组成员，写完后再由主创人员进行最后的编辑以统一风格。这样的写法很新鲜，但确实很高效，一部百万字的小说，只要一个月就能出来。”① 此外，网络文学中还存在更大规模的写作团队或工作室：“有时候甚至连作品的名称都不知道，也不用再讨论写作内容和方向，每个月通过 QQ 接收规定好内容的写作计划，完成它，就能收到团队发放的月工资。有时候我都不知道我写的那些内容最后被发在哪里了。”网络作家阿彦认为，个人的力量根本无法和写作班子相比：“比起他们流水线式的量产，个人要写 100 万字可能要一年甚至更长时间。很多单兵作战的写手赚不到钱，就自动退出了，现在的网络文学已经逐步被流水线式的写作团队占据。”② 在网络文学的生产中，甚至开始融入人工智能、大数据分析等元素，小说的看法被供应商掌握，与网民合作的作者和被软件取代的作者，此二者之间只有一步之遥。

在阿斯科特看来，在远程通信兴起后，传统的“垂直视角”开始让位于更加包罗万象的、世界性的“俯瞰视角”。印刷文化是一种垂直视角，它“把个人艺术家和个人欣赏者从人群中拣选出来”，“这需要一种同人类从头到脚的，既孤立又独特的观看方式”，而在远程通信系统中，早期艺术家/观众或发出者/接收者的二分法转化为创作系统的统一“使用者”，这是一个“广场”，一个行为、神话和观念的汇聚地：“在远程通信话语中，意义并不是以一种单向线性模式来提出和消费的，而是通过各种交换来协商、分布、转化和分层。这样，作者这一角色的权利被分解了，分散于广袤的时空之中。”③ 在新媒介时代，文学生产呈现出多主体、类主体特征，冲击了传统文学制度印刷

---

① 《网络文学：碎片化、社交化趋势加剧》，http：//www. enet. com. cn/article/2014/0214/A20140214349744. shtml，2014 年 2 月 14 日。

② 《网络文学：碎片化、社交化趋势加剧》，http：//www. enet. com. cn/article/2014/0214/A20140214349744. shtml，2014 年 2 月 14 日。

③ ［英］罗伊·阿斯科特：《未来就是现在：艺术、技术和意识》，周凌、任爱凡译，金城出版社 2012 年版，第 30 页。

文学观念对作者的个人天才想象："它破坏了同独立的个体紧密相连的作者权。它破坏了个人对创意作品的想象力。"[①] 在此意义上，新媒介鼓舞了全球连通的网络意识，取代了老工业文化的偏执：焦虑、疏离、隐秘和神经过敏的私有化。

第二节　"抄袭"指控与"数据库"写作

在第一节中，笔者分析了新媒介对"作者—功能"的解构与著作权的冲击，不过这主要是从理论意义、文化意义而言。从现实状况来看，由于网络文学制度的建构，作者权威仍然存在，不仅如此，在网站的作家推广制度下，作者还明星化了，有了更大的光晕与海量粉丝群。著作权同样如此，文学网站建立的 VIP 付费制度改变了早期共享文化，强化了个人收益，同时严厉打击盗版，表现出极强的版权意识（最近又开始兴起免费论，但这并非体现网络共享文化，而是资本为了下沉市场、扩大用户群体而采取的商业策略，详见后文）。不过，在现有的网络文学制度框架内，新媒介仍然表现出了对著作权的解构，以及新的文化生产的可能性。

一　从网络文学频繁的"抄袭"指控说起

近年来，网络文学的抄袭指控越来越频繁，这种现象以前就有，不过随着网文 IP 运营的大规模兴起，一部作品大红大紫，这必然会引起同行注意，从而导致该作的抄袭"黑历史"被挖出。比如《花千骨》是 2015 年暑期的热播剧，一位微博博主质疑该小说抄袭《花开不记年》《箫声咽》等作品，并在网上贴出《花千骨》与其他网络小说内容的对比图。引起更大轰动的是"唐七公子"的小说《三生三世

① ［英］罗伊·阿斯科特：《未来就是现在：艺术、技术和意识》，周凌、任爱凡译，金城出版社 2012 年版，第 38 页。

十里桃花》，该小说早在 2008 年连载时就被指抄袭“大风刮过”的《桃花债》。2015 年，这部小说签约影视版权后，针对先前的抄袭嫌疑，“唐七公子”自称“是在致敬《桃花债》”，“大风刮过”却对这种“致敬”不买账，讥讽道：“一般抄袭的人，是默默抄完，很怕被发现，事发不承认。T 小姐（指唐七公子——引者注）则刚刚相反，她是抄一点，然后大张旗鼓发声明，自己说致敬。”① 在 2017 年《三生三世十里桃花》电视剧上映期间，“抄袭”丑闻更是闹得沸沸扬扬。同样在 2017 年，知名网络作家“匪我思存”在微博上连发数条微博，曝光“流潋紫”的《甄嬛传》《如懿传》抄袭自己的小说，并晒出证据，声称“流潋紫”甚至连自己书中的错别字也一并抄了过去。《甄嬛传》早在 2011 年已经上映，当时该剧红遍大江南北，针对不少人好奇为何她要在《甄嬛传》上映这么久后突然发文抨击，“匪我思存”暗示刺激自己维权的导火索正是“唐七公子”在微博发布《三生三世十里桃花》没有抄袭声明一事：“因为昨天是原创非常尴尬的一天啊，所以我忍无可忍捅破这事了。”② 另一部小说《锦绣未央》（原书名《庶女有毒》）则在 2017 年因抄袭被 11 名网络作家告上法庭。从网友指控来看，此书被指抄袭两百多部小说，全书共 294 章，仅 9 章未抄，网友搜集整理的抄袭证据高达 2 米多，其故事框架涉嫌抄袭《长歌天下》，谋权宫斗模式抄袭《帝王业》《军师联盟》，女主人公的人设抄袭《身历六帝宠不衰》。2019 年，北京市朝阳区人民法院最终对《锦绣未央》侵权案进行一审宣判，认定抄袭行为成立，判令被告《锦绣未央》的作者周静（笔名“秦简”）立即停止对小说侵权，赔偿损失并赔礼道歉。此案还入选了“2019 年度北京法院知识产权司法保护十大案例”。网络文学不仅存在抄袭，还出现了借用“自动写作软件”

---

① 《网络文学抄袭泛滥　原创去哪了?》，https：//culture. china. com/chinawatch/13000480/20170816/31106335. html，2017 年 8 月 16 日。

② 《匪我思存发声维权，点名〈甄嬛传〉〈如懿传〉抄袭》，https：//www. sohu. com/a/164047773_444456？t = 1502678217754，2017 年 8 月 11 日。

或“网文生成器”进行创作的情况。比如，晋江文学城曾接到网友举报，声称与晋江网签约的一位知名网络小说作者涉嫌抄袭，后经晋江网调查，认定该作者大量使用了写作软件的素材，许多内容来自知名作家作品的片段，最终，网站只能封掉该作者的ID。目前一些电商网上还在售卖“写作神器”和“自动写作软件”之类，这些软件由素材库和自动写作系统构成，其中素材库基本是各类网络小说与传统作家作品的描写片段，自动写作系统则可以自动生成人名、地名、招式、武功、服饰、爱好、特长、误会、巧合与情节结构等，有的高级写作软件还会把多个来源的描写融合在一起，作者只需要写出情节的大致脉络，其余具体描写都可以交给软件自动完成，这显然让抄袭更加容易了。

网络文学的抄袭也引起了有关部门的重视。2016年11月，国家版权局发布了《关于加强网络文学作品版权管理的通知》，对网文原创者的保护机制作了明确规定，还特别要求建立网络文学作品版权监管的“黑白名单”制度。

尽管一些网络小说被法院判定为侵权，但在网络作家及读者那里，是否构成抄袭的认识是模糊的，存在巨大的争论。这种争论之所以出现，就在于新媒介时代文学生产的独特性，由于有海量作家从事创作，写作的套路、设定，包括情节描述、语言表达的雷同情况非常严重，谁是原创，谁是抄袭，何为剽窃，何为借鉴，在认定上面临着前所未有的困难。

涉嫌抄袭的主要有两种情况，一种是低端的原文照搬，直接复制粘贴，这种显然是抄袭，易于认定，不在本书讨论范围之内。还有一种是高级的做法，用网络作家们的话说，就是所谓的“洗稿”或“融梗”，正是后者引起了广泛的争论。所谓“洗稿”，网友又称之为“中翻中”（即把中文翻译成中文），情节脉络跟别的小说相同，但换一种说法进行表述。除了“洗稿”，还有“融梗”。要理解什么是“融梗”，先得了解什么是“梗”：“梗就是一个题材下面的小分类，比如大一点儿重生带花钱系统，快穿女配逆袭，高冷仙尊×软萌小徒弟的师徒恋，小一点儿有阿伟死了，笑死我了，叫爸爸，等等现实生活中层出不穷的段子和有特定含义的网络用语。”① “融梗”就是指在写作创意、人物设定、故事套路、情节桥段等方面借用他人作品的行为。从字面意思看，“洗稿”显然含有“洗白”的贬义意味，“融梗”则是一个中性词，也就是说，前者“抄袭”的嫌疑更大，但“洗稿”与“融梗”在不同的人那里含义并不相同。对强烈反对抄袭的网络作家及读者来说，“洗稿”“融梗”“抄袭”这三个词可以画等号，而对另一些作家来说，他们主张认定的灵活性与适度借鉴，更倾向于使用中性的“融梗”而不是“洗稿”或“抄袭”，并有意识地把前者与后两者相区分。在用词上或“贬义”或“中性”的暧昧态度，表明了人们对网文是否构成“抄袭”的模糊认识与摇摆不定。

“融梗”这个词的来源本身是一种机会主义的表现，与2016年晋江文学城的丁墨等作者投诉“玖月晞”抄袭有关，按照当时晋江的规则，“玖月晞”属于“部分抄袭”，理应被锁文并封ID，但当时“玖月晞”已经获得了千万版权费，为此晋江文学城临时修改了抄袭认定规则，认为她是“融梗”而非抄袭，“融梗”一词由此而来，“玖月晞”也由此被网友讽刺为“融梗天后”或“融梗女王”，这也导致丁墨等人离开晋江。丁墨在微博中反对所谓“融梗”：“一个文核心梗就那么多，哪个凭真本事写文的人不清楚？融梗抄梗的情况，法律不一定能判，但我坚决抵制。我也恳切希望，我的读者都能抵制这种行为。这是对原创作者的保护。否则原创将死。”②

从“玖月晞”的创作来看，她这种“融梗”可能就是变相的抄袭，按照网友观点，她的人物设定、剧情走向与发展，其中“高光”与“核心”的部分与别的作品具有很大的相似度：“……她（玖月晞）

---

① 某匿名网友对“什么叫‘融梗’，跟抄袭有什么区别？”的回答，https：//www. zhihu. com/question/66202957/answer/880166817，2019年11月3日。

② 丁墨新浪微博，https：//weibo. com/jjdingmo，2016年4月18日。

把某篇文的出彩情节套个其他的壳子（比如校园暴力），再换一换表达词语，再把接下来的故事内容从另外一篇文章那里挖过来如法炮制，但是总的故事结构还是连贯的，因为她抄的都是同类型的文章。”① 另一位网友有相似看法：“有问题的是全篇小说中超过相当大一部分的内容多次在相同的节奏上用了一样的梗，换句话说就是两篇小说选材一样，套路一样，节奏一样，细节梗也一样，这基本就是抄袭了②。可以看出，“玖月晞”这种情况实际上就是“洗稿”，这肯定是需要谴责的。

如果“融梗”不是有意整体抄袭，而只是借用“梗”（设定）呢？这种情况应该如何认定？

一些网络作家与从业人员对抄袭的认定较为严格，以云阅文学创始人“千幻冰云”为例，他早在2008年就意识到网文抄袭这一问题的重要性，并写了一篇博文《关于网络文学抄袭的界定》，其中较有价值的有这样两点想法，一是关于如何区分“借鉴”与“抄袭”，他打了一个比方，如果有人的孩子与邻居有一点相似，我们不会认为这孩子是邻居的，但是如果鼻子、眼睛、嘴巴、耳朵都相似，甚至有特征性的东西也相似，到了让人一目了然的境界，那就是抄袭。也就是说，他强调的是从作品的“整体”来判断是否构成抄袭。二是对沿用了某些开山立派作品的设定是否算作抄袭这一问题，他提出一个“特征性”说法，认为“特征性”是“判定抄袭的最重要因素”，这种“特征性”是作家个人独特的标志：“一个人的作品，如果特征性明显，唯一性很强，那么之后使用的，未经过作者同意就属于抄袭了，如果是这特征性以及唯一性已经成了该题材的规范，那就属于借鉴和引用的范畴。”③“千幻冰云”强调从整体上去认定抄袭，这种说法较

① “休笑痴”对“玖月晞”事件的回答，https：//www. zhihu. com/question/66202957/answer/875493734，2019年10月30日。

② 某匿名用户对“玖月晞”事件的回答，https：//www. zhihu. com/question/66202957/answer/880166817，2019年11月2日。

③ “千幻冰云”：《关于网络文学抄袭的界定》，http：//blog. sina. com. cn/s/blog_556221d60100b37n. html，2008年11月5日。

有道理，也为后来不少网络作家与编辑所支持，而他关于引用开山立派作品的设定是否构成抄袭的说法则存在明显悖论，这一点我们将在后文中继续讨论。

另一位网络作家“my name”的要求则更为严格，他在网络作家的主要论坛“龙的天空”上发表帖子《网络小说抄袭的认定》，其中观点得到不少网络作家的认可。这篇帖子否认了“整体”认证法则，认为个别字句、情节、主线与设定的挪用都算抄袭，并逐一说明。首先，关于“个别字句的抄袭”。在他看来，一句话看似无足轻重，但在互联网时代，语句因为简短容易传播，产生的价值可能是无法估量的，比如男频的“剑来”“恐怖如斯”，女频的“陌上人如玉，公子世无双”，这些字词对一部小说及改编作品的宣传意义是极大的，而这些宣传又能转化为利益。其次，“一段情节的抄袭”。以网络小说常见的“打脸”情节为例，他认为一个优秀的“打脸”情节，对吸附读者刺激消费有很大作用，甚至有作者仅靠重复这一情节，便让作品登上畅销榜，月入数十万元、上百万元，小说《重生之都市修仙》就是其中代表。再次是“主线剧情抄袭”，他认为“对故事情节经由下至上逐步抽象后，在人物设置及关系、故事前后衔接以及具体细节设计上基本一致，则构成实质性相似”。最后则是“人物设定、世界观背景、修炼体系（含名称）等小说重要元素的抄袭”，比如《斗破苍穹》中的“异火”、《斗罗大陆》的“武魂”、《无限恐怖》的“主神空间”“剧情世界轮回”、《佛本是道》的“洪荒”世界观。这些设定都是在小说完本多年以后，仍让人念念不忘的内容，一部小说卖不卖座，不仅是文笔和剧情，出色的世界观设定与人物，也是可以吸引一大批读者为之付费的①。

这种严格要求代表了不少网络作家，特别是粉丝读者的意见，一些读者会对嫌疑小说采用对比图、调色盘进行比较。所谓调色盘也就

---

① “my name”：《网络小说抄袭的认定》，http：//www. lkong. net/thread-2510616-1-1. html，2020年2月19日。

是将原作与疑似抄袭作品的文字进行对照的表格。每当有抄袭指控时，网上会有好事者使用调色盘进行对比，而这也是网站的要求，在举报抄袭的时候，需要举报者自行提交对比数据，交给网站编辑判断。

针对这么严格的规定，有不少网络作家发表了不同看法。比如在“my name”帖子的下方，网络作家“马志远”表示反对，认为套路、设定是共有的，不存在“抄袭”：“这样说无限流都是抄袭，包括鼻祖也是抄的，然后同人的也都是抄袭，玄幻类定的派系、等级，等等这些都是抄袭。楼主你别告诉我什么是抄袭，就告诉我们怎么不是抄袭就行了。比如我现在要写无限流，还能写吗？我要写赘婿文还能写吗？”[①]“马致远”所说的“无限流”是指网络小说《无限恐怖》引发的写作潮流，而《无限恐怖》确实模仿了日本动漫《杀戮都市》的设定。另一位网络作家“放纵我梦”则进行了讽刺：“一堆人抄一个情节，那叫作跟风，一个人抄你还火了，那就是抄袭狗。”[②] 他的意思是说，对设定、套路的借鉴本来是网文行业的潜规则，但一旦某部小说火了之后，就有可能被指控为抄袭。网络文学的跟风现象非常严重，一本小说的创意、设定走红后会引起大量仿作，前面提到的“无限流”就是如此，《无限恐怖》成功后，产生了各种以“无限”命名的末世小说，“天蚕土豆”的《斗破苍穹》走红之后，其中的“退婚”场景与“随身老爷爷”的设定也引起了大量模仿，兴起了“退婚流”“老爷爷”流。按照“千幻冰云”与“my name”的观点，《无限恐怖》《斗破苍穹》的作者显然有权指控仿作的抄袭，但这样一来打击面似乎太大。网络作家“fengflying”以修真小说为例对此表示质疑：“第一个用金丹、元婴体系写文的人，要是突然出来要版权，那就呵呵哒了。我觉得吧，抄袭的确要重视，但也不能一刀子切，有些东西

① “马志远”针对“my name”的帖子《网络小说抄袭的认定》的回复，http://www.lkong.net/thread-2510616-1-1.html，2020年2月19日。

② “放纵我梦”针对“my name”的帖子《网络小说抄袭的认定》的回复，http://www.lkong.net/thread-2510616-1-1.html，2020年2月19日。

很模糊，根本就无法界定。”网络作家“放牛的猩猩”有相似看法：“设定和创意是不受著作权保护的吧，要按楼主你所说的，仙侠体系同人文、无限流、凡人流这些基本全部都算抄袭了，一个流派除了原创的第一本书，后面的那不都成了抄袭?”①

这里显然存在理论困境，如果像“my name”那样主张对人物设定、世界观背景、修炼体系的借鉴都是抄袭，则网文几乎无一幸免。如果像“千幻冰云”那样对独创性的“设定”强调二分法，认为“特征性明显”的，即“独创的”，就构成了专利，借用则为抄袭，若这种“特征性”成了共用规范，成了“大众性的”，则属于借鉴，显然自相矛盾。如某网友所说：

> 在谈到“融梗”的时候，他们常用的判断方式是“XXXX 是大众梗，不算抄梗；而 YYYY 是独创梗，所以是抄梗/融梗”。但这显然是不对头的。第二个使用这个梗的人，就是融梗，是高级抄袭，而第三个、第三十个、第三百个使用这个梗的人，却可以说这梗是大众梗，所以使用是合理的？请问第二个人和第三百个人的行为，在本质上有任何不同吗？因此，没有所谓的“大众梗”和“原创梗”的区分，“融梗”一词在根本上就是逻辑有问题的②。

我们可以再看一下一些文学网站有关的详细规定。以晋江文学城为例，晋江的“抄袭处理制度”中关于如何认定“设定”构成抄袭的规定如下：

① “fengflying”与“放牛的猩猩”针对“my name”的帖子《网络小说抄袭的认定》的回复，http：//www. lkong. net/thread-2510616-1-1. html，2020 年 2 月 19 日。

② “LONA”对“什么叫‘融梗’，跟抄袭有什么区别?”的回答，https：//www. zhihu. com/question/66202957/answer/880166817，2019 年 11 月 3 日。

著作权法保护的是表达形式而非思想本身，因此独立的创意是不受保护的。受到保护的是表达该创意的具体文字，或者将很多个创意链接起来的顺序、逻辑和因果关系。例如：(1)“撞车后穿越”，这个创意本身任何人都可以使用，但描述这段故事的文字不能与他人雷同。(2) 即使不是“撞车后穿越”这种常见创意，而是一个非常独特少见的创意如“无限流主神空间发布任务主角完成任务升级完不成任务抹杀”，为鼓励创作丰富题材，这样的创意也不应被初创人垄断。(3) 一篇文章的粗纲往往等于一个创意，如“血海深仇的少年被追杀坠崖遇高人学武升级最后报仇雪恨”，这样的大脉络是不受保护的，但一篇文章的细纲，是用于丰富粗纲中每一个节点的具体呈现形式，使其合理性、独特化的一个创意链，这样的细纲受到保护①。

可以看出，晋江认为“梗”（设定、创意）是不被保护的，但是整体上的借用则是抄袭。晋江总裁黄艳明认为，整个剧情的抄袭与单独一个梗的雷同是不一样的：“如果你的整个剧情脉络使用的都是别人的剧情脉络，这样的情况我们认为是抄袭。”② 具体判定标准是：

1. 文字或全文情节走向（细纲）方面完全雷同，或者基本雷同，认定为抄袭。

2. 具体描述语言上雷同，并且不是判定前提中所列的例外情况的，雷同总字数低于1000字的，判定为借鉴过度。超过1000字的，判定为抄袭。

3. 非衍生作品模仿或使用他人作品创意链（细纲）超过原著十分之一的，或者超过自身十分之一的，判定为借鉴过度，超过原著五分之一的，或者超过自身五分之一的，判定为抄袭。

---

① 晋江文学城：《抄袭处理制度》，http://help.jjwxc.net/user/article/3，2019年5月10日。

② 《网络文学抄袭频现 有人用自动软件写作》，《人民日报》2017年9月28日。

4. 衍生作品使用原著原文超过3000字，或超过衍生作品本身字数十分之一的判定为借鉴过度，使用原著原文超过10000字或超过衍生作品本身五分之一的，判定为抄袭。

5. 衍生作品使用原著剧情超过本身创作剧情五分之一的，判定为借鉴过度，超过本身创作剧情三分之一的，判定为抄袭①。

反之，“如果你只是化用了别人的桥段，但剧情脉络是自己原创的，我们一般不认为这是抄袭”。② 这一点，晋江站长在微博中说得更清楚：

1. 抄袭是对一个作者最严重的指责，谁说人抄袭谁就要负责。

2. 抄袭当然有度的概念，抄一个字也叫抄是胡说八道。

3. 抄袭的本质是掩盖原作者、据为己有，致敬、戏仿、反讽都在一定程度上使用原著，但不是据为己有。

4. 法律保护的是表达而不是思想，是具体的文字描述而不是梗。

5. 如果一个梗被创造出来后其他人都不能再用，那就不会有丰富多彩的穿越、重生、系统、无限、异能故事源源不断地产生。

6. 哪怕再奇特的梗都不应被垄断，成为始祖让跟随者不断开发，是作者为世界做的贡献。

7. 没有所谓烂大街的梗，任何一个梗在诞生之初都是新鲜而独特的，没有道理让一开始的模仿者背负抄袭的罪名蹚路，蹚出路来其他人就心安理得地使用还说这梗烂大街所以不算抄。

8. 梗就是梗，不是具体的文字描述，是可以被其他人学习、模仿、改进、翻新的人类财富。

9. 细纲之所以要保护，是因为细纲不是一个梗，是设计了一连串有前因后果的逻辑关系，用来完成对一个主题的塑造的链，

① 晋江文学城：《抄袭处理制度》，http://help.jjwxc.net/user/article/3，2019年5月10日。

② 《网络文学抄袭频现　有人用自动软件写作》，《人民日报》2017年9月28日。

这更接近用一串汉字来塑造一个人或物的具体描述。也就是说，细纲是一种表达，而不是思想，不是单纯的一个梗。

10. 细纲被保护的基础是它是一个完整的链，而不是一个个散落的梗的简单集合。所以抄没抄要看细纲的因果逻辑链接关系是否被完整使用，而非看是不是简单撞梗①。

显然，梗被视为一种公用的财产。在笔者看来，晋江文学城在这里提出的关于抄袭认定的条款是较为合理的，也基本符合网络文学发展的实际情况。网络文学的各种设定，从一开始就是一种公共财产，以修真仙侠类小说为例，经过网络文学二十年的发展，其写法为仙侠作者不断完善，已形成了一些约定俗成的设定，比如修真境界往往是：炼气、筑基、金丹、元婴……或者一品、二品、三品……；穿越小说同样如此，身穿、魂穿、单穿、双穿、群穿、单向穿越、来回穿越、跨位面穿越……这些设定很大程度上已经是一种集体发明，正是这种集体性，让网文生产不断走向繁荣，也让这些类型文学产生越来越大的影响力。在此情况下，应该承认这种借鉴的合法性。一位网友认为："如果说，抄袭是对原创者心血结晶通过窃取进行非法占有，给予呕心沥血的原创者致命一击；那么融梗式鉴抄，就是对公众都可以使用的创作题材进行了圈地式非法占有，并借此攻击其他原创者，给予对方最严重的、却是莫须有的指控。两者对真正的原创力量来说，都是一种扼杀，一样卑劣。"② 他的意思是说，抄袭显然不利于原创，但若以融梗来指控创作中的借用，将公共设定当成圈地式的占有，同样不利于原创，因为这扼杀了类型写作持续繁荣的动力。法律赋予作者著作权的最终目的不是奖励而是鼓励创作，而创作不可能完全脱离前人

---

① "LONA"对"什么叫'融梗'，跟抄袭有什么区别?"的回答，引用了晋江站长的微博内容，https：//www. zhihu. com/question/66202957/answer/880166817，2019 年 11 月 3 日。

② "LONA"对"什么叫'融梗'，跟抄袭有什么区别?"的回答，https：//www. zhihu. com/question/66202957/answer/880166817，2019 年 11 月 3 日。

已有成果，每一个作者都会不自觉地受到他人的启发，并有新的贡献，这样网络文学才会走向持续繁荣。

二　数据库消费与剽窃问题

网络文学出现的这种情况，并非孤立现象，在世界范围内，新媒介时代的著作权问题已经引起一些学者的关注。

我们首先可借用日本学者大塚英志、东浩纪等人的理论来理解这一点，而他们的观点又是以鲍德里亚的理论为参照。

鲍德里亚曾深入探讨过消费问题，其中一个重要观点是认为在消费社会中，人们消费的并非物本身，而是其符号价值："一个物只有将自己从作为象征的精神确定性中解放出来，从作为工具的功能确定性中解放出来，从作为产品的商品确定性中解放出来时，它才成为消费物；如此，作为符号，它被解放出来，并被时尚的形成逻辑抓住，如被差异逻辑抓住。"[①] 商品消费遵循的不是象征交换的礼物逻辑，不是使用价值的功能逻辑，也不是交换价值的经济逻辑，而是符号价值的差异逻辑："它被消费——但（被消费的）不是它的物质性，而是它的差异（difference）。"[②] 也就是说，商品需要个性化，进入系列之中，其意义来自与其他商品符号之间的系统性关系。举例来说，不同品牌的汽车在功能上其实并没有本质区别，区别在于借助外在装饰、广告等差异化的努力，从而给自身附加了一种不同于其他品牌的魔幻魅力，所谓的品牌背后呈现的实际上是集体的无意识欲望，指向的是与众不同的生活方式与社会地位。由于消费变成了符号消费，建立在使用价值、交换价值理论基础上的传统政治经济学就已经失效，或者说，它变成了一种具有迷惑性而让我们丧失真正批判对象的拟像，取而代之的应是符号政治经济学。

---

① Jean Baudrillard, *For a Critique of the Political Economy of Sign*, Trans. Charles Levin. St, Louis: Telos Press, 1981, p. 67.

② ［法］尚·布希亚：《物体系》，林志明译，上海人民出版社 2001 年版，第 223 页。

在鲍德里亚的基础上，日本理论家大塚英志推进了这一讨论，他认为在当下社会中，符号消费又走向了物语消费，他以一种叫“仙魔大战巧克力”的糖果为例来说明这个问题。这种糖果在 20 世纪 80 年代的日本非常受欢迎，但是孩子们看重的并不是巧克力，而是“仙魔大战”贴纸，他们抽出贴纸后，往往毫不犹豫地扔掉巧克力，显然，巧克力成了贴纸的容器，只是起到媒介的作用，这种符号价值对使用价值的完全取代，可以说是有力地佐证了鲍德里亚的理论。不过大塚英志认为，这里还潜藏着一种新的消费逻辑。如果把“仙魔大战巧克力”糖果与“假面骑士”零食进行比较，可以看出其中的区别。在“假面骑士”零食的售卖中，孩子们也是扔掉零食，只收集里面的卡片，但有所不同的是，在这种零食中，漫画《假面骑士》中的角色装饰了它的包装，这种通过借势来为产品增加魅力与光环，即生成符号价值的做法是常见的销售策略，但“仙魔大战巧克力”并没有一个事先的电视剧或漫画存在，没有一个可以借势的原创性作品，而正是在这里，呈现了其消费原理的特殊性，其消费逻辑可归纳为以下步骤。第一，每张贴纸都包含一个角色的形象。在贴纸的反面，有一小段叫做“魔鬼世界的传闻”的信息，描述这个角色。第二，孩子们收集了一些贴纸后，就隐约可以看到这些贴纸之间形成了“小叙事”——角色 A 和 B 之间的比赛、C 对 D 的背叛等。第三，这种叙事方式促使孩子们收藏这些贴纸。第四，随着这些小叙事的积累，出现了一部“大叙事”。第五，孩子们被这个大叙事所吸引，并试图通过继续购买巧克力来进一步了解它。从中可以看出，糖果制造商“出售”给孩子们的不是巧克力和贴纸，而是大叙事：“不管是漫画还是玩具，这些商品本身并不是消费的对象。相反，最先消费并首先赋予这些商品以价值的，是碎片化故事背后的大叙事或秩序。”①

那么故事背后的大叙事或秩序是什么呢？它实际上就是动漫、游

① ōtsuka Eiji，“World and Variation：The Reproduction and Consumption of Narrative”，Trans. by Marc Steinberg，in *Mechademia*，Vol. 5，(Jan. 2010)，pp. 99 – 116.

戏、小说中的世界观，即各种设定、要素的集合，也就是我们前面所说的“梗”。作者创作的并不只是故事内容，还包括角色生活的环境、国家、时代、种族、物种及相互之间的关系、历史等各种设定，这些设定构成了统一的整体。这种世界观类似于电子游戏的程序，游戏中被编码数据的总和对应世界观，本质上是一种不可见的存在。消费者如同玩家一样，不断以个别剧集的情节或信息作为线索，试图挖掘隐藏在碎片化故事背后的世界观，比如，游戏攻略或游戏世界地图正反映了消费者想要揭示隐藏秩序的行为。在这里，被消费的不是单独的剧作或事物，而是隐藏在背后的系统本身。由于不可能直接贩卖大叙事，消费者就被骗去以单集剧作或具体事物来消费系统的某个横截面。大塚英志认为，这表明消费社会正在进入新阶段，他称之为“物语消费”（故事消费）。也就是说，这里存在两种“故事”，一种是单一商品或情节的“小叙事”，另一种则是作为“大叙事”的世界观、程序或系统，消费就发生在“故事”与“故事”的关联中。

大塚英志的着眼点在于设定、要素，这给了另一位日本理论家东浩纪启发，他进一步将其理论化为“数据库消费”的说法，认为文艺的虚构已经要素化，构成了一个庞大的数据库，从创作的角度来看，人们常将各种类型文艺的元素取出而自由组合。从消费的角度来看，消费者虽然也关注作品世界里的资讯，但对其传递的讯息毫不关心，而是“单独就与原著故事无关的片段、图画或设定进行消费”。[①] 在此基础上，东浩纪还进一步改造了鲍德里亚的拟像理论，认为鲍德里亚的“超真实”（hyper-reality）“没有明确地区隔出拟像的层次和数据库的层次”[②]，而他则将其理解为“双层构造”，认为拟像世界并非毫无秩序的增生，背后是数据库的支撑。

---

① ［日］东浩纪：《动物化的后现代：御宅族如何影响日本社会》，褚炫初译，台北：大鸿艺术股份有限公司 2012 年版，第 61 页。

② ［日］东浩纪：《动物化的后现代：御宅族如何影响日本社会》，褚炫初译，台北：大鸿艺术股份有限公司 2012 年版，第 92 页。

大塚英志强调世界观，东浩纪强调数据库，落实到文艺实践上，这就涉及原有的“原创—仿写”逻辑的变化。大塚英志认为，物语消费逻辑的危险性在于：“如果在小叙事的累积消费结束时，消费者获得了对大叙事的掌握，那么他们将能够自由地制作自己的小叙事。”① 也就是说，掌握了设定、程序之后，消费者就可以自由地借用这种设定再创作了，这并不是传统知识产权意义上的抄袭问题，而是有可能动摇旧著作权制度的一种新生产关系。举例来说，仙魔大战贴纸有 772 张，如果谁未经授权就复制这 772 张，这显然侵犯了著作权，是犯罪，但如果要创作并销售第 773 张贴纸，在理论上就应该被许可，因为这并非原作与仿作的关系，而是个体创作与系统的关系。仿作相对于原创而存在，只能是附属的，而现在则是提取程序后以自己的方式创造出新事物，这第 773 张跟前面的 772 张就具有同等的地位与价值。对这种创作来说，它就不再以原作为评判标准，而是以系统为评判标准。比如以日本漫画《足球小将》为例，它一开始是面向男孩子的，后来成为热门作品，并被改编成动画系列和电子游戏，发行量超过一千万册，然而不久，十几岁的女孩子们开始创作、出版《足球小将》的同人作品，这些女孩使用《足球小将》的角色和他们的人际关系来创作和出售各自的队长小翼。这些作品不能称为“仿作”，仿作取决于原著是否存在，但这些作品只是提取了《足球小将》中队长小翼的“程序”，然后创造出“自己的”小翼。在这里，原作仅仅成为提取程序的材料，与此同时，一旦程序被掌握，原作自身也就变成了程序的大框架下可能上演的一部，因而并不具有一种“原初的”“特殊的”地位。显然，“这是一种与所谓剽窃或抄袭有细微差别的状态”。②

东浩纪的观点与此相似，认为这种再创作同样是相对于整个系统，

① ōtsuka Eiji，“World and Variation：The Reproduction and Consumption of Narrative”，Trans. by Marc Steinberg，in *Mechademia*，Vol. 5，(Jan. 2010)，pp. 99 – 116.

② ōtsuka Eiji，“World and Variation：The Reproduction and Consumption of Narrative”，Trans. by Marc Steinberg，in *Mechademia*，Vol. 5，(Jan. 2010)，pp. 99 – 116.

即数据库而言，这就取代了旧有的创作与复制的对立。这显然是一种新的创作状况，各种文艺作品的某种故事可能性或玩法，看重的就不是前后的线性联系，而是从这个宏大的世界秩序中抽取出的一系列要素而已，换句话说，如果其他人成为作品的主角或游戏玩家，基于这种世界秩序，也会有无数其他的故事存在。在这种语境中，原创与复制的区分已没有根本性的意义。但在现实中，这种仿写还是遇到了麻烦。商业出版《足球小将》同人作品的出版社出现后，随后就被“原作”的版权所有者集英社找上了门。按照大塚英志与东浩纪的观点，这显然是错误的，也就是说，它表现的是用传统的著作权对新生产语境的误置。

大塚英志与东浩纪所说的这种情况显然就是我们前面所说的中国网络文学的“融梗”问题。网络文学形成了群体化的套路生产，相互之间的要素、情节、桥段、设定的借鉴非常普遍，这就形成了“融梗”的现象。如果只是简单地将“融梗”判断为传统意义上的抄袭，可能难以看出其中蕴含的真正价值，在根本上，它呈现的是在无限的互文语境中新的知识生产的可能性，传统的故事是线性的，只能是有限选择，而现在则能无穷地重新洗牌，各个结构单元的排列组合不断产生新的意义与联系。

实际上，不少西方学者也指出了这一问题。美国学者西曼（Bill Seaman）提出了重组诗学，认为在新媒介时代，计算机编程能不断生成资料库的组合，媒体要素会反复拼贴与加工，甚至由于虚拟社区的角色扮演，人自身也成了身份的组合。不仅如此，现实也重组了，生成了虚拟与现实的结合①。西曼的这种重组诗学显然与大塚英志、东浩纪的说法异曲同工。“原创”之所以被看成是“原创”，表现的是本雅明所说的“本真性”，“它独一无二的诞生地，恰恰是它的独一无二的生存，而不是任何其他方面，体现着历史”。② 新媒介却在很大程度

---

① Bill Seaman, “Recombinant Poetics: Emergent Explorations of Digital Video in Virtual Space”, In *New Screen Media*, edited by Martin Rieser, London: BFI Pub., 2002, pp. 237 – 255.

② ［德］本雅明：《可技术复制时代的艺术作品》，载《经验与贫乏》，王炳钧、杨劲译，百花文艺出版社 1999 年版，第 241 页。

上消解了这种“原创”与“本真性”。马格努森（Thor Magnusson）认为，数码作品甚至在生产阶段也难有所谓的“原作”，没有原初的所指，它是一组网络化的可能性，只是材料组合的无穷变体①。美国学者内塔内尔（Neil Netanel）认为，版权在历史上曾与言论自由联系在一起，起过积极作用，但在新媒介时代，对版权的过度强调走向了反面，沦为媒体公司维护其垄断权力的借口，这与人们频繁采用新媒介技术重组与生产的状况不相适应②。在我们看来，让“梗”成为公共财富，可在著作权与大众的再生产之间取得一个平衡。

显然，这是一种新的文学生产状况，我们似乎已经迈入了一个新世界，一个曾经被文学先锋人士和文学理论家承诺过的世界。作者、原创与著作权开始淡出，取而代之的是糅合、采样美学与重组文化。

第三节　集体生产的困境与可能

在上一节，我们探讨了在现存网络文学制度下，网络文学具有的反著作权的意义，成千上万的网络作家构成了关于套路、设定的集体生产，体现了网络共享文化。不过网络文学还提供了另一种共享文化的可能性，即作家与网友的合作生产，随着社交媒体的兴起，这种合作生产值得注意，从著作权制度的角度看，其意义不可低估。

一　集体写作的困境

在本章第一节中我们已经探讨过集体写作对传统著作权的解构意义，不过这是基于理论意义而言，因为集体写作往往只能是作为一种

① Thor Magnusson，*Processor Art*：*Currents in the Process Oriented Works of Generative and Software Art*，https：//art. runme. org/1041468777-11748-0/pa_lowres. pdf，2020 - 3 - 16.

② Neil Netanel，*Copyright's Paradox*，Oxford；New York：Oxford University Press，2008，p. 218.

文化理想而存在，现实中存在不小的困境。比如前面提到的本森的集体写作，面对着超文本小说不断开叉的情节分支，他疲于应付，需要追踪这些分支的推进与衍生，还要让作品能保持统一性，同时还要吸引人们不断投稿[①]。这种参与性的文学实践让故事的发展缺乏头绪，故事本身也没有一个预先设计的方案，更无法体现作家的意图。与此相似，前面提到的艾瑞克·麦克的小说实验实际上也是失败的："小说如同一个大杂烩，囊括了不同的写作风格。""缺乏最基本的的叙事合理性"[②]。我们前面还提到了网络文学的工作室写作，它也是一种团队写作的产物，不过跟本森的模式并无根本不同，最终还需要有一个人从总体上对作品进行加工。

一般来说，我们会将民间艺术想象成一种集体创作，但在豪泽尔看来，"关于民间艺术的全部浪漫主义理论来自一个思想错误，那就是它没有看到许多个人是可以'先后'，而不是'同时'创作一首歌曲这一事实。没有看到作品是逐渐修改、不断变化的结果，而不是什么行动委员会一致决定的产物"。[③] 也就是说，民间艺术并不是一种共时的、集体决定的产物，而是历史的时空中多人修改的结果，它看上去是集体的，但实际上是个人的。认为一个民族的精神财富、道德、风俗、习惯与艺术是共同的创造、是有计划的协调工作或集体即兴而作的结果，不过是一种浪漫主义的虚构："把集体创作看作不可分割的统一体是一种关于'民间天才'的神话，这种神话是无法解释历史过程的。艺术作品，无论是它的最后形式，还是它所有不可割裂的美学成分，总是个人的创造。"[④]

在相同的意义上，考夫曼也否定了通过网络进行集体合作的可能

---

① L. J. Winson, *Reacitve Interview with David Benson*, *Webmaster of the No Dead Trees Interactive Novel*, 1995, http//www. innotts. co. uk/ ~leo/yper/db. htm, 2019－5－21.

② ［瑞士］樊尚·考夫曼：《"景观"文学：媒体对文学的影响》，李适嬿译，南京大学出版社2019年版，第222页。

③ ［匈］豪泽尔：《艺术社会学》，居延安编译，学林出版社1987年版，第216页。

④ ［匈］豪泽尔：《艺术社会学》，居延安编译，学林出版社1987年版，第214页。

性："通过网络，也许我们走出了文学，但反过来说，想要通过网络进入文学，似乎也并不容易。"[①] 文学的生产具有特殊性，集体完成一部作品似乎违背了文学的性质："一方面，主观性是虚构的能力，是想象并不存在的世界和事物的能力；另一方面，主观性是让自己有别于他人的能力，让自己变得独特的能力，确切地说，就是通过想象的能力，让自己变得独一无二。"[②]

强调集体写作是为了消解著作权，但另一方面，如果完全不承认著作权，只强调共享文化，势必也存在困难，显然会降低创作的动力。美国策展人伊波利托（John Ippolito）试图寻找折中方案，他提出了"数码圣域"的观念。"数码圣域"是类似于自然保护区的存在，艺术作品在"数码圣域"中，就由私人财产变成共享文化。他将网络看成这种数码圣域，试图在线上与线下作一个区分，线上的属于"数码圣域"，线下实体市场则必须付费，以维护著作权[③]。这种说法有些道理，从网络文学来看，线上阅读为一些读者线下购买作品奠定了基础。不过这样带来的后果是，线上作品永远以线下市场为旨归，就会导致线上作品的萎缩。早期网络文学强调免费阅读与共享文化，让不少作家转向线下寻求著作权，实际上破坏了网络文学持续生产的动力，而在所有的网站中，坚持实行 VIP 付费阅读的"起点中文网"最终击败其他竞争者成为行业的龙头老大，表明著作权仍然非常重要，事实上，也正是对 VIP 付费阅读的坚持，才造成了网络文学的繁荣。

那么，除了前面提到的数据库写作外，新媒介有没有一种可能，在现有网络文学制度框架下，生成一种共时的（而不是历时的）集体生产，打破豪泽尔等人的理论假设，体现网络共享文化精神呢？

---

① ［瑞士］樊尚·考夫曼：《"景观"文学：媒体对文学的影响》，李适嬿译，南京大学出版社 2019 年版，第 223 页。

② ［瑞士］樊尚·考夫曼：《"景观"文学：媒体对文学的影响》，李适嬿译，南京大学出版社 2019 年版，第 227 页。

③ Ippolito，John，"The Digital Sanctuary"，In *New Media Art：Practice and Context in the UK 1994－2004*，Edited by Lucy Kimbell，London：Arts Council England，2004，pp. 191－195.

二　社交媒体时代“作者—读者”的集体生产

新媒介语境下的文学消费与传统文学消费的不同，在于消费的并不只是故事本身，还在于群体的互动、评论。这一点在网络文学刚开始兴起时就体现出来了，当时网络文学的发表与阅读是在 BBS 社区进行，作者的发帖与读者的评论是同时并置的，读者的阅读快感既源于欣赏故事，也在于阅读评论。不能忽视这些评论与互动的重要性，实际上它们充满了趣味：“网上聊天与复调小说一样具有多主题、多线索的复式结构，但其规模却远非复调小说可比。同时在线聊天的人，有时成千上万。虽然不乏粗俗的插科打诨、打情骂俏，但亦有隽语妙言，趣味盎然。其中的佼佼者，正是电子版的口头小说或对话小说。”① 当时的作品基本都是产生于虚拟社区，其中有一部影响颇大的《风中玫瑰》，2001 年 4 月，人民文学出版社出版了这部作品，在书籍体例上前所未有地采用了 BBS 版式，保留了作者与读者的交互现场。这种奇特的形式，其实在某种意义上标举了新的文学时代的来临，也就是前述叶匡政所说的“互动文本”的时代，或者说，文学的“社区性”前所未有地突出了。

这种社区性不仅对读者重要，对作者也非常重要。作者也习惯了在互动语境中的写作。如果没有这种互动，反而不习惯。有网络作家表示：“交流与互动是最大的特色。这一点是普通的写作方法所无法比拟的。”“因为更新，看读者新的反应，对于作者来说也是件有快感的、享受的事情。没有别的方式，能比这个获得更直接、更快捷的反馈了。”他甚至认为：“如果不在线写，没有读者的现场支持，我就写不下去，会选择看电视，或者睡觉。”② 一旦作者习惯了与读者互动，读者也会成为作者的朋友，有些读者甚至会自发地建立俱乐部、QQ

① 黄鸣奋：《超文本诗学》，厦门大学出版社 2002 年版，第 211 页。

② “老猫在村里”：《在线写小说的体会：感觉就像说书的》，http：//blog. sina. com. cn/s/blog_56e5a1d601000604. html，2006 年 9 月 27 日。

群，讨论作者的生活与作品，这都是对作者的激励，也是传统写作得不到的快乐。当然，这种交流互动也并不适合所有的作家与读者。有些大神级作家，已经不愿意或无暇顾及评论，他们实际上已经回归了传统写作模式。但对绝大多数作家来说，评论是他们积攒人气、听取意见与满足情感需要的重要手段。在文学网站中，晋江文学城特别重视论坛与书评区建设，强化作者与读者之间的交流，这实际上为后续的 IP 改编提供了粉丝基础。

这种社区性实际上也是新媒介兴起后的日常需要，网络促进了“不具任何总体化姿态的地方性叙事的广为传布”，并且“还把发送者和受话人置于对称的关系中”，与此同时，“这些故事及其功效巩固了因特网‘社群’的‘社会纽带’”。[①] 一种媒介的兴起往往会深刻地改变人际关系，以电话为例，电话的引入不仅使得人们可以进行远距离交流，而且拓展了谁可以与谁交谈的界限，并冲击了现存的阶级关系，它还改变了求婚的模式以及风流韵事的种种可能。因此，“为了识别这些‘新事件’或新的交往行为，就必须对行动与语言、行为与信念以及物质现实与文化之间的关系进行理论重建，从而将现代社会中交往方式的性质作为问题提出”。[②] 新媒介天然地具有互动性，需要社会补足和社会对话，与此同时，新媒介也带来了虚拟性，开启了沉重现实之外的想象可能，网络成为摆脱无聊感、制造闲谈与消磨时间的工具，由此涌现了不计其数的“交谈发烧友”，并危及了现实的家庭关系[③]。

显然，网络文学跟传统文学的不同正在于它的这种“社区性”，学者王晓华较早指出了这一点，他认为，网络文学的社区性是“它区别于传统文学的重要特征”，作家是为网络社区写作，发表的地点是

① ［美］马克·波斯特：《第二媒介时代》，范静哗译，南京大学出版社 2000 年版，第 50 页。

② ［美］马克·波斯特：《信息方式》，范静哗译，商务印书馆 2000 年版，第 12 页。

③ 网络兴起后人们对聊天的迷恋及其对现实家庭关系、婚姻关系的强烈冲击与改变，可参见《信息方式》，第 158—162 页。

社区的 BBS，发表后的作品就成为社区文本，读者也只有进入社区后才能阅读作品，因此，作品的发表与阅读都是社区事件。在此意义上，他认为："一个完整的网络文本是由原创帖和回帖组成的，它的诞生过程是作者/读者不断交换身份的过程。成功的网络文本都是集体创作的。作者能够以读者的身份与其他读者在回帖中评价自己的作品，而网络将这个过程记录在案，这乃是网络文本的迷人之处。"① 也就是说，我们应将网络文学的整个社区性文学活动视为网络文学，它不仅包括作者的部分（主帖），也包括读者的部分（跟帖）。

网络文学不仅包括作者的部分，也包括读者群体的部分，这就构成了一种共时性的集体写作。在这种集体写作中，读者的生产功能体现在这样几方面。

首先，他们的建议促进了作者的文学生产："在写作的过程之中，不停地有读者进行顶贴，好的顶贴除了鼓励和赞扬外，还会指出写手创作上的问题，提出建议。特别是有很多人，会对故事中的人物表现出兴趣、好恶，对故事情节有猜测，有的还会重复他们喜欢的语言……这些对作者的创作都是有激励作用的，也能使创作者自觉不自觉地调整自己的写作方向，把故事引向读者最感兴趣的发展途径。从这个角度说，这是感觉最强的创作方式，由于随时保持着互动，创作者总想办法时不时地引起读者共鸣。在交流互动中，也经常会出现所谓'神来之笔'。"②

其次，他们的帖子本身也构成了一种具有文学价值的内容。这也就是我们前面所说的，读者的阅读快感不仅来自故事本身，也来自互动。从读者自身来看，如果他们的帖子得到了其他人的热议与回复，也会生成一种创作的成就感："原来我很崇拜报社的编辑，很希望能一次又一次地把自己的名字变成铅字，但当我无数次地把名字变成'加帖者'并看到一串'楼梯'时，我的成就感丝毫不亚于那些获诺

① 王晓华：《网络文学是什么？》，《人文杂志》2002 年第 1 期。

② "老猫在村里"：《在线写小说的体会：感觉就像说书的》，http：//blog. sina. com. cn/s/blog_56e5a1d601000604. html，2006 年 9 月 27 日。

贝尔文学奖的‘大腕’，有时我甚至为没有跟帖而苦恼万分。我几乎忘记了还有一种东西叫报纸。”[①] 这段话内涵丰富，从希望名字变成报纸的“铅字”到网络的“跟帖”，表现的从印刷媒介到网络媒介的转换。从以前的个人名字到变成现在的“加帖者”与一串“楼梯”，折射的是从个人创作到集体创作的转变。

阿斯科特认为，罗兰·巴特描述的“文之悦”更像是一种单独行为，而“远程通信文本”引发的却不是“独乐”，而是“一起来吧”的“众乐”，一种分布式的“快乐”，这种“欢愉”体现在产生这种“快乐”的系统的每一个角落[②]。但与阿斯科特所说的这种复杂的、技术意义更强的远程通信相比，中国网络文学作者与读者的共时性生产有两个根本变化，一是技术上变得很容易，成了一种日常行为，二是它的写作群体不再是实验性的艺术精英，而是普通大众。这种主帖与跟帖之间不断的回应与互动，实际上也正是新媒介时代的文化特征。

作者与读者的这种共时性集体生产在社交媒体普遍兴起后表现得更加明显，我们可以从下面几个方面看出。

首先，读者的评论对作家创作的推动作用更突出了。一方面，作者更希望得到读者的反馈。一些读者在讨论“欢乐书客”的太监现象时，一些作者做出了下面的回复。

“我真不是法师”：“你们连间帖都不发的，我们不鸽才怪”，“单机真的很无聊，哪怕有个喷子都是好的”[③]。

“寒风幻灵”：“连间帖都没有，我就当没人看了。”“自己去写的时候没人的感觉真的难受。”

“litidu184”：“写了16W字，一共5个书评6个间帖，我心里寻思

① 吴过：《落满蓝蜻蜓的花径》，长江文艺出版社2000年版，第3页。

② ［英］罗伊·阿斯科特：《未来就是现在：艺术、技术和意识》，周凌、任爱凡译，金城出版社2012年版，第24页。

③ 这里所说的间帖，实际上就类似于前面提到的本章说，也就是网友的评论。“鸽”谐音“割”，即准备放弃写作。

我写的就这么垃圾吗？最近准备切了。”①

“本初的子午线”：“好难受好难受好难受，没有间帖根本就不知道读者的反馈，这几天写得提心吊胆的，不知道自己写的怎么样……”

“Z 路 Z”：“我也是2333，本来咸鱼书就没几个人看，现在更没有动力了。”

“黑洞迷子”：“所以一大堆作者停更了……”②

一位网友更是详细地阐述了原因：“要知道，写作身为一种延迟满足的产出方式，写作者是极度需要读者的认可与支持的，如评论。作者能通过评论知道有多少读者是认认真真看过他所写的内容，还能通过评论反思不足，加以改进。故此，每一份认真的评论都弥足珍贵。又如订阅。读者选择订阅作者，意味着认可。被认可，是所有创作者最大的欢欣。何况，更加稀少的付费阅读呢。那是实实在在的支持啊，是读者自发地选择供养你，让你继续坚持。就如同你父母供你读书一样，那是只希望你好啊。试问谁不爱（衣食）父母呢？两者是互相成就的。”③

从上面可以看出，随着社交媒体的深入影响，作者的写作离不开群体互动，只能在这种群体氛围中写作。

另外，作者也越来越习惯于从读者的评论中获得写作灵感，如某作者所言：“本章说全是人才，说话又好听。卡文瞄几眼之后，立刻就知道接下来写啥了。”另一位作者表示：“自从有章说之后，抄书评不是已经成为作者基操了吗？”④“抄书评”已经成为作者的“基本节

---

① 网络作家对“扬眉”“为什么书客很多作者选择 tj 了呢”的回答，https：//tieba. baidu. com/p/5949035324？red_tag＝2537371824，2018 年 11 月 13 日。

② 网络作家针对“本初的子午线”“好难受好难受好难受，没有间贴书评更本就不知道读者的反应”的讨论，https：//tieba. baidu. com/p/5383595115？red_ tag＝2084609885，2017 年 10 月 21 日。

③ “蔡无矩”在知乎上的回答，https：//www. zhihu. com/question/390967061/answer/1184960381，2020 年 4 月 5 日。

④ 网络作家们对本章说的讨论，http：//www. lkong. net/forum. php？mod＝viewthread&tid＝2433730，2018 年 6 月 5 日。

操”，这话虽然夸张，却也有些道理。不少网络小说，甚至一些比较红火的作品，都大量借鉴了网友的评论，典型的如《异界之极品奶爸》《修真聊天群》的作者“圣骑士的传说”就经常逛书评区，并从中获取写作灵感，“奶骑抄书评”也成为圈内笑谈。

其次，读者对原作内容进行了大量的扩充与丰富，比如对小说世界地图的架构、对人物角色图的制作、对人物传记的写作等，这一点我们在第二章中谈到文学网站建构的读者共创制度已经涉及了，不再赘述。实际上，激发读者群体的生产力，已经成为文学网站重要的商业策略。

最后，互动、评论对读者的吸引更大了，形成了一种集体氛围。以《大王饶命》为例，这部小说的第一章仅4000多字，却收获了超过8000条的读者评论，而这些评论还在持续的增加之中，整本书几乎变成了一个论坛，读者在里面评论剧情、交友，谈天说地，将网文的互动性体现得淋漓尽致。显然，这些评论已经成为内容，其中一些神评论，会引来读者大量回复，其质量有时甚至高于作品本身。网友看评论看得兴致勃勃，某网友表示：“现在看小说根本停不下来点击本章说的手，以前只能在文章末尾的时候还好，现在每句话后面都有本章说，我的手根本停不下来每条本章说都忍不住看过去并且点赞。花在看本章说上的时间比看正文还多，以前看过的书还要再回去看本章说。”① 有些网友甚至表示，评论才是正文，这是吸引他们的重要动力：“没了间帖看书完全没劲了，什么时候重开间帖什么时候再看。”“没了本章说就像菜没放盐，以前一章可以看十多分钟，现在三分钟。”②

作者与读者构成了共同创作，这类似于一种维基百科似的生产，也类似于阿斯科特所说的情况：“我把这视为网络对于艺术的伟大启

① “欧文子”：《本章说比正文还有意思!》，http：//www. lkong. net/thread-2301161-1-1. html，2019年4月29日。

② 网友“火雀”等对本章说的讨论，http：//www. lkong. net/thread-2332916-1-1. html，2019年6月6日。

示，因为艺术作品，‘创意数据’的转化总是处于永恒的运动之中，是一个永无尽头的过程。……在网络的流动中，每一个想法都是另一个想法的组成部分，每一个参与者都映衬出整体中的其他参与者。”①

这种作者与读者共时性的集体生产，也给解决新媒介时代的著作权与共享文化之间的悖论提供了可能途径。由于读者的阅读体验来自社区性的网络文学活动，它包括了作者与读者的部分，前者即故事文本的著作权并未受到破坏，而后者——网友的群体生产却是免费的，体现了共享文化精神。一位律师试图论证这些评论的知识产权属性，写了一篇名为《浅析弹幕文化的知识产权属性及保护》的文章，其中认为，“评论与其附着的视频可以发生共鸣，使得观众在同时感受视频和评论时再次出现一加一大于二的艺术效果”，因此，评论可视为一种二次创作行为，存在“可以成为著作权法认定的作品”的可能性，但他又发现认定存在重重困难，评论不仅在形式上非常微小，而且总处于动态性之中，最根本的障碍在于，一方面，大量评论发布者自发上传评论，难以确定共同作者的身份以及他们各自对作品权利的划分；另一方面，这种权利归属的极端分散，也造成了权利行使的障碍②。显然，这种障碍正是来自网络文学的交互性与社区性，这是一种无穷无尽不断衍生的系统。“谁真正‘拥有’互联网的电子公告版上文本的权利并因此对之负责：作者、体系操作者还是参与者的社区？”对任何网络文本来说，“一旦这一信息被释放到电脑空间中去扩散、去传播，财产权和作者的自命不凡，便丧失了诸多意义”。③ 在此意义上，并没有什么可保护的，因为社区不属于任何人：“一个社区的用户很难被归类为作者。他们也同样依赖于一个可塑的公共资源，

---

① ［英］罗伊·阿斯科特：《未来就是现在：艺术、技术和意识》，周凌、任爱凡译，金城出版社 2012 年版，第 35 页。

② 吴一兴：《浅析弹幕文化的知识产权属性及保护》，http：//www. daresure. com/index. php?m = content&c = index&a = show&catid = 17&id = 133，2019 年 7 月 4 日。

③ ［英］齐格蒙·鲍曼：《后现代性及其缺憾》，郇建立等译，学林出版社 2002 年版，第 197 页。

并从这个公共资源中获取信息，通过他们在社区的指定规则下执行创建独特的帖子。……尽管开源软件确实有一定程度的所有权，但每一种独特的产品的身份都来自它从未完成的过程中持续的、流动的本质，以及它的最新化身。”[①] 在某种意义上，这种个人加社区的集体生产模式，也许代表的是新文学的未来。

如前所述，豪泽尔认为，在艺术生产中，不仅每一首民歌、每一种神话是个人的创造，而且哪怕“最不具有个性的艺术形式”“一首歌曲的最普通的翻版”也都须“出自个人之手”，“没有所谓的集体经验和集体意志”[②]。这种观点是正确的，但他可能没有想到，集体生产也可以有别的模式，集体经验并不一定需要构成一种“统一性”，恰恰相反，这是由众网友合力生成、由一个个单一元素构成的维基百科式的生产。

① ［英］罗伊·阿斯科特：《未来就是现在：艺术、技术和意识》，周凌、任爱凡译，金城出版社2012年版，第237页。

② ［匈］豪泽尔：《艺术社会学》，居延安编译，学林出版社1987年版，第215页。

第六章　经典化与文学制度的重建

新媒介时代的大众文学对经典问题的挑战是本体性的，商业资本建构了超媒体扩张式的经典化模式，压抑了网络多元空间，也限制了经典的生成。印刷意识形态制约着对新媒介时代文学经典的理解。应重建文学制度，建构多元与动态经典观。

第一节　经典化、新问题与商业模式的困境

文学经典属于文学制度的重要方面，在新媒介兴起后，网络文学的经典化成为日渐突出的问题，网络文学该不该经典化，如何经典化，成为人们持久的争论，在本章中，笔者拟对此进行思考。

一　经典化、文学制度与新问题

文学经典（Canon）往往与恒常性、“伟大性”（greatness）相关，主要是指文化中的优秀作品、精神宝藏，是“精选出来的一些著名作品，很有价值，用于教育，而且起到了为文学批评提供参照系的作用”。[①] 由于这种“伟大性”、示范性，经典在社会生活中具有重要地

① ［荷］佛克马、蚁布思：《文学研究与文化参与》，俞国强译，北京大学出版社 1996 年版，第 50 页。

位，起到维系社会制度、组织机构与文化统一性的功能，发挥过类似宗教的作用[①]。"Canon"一词本身有管状物、大炮之意，这暗示着经典的传播与帝国的军事武力是一体两面的事情。在现代社会，文学经典成了某种意义上的世俗圣典，建构了民族、社会与文化的共同体。

不过经典之所以伟大并不仅取决于自身，也与文学制度紧密相关，在很大程度上，经典问题就是文学制度问题。经典由一组"知名的文本"构成，但这些文本是某些机构或群体选出的文本，这种选择是建立在未必言明但却实际存在的"特定的世界观、哲学观和社会政治实践"等基础之上[②]。也就是说，经典的认定涉及文化权力，在根本上，它是制度化（institutionalized）的结果，是批评家、文化组织、教育机构等共同建构的产物[③]。由于这种文学观念、评价标准与社会基础的不断发展，经典的形成也是一个历史的发展与斗争过程。在布迪厄看来，经典的建构就是场域的斗争，在文学、艺术的革命中，占位空间的力量重组，取决于知识场、权力场之间的关系变化，以及新的生产者的颠覆欲望与公众期待之间的契合，这种斗争会导致经典作品次序的位移："当一个新的文学或艺术集团在场中推行开来，整个位置空间及相应的可能性空间，乃至整个未定性，都发生了转变：由于新集团开始存在，也就是开始变化，可能选择的空间就发生了变化，至此占统治地位的产品则被推到了次等或经典产品的地位。"[④]

经典意味着一种等级次序，经典无法自我确证，需要在与作为他者的一般作品的区分中获得价值维度，这种艺术区分与阶层结构存在联系。经典一词与"classic"相关，"classic"与英文词"class"属同

① ［英］特雷·伊格尔顿：《二十世纪西方文学理论》，伍晓明译，北京大学出版社2007年版，第9页。

② ［荷］佛克马、蚁布思：《文学研究与文化参与》，俞国强译，北京大学出版社1996年版，第18页。

③ Astrid Ensslin, *Canonizing Hypertext: Explorations and Constructions*, New York: Continuum International Publishing Group, 2007, p. 48.

④ ［法］皮埃尔·布迪厄：《艺术的法则：文学场的生成和结构》，刘晖译，中央编译出版社2001年版，第281页。

一词源体系，而“class”可追溯至拉丁文的“classis”，意指根据罗马人民的财产所做的区分①。在此意义上，经典具有社会政治蕴含，不仅是一种美学判断，也是一种文化资本，与社会群体的阶层区分、文化身份有关。经典意味着一种合法性的趣味（Legitimate taste），在根本意义上，不是经济财富，而是合法性趣味的拥有，成了阶级地位、阶层身份的最佳说明。

由于文学经典是文学制度建构的后果，经典的秩序也遭到了质疑，从20世纪70年代起，欧美理论界对文学经典问题进行了广泛争论，一些被哈罗德·布鲁姆称为“憎恨学派”的学术群体，如女性主义、新历史主义、新马克思主义、精神分析、解构主义、符号学等，开始挑战与解构传统经典秩序，试图重构文学史，在他们看来，文学经典常常预设了“DWEM”（Dead White European Man，即死去的、白色人种的、欧洲的、男性的）作品的“伟大”与“卓越”，以美国斯坦福大学的《西方文化》课程的核心书目为例，“人们扫一眼这个大纲的作品目录就能看出其中没有必读的女性作家作品。没有非白人的作者；越往目录的开头，作者就越有可能来自一个特权阶级，如教士或贵族”。② “憎恨学派”也承认传统经典作品的价值，认为这构成了西方文明的文化根基，但他们反对本质论经典观，奉行多元主义，强调差异性，要求打开经典（Opening the Canon）、扩大经典（Canon-broadening），将女性文学、黑人文学、亚裔文学、同性恋文学纳入其中。这种争论也起到了实际效果，1988年，斯坦福大学取消了《西方文化》课程，开设名为《文化—观念—价值》的新课程，将女性作家、少数族裔的作品收入教学内容中。“憎恨学派”对经典的质疑与扩容不是孤立的文学行为，而是试图打破一元论经典观与社会结构的隐性联系，

① ［英］雷蒙·威廉斯：《关键词：文化与社会的词汇》，刘建基译，生活·读书·新知三联书店2005年版，第52页。

② ［美］约翰·杰洛瑞：《文化资本——论文学经典的建构》，江宁康、高巍译，南京大学出版社2011年版，第28页。

以经典的扩容寻求社会的变革。

与之相反，以哈罗德·布鲁姆为代表的保守派则强调经典的内在特质，指责“憎恨学派”的文化批评、文化研究破坏了经典文化：“我们不再有大学，只有政治正确的庙堂。文学批评如今已被‘文化批评’取代：这是一种由伪马克思主义、伪女性主义以及各种法国/海德格尔式的时髦东西所组成的奇观。西方经典已被各种诸如此类的十字军运动所代替，如后殖民主义、多元文化主义、族裔研究，以及各种关于性倾向的奇谈怪论。”① 在1997年再版《影响的焦虑》时，他加上长篇前言《玷污的苦恼》，反对“憎恨学派”的建构主义，认为文学当然具有社会属性，文学可以被用来为国家、阶级与宗教利益服务，为男权主义、种族主义等服务，但是文学经典之所以是经典，是基于其审美属性：“高雅文学乃是不折不扣的美学成就，而不是什么国家宣传品。”②

这场关于经典的争论，实际上涉及的是建构主义与本质主义之争。布鲁姆的审美本质论略嫌空泛，割裂了社会语境与艺术之间的共生关系，将文学变成了专属的、封闭的禁地。“憎恨学派”认为经典具有权力或阶级的价值取向，这种取向内在地植入了文本生成过程。这种建构主义在打破本质主义经典观的同时，却也容易走向相对主义。

这场争论也延续到了新媒介语境中。新媒介与文学经典的关系是多方面的，带来了一系列新问题。

首先，它带来的新文学类型构成了对传统经典化机制的挑战。新媒介带来了两种主要的文学类型，一种是西方的超文本、多媒体文学，另一种是类似中国网络文学这种通俗性的、大众性的文学（当然，如前所述，它们跟传统大众文学不能完全等同，存在重要区别）。超文

① ［美］哈罗德·布鲁姆：《西方正典·中文版序言》，江宁康译，译林出版社2005年版，第2页。

② ［美］哈罗德·布鲁姆：《影响的焦虑·再版前言》，徐文博译，江苏教育出版社2006年版，第7—8页。

本、多媒体文学显然冲击了印刷文学语境的经典观，这种文学类型能不能经典化，怎么经典化，都是前所未有的新问题（详看后文论述），而大众性网络文学的经典化问题，相比传统经典命题来说，也是一个新问题。

前述关于经典的争论已经涉及了大众文学的经典化问题，在后现代语境中，这一问题与“憎恨学派”重视的女性文学、黑人文学、少数族裔文学、同性恋文学属于同一个脉系，同属于要求重审与重构文学经典序列的讨论域，如布鲁姆所说，在大众文化与“文化批评”之间有一种潜在的联盟①。拉曼·塞尔登等人也把它们等量齐观：“只有把经典解构了，那些‘深藏而未能被批评鉴别’的文学作品，例如哥特式小说、通俗作品、工人阶级文学和妇女文学等，才能在相对宽松和没有先发制人的环境中被置于它们原应占有一席之地的批评鉴别议程中。”② 新媒介显然进一步彰显了大众文学的影响力，特别是就中国语境而言，新媒介弥补了五四新文学传统以来感性现代性的缺失，网络文学日渐成为主流，进入文学权力场的中心，这就涉及这种新形态的大众文学如何认定、能否经典化、能否进入文学史等一系列问题，可以说这是“憎恨学派”之后再一次就“经典”话语权的抢班夺权运动。

但是，如果仔细分辨的话，我们不能将它们混为一谈。新媒介时代大众文学的经典化实际上是更加本体性的问题，它对文学经典观念带来了根本性的颠覆。大众文学能否成为经典的问题，并不同于“憎恨学派”常见的讨论域。大众文学与女性文学、黑人文学、少数族裔文学、同性恋文学在文学属性上并不相同，后者实际上也属于精英文学谱系，在“艺术品质”上并不存在断裂，只是创作者群体发生了重大的位移。如果按照传统经典的艺术标准来衡量的话，它们完全符合

① ［美］哈罗德·布鲁姆：《西方正典》，江宁康译，译林出版社2005年版，第25页。

② ［英］拉曼·塞尔登、彼得·威德森、彼得·布鲁克：《当代文学理论导读》，刘象愚译，北京大学出版社2006年版，第18页。

“经典”要求。然而大众文学、特别是新媒介时代大众文学遭遇的问题却与此不同。从文学史序列来看，大众文学是相对于经典而言，经典既是文学类型内部的自我区分，也是文学类型的外部区隔，是建立在将精英文学与大众文学进行差别认定的二元逻辑之上。在口头传播阶段，还没有文学经典与大众文学的分野。经典是印刷文化的产物，是文学制度培育的结果，后者的完善与近现代印刷术、大众传播媒介的发展相关，它排斥了主流文化之外的经验，大众文学与文学经典由此形成二元对立结构。经典是“经国之大业、不朽之盛事”，柏拉图对诗神迷狂的歌颂，康德对天才的界定，浪漫主义诗人先知者的自我想象，现代主义的自我焦虑、深度与内在性，都强调了心灵的伟大与个人独创的重要性。与之相比，大众文学从不以突破创作束缚的个人创造为旨归，遵循的是程式与套路，追求的是通俗性与喜闻乐见，布迪厄的理论实际上印证了这种二元区分逻辑。布迪厄认为它们形成了两个不同的文学次场，遵循两种相反逻辑的生产和流通模式，一种是追求“纯艺术”与符号资本的积累，另一种强调直接的“经济”逻辑，追求由发行量衡量的直接的与暂时的成功，满足于根据顾客先在的需要进行调整①。因此，在没有前途的畅销书和文学经典之间“存在着完全的对立”，或者说，“经典作品是长久的畅销书，它们多亏了教育体制才得到认可，继而得到广大和持久的市场”。② 与之不同，大众文学直接的成功有某种令人生疑的东西：仿佛它把一部无价的作品的象征性奉献简化为一种单纯商业交换的“供给”关系③。

既然大众文学与文学经典属于不同序列，或者说，它们本就是两个互相矛盾的命题，大众文学的经典化问题显然不同于传统“憎恨学

---

① ［法］皮埃尔·布迪厄：《艺术的法则：文学场的生成和结构》，刘晖译，中央编译出版社 2001 年版，第 175 页。

② ［法］皮埃尔·布迪厄：《艺术的法则：文学场的生成和结构》，刘晖译，中央编译出版社 2001 年版，第 181 页。

③ ［法］皮埃尔·布迪厄：《艺术的法则：文学场的生成和结构》，刘晖译，中央编译出版社 2001 年版，第 181 页。

派”的问题域，这是一种断裂，它关注的不是不同性别、种族、亚文化群体的文学生活问题，而是直接从本质主义论者强调的经典赖以立身的“伟大性”与艺术品质入手，试图解构或绕开基础本身，为那些艺术品质并不那么“伟大”的大众文学在经典中争得一席之地。而新媒介让这一问题变得比以前更加剧烈，在此意义上，以网络文学为代表的新媒介时代的大众文学，具有消解文学制度的重要意义，它提出的问题是前所未有的。这里也可以看出中国网络文学的独特意义与世界性，如前所述，不同于西方小众的、延续了印刷文学天才设定的超文本、多媒体文学，中国网络文学的主体是大众文学，西方电子文学跟“憎恨学派”肯定的文学类型同属于精英谱系，它对经典问题的挑战主要落实在媒介技术层面，而中国网络文学的经典化问题不仅是媒介意义上的，更直接挑战了经典品质的核心问题。从实际情况来看，人们并未认识到经典认证问题的这种断裂，一些研究网络文学的学者，在寻求经典化的过程中，受限于印刷文化思维的预设，总是试图证明某些商业性的大众文学也“获得了”突出的“艺术品质”，从而陷入了文学经典的传统认证逻辑，呈现出难以自圆其说的悖论（这些大众化的网络文学，从艺术质量上来说，显然是无法跟精英文学媲美)。

新媒介不仅带来了新的经典化命题，也重组了建构经典的各方力量，引入了新的“行动者”与场域力量。在新媒介的冲击下，传统建构经典的力量都变得不那么直接了，难以生成文化权威，网络的庞然大物让传统话语权拥有者走向了失语，批评家、文化机构、教育机构已经难以制造障碍，难以控制文化生产与文化认定的公共空间了。这是新的文学社会学命题。相对而言，有三股力量在新媒介时代的经典化机制中起到重要作用。

一是传媒。传统意义上的经典裁决权正让步于现代传媒，特别是网络传媒。在新媒介时代，传媒的力量非常强大，网络的接入人群、互动反馈、传播方式与速度都是前所未有的，在推出作品、捧红作品方面所起的作用远远超过了传统媒介。

二是大众。在文学场的讨论中，布迪厄没有提到大众的作用，这似乎是一个缺失，但也可以说符合实际的历史情况，在传统社会，经典并不是社会大众能够决定的，比如近现代时期的“鸳鸯蝴蝶派”，尽管受众很多，但时过境迁并未成为文学史指认的经典。但在新媒介时代，大众在经典化过程中的作用远非昔日可比。他们不仅有经济资本，也有社会资本，并将这两者置换成符号资本，以群体的方式生成与建构经典。

三是资本。媒介与大众并不是单独地起作用，这两重因素背后的推手是资本。如前所述，资本创办了各种商业文学网站与阅读软件，并建构了一系列网络文学制度，充分绑架了媒介与大众。

在这三种力量的作用下，经典化的模式产生了重要变化，呈现出从时间积累走向空间扩张的趋势。在传统意义上，经典化的方式主要是时间维度上的“累积”：“经典作品只是在事后从历史的视角才被看做是经典作品的。”① 学者赵毅衡从符号表意的纵聚合轴与横组合轴出发，认为存在两种经典化方式，一种是时间性的，是在符号纵聚合轴上的批评性重估，通过时空中的反复比较与累积的方式进行，另一种则是“群选经典化”，是以大众的点击、投票、购买与阅读等形式，靠媒体推荐、口耳相传、八卦秘闻，累积数量，“积聚人气”，遂成经典，这种遴选方式靠的是横向的连接。在他看来，当前横向连接的经典化模式已经占据了主导地位，纵聚合轴有倒塌消失的危险，整个文化已成为单轴运动②。赵毅衡认为媒介化时代的主导性经典化方式是横向的连接，这种说法基本符合事实，但尚不准确，严格来说，这不仅是“连接”，更是“扩张”，是一场空间范围内“超媒体”式的无限互文与扩张运动。之所以说是“超媒体”，是因为这个词比较准确地概括出当前文学的经典化模式。超媒体是超文本与多媒体的结合，一

---

① ［英］艾略特：《艾略特诗学文集》，王恩衷编译，国际文化出版公司 1989 年版，第 189—190 页。

② 赵毅衡：《两种经典更新与符号双轴位移》，《文艺研究》2007 年第 12 期。

方面，当代文学往往以 IP 产业化的模式操作，它既是超文本式的不断链接的扩张，同时也是跨媒介的转移，构成了一种不断发散与链接不同人群的互文性景观。在这一过程中，作品只是一个连接的入口，最终指向的是一个跨时空、跨媒介的泛娱乐体系王国。这种空间辐射表现在三个阶段，首先是网络空间的不断连接，作品在各种论坛不断阅读、转发与讨论。其次开始跨媒介的转移，从小说走向影视、动漫、游戏、手办等，形成了以网络文学故事为核心，聚合其他文艺门类与衍生品的全产业景观，它既有迪士尼、漫威等欧美发达国家 IP 产业链的特征，也渗透了互联网的传播与文化特性。最后，是物理地域的转移，这既指由线上到线下的活动，也指由国内延伸到海外。随着网络文学的海外传播热潮，经典化的建构也具有了国际语境。同时，三种空间扩张之间又形成一种互相渗透、互相加强的关系，各种原发网络平台上的网络文学经过泛娱乐改编或海外传播后，必然又会在各种网络平台上引起新的讨论与传播，理论上，这是一个无穷无尽的病毒式扩散传播的过程。

超媒体运动的经典化方式并不局限于大众文学，而成为新媒介时代占主导地位的经典化方式。赵毅衡认为，当下的经典化局面，不仅与大众力量的崛起有关，也与西方各种后现代思想入侵学院有关，中国知识分子开始了自我忏悔，瓦解了判断能力，信奉“大众喜欢的必是好的”，因此他要求反思后现代思想，坚持启蒙主义与理想主义。他的观点有合理性，但也说明他没有意识到，在新媒介时代，知识分子经典化的传统功能已经遭遇了深刻危机，经典化方式已经发生了根本变化。

二 经典化的商业模式及其困境

显然，在当前的经典化模式中，资本起了主导作用，这种超媒体运动典型地体现了贝尔所说的资本的贪婪性，一种没有边际不断改造世界的经济原则，这种经济原则不仅表现在经济和技术领域，也渗透到了文化领域①。借助新媒介，这种商业资本主导的经典建构运动的力度、辐射力，以及对精英文学的冲击力，都是前所未有的。传统大众文学的传播与阅读不会影响精英文学的文学秩序，它们并行而不悖，而网络文学的经典化运动已经把传统文学制度的各种要素裹挟进来了。这种经典化模式捧红了一系列作品，但也产生了问题，最突出的表现就在于它破坏网络的多元文化，逆转新媒介的可能性空间，形成一种新的网络殖民主义与压抑机制，同时也难以产生经典（哪怕是通俗意义上的）。

网络空间类似于福柯所说的异托邦，构成了主流空间之外的他者空间，虽然网络绝非法外之地，但相比现实社会，它的确有更大的宽容度，这实际上给“憎恨学派”主张的边缘文学提供了发展机会。从文学谱系来看，大众文学也属于边缘文学，它在网络空间的发展充分利用了网络的多元主义。美国学者斯夸尔（Joseph Squier）曾发表《艺术、社区与网络殖民化》一文，用沙漠来比喻互联网，认为电子社区就如同维加斯人工城的建设。建在沙漠中的维加斯人工城缺少自然资源，网络社区同样如此，艺术家进入这片沙漠后，会有多元发展空间②。在中国互联网刚兴起时，从文艺空间来看，也正是一片沙漠，各种文艺类型的发展处于自由、自发状态，但随着资本的进入，开始了网络文艺空间的殖民化过程，严格的网络文学制度开始建立，最终形成了当前以 IP 产业链为标志的商业文学帝国。初始边缘的网络文学，经过 20 年的发展，不仅在经济资本上占据主流地位，在符号资本上也日渐进入中心，这从对写作群体的称呼就可以看出，以前称“网络写手”，现在则称“网络作家”，“写手”意味着只是赚钱的码字工人，“网络作家”则赋予了符号资本。这种商业性的网络文学在影响

---

① ［美］丹尼尔·贝尔：《资本主义文化矛盾》，严蓓雯译，江苏人民出版社 2007 年版，第 29 页。

② Joseph Squier, *Art, Community, and the Colonization of the Internet*, http://gertrudeart. Uiuc. edu/ludgate/the/place/soapbox/colonization1, 2019 -5 -26.

力、接入人群、文化传播方面都已超过了传统文学，虽然难称经典，但具有了传统经典组织与改造生活的社会功能，不容小觑。

这里就呈现出某种悖论。网络及网络文学刚兴起的时候，本是以边缘反抗中心，是对传统文学及文学制度的挑战，其边缘性、小众性、趣味性，可以有效逃脱主流文化的呆板、僵硬与形式主义，但是这种作为民间、他者向文学传统的挑战因素与文化多元主义，却被资本稀释了，用陈村的话来说，就是“变瘦了”，不仅如此，它还试图重新实现大一统。

综合来看，这种网络文学制度已经形成了对其他文学类型的霸权，包括三个方面，一是对（线下）传统文学的挤压；二是对网络精英文学、实验性文学的挤压；三是对大众文学本身的挤压。

第一是对传统文学的压抑。这里所说的传统文学，是指那些仍局限于传统发表渠道（文学期刊、出版社）的文学。从现在的情况来看，传统文学在很大程度上沦为了小圈子游戏，成为作家、批评家之间自说自话的话语生产。这固然有其自身问题，但也与网络商业文学的霸权有关。传统文学仍占据着重要的符号资本与文化权力，但已经被网络商业文学夺去了绝大部分市场与读者。

第二是对网络精英文学的压抑。这里所说的网络精英文学，是少数不迎合读者，以自我表达为主，或具有严肃写作目的的文艺类型。在网络文学的发展早期有一些这类作品，比如“安妮宝贝”的系列创作，与传统作品没有根本性差异。这类创作在网上仍然存在，但既难激起资本的兴趣，也难进入学院批评视野，处于自生自灭状态。这类文学中还包括超文本、多媒体文学等实验性文学，展示了网络文学发展的另一些可能性，但已基本灭绝。

第三是对大众文学本身的压抑。由于主要目标在于迎合读者，现有网络文学制度对写作的严格限制，较难产生精品，哪怕是通俗意义上的精品。假设金庸的作品可以被看成通俗经典，我们可以把当下生产机制、创作生态与金庸作品作一番比较。

如本书第二章所说，在当前网络作家制度绑架下，网络文学流行写法是“爽文”模式。对“爽文”的极端要求，让网络文学跟传统大众文学有很大的不同，后者在新媒介时代实际上很难生存。比如有网友认为：“看金庸的作品时，总有爽和不爽的时候。比如说张无忌这个主角，在很多做法上就比较懦弱，郭靖和令狐冲有时候就显得比较迂腐，最后感觉就是不爽。”①

不仅传统大众文学在网络读者那里缺乏足够爽感，与网络文学同样面向年轻人的“80后文学”也不受待见，2008年底，韩寒、郭敬明的新书在“起点中文网”连载，但最终订阅成绩相当惨淡，同样“扑街”了。这表明在当前网络文学制度的制约下，相对于一般的大众文学，网络文学具有不同的属性。这些属性主要表现在以下方面。

首先，网络文学特别强调“代入感”，在这种“代入感”要求下，读者实际上成了主角，为了主角的“爽”，网络小说需要全面突出主角，形成了一种完全以主角为中心的写作模式，即所谓“主角模板”：“网络小说中，主角才是能贴近、吸引读者的最佳载体，主角的出乎意料的发展，才是最能吸引读者的地方。在小说中，作者们普遍利用小说里的最大资源来全力发展主角。于是无形中，大家喊出了这样一个口号：一切为了主角，一切为了读者。”②

主角被强调到前所未有的地步，那些不能突出主角的小说，就必然面临着“扑街”的风险：

> 网文又叫YY小说，它的作用是供人YY，让人沉浸在幻想的世界中，满足爽快感。用一句话来概括，就是——个人励志幻想小说。

---

① “冷酷的哲学”：《论所谓代入感》，http：//www. lkong. net/thread-351826-1-1. html，2011年1月9日。

② “蘑菇子”：《关于主角模板的若干问题及案例分析》，http：//www. lkong. net/thread-346518-1-1. html，2010年12月27日。

所以，写多主角的，扑街。

配角抢主角戏份的，扑街。

主角打酱油的，扑街。

……必须要紧紧围绕主角展开故事。①

网络文学的写作就有了种种潜在规定与禁忌，比如，小说开篇就应尽早采用主角视角，视角不能随意切换；应多采用穿越手法；主角是光环与中心；主角不能吃亏，做了“任务”不能没有收益；不能有过“虐”的情节；主角的恋人应对其忠贞不贰……在这种“主角模板”下，不少极度 YY 的小说呈现了一些戏剧化的特点，试看某网友的总结：

1. 对主角有利的事，不管几率多么小，一定会发生。

2. 不管多高傲的女人，最终的命运就是拜倒在主角的西装裤下。

3. 主角不死（废话，死了小说不就结束了），不管被打得再惨，你放心，他一定能活下去。就算打死了，一定有人可以找到他的魂魄，让他转生；就算他形神俱灭，也必定会有大能，逆转时空，从时间的长河中，捞出主角存在的痕迹，把他复原……

4. 主角自带王霸之气，虎躯一震，小弟纳头便拜，历史的车轮滚滚向前。

5. 主角的后宫必定是世界上最美的女人的集合，并且肯定不能全是人类（你的后宫全是人类，都不好意思对人说你是主角），什么精灵、龙女、恶魔、天使，还不是手到擒来。②

---

① “第 101 次退稿”：《101 谈写作（一百二十二）〈成神的自我修炼〉》，http：//www. lkong. net/thread-987500-1-1. html，2014 年 5 月 29 日。

② 《主角模板》，http：//www. zhaoxiaoshuo. com/view/001/926/1926480. html，2014 年 8 月 7 日查。

尽管上述说法是针对男性向小说而言，但同样适用于女性向小说（实际上女性向小说的主角光环更加突出）。如果小说写作违反主角模板，读者就会群情汹涌，这一点在网络文学的 YY 传统刚开始兴起时就体现出来了，早期网文的知名评论家“暗黑之川”曾如此评论：

> 网络读者，特别是男性“玄幻”读者的怨念，实在是非常可怕的事物。在 2002 年中，《风月大陆》的玉珠事件、《天魔神谭》的夜月事件、《紫川》的人面桃花事件，无不让这些“玄幻”爱好者们暴跳连连。四处奔走呼号。与其说是热爱作者和作品，还不如说是男性的独占欲作怪，热爱作品中的女性罢了。看不得悲剧，看不得主角的女人被他人染指，对作品的代入感强烈到这种程度，不知几位作者是何种感想？①

在当下网络文学中，这种现象有过之而无不及，网络作家们小心翼翼，稍不注意，就会迎来读者群的讨伐，甚至大量弃文。

这些潜在写作标准与禁忌导致网络文学与传统大众文学的某种“疏离”。某网友写了一篇名为《用网文的标准来分析金庸小说的扑街因素》的帖子，从中我们可以看出这种变化：

> 下面分析一下金大的文如果放在当下，必然扑街的几个理由：
>
> 一、虐主
>
> 以《神雕侠侣》小龙女被尹志平玷污为甚，到现在心里还有个疙瘩解不开。
>
> 《连城诀》，一路从头虐到尾，从丁典到狄云，虐得那叫一个惨！回头想想整个一变态文，……如此情节可能入当代小白众法眼？
>
> 《天龙八部》乔大侠，从民族英雄跌到全民公敌，从江湖领袖跌

① “波得莱尔”转贴“暗黑之川”《对 2002 年网络幻想文学的个人观感》，http：//bbs.hongxiu. com/view. asp？BID = 43&id = 3422202，2007 年 9 月 22 日。

到异族走狗。父母为异族杀，自身为异族养，武功为异族教，巅峰遭异族仇，愤而杀昔日盟友，失手杀心中至爱，惨不惨？……虐不虐？

……

二、离正文十万八千里的开头

现在的文讲究以主角视角代入，不要说一章内没出现主角，二百字没感觉到主角存在，编辑就会说是扑的节奏，两章内必出金手指，三万字内必有高潮，十万字必有一波大高潮。

但是金大的文，近万字的大章，十章主角还没出来打酱油有木有？此条的代表作如下：

《射雕英雄传》，金大以宏大的篇幅描述了主角的爹和杨康的爹的友情，邱处机和江南七怪的恩怨，杨康的娘和完颜洪烈的婚外情。这些和正文有关系吗？绝对有关系！现在这样写也可以吗？绝对的扑，绝对被喷死，绝对的二百四十八加二！

《鹿鼎记》前期谁知道韦小宝这小瘪三是谁？……扬州妓院，差点以为茅十八这个打酱油的是主角，放在如今这样写，即使以金大之能，鹿鼎之雄文，谁敢说他不扑。

还有《笑傲江湖》，……前期离正文十万八千字之远，我以为主角是身负血海深仇的林平之好不好。令狐冲？主角视角？对不起，完全的龙套视角，主角只在别人的嘴里出现过，我知道这叫侧面描写，但是如此之长的侧面，在现在看来是无法忍受的，等不到令狐冲出来，就会被百分之九十九的人弃文你信不信？

三、多主线，多主角

首推《天龙八部》，三个主角，三条主线，……不可否认，《天龙八部》是神作，但绝对不适合当今网文。印象里孙晓的《英雄志》也是多主角，写得相当不错，可我还是要说：相似者必死，效仿者必扑！诸君可有异议？

……

《雪山飞狐》，你说主角是谁？胡斐？其实应该是胡一刀和苗人凤才对，典型的多主角作品……

《倚天屠龙记》，前面十万八千字，主角是无忌他爹张翠山同意不？……①

在新媒介时代，也许有着大能之才的金庸并不会扑街，但毫无疑问，为了“代入”、为了“角色扮演”与YY，他必须要改变原有写法了，在此意义上，金庸似的经典也难以再现了。网络文学已经发展了二十年，涌现了成千上万部大长篇，但仅从通俗意义上的经典来衡量，似乎还没有哪部作品真正超过了金庸。

2013年，曾经讽刺网络文学“装神弄鬼”的陶东风在《人民日报》刊发《比坏心理腐蚀社会道德》的文章，批评近几年流行的官场小说、宫斗剧的共同主题是权谋：“谁的权术高明谁就能在社会或职场的残酷‘竞争’中胜出；好人斗不过坏人，好人只有变坏、变得比坏人更坏才能战胜坏人。”他指责由网络小说改编的电视剧《甄嬛传》宣扬了这种价值观。初始心地善良的甄嬛在宫廷斗争中懂得了一个“真理”：“你必须更坏才能战胜对手”，并最终通过这种比坏的方式成功加害皇后并取而代之。陶东风进一步把《甄嬛传》与韩剧《大长今》相比，认为大长今“在残酷的宫廷斗争中同样受到恶势力的迫害”，但“没有通过比坏的方式战胜后者”，而是“始终坚持自己的道德立场和做人原则”，传达了“只有坚持正义才能最终战胜邪恶”的价值观②。在笔者看来，《甄嬛传》与《大长今》价值观的差异，其实也是当下商业网络文学与传统大众文学（如金庸、琼瑶作品）的差异。尽管同为面向大众的文学，金庸、琼瑶的作品总是试图传达侠义、仁厚、宽容、爱等正能量，但网络文学却少于呈现这些品质，更多的是描写主角的耍酷、耍帅、算计与阴狠，也就是陶东风所说的“比

① “武安爷们”：《用网文的标准来分析金庸小说的扑街因素》，http：//www.lkong.net/thread-762249-1-1.html，2013年5月6日。

② 陶东风：《比坏心理腐蚀社会道德》，《人民日报》2013年9月19日。

坏”。陶东风认为这种“比坏”价值观源于社会现实：“现实社会存在鼓励学坏的土壤或鼓励作恶的环境。”但在笔者看来，这实际上与网络文学的写作机制有关。为了满足读者的欲望幻想，以及契合网络连载的要求，当下网络文学盛行的是强者主题，是“成功学”，常常采用主角不断升级变强的叙事模式：一个初始是小人物（废柴）的主角不断逆天变强，最后成王成圣，甚至成为宇宙之主。在成为强者的过程中，主角肯定要遭遇各种“对手”的阻挠，他（她）必然面临着层出不穷的竞争、算计与 PK，主角为了站上金字塔的顶端，只能和别人“比坏”。如果让主角像《大长金》的主角一样宽容忍让，无疑要遭受各种打压憋屈，而对把“爽”感放在第一位的网络读者来说，这正是让他们深恶痛绝的“虐文”！对网络作家来说，这无疑是自绝财路。由此，不少网络小说，特别是网友们所说的“小白文”，宣扬的是一种自私、贪婪、好勇斗狠、把他人视作炮灰的自我中心主义，以及奉行丛林法则、为成功不择手段的价值观。网络文学的这种现象，显然让每一个关心网络文学的人失望。网络带来的写作的自由与民主，并未促成文学的真正繁荣，人们所期望的文学革命并未真正发生。相反，在媒介的先锋外表下，文学传递的却是落后的，甚至腐朽的人生哲学。

这种强调“代人”、追求 YY 的快感美学，不仅让网络文学的价值观存在不少问题，也让人物塑造日渐空心化与“物化”，写作主题与手法渐趋狭窄，阅读沦为重复乏味的刺激。

在主角光环的笼罩下，网络文学成了主角的世界，配角完全没有自己的人生，沦为“物”意义上的各种“NPC”：“网文初期大家还会费力刻画各种配角，甚至有的时候配角的刻画精彩程度超过主角，各种视角转换的也很频繁，经常刚到一个高潮，就把视角切换到其他人物上去了。但是，现在这样的写法越来越少了，更多的是类似于众星捧月，主角从头到尾一直都不曾离开读者的视野。”① 配角不再是人，

① “蘑菇子”：《关于网文爽点模式的个人看法》，http：//www.lkong.net/thread-762249-1-1.html，2016 年 5 月 8 日。

只是各种“完全服从的傀儡”“花瓶”“战利品”或者“炮灰”。不管是主角还是配角，都只是空心化、原子化的存在：“现在的网络小说最大的问题你要是分成一幕幕看，很多时候不说看不到表演中的配角，甚至看不到表演中的主角，淡的和蒸馏水似的。”①

由于所有的目标都是读者的“代入”与“爽”，网络文学的主题、手法与自由度越来越程式化，常常都是“爽”、代入、主角、先抑后扬、扮猪吃虎、升级、金手指……如何能维系读者的持久亢奋，让写手们倍感痛苦：“网文现在是越写越窄！为什么越写越窄？因为对爽点的追求！”“当前人将能写的创意都写尽的时候，网文所剩的，只是一个爽罢了！”② 由此我们可以理解一种悖论现象：一方面网络作家们每天生产着海量小说；另一方面读者们在拼命喊着“书荒”。

由于不断地制造单一爽感，阅读就变成了不断重复的刺激，任何深刻的人性涌动似乎都不再可能。网络作家“愤怒的香蕉”感受到了这种变化的无情，这位从2003年就进入网文圈的作家，认为自己与罗森这些老写手面临着“求变途中的困境”，“最大的难题”是：“我写了很好的东西”，“我很诚恳地表达这些好的东西，为什么读者不喜欢了”。他认为初始的网络文学“从来就没有偏离过文学的正规”，但现在转向的是“生意的正规”。他诅咒“变得肤浅”的世界，认为当下读者接受的感动，“频率高于了深刻”。③

与此同时，由于对IP产业链的追求，影视、游戏原则深刻塑造了网络文学，图像对文学形成了强力压抑，改变着文学的内在结构。为了获得更多的版权，网络文学在叙事结构、人物塑造、剧情节奏与快感生产上都渗透了游戏、影视原理，已经不同于原来意义上的“文

---

① 这是网友“逆天笑”对“zxz 026”的帖子《对比网络文学，金庸小说的几个优点》的回复，http://www.lkong.net/thread-728095-1-1.html，2013年3月14日。

② “将夜”：《网文现在是越写越窄……》，http://www.lkong.net/thread-478030-1-1.html，2011年9月13日。

③ “是我不可爱”转载《香蕉给罗森的网文分析》，http://www.lkong.net/thread-1017952-1-1.html，2014年7月12日。

学”。更易于改编与群体连接的长篇小说一家独大，诗歌、散文、戏剧则难有生存空间，在此意义上，“经典之争，渐渐变为文体之争，竞争者靠文体转换（尤其影视改编）最后胜出”。① 如果说传统文学作家总想扮演先知角色，写出时代之书，在现行的网络文学制度下，不管是生产者（网络作家）还是经典的制造者（资本），关注的不是经典本身，而是经典的符号价值及最终的经济资本。在此过程中，为了给作品完成封圣魔法，传统的制度要素也常常被资本裹挟，文化权力难以起到有效的甄别与批判作用。从艺术品质来看，我们很难将这些打怪升级、种马后宫的网络文学作品称为经典。

这种对文学经典的认识似乎是保守的。詹姆逊认为，在后现代语境中，我们需要重新审视精英文化与大众文化的对立，反思基于二元对立的评价机制②，很多后现代主义作品都热衷于将哥特式的、罗曼蒂克的、推理探案和科幻小说等通俗文艺引入其中，它们对精英文学也采取了解构态度，采用了大量合成与拼贴，这导致了高雅艺术与商业形式之间的界限越来越难以划清③。但是，新媒介时代的商业文学显然跟后现代艺术中引用通俗元素不可同日而语，后者虽然拒斥深度，但实际上具有严肃目的。这里绝非否认新媒介时代难以产生通俗意义上的经典，而是认为在目前的网络文学制度下，即便是通俗经典也难以产生，商业扩张与消费关系已经构成了一种前所未有的“座架”。

经典化总是与压抑机制联系在一起的，当前资本主导的经典化，实际上异化了新媒介生成文学经典的可能性。经典化的过程是失落的过程：“整部文学史也是文学失落的历史。”④ 就网络文学而言，不仅失落了一些值得重视的作品，失落的还有多元化空间。新媒介带来了

① 赵毅衡：《两种经典更新与符号双轴位移》，《文艺研究》2007 年第 12 期。

② ［美］弗雷德里克·詹姆逊：《快感：文化与政治》，王逢振等译，中国社会科学出版社 1998 年版，第 243 页。

③ ［美］弗雷德里克·詹姆逊：《文化转向》，胡亚敏等译，中国社会科学出版社 2000 年版，第 2 页。

④ ［英］斯图尔特·凯利：《失落的书》，卢葳、汪梅子译，生活·读书·新知三联书店 2008 年版，第 3 页。

自由性、随意性，冲击了传统经典化的人为区隔，但网络文学制度又重新建立了这种排除与压抑机制。一位网文行业的从业者如此表示：

> 现在网络文学有个很大的问题，那就是网文已经不再是发展初期那种什么都敢写，怎样都能写的黄金时代了。现在大多数作者都完全被运营集团所掌控。而财团为了稳定、快速地逐利，就不会等作者慢慢去雕琢精品，而是要求作者多更、快更，甚至按照套路去更，热门题材按着套路一本一本地上了推荐，冷门题材再创新，能不能签约得到推荐都得打个问号，这极大地降低了网文创造精品的可能性①。

在传统文学格局中，总有一些作品不受主流文学待见，只能以地下刊物的形态存在，网络给这类文学提供了边缘空间，让它们处于“可见性”之中，但这种可见性也许是一种错觉，海量的网络商业文学造成了新“不可见性”，这是以可见面目呈现的不可见性。可以说，新媒介时代文学制度的压抑也许是双重的，既来自传统文学趣味与惯例，也源于商业写作法则，在夹缝中艰难生存的，则是网络上各种边缘性、实验性的文学类型。

这里涉及空间与技术的理解，在新媒介与文学制度的关系中，人们往往容易走向技术决定论，但技术并非中性的，媒介技术带来的空间也并非客观的，按照列斐伏尔的观点，空间是资本力量的扩张，它把空间变成了生产的对象。在利润的驱使下，网络空间变成了一个“均质化”的抽象空间。早期网络空间有短暂的真空与沙漠地带，但很快就遭到了资本的殖民，并形成了更强有力的文学制度，“自然空间（natural space）已经无可挽回地消逝了。虽然它当然仍是社会过程的起源，自然现在已经被降贬为社会的生产力在其上操弄的

① “三寸光阴”对“网络文学是否可能诞生经典文学”的回答，https：//www. zhihu. com/question/57672285/answer/154057220，2017 年 3 月 28 日。

物质了”。[①] 资本推动的网络文学经典化制度，破坏了网络的多元文化精神。面对这种情况，有必要建构新的网络文学制度与新的经典化机制。

第二节　摆脱印刷文学观念:经典化与动态世界的悖论

在新媒介带来的经典化问题中，除了本章第一节所说的资本的异化作用，还需要注意的是印刷文化的意识形态，在某种意义上，这是更需要注意的。

文学经典的概念及其建构本身就是印刷文化的产物，这决定了经典的固化特点：“经典的本质是固定的、独立的、封闭的、模范的和规定性的。”[②] 经典的这些属性与网络文学形成了根本性的冲突。要想建构新媒介时代的经典，必须要修正传统的经典概念。

一　客体的幻象

文学经典的概念首先指向的是客体、文本的观念：“我把经典定义为一系列闻名的文本。”[③] 在这种观念下，常见的经典化手段就是编订选集：“一部经典的创作是那些参与文化生活的人的共同知识的一部分，选集迎合了这种共同的知识。”[④] 被选中的文本被看成是经典，它们构成了神圣的共同体。编订选集确认了经典的序列，也建立了传统经典与当下经典的历史联系。在恩斯林（Astrid Ensslin）看来，制度化的经典化（institutionalized canonization）通过文学选集的手段得到

---

① ［法］亨利·列斐伏尔：《空间：社会产物与使用价值》，载包亚明主编《现代性与空间的生产》，上海教育出版社 2002 年版，第 48 页。

② Astrid Ensslin, *Canonizing Hypertext: Explorations and Constructions*, New York: Continuum International Publishing Group, 2007, p. 48.

③ ［荷］杜威·佛克马：《所有的经典都是平等的，但有一些比其它更平等》，《中国比较文学》2005 年第 4 期。

④ ［荷］杜威·佛克马：《所有的经典都是平等的，但有一些比其它更平等》，《中国比较文学》2005 年第 4 期。

最有效的加强，通过创建不同类型的文集，权威化的编辑可同时执行两个任务，一方面，再次强调了先前经典文本的文化重要性，另一方面，又有能力建立和推广“另类”的、替代的新经典，从而与传统的准则形成对比，但又不会完全破坏它。这类选集的例子有：《诺顿女性文学选集》（*The Norton Anthology of Literature by Women*）、《诺顿非裔美国人写作选集》（*The Norton Anthology of Afro-American Writing*）以及《新媒体读者》（*The New Media Reader*）[①]。在中国网络文学的经典化过程中，同样延续了这种客体观念，一些学者采用了编订选集、选出经典作品的常规化手段，比如邵燕君主编的《中国网络文学二十年·典文集/好文集》《网络文学经典解读》等，其目的也是建构经典在传统与网络之间的传承序列，完成“主流文学的重建”。

将文学经典视为客体、文本的观念还体现在对网络文学的收藏及博物馆体制。“艺术博物馆的首要任务是从大量的艺术作品中选出有美学价值或有重大历史意义的作品来，剔除二流艺术品或毫无价值的作品。它们必须建立这种选择的标准。”[②] 2019 年 8 月 28 日，阅文集团与上海图书馆达成网络文学专藏战略合作协议，举办签约暨入藏仪式，宣布设立“中国网络文学专藏库”，选入的作品包括《将夜》《大国重工》《写给鼹鼠先生的情书》等[③]。在国外，一些艺术家或文艺组织也试图对数码艺术进行收藏，并加以保护，比如美国明尼阿波利斯沃克艺术中心就收藏互联网艺术，接受此类艺术赠品。

不管是编订选集，还是进入图书馆收藏，都是将经典视为一个可拥有、可收藏的文本，这种客体观念显然与印刷文化紧密联系：“一旦印刷术在相当程度上被内化之后，书给人的感觉就是一种物体，里面‘装载’的是科学的或虚构的等信息，而不是早些时候那种记录在

① Astrid Ensslin, *Canonizing Hypertext: Explorations and Constructions*, New York: Continuum International Publishing Group, 2007, p. 51.

② ［匈］豪泽尔：《艺术社会学》，居延安编译，学林出版社 1987 年版，第 172 页。

③ 《阅文集团与上海图书馆达成战略合作　全国首个网络文学专藏库设立》，https://www.sohu.com/a/337070240_115433，2019 年 8 月 28 日。

案的话。”[①] 在文学理论方面，印刷术最终导致了形式主义和新批评的诞生。这两种理论相信，每一个语言艺术文本都封闭在自己的空间里，成为一个“语言图像”[②]。在印刷文化语境中，这种观念具有合理性，因为我们面对的总是一个文本，但以这种观念来衡量网络文学时，就会出现理论与实践上的困难。面对网络文学的时候，我们很难说它只是一个文本，如前所述，网络文学跟印刷文学的不同就在于它是一种（虚拟）社区性的文学，它不仅包括文本，也包括在社区中的互动、讨论等，而后者甚至成为读者体验中更重要的部分。

在印刷文学语境中，作者与读者都是割裂的，因为缺乏一个可以验证的语境，“作者的对象总是虚构的”，读者同样如此，“也不得不虚构他心中的作者”，这是一种延时的、甚至跨越数千年的阅读：“等到我的朋友捧读我的信时，我的心绪和写信时的心情可能已完全不同了，我甚至可能已经去世。文本传达讯息时，作者是死是活都没有关系了。”[③] 随着印刷文化的发展，作者与读者之间的割裂开始成为艺术家的刻意追求，这是有效实现个人心灵独语、摆脱世界奴役的保证：“只要艺术家抱着严肃的态度，就会不断尝试切断他与观众之间的对话。”“沉默是艺术家超脱尘俗的最后姿态：凭借沉默，他解除了自己与世界的奴役关系，这个世界对他的工作而言，是作为赞助商、客户、消费者、反对者、仲裁者和毁灭者出现的。”[④] 这种孤独者的自我哲学，显然具有浓重的精英主义与先知者的身份想象，预设了读者的被动性与缄默，他们只是“沉默的大多数”：“只要最上乘的艺术用本质上属于神职人员的目标来界定自己，那么就预设并证实了这样一批人的存在：他们是相对被动、未经充分启蒙、染有

---

① ［美］沃尔特·翁：《口语文化与书面文化：语词的技术化》，何道宽译，北京大学出版社2008年版，第96页。

② ［美］沃尔特·翁：《口语文化与书面文化：语词的技术化》，何道宽译，北京大学出版社2008年版，第101页。

③ ［美］沃尔特·翁：《口语文化与书面文化：语词的技术化》，何道宽译，北京大学出版社2008年版，第77页。

④ ［美］苏珊·桑塔格：《沉默的美学》，黄梅等译，南海出版公司2006年版，第52—53页。

窥淫癖的门外汉，被定期召集起来观看、聆听、阅读和倾听——然后被打发走。”①

对网络文学来说，它却不是这种类型的文学，网络社会的崛起，促成了“受众的终结与互动式网络的出现”。② 网络文学是互动中的文学，是现场的文学，不仅包括阅读故事，也包括作家与读者、读者与读者之间的广泛互动。波斯特对言说与书写进行了区分：“当交流手段被理解为对言说与书写的选择时，交际的所有参与者的在场或缺席往往是其鉴别特征。言说是信息传输者和接收者都在场的交流；而书写则是只有一方在场的交流。言说与小规模群体相联系，如部落、村庄、以及高密度的城区街坊。”③ 网络文学既是一种书写，也是一种言说，后者是传统文学不具有的属性。这意味着网络文学的合法性不只是源于文本本身的自我结构，也在于语境的相互作用。传统文学缺乏具体情境下的交互与互动所具有的复杂性，即便没有某个背景内共同在场的语境要素，文本的阐释照样可以发生。

从作者的体验来看，互动非常重要，虽然现在一些大神级作家与读者较少进行互动，但对占绝大多数的中底层的网络作家来说，他们仍需要与读者互动，并且乐于互动，互动也会深刻影响作家创作的思维方式。陶东风认为：“如果一个作家先把作品写好了，再发到网上，或者网站直接把纸媒体上的作品输入计算机再上网，都不是网络文学”，“因为这根本不能体现网络这个特殊的交流媒体的特性，也体现不出网络交流对于作家的思维活动与写作过程的内在影响”。④ 从读者的体验来看，就更是如此了，互动已经成为重要的体验内容。陈村曾将网络文学比喻为“唱卡拉 OK”，吴过认为这个比喻“很形象”：“一大帮热爱文学的网虫聚集到因特网这块崭新的天地里，

---

① ［美］苏珊·桑塔格：《沉默的美学》，黄梅等译，南海出版公司 2006 年版，第 54 页。

② ［美］曼纽尔·卡斯特：《网络社会的崛起》，夏铸九、王志弘等译，社会科学文献出版社 2001 年版，第 465 页。

③ ［美］马克·波斯特：《信息方式》，范静哗译，商务印书馆 2000 年版，第 114 页。

④ 陶东风：《网络交流的真实与虚幻》，《粤海风》2003 年第 5 期。

自娱自乐地唱卡拉OK，在BBS上发帖子，是再正常不过的事，唱得好，有人吆喝几嗓子，拍几下巴掌；唱得不好，有人拍砖，骂娘。”①显然，“唱卡拉OK”与众人的叫好或拍砖，确实较为形象地揭示了网络文学现场交流的群体氛围。他们的阅读快感，既来自故事文本，也包括现场的互动及其氛围。这一点我们在第五章中已经阐明，不再赘述。

显然，经典化暗含的客体、文本的观念阉割了网络文学，因为它看重的只是（故事）文本。在本章第一节对文学经典的争论中，不管是强调文学经典的社会性还是审美性，是历史主义还是形式主义，是本质主义还是建构主义，都是集中于文本本身来说的，这种观念在印刷文学语境中具有合理性，但当面对网络文学时，就值得反思。网络文学的欣赏方式与体验结构不同于传统印刷文学，编订选集或收藏进图书馆的经典化方式，保存的只是故事文本，只是部分的网络文学，而不是完整的网络文学。一些精英知识分子对网络文学不感兴趣，这是因为这些书面文化的读者无法复原网络文学的现场氛围，这种氛围、互动与语境本身是网络文学的重要目的。美籍华裔学者王靖献（Wang Ching-hsien）用口头诗学来解读《诗经》，相关专著《钟与鼓》的书名取自《诗经》首篇《关雎》中“钟鼓”一语，含义深远，意在希冀现代读者能像诗中主角及生活于类似文化环境的古人那样去“阅读”这些诗歌②，这种要求，同样适合于网络文学的欣赏。

显然，这涉及文学观念的转变，需要从将文学视为客体，转而视为一种过程、互动的“事件”。也许，在对网络文学的经典化过程中，我们犯了“解释学的错误”（Hermeneutic Error），“在前远程通信时代，我们认为世界充满意义，是一个需要解读的文本，是一本

① 《吴过专访：网络作家之十“拓展另一个空间——访王猫猫”》，《互联网周刊》1999年第48期。原文中“帖子”写成了“贴子”，已更正——引者注。

② 王靖献：《钟与鼓——〈诗经〉的套语及其创作方式·序言》，谢谦译，四川人民出版社1990年版，第1页。

待读的大部头。现在，是我们书写自己的现实并且通过互动来修订其中含义”。[①]

二　静态的幻象

与这种客体意识、编订选集及博物馆体制相对应的是静止的观念，即将文学经典看成是静态的存在。追求永久的恒定性与不变性是经典内在的要求，刘勰在《文心雕龙》中对“经”的解释是：“三极彝训，其书言经。经也者，恒久之至道，不刊之鸿教也。”[②] 在西方，“Canon”这个词最早出现于公元4世纪，与宗教的教义、律法有关，主要指早期基督教神学家的《圣经》之类的典籍[③]。这些典籍是教会活动的标准与律法，是神谕的语言，具有神启性、真理性，由宗教机构勘定，要求绝对的准确性，杜绝任何随意的篡改与假托。

文学经典的静态观念同样与印刷文化有关：“印刷术促成了一个封闭空间（closure）的感觉，这种感觉是：文本里的东西已经定论，业已完成。”[④] 这种封闭或完结的感觉是一种不折不扣的物理的感觉，它给人的印象是，文本里的材料是完整的或自给自足的，这导致了叙事与论证的更为封闭的线性形式。印刷文本是桀骜不驯的：“印制出来的文本绝不可能再做改变（删除、插入）”[⑤]，它不再是同外部世界的对话，即使遭遇“伤筋动骨的反驳”，它还是“一如既往地要说它那一套完全相同的话”。[⑥] 在此意义上，印刷书籍似乎是保护经典的理

---

① ［英］罗伊·阿斯科特：《未来就是现在：艺术、技术和意识》，周凌、任爱凡译，金城出版社2012年版，第98页。

② 刘勰：《文心雕龙·宗经》，徐正英、罗家湘注译，中州古籍出版社2008年版，第56页。

③ John Guilory, “Canon”, in *Critical Terms for Literary Study*, Chicago: The University of Chicago Press, 1995, p. 233.

④ ［美］沃尔特·翁：《口语文化与书面文化：语词的技术化》，何道宽译，北京大学出版社2008年版，第100页。

⑤ ［美］沃尔特·翁：《口语文化与书面文化：语词的技术化》，何道宽译，北京大学出版社2008年版，第101页。

⑥ ［美］沃尔特·翁：《口语文化与书面文化：语词的技术化》，何道宽译，北京大学出版社2008年版，第59页。

想媒介："书籍象征着连贯性、密集性、封闭性、完整性、统一性和物质性，所有这些都是使文学作品不朽所必需的。"①

在对网络文学经典化的过程中，同样延续了这种静止的观念。编订选集、收藏进图书馆，目的就是求得经典的准确性与永恒，前面提到上海图书馆对网络文学的保存就充分表现了这一点，这次活动特别强调，在对网络文学作品的保存上，选用的载体是三防加强型移动硬盘，据说这种硬盘是数字信息存储的首选，具有防水、防震、防火等功能，理论保存年限是 100 年。然而网络文学却很难说是静止的，它的本质精神是动态世界。从网络文学的故事文本来看，它具有前所未有的动态性。网络文学产生于网上，而网络文字总是具有变动性："改变数字化书写易如反掌。屏幕符号与白纸黑字相比具有非物质性，这使文本从固定性的语域转移到了无定性的语域。"② 电子文本的存在只不过是虚拟的、变动不居的状态，可以不断地进行编辑处理、补充和更新，这导致网络文学总是处于变动之中。

无限度的可修改性让网络文学失去了可靠的文献意义。美国作家杰克·明戈说："在网络上写信就像是在建一座沙子做的宫殿。你知道无论你在这一过程中是多么仔细，你写的信很快就会被删除掉。在很多时候它就像发生在鸡尾酒会上的谈话一样。"③ 美国著名学者希利斯·米勒有相似感受："你不能在国际互联网上创作或者发送情书和文学作品。当你试图这样做的时候，它们会变成另外的东西。"④ 网络文学被改写是常有的事，这也是它不同于传统文学的魅力："在线作品，就像一种涂鸦，它们在环境中很容易解体与退化，而这种衰退与

① Astrid Ensslin, *Canonizing Hypertext: Explorations and Constructions*, New York: Continuum International Publishing Group, 2007, p. 50.

② ［美］马克·波斯特：《第二媒介时代》，范静哗译，南京大学出版社 2000 年版，第 99 页。

③ 参见［美］摩尔《皇帝的虚衣：因特网文化实情》，王克迪、冯鹏志译，河北大学出版社 1998 年版，第 117—118 页。

④ ［美］米勒：《全球化时代文学研究还会继续存在吗?》，国荣译，载易晓明编《土著与数码冲浪者：米勒中国演讲集》，吉林人民出版社 2004 年版，第 98 页。

最终的解体是其魅力的必要部分之一。”① 网络文学当然也有相对稳定的一面，但从理论上来说，只要它在网络上，就随时面临着被改写的可能。文学在纸媒语境中也会被改编，但操作起来相当繁难，印刷品要修改，只能是重新印刷一次，而网络文学的改写则是随心所欲的，从文学的存在论来说，网络文学永远是一种“草稿”形态。“在万维网上，这种符号过程与自我故事的生成语境是日益分离的。因为把故事重新置入新的语境中正是万维网的典型特征。在万维网上，故事的作者其实已经再也无法控制其所写的东西了。在何时何地（何种语境）故事（对谁）具有意义，已经是难以确定之事，而故事正在不断地翻新着。”② 因此，不能从静止意义去理解网络与网络文学，“与其说一个分布式、去中心化的网络是一个物体，还不如说它是一个过程。在网络逻辑中，存在着从名词向动词的转移”。③

传统文学也具有一定的可变性，但这种可变性跟网络文学的动态性不同，传统文学经典的身份来源于一个稳定不变的文本，作为一个对象，作为那个时代文学文化的一个固定路标，拥有不容置疑的权威。不同的人、不同的时代对某部经典的理解可能各不相同，但这并不意味着故事本身发生了变化。这部经典的文字、段落与页数跟它最初出版时完全一样。“无尽和无限文本的创造活动，有别于现有的文本，后者也许可以被无限的方式加以诠释，但它在物理形式上仍然是有限的。”④ 在此意义上，传统文学的确是静态的，但对网络文学来说，它的力量来自变形的能力。

网络文学的动态性还在于它本身就是不断延伸、不断发展的动态存在。如前所述，完整的网络文学不仅是故事文本，还包括文本之外

---

① Julian Stallabrass, *The Online Clash of Culture and Commerce*, Millbank, London: Tate Publshing, 2003, p. 42.

② ［荷］约斯·德·穆尔：《赛博空间的奥德赛：走向虚拟本体论与人类学》，麦永雄译，广西师范大学出版社2007年版，第184页。

③ ［美］凯文·凯利：《失控：全人类的最终命运和结局》，陈新武等译，新星出版社2010年版，第40页。

④ ［意］翁贝托·艾柯：《书的未来》（下），康慨译，《中华读书报》2004年3月17日。

的互动实践，这就让它处于共生性语境之中，故事文本与互动实践之间的回应与修改不断改变着网络文学的整体存在状态。莱文森以博客为例来说明这种原理："博主可以很容易在博客发布以后，对博客作重大的文字修改和意义修改，这带来的结果是，如果你修改一个许多人评论过的文本，肯定会引起混乱。"① 也就是说，博客的网络式存在让它保持原初版本不可能，不断的反馈回路带来了意义的持续生产，带来了整个网络文学的持续生长，在此意义上，"博客绝不会真正结束"。② 曾尝试网络写作的旅美作家张辛欣也有相似看法："反馈性的交流，在曾经热闹的 BBS，在仍然被情人们爱慕着的 ICQ 上，无限穿梭着，延伸着，所谓一部作品的完整性，可能在新的阅读方法下遭到'破坏性'的彻底改变?"③ 将这种独特状态视为"混乱"或"不完整"，是源自印刷文学的观念预设，实际上，这正是网络文学本身。

在此意义上，网络文学是一种永远不会终结的开放叙事："网络的创造性使用使网络变成了有机体。作品永远不可能处于完成状态，它怎么可能完成呢?"④ 我们可以把印刷文学与网络文学作一番比较，印刷文学有固定的开头与结尾，具有"信息完结性"的特征，常常表示"作者的语词已经定稿"，成为"终极的形式"，"这是因为印刷术只接受已经定稿的文本"。⑤ 与之相比，网络文学则处于互动实践之中，"永不完结"，是一个在双向交互中不断更新的 β 版媒体。这种互动与衍生情境实际成为整个网络文艺的基础性的架构（Architecture）。显然，这种变形的能力正是新媒介自身独有的逻辑展开，这类似于符号的自我生产，它们相互连接并复制自身："人类操作员不再是那一动力的一部分；他们引发了不能对之引导、调节和监控的进程。没有

① ［美］保罗·莱文森:《新新媒介》，何道宽译，复旦大学出版社 2011 年版，第 25 页。

② ［美］保罗·莱文森:《新新媒介》，何道宽译，复旦大学出版社 2011 年版，第 25 页。

③ 张辛欣:《独步东西：一个旅美作家的网上写作》，知识出版社 2000 年版，第 149—150 页。

④ ［英］罗伊·阿斯科特:《未来就是现在：艺术、技术和意识》，周凌、任爱凡译，金城出版社 2012 年版，第 36 页。

⑤ ［美］沃尔特·翁:《口语文化与书面文化：语词的技术化》，何道宽译，北京大学出版社 2008 年版，第 101 页。

人能控制发生于电脑空间的那一文化驱动的逻辑。"[①]

在网络文学的发展过程中，可以清晰地看到印刷媒体向网络媒体转换过程中的这种困境。"笨狸"曾敏锐地意识到这一问题，他在谈到网络文学的特点时说：

> 从目前的状况来说，网络作品的短小是因为带宽和阅读问题而造成，是静态可见的特点。而精悍是由其无限度可修改性形成的，是动态的特点。这些特点，反而在那些著名的网络文学刊物上没有能够表现出来，多是在个人站点性质的作品中得到体现。也许，那些已经成名的网络刊物受传统观念束缚过多，而他们所拥有的传统媒体的编辑经验又反过来影响了对于网络媒体的敏感。[②]

在这种过渡时代，一些印刷文学书刊也试图呈现完整的网络文学及其动态性，比如著名的《风中玫瑰》，它同时保存了故事文本与读写双方的交互实践，但我们也能发现其中存在深刻的困境：一方面，尽管试图重现交互实践，但由于"篇幅所限"，纸质版《风中玫瑰》只能"保留少数跟帖"[③]，然而网络的跟帖却是无限的、不断生长的；另一方面，它虽然保留了故事内容与部分跟帖，却变成了一种铭写，失去了现场的、正在"上演"的氛围。正如陈村所说："网上的聊天，经常可以查到记录。可惜的是，再好的聊天，一变成记录，立即有种被阉割之感，原本的参与变作旁观，气氛和情绪都不对头了。"[④] 这种困境，实际上正是纸媒试图呈现网络交互实践的困境，也正凸显了印刷文化与网络文化之间的深刻差异。与此相似的是，2008 年 7 月，德国出版商贝塔斯曼（Bertelsmann）宣布将出版纸质版的维基百科，这

---

① ［英］齐格蒙·鲍曼：《后现代性及其缺憾》，郇建立等译，学林出版社 2002 年版，第 197 页。

② "笨狸"：《织文成网》，http：//bbs. tianya. cn/post-no01-4091-1. shtml，2001 年 6 月 19 日。

③ 参见"风中玫瑰"《风中玫瑰》（人民文学出版社 2001 年版）第 7 页的编者说明。

④ 陈村：《99 中国年度最佳网络文学 · 序言》，漓江出版社 2000 年版，第 2 页。

是一部包含了9万名作者的2.5万篇最受欢迎的文章的维基百科。这种宏伟的出版规划试图以纸质媒体的方式呈现网络资源，然而这不是真正的维基百科，维基百科是动态性的，是生生不息的，“它不再像书籍在物质领域和叙事情节在观念领域那样意味着一个统一的整体。文本不再被预设为一种总体性，而是作为一种互文本，无休无止地向四面八方蔓延”。[①] 印刷书籍显然“冻结”了这种不断扩张的活力，哪怕它以“百科全书”的面目出现。

显然，对于网络文学来说，静止的观念是不合适的，准确的说法是“流”的观念。在新媒介时代，艺术流动化的理论有了新的发展。白南准（Nam June Paik）在卫星中看到了交流技术将心灵联系在一起、促成新思维方式的可能。通过这种联结，艺术作品成为动态的存在与无休止的“流”，带来了所有文化超越边界的“整合”[②]。

在此意义上，用经典的版本问题来衡量网络文学就变得不合适。对印刷文学来说，“同一个版本里每本书的物质外观是一模一样的，所有的副本都是相同的物体”[③]。印刷文字漠视任何攻击，它更容易确立相对稳定的内在规范，这就带来了“定稿”“权威版本”“精校本”的说法。在有关经典的阅读或学术研究中，如果有多种版本，往往强调的是“精校本”。网络文学却很难说有一个“定稿”的精校本，一方面，从故事文本来看，它本身具有易变性，“下一个版本将使上一个版本不复存在，它抹去了引导我们处于现在位置的道路的所有痕迹。计算机写作取消了神圣的‘原版’的观念”。[④] 另一方面，它又不只是

---

① ［荷］约斯·德·穆尔：《赛博空间的奥德赛：走向虚拟本体论与人类学》，麦永雄译，广西师范大学出版社2007年版，第213—214页。

② Nam June Paik, “Cybernated Art” (1966) and “Art and Satellite” (1984), In *Multimedia: From Wagner to Virtual Reality*, Expanded Edition by Randall Packer and Ken Jordan, Lodnon; New York: W. W. Norton & Company, 2002, p. 40.

③ ［美］沃尔特·翁：《口语文化与书面文化：语词的技术化》，何道宽译，北京大学出版社2008年版，第96页。

④ ［英］齐格蒙·鲍曼：《后现代性及其缺憾》，郇建立等译，学林出版社2002年版，第196页。

一种故事文本，完整的网络文学包括了互动实践，构成了生生不息的交互与动态情境，是难以终结的开放叙事。

那么，这种动态性是否意味着网络文学就不准确了？实际上，这涉及如何理解准确性（Accuracy）的问题。印刷文本特别强调准确性："印刷术培育了词典发展的气候。从18世纪起到过去的几十年间，英语词典一般只把印刷品作者（当然并非所有的作者）的用法当作语言的规范。其他一切人的用法只要偏离印刷品的用法，一概被认为是'错讹'。"① 这养成了给语言的"正确性"立法的欲望。文学经典的魅力之一也正源于这种准确性："古典教育预设了这样一种信念：那些伟大古老的作品不仅凭借最高贵的形式包含了人类最高贵的精神食粮，而且这种高贵的精神与生俱来地就与这些作品采用语言的语法和词源紧紧联系在一起。"② 与之相比，网络文字与网络文学似乎由于易变性而欠缺准确性。迈克尔·海姆在他的著作中引用了一则奇闻轶事来阐明这一点。根据犹太法律，上帝亚卫之名一旦写下来就禁止人们抹去，当一个以色列大学意欲制作电子版《圣经》供大家使用时，这需要征求拉比议会（council of rabbis）的意见，以弄清犹太法律是否允许这样做，因为在这一过程中，文档不可避免地会被新的、正确的版本所覆盖。拉比们最终不反对这样做，理由是圣经文本的电子存储具有稍纵即逝的特征，因此根本就不被视为一种书写形式，所以不可能存在抹去亚卫之名的问题。③ 对此，恩斯林强调应一分为二地看，她认为电子文学是否比印刷文学更容易消失是一个耐人寻味的问题，一方面，鼠标的确很容易就可以删除超文本和万维网的重要链接；但另一方面，数字媒介的存储能力与经济性显然超过了印刷文学，因此

---

① ［美］沃尔特·翁：《口语文化与书面文化：语词的技术化》，何道宽译，北京大学出版社2008年版，第99页。

② Gerald Graff，*Professing Literature*：*An Institutional History*，Chicago & London：The University of Chicago Press，1987，p. 29.

③ 转引自［荷］约斯·德·穆尔《赛博空间的奥德赛：走向虚拟本体论与人类学》，麦永雄译，广西师范大学出版社2007年版，第213页。

不能贸然说电子保存就容易丢失[①]。从实际情况来看这颇有道理，电子保存虽然具有易变性，但由于很容易地被复制、粘贴，反而在网络上成为不死的生命，因此代码是否具有比装订、纸板和纸张更强或更弱的防腐能力，确实是一个微妙的问题。不过我们认为，恩斯林在这里纠结于数字媒介能否具有印刷文化一样的保存能力，实际上偏离了问题的中心，就准确性来说，也许正是由于电子文本的动态性，才导致了它的准确性。

文本似乎能够反映并包含现实，但实际上也许静态的文本远离了真相。它是静态的，因此它只是某一时空、某一组镜头对现实的选择与捕捉，总是一种对现实的特殊理解与采样，是单一的观察者从自己的角度描绘的某一时刻的静止视野，在此意义上，文本永远是部分的解决方案，它难以改变与适应不断变化的环境，这也让它日渐脱离现实，丧失了准确性。与之相比，网络是动态性的，生生不息的，“随着时间的流逝，作者与读者都（或者能够）给它添加新的因素与链接，显示出与人类存在模式极为相似的开放性与易变性”。[②] 在此意义上，它的忠实度与准确性，面对的不是具体的对象，而是整个系统或现实。

如果为了准确性而将网络文学转化为一种静态文本，这必然让活力的现实变成了冻结的过去：“如果你的下一个选择是你的最后一个选择，那么关联可能性的系统性力量就失败了。生命的潜力已经被一个博物馆的展览所吞噬。一个生动的、连续的现在已经让位给一个扁平的、冻结的过去。”[③] 在网络上，我们只有感受到多个版本，才能了解现实的多面性、复杂性。网络的精确性体现在它是一个不断被编辑

① Astrid Ensslin, *Canonizing Hypertext: Explorations and Constructions*, New York: Continuum International Publishing Group, 2007, p. 50.

② ［荷］约斯·德·穆尔:《赛博空间的奥德赛：走向虚拟本体论与人类学》，麦永雄译，广西师范大学出版社 2007 年版，第 180 页。

③ John Miles Foley, *Oral Tradition and the Internet: Pathways of the Mind*, Urbana: University of Illinois Press, 2012, p. 40.

的事件，而不是放在盒子里归档的照片。网络与现实是实时的伙伴关系，读者读一部网络文学，退出时的情况不会原样保存，当他再次进入时，由于网络跟帖的发展，整个阅读情境与体验已发生了变化。它不会是原样的重来，也没有独立的对象或项目可以回收，现实不会静止不动，它充满了种种偶然性，难以预测。印刷文本总是试图避免偶然性、随机性，退出时跟重新进入时没有任何变化，而在网络文学中，它总是一种突发的、即兴的、面向过程的体验。

这种区别实际上也就是对象与系统的区别。艾柯曾谈到文本与系统的区别。他认为，语法、辞典和百科全书是系统，可以用它们创造出所有你想要的文本，但一个特定的文本却降低了系统构建封闭宇宙的无限可能性。艾柯认为超文本就是这样一种系统，这是在电脑发明之前人们就梦想的完全开放的文本，也是马拉美所赞美的“书”（Le Livre）的理念[①]。不过艾柯在这里对超文本的理解并不准确，超文本的特点并不在于他所说的似乎只是给某种故事提供多种可能性，读者可据此以不同的方式进行无限的再创作，也就是说，不是指形成了可供选择的多种路径，而是指网络本身形成了阿赛斯所说的遍历文本模式。这种遍历性，也真正体现了网络文本跟现实存在相似的开放性。

显然，在对网络文学经典化的过程中，将其理解为静止存在，体现了印刷文化对确定性的执着。这是对网络文学的冻结与阉割，将网络文学理解成静态文件，现时的生活、持续状态、当下、以事件为中心的特质，都消失了。在经典的伟大序列中矗立着一件艺术品，它是一座丰碑，它本身似乎很完整，但实际只不过是一种剥离的标本。对网络文学来说，它的生存之道正在于动态与变形，它表现的是系统相对事物的优势。这种网络的动态性，更接近于我们生存的真实性与开放性。

---

① ［意］翁贝托·艾柯：《书的未来》（下），康慨译，《中华读书报》2004年3月17日。

三 作品的科学

从前面关于经典的客体观念与静止观念来看，经典化在根本上对应的是“作品”的科学。经典实际上就是作为“幻象”与“偶像”的“艺术品”①。这种作品观念与特定时代的主导媒体有关。印刷媒体让印刷品成为可触可感的研究客体，文本被看成稳定的固体、静态化的文本，作家的个人意图视为文学阐释的终极依据。文字把人和认识对象分离开来，并由此确立“客观性”的条件，所谓“客观性”就是个人脱离认识对象，或与之拉开距离。作品的科学形成了艺术的框架，建构了艺术与生活的边界，它对应的是西方现代美学主张的静观欣赏与艺术博物馆体制。

在艺术史上，历史先锋派试图打破自律艺术体制，消解艺术与生活的区隔，他们将日常生活引入艺术，摧毁了传统的有机艺术品概念，意图以艺术重新组织生活实践。这对后现代艺术有很大影响，观念艺术的先驱人物意大利艺术家丰塔纳，在 20 世纪 50 年代发表《空间主义宣言》，他用刀划破画布，由此可看到图画之后的内容，表明艺术从传统的画布走出，融入真实空间。与此相似，装置艺术反对博物馆艺术体制，将艺术品搬到日常环境中展览，并赋予其新意义。网络文学显然在客观上也具有破除艺术体制的意义，它反对的是现代美学对象的封闭性，将艺术从现代主义“完美对象”的概念中解放出来，强调的是开放性、动态性与交互性。故事文本与交互实践的统一才是完整的网络文学，它打破了艺术与现实、阅读与欣赏、作家与读者之间的二元框架：“电子语言则不适宜加上框架。它既无处不在又处处不在，既永远存在又从未存在。”②

先锋派艺术的悖论在于，反对自律艺术体制，却又重新陷入了体

① ［法］皮埃尔·布迪厄：《艺术的法则：文学场的生成和结构》，刘晖译，中央编译出版社 2001 年版，第 275 页。

② ［美］马克·波斯特：《信息方式》，范静哗译，商务印书馆 2000 年版，第 117 页。

制的牢笼，他们试图以“拾得物”的观念摆脱艺术家的个人生产幻象，将艺术重新引入生活实践，“但是他们的拾得物却在今天被认定为‘艺术品’，‘拾得物’因而失去了其反艺术的性质，而在博物馆中成为与其他展品一样的自律的作品”。[①] 后起的先锋派将作为艺术的先锋派本身体制化了，从而否定了真正的先锋主义的意图。新先锋主义艺术是完全意义上的自律艺术，它意味着否定先锋主义的使艺术回到生活实践中的意图，对艺术的扬弃的努力变成了艺术的展现。不管生产者的意图如何，这种展现获得了作品的性质[②]。不难看出，网络文学的经典化同样如此，它重蹈了先锋派的覆辙，意味着网络文学这种动态化的、打破框架的、反对“作品科学”的艺术又重新进入了博物馆，重新成为一个“作品”与“对象”。

显然，目前网络文学的经典化模式仍然深深地受限于印刷文化思维。网络文学的经典化实际上是试图在印刷文学序列中获得一个名分。博尔特曾提出“印刷晚期”概念，意在表明，印刷文化已经进入了晚期，但仍是一种重要的文化理想，人们仍将印刷物理解成最有声望的文本[③]。从网络文学的发展来看，获得纸媒的收编与招安一直是其梦想，这从一开始就表露出来了，不少网络作家线上成名后纷纷转向线下市场。有人描述了当时的状况：“现在的网络文学还不是文学，只能算‘小样文学’，最终网文还是要印成书，还要在书店卖。目前网络只是文学的排练场、试验田，网络作家只是在隆中的孔明、梁山的宋江，或四处卖弄或大吵大嚷或暗下苦功，时刻等待的是被临幸、被招安。”[④] 纸面媒体的发表或出版，成为衡量网络文学成功与否的重要标准。网络文学的“十年盘点”同样延续了这种印刷文化惯例。“十

① ［德］彼得·比格尔：《先锋派理论》，高建平译，商务印书馆 2002 年版，第 129—130 页。

② ［德］彼得·比格尔：《先锋派理论》，高建平译，商务印书馆 2002 年版，第 131 页。

③ J. D. Bolter，*The Remediation of the Book in an Age Computer Graphics*，New York：Continuum International Publishing Group，2000，p. 531。

④ 关孙六：《等待临幸的 COM 文学》，http：//culture.163.com/edit/000710/000710_31594.html，2000 年 6 月 8 日。

年盘点”是由中国作协指导，中国作家出版集团、《长篇小说选刊》和“中文在线”旗下的“17K”网站承办，权威文学期刊如《人民文学》《收获》《当代》等参与其中的大型活动，活动的评价标准有四个：“文本价值，是否在叙事语言上有创新和突破；记录价值，是否表达了时代或时代的某个侧面的情绪、动机或景色；边际学术价值，是否在人性探索上有创新和突破；娱乐价值，是否让你读得情绪高涨。”① 不难看出，这些评价标准都是将网络文学视为传统的文本来理解的。现在有些学者提倡的“审美—技术—商业”多维标准说，尽管相比以前的网络文学评价模式，这一说法试图有所突破，但还是把网络文学视为一个文本，从中挖掘其中的审美、技术与商业的因素。显然，这里存在弗里所说的核心问题，我们对线上内容的评价总是以能否转换到纸质书本为基础②。网络文学的经典化延续了这种文化理想，这是以印刷文化来阉割网络文学活生生的存在。

网络文学不只是一种故事文本，而是一种活生生、现场感的活动。相比传统的印刷文学，它与口头艺术具有更大的相似性。口头艺术显然不能只理解为一个文本、客体或对象，它也是一种动态的语境。寿生在论文《莫把活人抬在死人坑》中说：“‘事物’有死活，研究的途径也就不能尽同，我们不可把活歌谣与古史一样看待……‘歌谣’还是个活的玩意，它的环境还‘未变’，它的音调正年青，唱它的人正多，在它未倒床时它是怎么就是怎么，有目共睹，用不着我们费大劲故分派别说红道白。”③ 歌谣不同于古史，古史只是历史事件的文字记载，而歌谣既有歌词的部分，同时也有歌唱的部分、现场的要素与语境，如果把后面这些现场的要素去掉，只留下歌词的部分，歌谣也就不能是“活歌谣”，而成为死物了。实际上，博物馆也被称为陵墓：

---

① 《“网络文学十年盘点”活动成果将编辑出版》，http：//www. chinawriter. com. cn，2009年3月24日。

② John Miles Foley，*Oral Tradition and the Internet*：*Pathways of the Mind*，Urbana：University of Illinois Press，2012，p. 105.

③ 寿生：《莫把活人抬在死人坑》，《歌谣》周刊1936年第9期。

“在这个陵墓中，艺术作品过着一种抽象的、与世隔绝的生活，它们已经与产生它们的生活、与它们曾在这种生活中完成的实际任务隔断了联系。当它们按照某种与现实或作品本身无关的原则被放在或挂在博物馆里的时候，它们失去了与现实的原始联系，而进入了某种新的、与其他陈列品的联系。”① 博物馆使艺术作品失去了原有的实际功能，博物馆的围墙让艺术作品石化了，成了展览品。笼罩在它们身上的是一种供人瞻仰的地下圣堂里才有的气氛。如果说，这种博物馆体制对印刷文学还具有一定的意义，是因为印刷文学主要是孤独的阅读，而对网络文学来说，它就已经扼杀了其最重要的现场的、集体的交互实践。

如果从口头传统来理解网络文学，对网络文学的经典化命题就会有新的理解。以中国文学为例，在口头文化向印刷文化转型的过程中，口头艺术经过了两次转变。一是从“说话”到“话本”的转变，二是从“话本”向“拟话本”的转变。在从“说话”到“话本”的转变过程中，由于话本只是“说话”的底稿，就省去了具体的吟唱与表演环节，而在从“话本”到“拟话本”的过程中，又进一步去掉了现场，同时进一步文人化了，删去了不少说话的痕迹。不难发现，在网络文学的经典化过程中，将其线下出版、编订选集或者进入图书馆保存，这种从网络文学到印刷文学的转换，正类似于从口头文化向印刷文化的转换。从口头传统到印刷文化，文学的发展经过了文本化、文人化、案头化的过程，要想准确把握口头传统，必须逆向理解这个过程。网络文学同样应该如此，借用口头传统的术语来说，对网络文学的理解应包括这样两个逆向步骤：首先，从“文学”到“话本”；其次，从“话本”到“说话”。

从“文学”到“话本”。网络文学不能理解成传统的文学，它是一种类似于说书的“话本”，或者说口头传统的底本/手稿。将其看成“底本”或“手稿”，就意味着它是变动不居的，可以修改添加的，由

① ［匈］豪泽尔：《艺术社会学》，居延安编译，学林出版社 1987 年版，第 173 页。

此揭示了网络文学类似于口头艺术的动态性。与此同时，由于它只是一种“底稿”，从印刷文化的角度来看，它显然存在不少缺点，但对交互实践来说也许并非缺点。以印刷文学作为评价标准，实际上把口头传统与网络文学看成了他者。一些文化人类学著作如列维－斯特劳斯的《野性的思维》、列维－布留尔的《落后社会的心理机能》《原始思维》等，其中的“原始”“野性”等用来形容人类社会稍早时期的状况，都是负载沉重的字眼。这种他者化思维在网络文学中也比较常见，比如网络文学的“垃圾说”“装神弄鬼说”等一直非常盛行。其实，印刷文学代表“更伟大纯正”的文学标准可能只是一种错觉，文字记录给人的感觉似乎比口语更加有力，但在口头文化时期，证人的口头证词却“比书面文本可信”，“因为证人要回答问题，且不得不捍卫自己的证词；与此相反，书面文本却不能回答问题，也不能自卫”。[①] 这种有来有往的感觉正是口头传统的优势，而这也同样是网络文学的优势。

从“话本”到“说话”。网络文学不能仅仅理解为一个“话本”，还需要将其看成一种现场交互实践。对口头传统来说，现场的交流是更重要的，而不是阅读纸本。对网络文学的理解也应如此，网络文学是借助故事文本展开的现场交互实践。我们经常将口头传统理解成口头文学或口头文献，“literature”的基本意思是“书写的东西”[②]，这实际上排斥了非书写的内容，排斥了口头传统的现场。对网络文学的理解同样存在这个问题。借用拉康的话来说，网络文学被画上了斜杠，被印刷文学观念窃取了主体位置。一位学者在网络文学刚兴起时曾表示：“进入新千年后，出现了一股网络文学的出版热。……这就是我看印刷成册的网络文学的感觉，好像是受招安的宋江、被扶正的平儿，虽然终成正果，但有一种不伦不类的感觉。”“真的网络文学是不需要

---

① ［美］沃尔特·翁：《口语文化与书面文化：语词的技术化》，何道宽译，北京大学出版社2008年版，第73页。

② literature 在拉丁语中对应词是 litteratura，词根是 littera，即字母。

印刷出版的，这是网络文学发展的终极目标。”[1] 我们永远无法将活生生的现实压缩到哪怕是最精致的书中去。网络文学是一种动态化的事物，是一种在线的冲浪，我们不能将它变成一种标本、一种离线消费的文本。

第三节　多元动态经典观与文学制度的重建

通过前面的分析可以看出，网络文学与经典化之间出现了不可调和的矛盾，如果我们需要重申经典的意义，就需要调整经典的观念与当前的经典化模式，并重建文学制度。

一　“诗可以群”：建构多元经典观

在新媒介语境中，经典概念仍有一定的必要性。理由有以下三点。

首先，互联网带来了海量的信息，形成了詹姆逊所说的“超空间”，人们失去了批判距离，在此情况下，信息的甄别与筛选特别重要。如前所述，与传统文学相比，网络文学的外延发生了根本变化，但需要指出的是，它的故事文本部分仍然重要。尽管建构主义认为经典是建构出来而非本质性的，但客观来说，并非每一种故事文本都是等值的，“一部作品的主要内容和形式特点也是决定生存可能性的一个因素”。[2] 总是存在相对较好的选择：“我们有阅读一切可以得到的作品的权利，但如果能从那些我们认为最有价值的作品开始读起会更明智。”[3] 在新媒介时代，这种经典化机制仍然是重要的，在碎片化的

① 《写作领域正在进行的一场革命？传统文学必须面对的挑战？》，《黑龙江日报》2000 年 11 月 14 日。

② ［荷］佛克马、蚁布思：《文学研究与文化参与》，俞国强译，北京大学出版社 1996 年版，第 53 页。

③ ［荷］佛克马、蚁布思：《文学研究与文化参与》，俞国强译，北京大学出版社 1996 年版，第 17 页。

社会里反而更需要经典。

其次，从文学教育与文学生活来看，新媒介扮演着越来越重要的角色，成为文学阅读的第一接入口，由于传播效应与社会化后果，它承担着国民精神塑造的重要职能，其功用不容小觑。从这种社会功能来看，仍需要强化经典意识。

最后，如本章第一节所指出的，从现实情况来看，当下网络文学的经典化主要是资本推动，它造成了文学的同质化，让网络文学的发展空间“变瘦了”，媒介技术与文化价值观出现了较为严重的分离。因此需要建构新的网络文学制度与经典化机制，追求文学的差异化：“一部经典作品是这样一部作品，哪怕与它格格不入的现在占统治地位，它也坚持至少成为一种背景噪音。”①

经典观念仍有其必要性，在此基础上，新媒介时代要建构的是多元经典观。这种多元性，是指经典类型的多元化。在多元文化的后现代社会，试图建立单一的、总体化的印刷文化经典显然举步维艰，为文学研究者和普通读者建立一个共同的基础正日益成为一个乌托邦式的理想，正如恩斯林所说：“我们确实目睹了作为文学价值福音真理的统一、排他、以印刷为基础的正典的终结。”② 取而代之的应该是星丛式的经典概念，承认阅读趣味的多种多样，承认经典的多种类型。在高度多样化的社会中，文化的一致性不再来自一个整体的世界图景，而是来自功能上不同的子系统的相互作用。这些子系统中的每一个都有自己的标准，从而符合当代社会多元化、地方化的趋势。在此意义上，假设每个人遵循不同的规则、拥有不同类型的经典是具有合理性的。“我们不能完全否定经典的思想，而必须放弃它传统的自成一体的、封闭的、严格排外的内涵。必须采用一种包容的、开放的概念，这种概念在持续的集成、修改和替换过

---

① ［意］卡尔维诺：《为什么读经典》，黄灿然、李桂蜜译，译林出版社2006年版，第5页。

② Astrid Ensslin, *Canonizing Hypertext: Explorations and Constructions*, New York: Continuum International Publishing Group, 2007, p. 54.

程中起作用。”[①]

为了描述这种多元经典观，我们可重新激活传统“诗可以群”的概念。这个概念特别适合新媒介时代的经典机制，原因在于，一方面，“群”的概念与新媒介时代人们圈子化、社群化、部落化的生存状况、阅读状况是一致的。在新媒介时代，不同的虚拟群落，正分享着他们各自喜好的经典。另一方面，“诗可以群”也表现了经典的社会化功能，让人们有了共同的话题，起到了凝聚情感、互相慰藉的社群功能。

在新媒介时代，多元经典观显然是重要的。这既有助于摆脱印刷文学经典观的单一性，也有助于摆脱网络商业文学的单调性，尤其是可以打破后者的垄断局面，重构网络文学生态。虽然中国网络文学看上去非常繁荣，但对媒介的利用其实还相当单调。一方面，实验性的超文本、多媒体文学没有发展起来；另一方面，网上小众的具有传统文学风格的写作也没有得到重视，但这种文学前景是值得期待的，假以时日，也许能够产生经典。美国作家杰克·明戈说：“百分之八十的网络上的写作都是令人讨厌的，百分之十由于其思想偏执而令人发狂，而只有百分之十是精彩而有趣的，值得令人拼命地想看完它余下的部分。”[②] 在海量创作中，精彩的百分之十具有足够宽广的基础。举例来说，2012 年，科幻作家郝景芳在水木社区发表小说《北京折叠》，小说对生活的深入思考以及利用科幻想象对现实的呈现，都颇有独特之处，是一部精品，并在 2016 年获得了第 74 届“雨果奖”最佳中短篇小说奖。新媒介时代的长尾效应也为这种可能性提供了理论基础。长尾（The Long Tail）的说法是由《连线》杂志主编克里斯·安德森（Chris Anderson）在 2004 年提出的，其主要观点是，商业和文化的未来不在热门产品，不在传统需求曲线的头部，而在于需求曲线那条无穷长的尾巴。比如，在互联网的音乐与歌曲、新书甚至旧书等的销售

① Astrid Ensslin, *Canonizing Hypertext: Explorations and Constructions*, New York: Continuum International Publishing Group, 2007, p. 61.

② 转自黄鸣奋《网络诗歌的承诺：“人人都可成为艺术家”》，《文艺评论》2000 年第 4 期。

中，尽管单项的热门产品畅销，高居营业额的前列，但是，由于仓储的无限和联邦特快的存在，让那些看上去不太热门的产品也在创造着出乎意料的营业额，甚至成为这些新媒体销售收入的主要部分，比如亚马逊有超过一半的销售量都来自它排行榜上位于13万名开外的图书。显然，新媒介时代是发挥长尾效益的时代。这也就说明，在各种流行性的网络文学作品之外，个性化的、小众的作品完全有可能也在市场上取得好的成绩，获得足够的经济资本，这就为经典的产生提供了物质基础。

总之，建构多元经典观，关键是让新媒介发挥最大优势，创建一个混合的、多市场的系统，优化知识、艺术和思想的交流。

二　从线下到线上：建构动态经典观

新媒介时代不仅需要建构多元经典观，还需要建构动态经典观。如前所述，印刷文化的经典化观念与网络文学的动态性相悖，恩斯林也意识到了这一点，她发现超文本文学与经典在用词上似乎自相矛盾，因此，“为了适应超文本文学的内在特征，文学经典的概念需要修改”。[①] 如何修改呢？恩斯林将“canon”变成了“canonizing”。这里的“canonizing”并不是正在经典化的意思，而是创造性的意思。“我们只能用‘canonizing’这个词来形容超文本，因为我们放弃了它所暗示的刚性和规范性。相反，‘canon’在本研究中是创造性的而不是限制性的。”[②] 也就是说，它试图将传统的经典概念改变成一种可塑的、动态的“规范”。

恩斯林这种说法与英国学者贝里（Josephine Berry）相得益彰。经典概念必然涉及对本真性的膜拜。如果依照本雅明对本真的理解，经

---

① Astrid Ensslin, *Canonizing Hypertext: Explorations and Constructions*, New York: Continuum International Publishing Group, 2007, p. 47.

② Astrid Ensslin, *Canonizing Hypertext: Explorations and Constructions*, New York: Continuum International Publishing Group, 2007, p. 55.

典概念显然难以适应新媒介语境，为此，贝里对本真性作了新的理解，他认为机械复制确实消除了本雅明所说的本真性，但在新媒介时代，网络艺术的本真性应理解为数码信息的不可预测性与不稳定性①。博尔特也有类似观点，认为混合现实让本真性以新的方式存在，在新媒体语境中，本真性应处于一种震荡或危机的持久状态②。

那么，经典如何由名词走向动词，由静态化经典走向动态化的经典？在笔者看来，与现有编订选集、线下出版的经典化模式相反，新媒介时代的经典化方式应该是由线下走向线上，让其存活于网络的宝藏库中，存活于网络的互动环境之中。这不仅适用于网络文学，也适用于传统的印刷文学经典。举例来说，现在网上兴起了弹幕，所谓弹幕，就是屏幕上像子弹一样飘过的评论，它是传统跟帖的动态呈现。这种弹幕给文艺提供了互动与集体讨论的氛围，一些传统文艺如纪录片、电视节目，由于引入弹幕而“动”起来了。通过网友的互动，经典就不再束之高阁，而进入了活生生的现实中。在这样的环境中，参观者不仅被激励着去看，而且由观众变为参与者，由此摆脱了经典的客体与静止幻象。

经典常常面临着一个问题，即“文本的可得性”③ 问题。布迪厄将文学经典的生产和声誉的获得归之为文化的熟知化（cultural familiarization)，当一个作家的作品变成“总体文化”的一部分，被别的作品不断引用互文，为大众所熟悉，才有可能成为文学经典。按照编订选集的方式进行经典化，让网络文学从线上进入线下，显然已经自动地缩减了大量的潜在读者，限制了它的效用与传播范围。这也正是传统文学面临的问题，传统文学之所以成为自说自话的小圈子游戏，其

---

① Josephine Berry, *The Thematics of Site Specific Art on the Net*, PhD dissertation, Manchester University, 2001, p. 56.

② Jay David Bolter, “New Media and the Permanent Crisis of Aura”, in *The International Journal of Research into New Media Technologies*, Vol. 12, No. 1, 2006, pp. 21 – 39.

③ ［荷］佛克马、蚁布思：《文学研究与文化参与》，俞国强译，北京大学出版社 1996 年版，第 49 页。

实不是读者的口味发生了变化，最重要的原因在于“可得性”的模式发生了变化。在网络语境中，人们首先接触文学的方式不是线下，而是线上，按照传统的方式去尝试经典化，只会带来更大的隔离。相反，如果能建立线上网络文学库，则会让其接触到更多元化的观众。它也意味着文学可以随时被改写。传统的经典化方式将文学视为静态物品，企图培育出一种持久的梦想，追求详尽的物质记录与完整的档案，但也许改写才是文学经典化真正的方式：“文学作品的内在价值并不能充分保证它的存活，改写在保证它存活的重要性上至少与作品的价值旗鼓相当。当一个作家不再被改写，他的作品就会日渐被人淡忘。”①

在这种网络化的经典化模式中，重要的并不是提供一部现成的作品，而是提供经典的路径。传统的经典化方式关注的是对象与收藏空间，而网络文学库提供的则是路径，是亲身体验的可访问性和互动性。互联网与众不同之处在于网络之间的连接，通过路径的浏览打开了一个内在知识的宇宙。在这里我们可以重新激活一下收藏的概念。传统的收藏是与印刷文学的博物馆体制相对应的，它收藏的是一个作品，与此不同，网络收藏的是一个链接、网址与路径，是打开作品及互动讨论的可能。网络收藏因为一直在网上，所以它会保证事物的鲜活，处于不断的更新之中，网友各种讨论帖子也会在网页上不断增加。与此同时，印刷文学的收藏追求的是占有，而网络收藏既是收藏，也是一种分享行为，因为它保存的不是实体，而是路径，可以向其他爱好者便捷地分享这一切。这也真正体现了网络的精神，在网络上，分享比占有更重要，使用权比拥有权更重要。

三　重建网络文学制度

在网络文学经典化过程中，仅仅只是理论认识的转变还不够，还需要采取实际的措施与策略，重建网络文学制度，改变当前的网络文

① André Lefevere, *Translation, Rewriting and the Manipulation of Literary Frame*, London and New York: Routledge, 1992, p. 112.

学生态，为经典的产生提供制度基础。由于新媒介的到来，精英文学场已经难起作用，网络文学又主要以快餐文化为主，这导致文化传承已经削弱或断裂，出现了重大危机。重建网络文学制度的意义在于，它起到了媒介时代提供文化传承与经典生产的基础性条件。

如前所述，网络文学已经发展二十年，但总体来看，主流网络文学的现实情况并不乐观，在资本操控下，事实上已成为一种全面的欲望叙事，为此应重建文学制度，这种重建应摆脱传统管理思维，结合数字媒介的特点进行。当下网络社会已经从传统的桌面互联网进入移动互联网时代，其中社交媒体、用户、大数据与平台具有至关重要的作用，文学制度的建构应特别注意这些方面。

（一）大数据分析与文学行业的宏观管理

网络社会的兴起，人们的日常生活都被数据化，生成了大数据。通过云计算，我们可以揭示大数据背后网络行为的规律与趋势，大数据因此产生了重要价值。我们就可以理解网络文学为什么最近几年会突然尝试免费，主要原因就是争夺用户数量、吸引盗版用户及下沉市场，这些读者往往对价格敏感而对阅读体验要求不高。在扩大用户群体的基础上，文学网站试图以流量换取广告投资，同时结合 IP 运营进行牟利。网络文学早期也尝试过广告模式，为何当时行不通呢？原因就在于缺乏现在这种成熟的数据采集与挖掘技术，当时的网络广告跟电视、纸媒广告的差异不大，主要是一种注意力经济、眼球经济，是一对多的广告，而在大数据分析的基础上，现在的广告关注的是对有效用户的精准投放，是一对一的个性化定制，广告变现的可能性大为增加。大数据分析是全样本模式，在这种情况下，不难想象，用户的数量越多，数据就越多，产生的价值就越大，用户的个人数据由此成为商品。

文学网站的大数据分析主要是为了商业利益，但我们也可以将之用于数字时代文学事业、文学生活的宏观控制与设计。通过大数据分析，国家相关部门可掌握读者的审美习性，了解文学阅读对国民身份的想象、社会文化建构的作用，预测行业发展，并制定适宜的文化政策与管理措施。

（二）建构公共文艺平台

在传统文学制度中，文学期刊引领着文学生活，在新媒介语境中，文学网站取代了文学期刊，发挥着更重要的作用。这些网站过度追求商业利益，为了资本利益的最大化，设置各种榜单，激起作家之间、读者之间的激烈竞争。在这种机制下，作家除了需要绞尽脑汁制造各种“爽点”，还每天随写随发、保持更新，甚至一天三更。这种随写随发的更新模式，不仅质量粗糙，越写越长，注水严重，而且对作家身体十分有害。

随着社交媒体、移动互联网的兴起，文学网站的作用进一步强化，它进化为“平台”。有的学者提出了“平台资本主义”的说法，当下经济生活中的核心要素不是传统的网址，而是各种应用平台，如手机上的各种 APP，它是数字社会的基础设施，把顾客、广告商、生产商、供应商、物质对象等不同的用户汇聚在一起并运转起来。平台并不只是起到中介作用，而是成为新的生产组织中心，不仅所有资金都会流经平台，所有交易信息与数据也都被平台所拥有。这种数据的重要性不言而喻，以文学平台为例，一方面数据产生了重要的广告价值；另一方面，这些数据也对网络作家形成了强力制约，数据的积累形成了他们的写作信用与等级体系，不但让他们与文学平台捆绑在一起，无法轻易离开，也不断促使他们及读者粉丝为这种等级而竭尽全力。

同时，平台也会剥削读者的劳动。当下网络文学成了一种集体生产，但从斯麦兹的“受众商品”理论来看，这种集体生产又沦为了为平台利益服务的“免费劳动”，或者说，这成为资本新型的剥削方式，通过营造用户至上、受众为王的幻象，超越生产与消费的二元性，让海量的消费者变成了生产者，促成工作和闲暇之间边界的消融，从固定的生产地点转化到流动性、网络化的扩张。

平台的重要性日渐凸显，这也为公共文艺平台的构建提供了基础。

我们可以发现平台数据公有化与平台私人属性的深刻矛盾。文学活动形成的海量数据是源自成千上万的读者，是他们数字劳动的结果，这些数据显然具有公共性、社会性与共享性，但这些数据却被平台拥有与垄断，成为其牟取利益的工具。数据与生产者之间产生了疏离关系。当然这并不是要取消商业平台，而是这种趋势为非商业化的另类媒体提供了空间，指向了数字共享与公共服务互联网的发展。我们可以利用制度优势，以超越资本的目标来重新组织平台，建构具有公共性的文艺平台，为未来的文学事业奠定基础。文学生活的引领不仅体现在思想、政策的指引，也体现在文艺平台的领导。

（三）吸收与培养“文青”作家

近年来，一些官方文学机构如中国作协密切关注网络文学的发展，吸收了一些大神作家为会员，并举办了一些相关培训、评奖等活动。但在笔者看来，这里可能存在一些偏差，我们不能在大神作家与优秀作家之间简单地画等号。“唐家三少”、“天蚕土豆”、“我吃西红柿”等都是拥有极高人气的大神作家，但他们创作的主要是不断打怪升级的小白文，既缺乏思想容量，也未能展现出足够的写作潜质。真正需要重视的是网络作家中的一些“文青”们。所谓文青，即文艺青年，在网文圈子中，这是个贬义词。著名网络作家“梦入神机”的名言“文青是种病，得治”，成为坊间流传的讽刺这些既想从事商业写作，又试图保留一些文学情怀的作家们的经典说法。这一方面赤裸裸地表明了当下主流网络文学的商业快餐本质，另一方面表明了文青作家费力不讨好的尴尬现状。这些文青作家如同本雅明笔下的休闲逛街者，既向往熙熙攘攘的人群与琳琅满目的商品，却又踌躇不决。如果加以引导与扶持，他们也许会创作出叫好又叫座、既有市场效应又有社会效益的作品。但需要注意的是，这种引导与扶持，并非试图用传统文学的写作模式对他们加以改造，而是尽量让他们以自己习惯的、网络的方式去传递真善美。

（四）文学批评的介入与转型

目前批评界对网络文学主要有两种代表性的态度，一是歧视网络文学，避而远之，置身事外。二是积极关注网络文学，但多是宏观笼统分析，常借用各种媒介理论、文化理论去解读网络文学。这表明了一个基本事实：关于网络文学的批评在很大程度上是“失语”的，相比其他文学研究领域，批评界与网络文学之间的隔阂最为突出。

在笔者看来，批评家首先必须介入网络文学。正如当下传媒世界更需要编辑的参与一样，网络文学也需要批评家发出真知灼见的声音。网络作家如此之多，受众如此之广，批评家理应有所担当，尽力以批评去扭转写作中的不良现象，促成网络作家的转型，挖掘网络文学新的可能性。其次，批评家必须熟悉网络文学与文化，不仅要熟悉作家、作品、读者，熟悉网络文学的生产与消费方式，还要熟悉游戏、动漫、影视等网络文化的各个层面。批评家应该如同作家、读者一样，成为网络的土著居民，否则，针对网络文学的发言就只能是各种隔靴搔痒、大而无当的分析。最后，批评家应充分利用网络平台，学会网络发言。如果发言只停留于传统纸质学术期刊，就很难对创作有真正触动。

网络文学可以娱乐化、产业化，也可以传递真善美，两者都并不存在根本矛盾，当下的网络文学却未能很好地处理两者之间的关系。重建文学制度，让网络文学既能保证作家收益，又能传达出努力、友情、信念等价值观，在此基础上，也许会促成新媒介时代真正的文学繁荣，产生一批经典之作。当然，新媒介时代文学制度的重建注定是一个长期而艰难的过程。

参考文献

一 专著

（一）英文专著

Aleš Debeljak, *Reluctant Modernity: The Institution of Art and Its Historical Forms*, Lanham: Rowman & Littlefield, 1998.

Astrid Ensslin, *Canonizing Hypertext: Explorations and Constructions*, New York: Continuum International Publishing Group, 2007.

André Lefevere, *Translation, Rewriting and the Manipulation of Literary Frame*, London and New York: Routledge, 1992.

Edward Soja, W., *Postmodern Geographies: The Reassertion of Space in Critical Social Theory*, New York: Verso, 1989.

G. P. Landow, *Hypertext: the Convergence of Critical Theory and Contemporary Technology*, New York: Harper and Row, 1992.

Henry Jenkins, *Textual poachers: Television Fans and Participatory Culture*, New York: Routledge, 1992.

J. D. Bolter, *The Remediation of the Book in an Age Computer Graphics*, New York: Continuum International Publishing Group, 2000.

J. D. Bolter, *Writing Space: Computer, Hypertext and the Remediation of Printing*, New York: Harper and Row, 2001.

John Storey, ed., *Cutural Theory and Popular Culture: A Reader*, London and New York：Prentice Hall，1998.

Jan Baetens Van Looy，eds.，*Close Reading New Media：Analyzing Electronic Literature*，Leuven：Leuven University Press，2003.

John Miles Foley，*Oral Tradition and the Internet：Pathways of the Mind*，Urbana：University of Illinois Press，2012.

Jostein Cripsrud，*Understanding Media Culture*，London：A member of the Hodder Headline Group，2002.

Maghiel van Crevel，*Chinese Poetry in Times of Mind，Mayhem and Money*，Leiden-Boston：Brill，2008.

Matthias Weiss，Microanalysis as a Means to Mediate Digital Arts，In *Futures Past：Thirty Years of Arts Computing*，Chicago，IL：Intellect Books，The University of Chicago Press，2007.

Michel Foucault，*Security，Territory，Population：Lectures at the College de France，1977－78*，Ed. by Michel Senellart，Trans. by Graham Burchell，Hampshire：Palgrave Macmillan，2009.

Michel Hockx，*Internet literature in China*，New York：Columbia University Press，2015.

Michael Heim，*Electric Language：A philosophical Study of Word Processing*，New Haven：Yale University Press，1987.

M. Joyce，*Of Two Minds：Hypertext Pedagogy and Poetics*，New York：The Seabury Press，1995.

Michael Scriven，*Sartre and the Media*，New York：ST. Martin's Press，1993.

P. Bourdiu，*Sociology in Question*，London：SAGE Publications，1993.

Silvio Gaggi，*From Text to Hypertext：Decentering the Subject in Fiction，Film，the Visual Arts，and Electronic Media*，Philadelphia：University of Pennsylvania Press，1977.

Tim Jordan，Cyberpower：*The Culture and Politcs of Cyberspace and the Internet*，London & New York：Routledge，1999.

（二）译著

[美] 阿瑟·阿萨·伯格:《通俗文化、媒介和日常生活中的叙事》，姚媛译，南京大学出版社 2000 年版。

[法] 埃斯卡皮:《文学社会学》，于沛选编，浙江人民出版社 1987 年版。

[英] 艾略特:《艾略特诗学文集》，王恩衷编译，国际文化出版公司 1989 年版。

[美] 爱德华·W. 萨义德:《知识分子论》，单德兴译，生活·读书·新知三联书店 2002 年版。

[美] 保罗·利文森:《软边缘：信息革命的历史与未来》，熊澄宇等译，清华大学出版社 2002 年版。

[美] 保罗·莱文森:《思想无羁：技术时代的认识论》，何道宽译，南京大学出版社 2003 年版。

[美] 保罗·莱文森:《新新媒介》，何道宽译，复旦大学出版社 2011 年版。

[美] 保罗·莱文森:《数字麦克卢汉——信息化新纪元指南》，何道宽译，社会科学文献出版社 2001 年版。

[德] 彼得·比格尔:《先锋派理论》，高建平译，商务印书馆 2002 年版。

[法] 布迪厄:《文化资本与社会炼金术》，包亚明译，上海人民出版社 1997 年版。

[法] 布迪厄、华康德:《实践与反思》，李猛、李康译，中央编译出版社 1998 年版。

[法] 布尔迪厄:《关于电视》，许钧译，辽宁教育出版社 2000 年版。

[法] 布尔迪厄、汉斯·哈克:《自由交流》，桂裕芳译，生活·读书·新知三联书店 1996 年版。

[美] 丹尼尔·贝尔:《资本主义文化矛盾》，严蓓雯译，江苏人民出版社 2007 年版。

[美] 道格拉斯·凯尔纳:《媒体奇观——当代美国社会文化透视》，史安斌译，清华大学出版社 2003 年版。

[美] 道格拉斯·凯尔纳:《媒体文化——介于现代与后现代之间的文化研究、认同性与政治》,丁宁译,商务印书馆2004年版。

[美] 道格拉斯·凯尔纳、斯蒂文·贝斯特:《后现代理论》,张志斌译,中央编译出版社1999年版。

[法] 蒂博代:《六说文学批评》,赵坚译,生活·读书·新知三联书店2002年版。

[日] 东浩纪:《动物化的后现代:御宅族如何影响日本社会》,褚炫初译,台北:大鸿艺术股份有限公司2012年版。

[瑞士] 樊尚·考夫曼:《"景观"文学:媒体对文学的影响》,李适嬿译,南京大学出版社2019年版。

[荷] 佛克马、蚁布思:《文学研究与文化参与》,俞国强译,北京大学出版社1996年版。

[美] 弗雷德里克·詹姆逊:《快感:文化与政治》,王逢振等译,中国社会科学出版社1998年版。

[美] 弗雷德里克·詹姆逊:《文化转向》,胡亚敏等译,中国社会科学出版社2000年版。

[美] 弗里德里:《在线游戏互动性理论》,陈宗斌译,清华大学出版社2006年版。

[德] 哈贝马斯:《公共领域的结构转型》,曹卫东等译,学林出版社1999年版。

[美] 哈罗德·布鲁姆:《西方正典》,江宁康译,译林出版社2005年版。

[美] 哈罗德·布鲁姆:《影响的焦虑》,徐文博译,江苏教育出版社2006年版。

[德] 海德格尔:《存在与时间》,陈嘉映、王庆节译,生活·读书·新知三联书店1999年版。

[德] 汉斯·罗伯特·尧斯:《审美经验论》,朱立元译,作家出版社1992年版。

[美] 亨利·詹金斯:《融合文化——新媒体和旧媒体的冲突地带》,

杜永明译，商务印书馆2012年版。

［匈］豪泽尔:《艺术社会学》，居延安编译，学林出版社1987年版。

［德］加达默尔:《真理与方法》，洪汉鼎译，上海译文出版社2004年版。

［美］杰弗里·J. 威廉斯编著:《文学制度》，李佳畅、穆雷译，南京大学出版社2014年版。

［美］凯文·凯利:《失控：全人类的最终命运和结局》，陈新武等译，新星出版社2010年版。

［德］康德:《纯粹理性批判》，邓晓芒译，人民出版社2004年版。

［法］科耶夫:《黑格尔导读》，姜志辉译，译林出版社2005年版。

［英］拉曼·塞尔登、彼得·威德森、彼得·布鲁克:《当代文学理论导读》，刘象愚译，北京大学出版社2006年版。

［英］雷蒙·威廉斯:《关键词：文化与社会的词汇》，刘建基译，生活·读书·新知三联书店2005年版。

［法］罗兰·巴特:《文之悦》，屠友祥译，上海人民出版社2009年版。

［英］罗伊·阿斯科特:《未来就是现在：艺术、技术和意识》，周凌、任爱凡译，金城出版社2012年版。

［美］M. H. 艾布拉姆斯:《镜与灯：浪漫主义文论及批评传统》，郦稚牛、张照进、童庆生译，北京大学出版社1989年版。

［美］马克·波斯特:《第二媒介时代》，范静哗译，南京大学出版社2000年版。

［美］马克·波斯特:《信息方式》，范静哗译，商务印书馆2000年版。

［美］马泰·卡林内斯库:《现代性的五副面孔》，顾爱彬、李瑞华译，商务印书馆2002年版。

［加］马歇尔·麦克卢汉:《理解媒介——论人的延伸》，何道宽译，商务印书馆2000年版。

［美］曼纽尔·卡斯特:《网络社会的崛起》，夏铸九、王志弘等译，社会科学文献出版社2001年版。

［法］米歇尔·福柯:《规训与惩罚》，刘北成、杨远婴译，生活·读

书・新知三联书店 2007 年版。

［美］摩尔：《皇帝的虚衣：因特网文化实情》，王克迪、冯鹏志译，河北大学出版社 1998 年版。

［英］尼克・库尔德利：《媒介、社会与世界：社会理论与数字媒介实践》，何道宽译，复旦大学出版社 2014 年版。

［法］皮埃尔・布迪厄：《艺术的法则：文学场的生成和结构》，刘晖译，中央编译出版社 2001 年版。

［英］齐格蒙・鲍曼：《后现代性及其缺憾》，郇建立等译，学林出版社 2002 年版。

［英］齐格蒙・鲍曼：《立法者与阐释者：论现代性、后现代性与知识分子》，洪涛译，上海人民出版社 2000 年版。

［英］齐格蒙特・鲍曼：《流动的现代性》，欧阳景根译，上海三联书店 2002 年版。

［美］乔纳森・卡勒：《文学理论》，李平译，辽宁教育出版社 1998 年版。

［法］让・波德里亚：《象征交换与死亡》，车槿山译，译林出版社 2006 年版。

［法］热拉尔・热奈特：《热奈特论文集》，史忠义译，百花文艺出版社 2001 年版。

［法］萨特：《存在与虚无》，陈宣良译，生活・读书・新知三联书店 2007 年版。

［法］尚・布希亚：《物体系》，林志明译，上海人民出版社 2001 年版。

［日］水越伸：《数字媒介社会》，冉华、于小川译，武汉大学出版社 2009 年版。

［加］斯蒂文・托托西：《文学研究的合法化》，马瑞琦译，北京大学出版社 1997 年版。

［英］斯图尔特・凯利：《失落的书》，卢葳、汪梅子译，生活・读书・新知三联书店 2008 年版。

［美］苏珊・桑塔格：《沉默的美学》，黄梅等译，南海出版公司 2006

年版。

[英] 汤姆·斯丹迪奇:《从莎草纸到互联网——社交媒体2000年》,林华译,中信出版社2015年版。

[英] 特雷·伊格尔顿:《二十世纪西方文学理论》,伍晓明译,北京大学出版社2007年版。

[德] 瓦尔特·本雅明:《巴黎,19世纪的首都》,刘北成译,上海人民出版社2006年版。

[德] 瓦尔特·本雅明:《本雅明文选》,陈永国、马海良编,中国社会科学出版社1999年版。

[德] 瓦尔特·本雅明:《发达资本主义时代的抒情诗人》,王才勇译,江苏人民出版社2005年版。

[德] 瓦尔特·本雅明:《经验与贫乏》,王炳钧、杨劲译,百花文艺出版社1999年版。

[德] 瓦尔特·本雅明:《启迪·本雅明文选》,汉娜·阿伦特编,张旭东、王斑译,生活·读书·新知三联书店2008年版。

[奥] 维克托·迈尔-舍恩伯格、肯尼思·库克耶:《大数据时代:生活、工作与思维的大变革》,盛杨燕、周涛译,浙江人民出版社2013年版。

[美] 沃尔特·翁:《口语文化与书面文化:语词的技术化》,何道宽译,北京大学出版社2008年版。

[美] 约翰·奥尔德曼:《网乐轰鸣》,贾文渊等译,中信出版社2003年版。

[美] 约翰·杰洛瑞:《文化资本——论文学经典的建构》,江宁康、高巍译,南京大学出版社2011年版。

[荷] 约斯·德·穆尔:《赛博空间的奥德赛:走向虚拟本体论与人类学》,麦永雄译,广西师范大学出版社2007年版。

[美] 詹明信:《晚期资本主义的文化逻辑》,张旭东编,陈清侨等译,生活·读书·新知三联书店1997年版。

[美] 詹姆逊:《语言的牢笼　马克思主义与形式（下)》，钱佼汝、李自修译，百花洲文艺出版社 1995 年版。

（三）中文专著

包亚明编:《后现代性与地理学的政治》，上海教育出版社 2001 年版。
鲍宗豪主编:《网络与当代社会文化》，上海三联书店 2001 年版。
陈村:《99 中国年度最佳网络文学·序言》，漓江出版社 2000 年版。
陈村:《百年留守》，群众出版社 1995 年版。
陈平原:《中国小说叙事模式的转变》，上海人民出版社 1988 年版。
程巍:《中产阶级的孩子们：60 年代与文化领导权》，生活·读书·新知三联书店 2006 年版。
“风中玫瑰”:《风中玫瑰》，人民文学出版社 2001 年版。
贺桂梅:《批评的增长与危机》，山西教育出版社 1999 年版。
黄鸣奋:《比特挑战缪斯——网络与艺术》，厦门大学出版社 2000 年版。
黄鸣奋:《超文本诗学》，厦门大学出版社 2002 年版。
黄鸣奋:《互联网艺术产业》，学林出版社 2008 年版。
黄鸣奋:《西方数码艺术理论史》，学林出版社 2011 年版。
黄鸣奋:《新媒体与西方数码艺术理论》，学林出版社 2009 年版。
蒋述卓、李风亮编:《传媒时代的文学存在方式》，广西师范大学出版社 2010 年版。
蒋原伦:《媒体文化与消费时代》，中央编译出版社 2004 年版。
金惠敏:《媒介的后果——文学终结点上的批判理论》，人民出版社 2005 年版。
孔子:《论语》，杨伯峻译注本，中华书局 1980 年版。
黎杨全:《数字媒介与文学批评的转型》，上海三联书店 2013 年版。
李欧梵:《中国现代作家中的浪漫一代》，新星出版社 2007 年版。
刘勰:《文心雕龙·宗经》，徐正英、罗家湘注译，中州古籍出版社 2008 年版。
罗钢、刘象愚主编:《文化研究读本》，中国社会科学出版社 2000 年版。

《马克思恩格斯全集》第2卷，人民出版社1957年版。
《马克思恩格斯选集》第1卷，人民出版社2012年版。
马铃薯兄弟编选：《中国网络诗典》，江苏文艺出版社2002年版。
欧阳友权：《网络文学本体论》，中国文联出版社2004年版。
钱钟书：《宋诗选注》，人民文学出版社1958年版。
陶东风主编：《粉丝文化读本》，北京大学出版社2009年版。
陶东风主编：《知识分子与社会转型》，河南大学出版社2004年版。
田射：《情调 e-mail（网络文学采撷）》，华夏出版社2002年版。
铁马、曦桐编著：《赛伯的文学空间》，山东文艺出版社2001年版。
汪晖、陈燕谷主编：《文化与公共性》，生活·读书·新知三联书店1998年版。
汪民安、陈永国、马海良主编：《后现代性的哲学话语——从福柯到赛义德》，浙江人民出版社2000年版。
王靖献：《钟与鼓——〈诗经〉的套语及其创作方式》，谢谦译，四川人民出版社1990年版。
王岳川、尚水编：《后现代主义文化与美学》，北京大学出版社1992年版。
吴伯凡：《孤独的狂欢——数字时代的交往》，中国人民大学出版社1998年版。
吴过：《落满蓝蜻蜓的花径》，长江文艺出版社2000年版。
谢少波、王逢振编：《文化研究访谈录》，中国社会科学出版社2003年版。
徐敬亚等编：《中国现代主义诗群大观1986—1988》，同济大学出版社1988年版。
许纪霖：《中国知识分子十论》，复旦大学出版社2003年版。
许慎撰，段玉裁注：《说文解字注》，中州古籍出版社2006年版。
严峰、卜卫：《生活在网络中》，中国人民大学出版社1997年版。
易晓明编：《土著与数码冲浪者：米勒中国演讲集》，吉林人民出版社

2004 年版。
查建英：《八十年代访谈录》，生活·读书·新知三联书店 2006 年版。
张波：《O2O：移动互联网时代的商业革命》，机械工业出版社 2013 年版。
张均：《小说的立场——新生代作家访谈录》，广西师范大学出版社 2002 年版。
张清华：《中国当代民间诗歌地理》，东方出版社 2015 年版。
张辛欣：《独步东西：一个旅美作家的网上写作》，知识出版社 2000 年版。
张寅德编选：《叙述学研究》，中国社会科学出版社 1989 年版。

二　期刊论文

白烨：《80 后的现状与未来》，《长城》2005 年第 6 期。
白烨：《文学批评的新境遇与新挑战》，《文艺研究》2009 年第 8 期。
［德］彼得·比格尔：《文学体制与现代化》，周宪译，《国外社会科学》1998 年第 4 期。
蔡爽：《大数据搭起的〈纸牌屋〉》，《中国新时代》2014 年第 2 期。
陈村：《看先生骂人》，《书屋》1998 年第 1 期。
陈平原：《数码时代的人文研究》，《学术界》2000 年第 5 期。
崔红楠：《穿过我的网络你的手》，《南方文坛》2001 年第 3 期。
单小曦：《合作式网络文艺批评范式的建构》，《中州学刊》2017 年第 7 期。
单小曦：《网络文学评价标准问题反思及新探》，《文学评论》2017 年第 2 期。
《当前诗歌现状的七个问题》，《诗刊》2002 年第 1 期下半月刊。
傅其林：《文学网站的产业化与中国网络文学的发展》，《贵州社会科学》2008 年第 11 期。
韩东：《备忘：有关“断裂”行为的问题——问答》，《北京文学》1998 年第 10 期。
韩东：《跌到高处》，《词与物》2016 年 12 月 12 日。

何平：《重建诗江湖》，《文艺争鸣》2017 年第 7 期。

［英］贺麦晓：《网络之主：陈村与连续不断的先锋性》，由元译，《当代作家评论》2011 年第 5 期。

黄鸣奋：《网络间性：蕴含创新契机的学术范畴》，《福建论坛》2004 年第 4 期。

黄鸣奋：《网络诗歌的承诺："人人都可成为艺术家"》，《文艺评论》2000 年第 4 期。

贾羽：《陈村小说创作漫议》，《小说评论》1995 年第 4 期。

［荷］柯雷：《当代中国的先锋诗歌与诗人形象》，梁建东、张晓红译，《当代文坛》2009 年第 4 期。

刘悦笛：《在"文本间性"与"主体间性"之间——试论文学活动中的"复合间性"》，《文艺理论研究》2005 年第 4 期。

《磨铁图书：超越出版》，《新经济导刊》2009 年第 10 期。

木叶、王振宇、陈村：《网络时代的"存在与虚无"——专访陈村》，《社会观察》2005 年第 11 期。

"千帆"：《有多少目光还在暗处——江湖、大锅饭和网络诗歌》，《诗歌月刊》2002 年第 3 期。

钱建军：《第 X 次浪潮——华文网络文学》，《华侨大学学报》1999 年第 4 期。

商戈令：《间性论撮要》，《哲学分析》2015 年第 6 卷第 6 期。

商戈令：《图像、丛生与间性——探源中国哲学的新路径》，《文史哲》2017 年第 3 期。

沈浩波：《当代中国诗歌中的四种虚荣心》，《诗探索》2013 年第 6 期。

沈浩波：《手中仍有屠刀，依然立地成佛——回答〈南方周末〉石岩》，《新文学评论》2016 年第 3 期。

沈浩波：《重视八十年代的传统》，《鸭绿江》2001 年第 7 期。

寿生：《莫把活人抬在死人坑》，《歌谣》（周刊）1936 年第 9 期。

陶东风：《网络交流的真实与虚幻》，《粤海风》2003 年第 5 期。

童庆炳:《中国当代文论建设:对话与整合》,《文艺争鸣》1998 年第 1 期。

王晓华:《网络文学是什么?》,《人文杂志》2002 年第 1 期。

王一川、王臻真:《数字时代文艺批评的三个圈——兼谈文艺批评家素养》,《陕西师范大学学报》2018 年第 4 期。

《吴过专访:网络作家之十“拓展另一个空间——访王猫猫”》,《互联网周刊》1999 年第 48 期。

吴俊:《陈村:为谋生而写作,或为理想而写作的挣扎》,《当代作家评论》1999 年第 2 期。

伍恒山、雷默等:《网谈网络文学》,《中国电子出版》2000 年第 3 期。

小引:《江湖夜雨十年灯——新世纪十年中国先锋诗歌报告》,《诗歌月刊》2012 年第 5 期。

谢冕:《批评的退化》,《北京文学》1997 年第 5 期。

《新媒体与当代诗歌创作》,《诗潮》2004 年第 2 期。

徐坤:《网络是个什么东西》,《作家》2000 年第 5 期。

许苗苗:《作者的变迁与新媒介时代的新文学诉求》,《文艺理论研究》2015 年第 2 期。

尤西林:《以文学批评为枢纽的文学理论建构》,《文艺理论研究》2015 年第 3 期。

于坚:《当代诗歌的民间传统》,《当代作家评论》2001 年第 4 期。

于坚、谢有顺:《真正的写作都是后退的》,《南方文坛》2001 年第 3 期。

余华:《网络和文学》,《作家》2000 年第 5 期。

於可训:《说网络文学》,《长江文艺》2012 年第 9 期。

张清华:《2003 年诗歌阅读札记》,《理论与创作》2004 年第 2 期。

赵毅衡:《两种经典更新与符号双轴位移》,《文艺研究》2007 年第 12 期。

三 报纸

《白烨:与韩寒的论争绝非个人恩怨》,《羊城晚报》2006 年 11 月 11 日。

陈村:《都是娱乐中人》,《经济观察报》2008 年 10 月 27 日。

陈村:《那就和自己好好玩一场》,《三联生活周刊》2016 年第 52 期。

陈村:《网络把文学变“瘦”了》,《环球人物》2018 年第 2 期。

《当代作家亲近“当红”网络》,《人民日报》2008 年 9 月 22 日。

范宁(记者):《温儒敏:文学研究也要走进“田间地头”》,《楚天都市报》2009 年 9 月 27 日。

《韩寒:我定性为赛前消遣》,《南方周末》2007 年 4 月 2 日。

韩寒:《对世界说,什么是光明和磊落》,《南方周末》2006 年 12 月 2 日。

黄忠顺:《文学的互联网络传播与专业文学批评的命运》,《文艺报》2008 年 3 月 4 日。

《揭秘网络文学粉丝经济:“打赏”收入破千万》,《北京商报》2013 年 8 月 16 日。

金元浦:《闲话批评》,《中华读书报》1998 年 5 月 27 日。

麦家:《如果有权利就消灭网络　网络文学 99.9% 是垃圾》,《上海青年报》2010 年 4 月 8 日。

师力斌:《网络诗歌与生活》,《中华读书报》2015 年 7 月 2 日。

《首师大教授写博客批评玄幻文学引发争议》,《信息时报》2006 年 6 月 27 日。

陶东风:《比坏心理腐蚀社会道德》,《人民日报》2013 年 9 月 19 日。

陶东风:《中国文学已经进入装神弄鬼时代?》,《中华读书报》2006 年 6 月 21 日。

《“我的希望落空了”老网友陈村目睹网络文学十年怪现状》,《南方周末》2008 年 10 月 12 日。

王山:《批评:碰撞中的坚守与新生——“网络批评、媒体批评与主流批评”研讨会述评》,《文艺报》2001 年 7 月 10 日。

《网上看书一点也不便宜有些人看高兴了　打赏作者十万元》,《都市快报》2011 年 4 月 19 日。

《网友称韩寒新口水仗低劣》,《广州日报》2008 年 9 月 24 日。

《网络文学抄袭频现　有人用自动软件写作》,《人民日报》2017 年 9 月 28 日。

［意］翁贝托·艾柯:《书的未来》(下),康慨译,《中华读书报》2004 年 3 月 17 日。

吴慧:《陈村、谈中国网络文学十年》,《东方早报》2009 年 6 月 7 日。

夏琪:《新媒介时代如果爱和死的主题消失,文学又将怎样?——作家、学者谈新媒体时代的文学创作》,《中华读书报》2017 年 5 月 24 日。

《小众菜园:不是让所有人说话》,《中国青年报》2007 年 4 月 26 日。

《写作领域正在进行的一场革命?传统文学必须面对的挑战?》,《黑龙江日报》2000 年 11 月 14 日。

《〈新世纪诗典〉给说诗已死的人一记响亮耳光》,《生活新报》2013 年 5 月 14 日。

杨晓民:《新媒介时代的诗歌》,《中华工商日报》1997 年 12 月 16 日。

《叶匡政说文学:垃圾、毒素、商业恶果》,《法制晚报》2007 年 7 月 25 日。

叶匡政:《网上打擂乃 30 个作协主席的进化之举》,《信息时报》2008 年 9 月 12 日。

于坚:《“后现代”可以休矣——谈最近十年网络对汉语诗歌的影响》,《文学报》2012 年 9 月 6 日。

于坚:《现在是诗歌的最好年代》,《新世纪周刊》2006 年 11 月 13 日。

张颐武:《嘲讽和着迷透露的信息》,《北京青年报》2006 年 9 月 24 日。

朱子庆:《炮轰:与诗歌的庸俗和平庸作斗争》,《南方周末》2002 年 5 月 16 日。

《作协主席打擂》,《新民晚报》2008 年 9 月 8 日。

《作协主席们　今儿真高兴》,《中国青年报》2008 年 9 月 16 日。

《作家陈村:“网络文学”的最好的时期已经过去了》,《中华读书报》2001 年 10 月 14 日。

《作家洪峰为什么要去乞讨?》,《华商晨报》2006 年 11 月 1 日。

四 网络文献

Bjorn Sorenssen, *Let Your Finger Do the Walking: the Space/Place Metaphor in Online Computer Communication*, http://dpub36. pub. sbg. ac. al/ectp/SORENS-P. HTM., 2016-3-2.

Joseph Squier, *Art, Community, and the Colonization of the Internet*, http://gertrudeart. Uiuc. edu/ludgate/the/place/soapbox/colonization1, 2019-5-26.

L. J. Winson, *Reacitve Interview with David Benson, Webmaster of the No Dead Trees Interactive Novel*, 1995, http//www. innotts. co. uk/ ~leo/yper/db. htm., 2000-2-3.

L. J. Winson, *Reacitve Interview with David Benson, Webmaster of the No Dead Trees Interactive Novel*, 1995, http//www. innotts. co. uk/ ~leo/yper/db. htm., 2019-5-21.

Lev Manovich, *Database as a Symbolic Form*, http://manovich. net/content/04-projects/022-database-as-a-symbolic-form/19 _ article _ 1998. pdf., 2019-8-12.

Lev Manovich, *Image Future*, http://manovich. net/index. php/projects/image-future, 2018-8-15.

Neil Netanel, *Copyright's Paradox*, Oxford; New York: Oxford University Press, 2008.

Thor Magnusson, *Processor Art: Currents in the Process Oriented Works of Generative and Software Art*, https://art. runme. org/1041468777-11748-0/pa_lowres. pdf., 2020-3-16.

"bianbiantianshi":《大半夜不睡觉追文追的好痛苦……作者你快快更新吧吧吧》, http://bbs. tianya. cn/post-funinfo-3097430-1. shtml, 2012 年 2 月 5 日。

“笨狸”：《织文成网》，http：//bbs. tianya. cn/post-no01-4091-1. shtml，2001 年 6 月 19 日。

“波得莱尔”转贴“暗黑之川”《对 2002 年网络幻想文学的个人观感》，http：//bbs. hongxiu. com/view. asp？ BID = 43&id = 3422202，2007 年 9 月 22 日。

［法］布迪厄：《倡导普遍性的法团主义：现代世界中知识分子的角色》，赵晓力译，http：//linkwf. blog. 163. com/blog/static/123447557200963184727556/，2011 年 5 月 6 日。

蔡骏：《文学就是要“装神弄鬼”——致陶教授并声援江南、萧鼎等诸位文友》，蔡骏新浪博客：http：//blog. sina. com. cn/s/blog_470c2b3901000414. html，2006 年 7 月 4 日。

《陈村：别把网络文学局限于类型小说》，https：//www. thepaper. cn/newsDetail_forward_1379410，2015 年 9 月 26 日。

《陈村：我以为先锋的东西，网络并没有出现》，http：//www. chinawriter. com. cn/n1/2018/0622/c404024-30075912. html，2018 年 6 月 22 日。

陈村：《弯人自述》，https：//www. douban. com/group/topic/9752832/，2010 年 2 月 3 日。

陈村：《文学生态在恶化，网络比写作更好玩》，http：//www. china. com. cn/culture/book/2010-07/02/content_20409768. htm，2010 年 7 月 2 日。

《陈村、吴亮等评“韩寒白烨纠纷”》，http：//bbs. tianya. cn/post-funinfo-164284-1. shtml，2006 年 3 月 24 日。

“地下有火”：《谈谈扑街写手和小白作者总是拎不清的“爽文”怎么写》，http：//www. lkong. net/forum. php？ mod = viewthread&tid = 721449&extra = %26page%3D1&page = 1，2013 年 3 月 2 日。

“第 101 次退稿”：《101 谈写作（一百二十二）〈成神的自我修炼〉》，http：//www. lkong. net/thread-987500-1-1. html，2014 年 5 月 29 日。

《匪我思存发声维权，点名〈甄嬛传〉〈如懿传〉抄袭》，https：//www. sohu. com/a/164047773_444456？t = 1502678217754，2017 年 8 月 11 日。

《废话“诗人”杨黎对话凤凰网》，http：//culture. ifeng. com/niandaifang/special/yangli/detail_2012_08/22/17011522_0. shtml，2012 年 8 月 22 日。

葛红兵：《游戏的精神：关于网络文学》，http：//culture. 163. com/edit/010418/010418_49449. html，2001 年 4 月 18 日。

关孙六：《等待临幸的 COM 文学》，http：//culture. 163. com/edit/000710/000710_31594. html，2000 年 6 月 8 日。

韩寒：《领悟》，韩寒新浪博客，http：//blog. sina. com. cn/s/blog_4701280b0100apmk. html，2008 年 9 月 19 日。

韩寒：《现代诗和诗人怎么还存在》，http：//www. douban. com/group/topic/1242810/，2006 年 10 月 14 日。

韩寒：《驯化和孵化》：韩寒新浪博客，http：//blog. sina. com. cn/s/blog_4701280b0100aqu5. html，2008 年 9 月 23 日。

《回顾网络小说发展 20 年，陈村：文本越来越粗鄙化？活该!》，https：//www. sohu. com/a/196492688_99941658，2017 年 10 月 16 日。

“假道学”：《戏说网络文学》，http：//culture. 163. com/edit/000710/000710_31630. htm，2003 年 5 月 6 日。

“将夜”：《网文现在是越写越窄……》，http：//www. lkong. net/thread-478030-1-1. html，2011 年 9 月 13 日。

《今日谁与我共同浴血，他就是我兄弟!》，http：//forum. qidian. com/ThreadDetailNew. aspx？threadid = 145790067，2012 年 9 月 16 日。

晋江文学城：《抄袭处理制度》，http：//help. jjwxc. net/user/article/3，2019 年 5 月 10 日。

“九百生灭”：《追一部烂尾万年，突然发现重新连载的小说是种什么体验?》，https：//www. zhihu. com/question/271398183，2018 年 4

月 8 日。
“九流之末”：《网文中爽点总结！持不同意见者，请入！》，http：//www. lkong. net/thread-552737-1-1. html，2012 年 2 月 23 日。
九羲：《塔读全攻略（进阶篇）》，http：//www. lkong. net/thread-2608428-1-1. html，2020 年 6 月 16 日。
“骷髅精灵”的微博《入行要则 9》，http：//t. qq. com/p/t/165780064002305，2012 年 12 月 7 日。
蓝棣之：《序言：诗坛正来在一个“引爆点”上》，http：//blog. sina. com. cn/s/blog_49c185d00100cmcv. html，2020 年 7 月 5 日。
“老猫在村里”：《在线写小说的体会：感觉就像说书的》，http：//blog. sina. com. cn/s/blog_56e5a1d601000604. html，2006 年 9 月 27 日。
乐毅：《希望“联姻作协主席”是一场好姻缘》，http：//www. qidian. com/News/ShowNews30. aspx？newsid = 1003429，2008 年 9 月 11 日。
“冷酷的哲学”：《论所谓代入感》，http：//www. lkong. net/thread-351826-1-1. html，2011 年 1 月 9 日。
“梨花教”：《在教主赵丽华的英明领导下，梨花教隆重成立！》，天涯社区，http：//www. tianya. cn/New/PublicForum/Content. asp？idArticle =242113&strItem = funinfo，2006 年 9 月 13 日。
李秒：《世界顶级 IP 的成长秘笈：从讲好一个故事说起》，《锌财经》，https：//new. qq. com/omn/20191022/20191022A07NLH00. html，2019 年 10 月 22 日。
刘化童：《装鬼、装人与装神》，http：//book. douban. com/review/1328809/，2008 年 3 月 17 日。
“my name”：《网络小说抄袭的认定》，http：//www. lkong. net/thread-2510616-1-1. html，2020 年 2 月 19 日。
“冒牌书生李岩”转贴《小白文的爽点及经典桥段》，http：//forum. qidian. com/ThreadDetail. aspx？ThreadId = 120484088，2009 年 9 月 24 日。

"蘑菇子"：《关于网文爽点模式的个人看法》，http：//www. lkong. net/thread-762249-1-1. html，2016 年 5 月 8 日。

"蘑菇子"：《关于主角模板的若干问题及案例分析》，http：//www. lkong. net/thread-346518-1-1. html，2010 年 12 月 27 日。

"慕容垂"：《YY 小说别装清高》，http：//www. lkong. net/forum. php? mod = viewthread&tid = 474690&extra = % 26page% 3D1&page = 3，2017 年 6 月 5 日。

"欧文子"：《本章说比正文还有意思!》，http：//www. lkong. net/thread-2301161-1-1. html，2019 年 4 月 29 日。

《其实比网文更好看的是那些年　起点的月票大战》，https：//bbs. hupu. com/27664006. html，2019 年 5 月 28 日。

《起点月票战辰东 VS 众大神》，https：//tieba. baidu. com/p/3231671296，2014 年 8 月 15 日。

起点中文网的公告频道，https：//www. qidian. com/news/detail/431430325，2017 年 12 月 28 日。

"千幻冰云"：《关于网络文学抄袭的界定》，http：//blog. sina. com. cn/s/blog_556221d60100b37n. html，2008 年 11 月 5 日。

沈浩波：《北师大诗人与网络诗歌》，https：//www. poemlife. com/index. php？mod = libshow&id = 385，2001 年 1 月 8 日。

沈浩波：《文学的小资和小资的文学》，http：//wenxue. com/gb/200201/shb/shb_wx. htm，2002 年 1 月 18 日。

"是我不可爱"：《香蕉给罗森的网文分析》，http：//www. lkong. net/thread-1017952-1-1. html，2014 年 7 月 12 日。

"竖"：《一个赵丽华，N 个废话人》，http：//bbs. tianya. cn/post-poem-113614-1. shtml，2006 年 11 月 15 日。

宋慧献：《网络著作权：水落石正出》，http：//edu. sina. com. cn/wander/2000-05-26/3524. shtml，2000 年 5 月 26 日。

"天亦有晴"：《如何增加代入感》，http：//book. zongheng. com/chapter/93172/2502520. html，2011 年 12 月 7 日。

《推动网络发表理论文章进入学术评价》，http：//theory. gmw. cn/2019-12/21/content_33419342. htm，2019 年 12 月 21 日。

“王启年”：《龙空众：码字工人的“集中营”》，“龙的天空”，http：//www. lkong. net/thread-273220-1-2. html，2010 年 7 月 25 日。

《网红“文章”可以算是学术成果吗?》，http：//edu. sina. com. cn/gaokao/2018-01-22/doc-ifyquptv8522854. shtml，2018 年 1 月 22 日。

《网络“文学十年盘点”活动成果将编辑出版》，http：//www. chinawriter. com. cn，2009 年 3 月 24 日。

《网络文学：碎片化、社交化趋势加剧》，http：//www. enet. com. cn/article/2014/0214/A20140214349744. shtml，2014 年 2 月 14 日。

《网络文学抄袭泛滥　原创去哪了?》，https：//culture. china. com/chinawatch/13000480/20170816/31106335. html，2017 年 8 月 16 日。

网友“Rampart”：《网络小说走过十年》，http：//www. lkong. net/forum. php? mod = viewthread&tid = 353380&extra = % 26page% 3D1&page = 3，2012 年 12 月 8 日。

“文文”：《关于二次元文化，日本学者可以论述得这么深》，https：//zhuan lan. zhihu. com/p/29566458，2017 年 9 月 22 日。

吴一兴：《浅析弹幕文化的知识产权属性及保护》，http：//www. daresure. com/index. php? m = content&c = index&a = show&catid = 17&id = 133，2019 年 7 月 4 日。

武安“爷们”：《用网文的标准来分析金庸小说的扑街因素》，http：//www. lkong. net/thread-762249-1-1. html，2013 年 5 月 6 日。

西渡：《甲申风暴·21 世纪中国诗歌大展》，https：//www. poemlife. com/index. php? id = 16403&mod = subshow&str = 1186，2002 年 1 月 8 日。

解玺璋：《白烨：文学的保姆》，http：//blog. sina. com. cn/s/blog_475b6ef8010002vh. html，2006 年 3 月 9 日。

“徐公子胜治”：《文学网站与作者》，http：//www. lkong. net/forum. php？mod = viewthread&tid = 2566106，2020 年 5 月 3 日。

杨黎：《互联网时代人人皆诗人，分行即是诗》，http：//www. zgshige. com/c/2018-09-27/7248115. shtml，2018 年 9 月 27 日。

杨黎：《给赵丽华的一封公开信》，杨黎新浪博客，http：//blog. sina. com. cn/s/blog_477e9b940100056a. html，2006 年 9 月 17 日。

杨黎：《关于废话诗歌再对网友说四句》，杨黎新浪博客，http：//blog. sina. com. cn/s/blog_477e9b9401000587. html，2006 年 9 月 21 日。

“叶小宝”：《爽文的几点写法（一个扑街的感悟）》，http：//www. lkong. net/thread-761881-1-1. html，2013 年 5 月 5 日。

叶匡政：《文学已死》，http：//news. ifeng. com/opinion/indepth/duchangtuan /a04/detail_2010_07/05/1721237_0. shtml，2010 年 7 月 5 日。

《一刻都不能松懈，笑到最后才算是胜利…》，http：//forum. qidian. com/ThreadDetailNew. aspx？threadid = 145944895，2012 年 8 月 17 日。

伊沙：《中国现代诗出现回暖现象》，https：//www. poemlife. com/index. php？mod = newshow&id = 7372，2007 年 8 月 6 日。

伊沙：《中国诗人的原声现场——2001 网上论争回视》，https：//www. poemlife. com/index. php？mod = showart&id = 13973&str = 1268，2020 年 3 月 5 日。

［法］尤奈斯库：《论先锋派》，李化译，https：//www. sohu. com/a/305081727_12 0065998，2019 年 3 月 31 日。

于坚：《为自己创造传统——话说伊沙》，https：//www. sohu. com/a/220428842_99904973，2018 年 2 月 2 日。

《阅文集团与上海图书馆达成战略合作　全国首个网络文学专藏库设立》，https：//www. sohu. com/a/337070240_115433，2019 年 8 月 28 日。

《在网上发文章，可算学术成果!》，https：//m. sohu. com/a/193173463_

284433，2018 年 2 月 6 日。

张嘉谚：《中国低诗潮（上）》，http：//blog. sina. com. cn/s/blog_4c53bc30010008y1. html，2001 年 5 月 3 日。

《掌阅书友圈成了空间、贴吧之外的“第三世界”?》，http：//news. xh-by. net/system/2017/12/22/030776344. shtml，2017 年 12 月 22 日。

赵丽华：《我要说的话》，http：//blog. sina. com. cn/s/blog_4aca2fbd010005r5. html，2016 年 9 月 18 日。

《中国诗歌网正式上线　倡导诗意生活方式》，http：//www. chinan-ews. com/cul/2015/06-18/7354084. shtml，2015 年 6 月 18 日。

《主角模板》，http：//www. zhaoxiaoshuo. com/view/001/926/1926480. html，2014 年 8 月 7 日。

“拽牛”：《如何写好一本玄幻小说》，http：//www. motie. com/article/83450，2012 年 7 月 31 日。

《专访多位诗人评赵丽华事件令新诗遭恶搞》，http：//news. sina. com. cn/c/2006-11-13/181811502271. shtml，2006 年 11 月 13 日。

《作家陈村：网络文学也许会变成全民化写作》，https：//www. dou-ban. com/group/topic/3091759/，2008 年 5 月 1 日。

《作协领导网上打擂“秀文学”还是“文学秀”?》，http：//www. chi-nanews. com/cul/news/2008/09-12/1379727. shtml，2008 年 9 月 12 日。

《作协主席打擂》，http：//news. ifeng. com/c/7fYaPkuCwDO，2008 年 9 月 15 日。

后记

数字媒介与文学制度的关系是一个宏大的题目，本书只是揭开冰山一角，对其中展现的一些现象作了初步分析。这一写作计划源于相关的国家社科基金项目，对一向做事拖沓的我来说，终于完成了书稿，算是一个交代。

十余年前在写博士学位论文的过程中，我开始关注新媒介带来的文学理论、文学批评问题，此后的研究都与此相关，陆续关注数字时代的文学批评、网络文学、新媒介文化等现象，本书是在拙著《数字媒介与文学批评的转型》上的延伸，文学批评是文学制度的一个方面，与之相比，本书讨论的话题更多，除了文学批评外，还涉及作家制度、读者制度、著作权制度、先锋派、经典化等问题。由于论题较多，许多方面没有充分深入地展开，只能留待以后继续讨论。

在完成书稿的过程中，得到了不少师友的帮助，感谢恩师胡亚敏先生的谆谆教诲与日常关心，感谢好友许苗苗的鼓励督促，也感谢我的学生们，最后要感谢我的家人对我一贯的支持与付出。

黎杨全

2021 年 5 月 24 日